भाषा की खादी

भाषा की खादी

ओम निश्चल

ज्ञान गंगा, दिल्ली

प्रकाशक : ज्ञान गंगा, 2/42, अंसारी रोड, दरियागंज, नई दिल्ली–110002
सर्वाधिकार : सुरक्षित / संस्करण : 2025 / मूल्य : चार सौ रुपए
मुद्रक : यश प्रिंटोग्राफिक्स, नोएडा ISBN 978-93-87968-51-6

BHASHA KI KHADI

essays by Shri Om Nishchal ₹ 400.00

Published by **GYAN GANGA**

2/42, Ansari Road, Daryaganj, New Delhi-110002

भाषा
प्रौद्योगिकी
और साहित्य
की
जानी-पहचानी
शख़्सियत
श्रद्धेय अशोक चक्रधरजी
के लिए

प्रस्तावन

यों तो कहने के लिए भारतभूमि विश्व-वसुधा का एक टुकड़ा भर है; पर भारत या हिंदुस्तान कहते ही उस आर्यावर्त की शुचिता आँखों में तैर उठती है, जिसके नाम से इसे कभी अभिहित किया जाता रहा। आर्यों के इस देश में जो भाषाई बहुलता और विभिन्न धर्मों, जातियों के लोगों का वैविध्यपूर्व सान्निध्य है, वह इस देश की एक बहुत बड़ी खूबी है। विविधता भारत की अपनी विशेषता है। विविधता में एकता इसकी सुंदरता है। चाहे देश भर में कितनी ही भाषाएँ व बोलियाँ बोली जाती हों, पर हिंदी के साथ उन सबका नाता अभिन्न है। हिंदी के साथ सभी भाषाओं की एक समरसता है। औपनिवेशिक दासता ने हमें न केवल आपस में विभाजित किया, बल्कि भाषाओं के स्तर पर भी एक-दूसरे से अलग करने का काम किया। हम पर इस कदर अंग्रेजियत छाती गई कि हम अपनी ही माँ बोली—भाषाओं और बोलियों को भूल बैठे। शुरुआती स्तर पर भले ही बच्चा मातृभाषा बोल ले, पर जहाँ वह पढ़ने लायक होता है, उसे अंग्रेजी स्कूलों में डाल दिया जाता है, वहाँ रहकर वह सतत अपनी भाषा से अलग होता जाता है। अंग्रेजी की शिक्षा उसकी मातृभाषा की ममता पर भारी पड़ती है।

कहना न होगा कि लंबे शासन के बावजूद मुगलों के आधिपत्य का उतना असर हमारी भाषा, कला, साहित्य व बोली-बानी पर नहीं पड़ा, जितना अंग्रेजों के औपनिवेशिक शासन का। यहाँ तक कि आजादी के बाद हमने जो अपना संविधान बनाया, वह भी ब्रिटिश संविधान के अनुसरण पर। हिंदी ने संविधान सभा में राजभाषा का दर्जा तो हासिल किया, पर वह अंग्रेजी के प्रभामंडल के आगे निष्प्रभ बनी रही। उसे मनोरंजन, फिल्म और जनसाधारण द्वारा बरती जानेवाली भाषा मानकर शासन-प्रशासन में उसकी उपेक्षा की गई तथा रोजगार में उसकी अहमियत नगण्य रही। जो भाषा हर हाथ को काम नहीं दे सकती, वह भला किस काम की! हिंदी के साथ ऐसा

ही हुआ है। तथापि क्या विडंबना है कि हिंदी ही एक ऐसी भाषा है, जिसे 'चुनावी भाषा' कहा जा सकता है। इसी भाषा में हमारे राजनेता बोलकर जनता का दिल लूटते हैं। किंतु जब एक बार सत्ता हाथ में आ जाती है तो राजनेताओं के सुर बदल जाते हैं। प्रशासन की भाषा हिंदी हो, इसके लिए वे तनिक भी फिक्रमंद नहीं होते। वे उन्हीं नीतियों के हामी होते जाते हैं, जिन्हें नेहरूवियन मॉडल पर अंग्रेजी भाषियों के हित में लागू किया गया था।

देश में सातवाँ दशक भाषा-राजभाषा के संबंध में संसद् व संसद् के बाहर अत्यंत विवादास्पद बहसों का केंद्र रहा है। असहमति के चंद स्वरों को खुश करने के लिए हिंदी का जिस निर्ममता से गला घोंटा गया, वह हिंदुस्तान के इतिहास में बेमिसाल है। ताज्जुब है कि संविधान की मान्य आठवीं अनुसूची में अंग्रेजी कहीं नहीं नहीं है, तथापि उसे संविधान में सिर-माथे बिठाया गया है। एक विदेशी भाषा देश की बाईस भाषाओं के स्वर को जमींदोज कर हस्तक्षेप के साथ भारतीय प्रशासन एवं कार्य-संस्कृति में अपनी घुसपैठ बनाए हुए है, जो समूची भारतीयता के लिए अभिशाप है।

ऐसे वातावरण में जहाँ जनता हिंदी की समर्थक हो, पर शासन अंग्रेजी का, एक फासला शासन व जनता के बीच हमेशा कायम रहता है। गांधी जनता के बीच संचरण करते थे। दक्षिण अफ्रीका में रहकर वहाँ के निवासियों पर जो जुल्म उन्होंने देखा, वहाँ के लोगों के अधिकारों के लिए जो संघर्ष किया, भारत आने के बाद वे ही तौर-तरीके आजादी की लड़ाई में काम आए। वे गुजराती भाषी थे, अंग्रेजी पढ़े-लिखे थे, पर जानते थे कि यदि भारत की जनता से बातचीत करनी है तो उसके लिए एकमात्र स्वीकार्य भाषा हिंदी ही हो सकती है। वे हिंदी साधारण ही पढ़े-लिखे थे, पर उतने से वे सबसे बातचीत कर सकते थे। दैनिक चिट्ठी-पत्री कर सकते थे। उन्होंने हिंदी में संस्कृतनिष्ठता व उर्दूपरस्ती का अनुमोदन नहीं किया। हिंदी का लहजा हिंदुस्तानी हो, जिसे पूरा हिंदुस्तान समझ ले, यही उनका लक्ष्य था। अनेक बार अपने भाषण, प्रवचन व बातचीत में उन्होंने हिंदुस्तानी के प्रयोग की वकालत की। इसी उद्देश्य से दक्षिण भारत के लोगों में हिंदी के प्रति रुचि जाग्रत् करने के लिए 'दक्षिण भारत हिंदी प्रचार सभा' की स्थापना की। आज इसी का परिणाम है कि दक्षिण में हिंदी का विरोध कम हुआ है तथा लाखों लोग इन सभाओं में जाकर हिंदी सीख रहे हैं।

भाषा के साथ संस्कृति का भी गहरा रिश्ता है। जैसी बोली-बानी वैसी ही

संस्कृति। आज प्रशासन में अंग्रेजी का भले ही प्रभुत्व हो, पर वह भारतीयों के रहन–सहन की संस्कृति में ज्यादा घुसपैठ नहीं कर पाई। भूमंडलीकरण के प्रभाव के कारण पूरा विश्व एक ध्रुवीय होने के लिए अग्रसर है, पर जैसा कि किसी राष्ट्रभक्त कवि ने कहा है : कुछ बात है कि हस्ती मिटती नहीं हमारी। हमारी भारतीय संस्कृति आज भी अपनी विविधताओं के साथ फूल–फल रही है। भारतवंशियों व प्रवासियों ने विदेशों में भी भारतीय संस्कृति व तीज–त्योहारों को जिंदा रखा है।

भाषा की खादी विषयक अवधारणा कविवर लीलाधर मंडलोई की देन है। आकाशवाणी में उन्होंने एतद्विषयक वार्त्ताओं की श्रृंखला ही चलाई। इसी अभियान की एक कड़ी में आकाशवाणी वाराणसी में आमंत्रित श्रोताओं के समक्ष दिए गए व्याख्यान से इस पुस्तक की अवधारणा को बल मिला। राजभाषा नीति के अनुपालन व इंटरनेट आदि में हिंदी के प्रयोग से जुड़े होने के कारण इस विषय पर समय–समय पर चिंतन चलता रहा है। साथ ही कभी–कभार सांस्कृतिक पहलुओं पर भी लिखने का अवसर मिलता रहा है। यहाँ शामिल भाषा की खादी व संस्कृति के धागे विषयक सभी निबंध इसी आपद्धर्म का परिणाम हैं। हिंदी, हिंदुस्तानी पर बल देकर महात्मा गांधी ने खादी की तरह ही भाषा की खादी का भी प्रचार–प्रसार किया और इसे अपनाने के लिए देशवासियों से आजीवन मनुहार किया। यह पुस्तक उनकी 150वीं जयंती पर मेरी हार्दिक प्रणति है। आशा है, भाषा एवं सांस्कृतिक चिंतन की दृष्टि से यह पुस्तक एक प्रस्तावना का काम करेगी।

—ओम निश्चल

विश्व हिंदी दिवस
10 जनवरी, 2019
नई दिल्ली

निबंध-क्रम

भाषा की खादी

संस्कृति के धागे

भाषा की खादी

आकाशवाणी ने इधर भाषा की खादी के सौंदर्य को उजागर करने की मुहिम चलाई है। कहना न होगा कि जो सौंदर्य वस्त्रों में खादी का है, वही सौंदर्य भाषा में हिंदी का है। वह हिंदी, जो पूरे देश में बोली जाती है। उसका लहजा, उसकी शैली कैसी भी हो, किंतु उसकी व्यापकता स्वयंसिद्ध है। खादी का संबंध हमारे देश के स्वतंत्रता आंदोलन से है तो हिंदी का संबंध भी स्वतंत्रता, स्वदेशी और राष्ट्रीय स्वाभिमान से है। किंतु राजभाषा बनने के बाद हिंदी के स्वरूप में तब्दीली आई है। यह भाषा, जो सदियों से हमारी बोलचाल का आधार रही है, उसमें विभिन्न अनुशासनों की पारिभाषिकी ने घुसकर उसे जटिल बना दिया है। फलतः हिंदी बोल सकने वाले लोग भी भद्र महफिलों में हिंदी न जानने की दुहाई देते हुए अंग्रेजी में बोलने को प्राथमिकता देते हैं। लिहाजा हिंदी पर यह तोहमत बार-बार लगाई जाती रही है कि यह राजभाषा के अपने वर्तमान स्वरूप में कठिन है। अकारण नहीं कि हाल में जब राजभाषा विभाग के एक परिपत्र के जरिए हिंदी के कामकाजी स्वरूप को सहज बनाने के उद्देश्य से अंग्रेजी शब्दों के इस्तेमाल की जरूरत रेखांकित की गई तो देश भर के हिंदी बुद्धिजीवियों में विरोध की लहर दौड़ गई। उनकी नजर में यह हिंदी को हिंग्लिश में बदलने का कुप्रयास था।

हिंदी का हाल वैसा ही है, जैसा आजादी के बाद आजादी के निहितार्थ का है। क्या आजादी जिस मकसद से हासिल की गई, उसका लाभ आम जन तक पहुँचा? पहुँचा जरूर पर उस रूप में नहीं जैसा एक विकासशील समाज में पहुँचना चाहिए। इसी तरह हिंदी भी राजभाषा तो बनी पर क्या यह कामकाजी स्तर पर लोगों को स्वीकार्य हो सकी? क्या यह अमीर खुसरो की मुकरियों की तरह आम जन की जुबान पर चढ़ पाई? क्या यह मीर की शायरी की तरह आम होंठों की रूमानियत में बदल सकी? क्या यह तुलसी, सूर, मीरा, रसखान और रहीम के पदों की तरह आम

जनता के कंठ में बस पाई? आखिर क्या वजह है कि आज सरकारी कार्यालयों में जो हिंदी चलाई जाती है, उसे देख-पढ़कर प्राय: लोग घबरा जाते हैं? इसकी बनिस्बत उन्हें अंग्रेजी ही अच्छी लगती है। कुछ वैसे ही, जैसे आज भी गाँव-देहात में पुरखे-पुरनिया यह कहते हुए मिल जाएँगे कि इस हुकूमत से भली तो अंग्रेजों की हुकूमत थी। सवाल यह है कि हिंदी कब आम जन की भाषा बन पाएगी? क्योंकि राजभाषा बनने के बाद तो यह सरकारी कारिंदों के लिए भी कठिन हो गई। कितने प्रोत्साहनों, धक्कों के बाद भी यह जैसे किसी स्टेशन पर ठहर-सी गई मालूम पड़ती है। शायद यह सतह पर दीख पड़नेवाली कठिनाई ही इसकी वजह हो। राजभाषा हिंदी के कारोबार से संबद्ध होने के कारण ऐसी कठिन हिंदी के लिए अपने ही अनेक पत्रकार मित्रों का कोप भाजन बनना पड़ता है कि हम लोग आखिर कैसी हिंदी सरकारी दफ्तरों में चला रहे हैं?

आकाशवाणी का रिश्ता बोलचाल की हिंदी से रहा है। यह बोले हुए शब्दों की महिमा से जुड़ी है। बोले हुए शब्दों का ही जादू था कि महात्मा गांधी की आवाज थोड़ी देर में एक कोने से दूसरे कोने तक पहुँच जाती थी। संतों की आवाज अपनी अनगढ़ हिंदी में पूरे देश में पहुँची। रैदास, कबीर, नानक, तुकाराम की आवाज पूरे देश में गूँजी। मीरा के पदों से भला कौन अपरिचित रह सका? अल्लामा इकबाल तो पाकिस्तान के थे, पर उनका गीत—'सारे जहाँ से अच्छा हिंदोस्तां हमारा', हमारे अपने राष्ट्रगीत से भी ज्यादा लोकप्रिय हुआ तो उसकी लोकप्रियता का राज उसका हिंदोस्तानी जबान में लिखा होना भी रहा है। गांधीजी ने हिंदी के बजाय हिंदुस्तानी का प्रवर्तन किया था। वे जिस भजन को नियमित रूप से गाते थे—'वैष्णव जन तो तेने कहिए जे पीर पराई जाणे रे', वह भी कहीं न कहीं हिंदुस्तानी के धागे से बुना था। उसकी बुनावट खादी की तरह अनगढ़ किंतु सरल थी। जैसे सहजता खादी का पर्याय है, वैसे ही सरलता हिंदुस्तानी का पर्याय है। कहा गया है : 'संस्कीरत है कूप जल भाखा बहता नीर।' कुएँ का जल भले ही ग्रामीण भारत के लिए पीने का एक अपरिहार्य स्रोत रहा हो पर वह बहते हुए जल की तरह सबके लिए सुलभ नहीं था। लोग राह चलते नदियों से प्यास बुझा लेते थे। आज नदियाँ भी मटमैली हो चलीं, जहरीले रसायनों ने उन्हें गंदा बना दिया है, पर बहते जल की निर्मलता और तालाब के पानी का गंदलापन जगजाहिर है। आज भी नदियाँ वेगवान प्रवाह के कारण जल के कल्मष को बहा ले जाती हैं। भाषा भी बहते हुए जल की तरह शुद्ध और निर्मलप्रवाही है।

हिंदी की खड़ी बोली का स्वरूप लगभग सवा सौ साल पहले का है। किंतु इस महादेश में यह सदियों पहले से बोली और बरती जाती रही है। इसका एक सबल उदाहरण कबीर का है। कबीर ने, जो भोजपुरी इलाके की उपज थे, साखी, सबद और रमैनी में भोजपुरी के बजाय खड़ी बोली की शैली को बरता। इसलिए कि वे भी जानते थे कि खड़ी बोली हिंदी ही समूचे देश की एक मानक भाषा हो सकती थी। इसे 'झीनी-झीनी चादर' बुननेवाले जुलाहे कबीर ने आज से कितनी सदियों पहले ही भाँप लिया था! आज भी साधु-संत कबीरपंथी गाँव-गाँव घूमते हुए कबीर को गाते हैं तो भाषा का सौंदर्य मुखरित हो उठता है। आम आदमी भी कबीर के व्यंग्य और लक्ष्यार्थ को समझ-बूझ लेता है। जो लोग भाषा में शुद्धता के हामी हैं, वे कहीं-न-कहीं हिंदी की जटिलता के भी हामी हैं। देखा यह जाता है कि भाषा उसी व्यक्ति की जटिल होती है, जिसे अपने विषय का सम्यक ज्ञान नहीं होता है। सम्यक ज्ञान रखनेवाले व्यक्ति के लिए भाषा की कठिनाई का सवाल उठता ही नहीं। उसके लिए भाषा स्वयमेव रास्ता बनाती हुई चलती है। बाकी काम सरस्वती उसकी जिह्वा पर सवार होकर कर देती हैं।

राजभाषा हिंदी का स्वरूप संस्कृत पर आधारित है। संविधान के अनुच्छेद में ही यह बात कही गई है कि राजभाषा हिंदी की शब्दावली मूलत: संस्कृत और गौणत: अन्य भारतीय भाषाओं के शब्दों का आधार ग्रहण कर अपने को समृद्ध करेगी। किंतु यह संकल्पना भी की गई कि इसका विकास इस तरह हो कि यह भारत की सामासिक संस्कृति के सभी तत्त्वों की अभिव्यक्ति का माध्यम बन सके। इसमें कोई संदेह नहीं कि संस्कृत समस्त भाषाओं की जननी और आधारपीठिका है पर केवल इतने से ही आज भाषा का काम नहीं चलता। आज के उदारतावादी माहौल में भाषा जब तक दुनिया की तमाम भाषाओं के साहचर्य से अपने को विकसित नहीं करेगी, तब तक वह अपने शुचिता ग्रहों के चलते आम जन से कटी रहेगी।

भाषा में खादी जैसा सौंदर्य विकसित करने में हमारे हिंदी के अग्रणी लेखकों ने योगदान दिया है। इसकी नींव भारतेंदु हरिश्चंद ने रखी, इसे महावीरप्रसाद द्विवेदी ने परिमार्जित किया, प्रेमचंद ने पल्लवित किया है, इसे प्रसाद ने अपने ओज और तेजस से सींचा है, इसे देवकीनंदन खत्री ने आम जनों तक पहुँचाया है। मैथिलीशरण गुप्त, राष्ट्रकवि दिनकर ने इसे राष्ट्रव्यापी बनाया है। यह लोकभाषाओं, बोलियों, अपभ्रंश, प्राकृत और पालि जैसी भाषाओं का आधार लेकर खड़ी हुई है। यह हिंदी की संप्रेषणीयता का ही जादू है कि नेहरू भले ही पश्चिमी सभ्यता में पले-पुसे थे,

जनता के मध्य हिंदी ही बोलते थे। गांधी ने भी बैरिस्टरी विदेशी भाषा में ही की, पर बातचीत के लिए हिंदुस्तानी अपनाते थे। इसी भाषा में उनका आह्वान सुनकर लोग घरों से निकल पड़ते थे। वह 'नमक सत्याग्रह' हो, 'अंग्रेजों भारत छोड़ो' या 'करो मरो' का नारा—हिंदी स्वदेशी, स्वराज्य और स्वतंत्रता की हर मुहिम में साथ रही है। इसी भाषा में तिलक ने कहा था, 'स्वराज्य मेरा जन्मसिद्ध अधिकार है।' उनके स्वराज्य में स्वभाषा की महक भी शामिल थी। गांधी के 'हिंद स्वराज' में अपनी भाषा की गरिमा भी शामिल है। अचरज नहीं कि हिंदी-हिंदुस्तानी से प्रेम के चलते ही गांधी को अपने राजनैतिक उत्तराधिकारी पंडित नेहरू को 'हिंद स्वराज' के मंतव्य को समझाने की गरज से विस्तृत पत्र लिखने का खयाल सूझा तो वे असमंजस में थे कि किस भाषा में लिखें? वे लिखते हैं—'तुमको लिखने का तो कई दिनों से इरादा किया था, लेकिन आज ही उसका अमल कर सका हूँ। अंग्रेजी में लिखूँ या हिंदुस्तानी में, यह भी मेरे सामने सवाल रहा था। आखिर में मैने हिंदुस्तानी में लिखने को पसंद किया?' यह गांधी का हिंदुस्तानी जबान से प्रेम है कि वे पाश्चात्य संस्कृति में पले-पुसे नेहरू को पत्र लिखते हैं तो हिंदी में। जबकि वे खुद गुजराती थे। अंग्रेजी दूसरी भाषा के तौर पर सीखी थी पर हिंदी-हिंदुस्तानी के प्रति प्रेम तो दरअसल देश प्रेम से जुड़ा था, हिंद स्वराज से जुड़ा था। वे इसे अपनी भाषा मानते थे, तभी तो नेहरू को लिखे इसी पत्र में उन्होंने लिखा कि—'हिंद स्वराज मेरे सामने नहीं है। अच्छा है कि मैं उसी चित्र को आज अपनी भाषा में खींचूँ।' उन्होंने आगे लिखा कि 'अगर हिंदुस्तान को सच्ची आजादी पानी है और हिंदुस्तान के मारफत दुनिया को भी, तब आज नहीं तो कल, देहातों में ही रहना होगा—झोंपड़ियों में, महलों में नहीं।' आखिर खादी को लोगों ने 'वस्त्र' ही नहीं, 'विचार' माना था—'खादी वस्त्र नहीं, विचार है।' हिंदी भी 'भाषा' नहीं, 'विचार' है—'विचार' है उस स्वदेशी का, जो सिर्फ अपनी भाषा में सोचने से संभव है, विचार है उस अहिंसा का, जो हमारी भाषा हमें बचपन से सिखाती है। विचार है उस चरखा संस्कृति का, जो हमें स्वावलंबन सिखाती है। चरखे से भले सबका तन न ढक सके, पर यह स्वावलंबन का प्रतीक है, कुटीर और ग्रामोद्योग की आधारशिला है। ग्रामीण अर्थशास्त्र से इसका गहरा नाता है।

हिंदी रचनात्मकता का भी एक बड़ा आधार है। राजभाषा से इतर लेखन की इस बड़ी दुनिया की ओर दृष्टिपात करें तो देखेंगे कि यह हिंदी 'राजभाषा' की कृत्रिम हिंदी से कितनी अलग और जीवंत है! इसी भाषा का जलवा है कि

बांगला के लेखकों को उनके प्रांतों से बाहर हिंदी लेखकों जैसा सम्मान हासिल है। रवींद्रनाथ ठाकुर, शरतचंद्र, विभूतिभूषण बंद्योपाध्याय, आशापूर्णा देवी आज बांगला के नहीं, हमारे अपने हिंदी के लेखक लगते हैं।

राजभाषा हिंदी के रोजगार से वास्ता रहा है तथा अनुवाद की विडंबनाओं से सदैव दो-चार होना पड़ता है। पहले डिक्शनरी देखकर अनुवाद करना होता था, अब व्यावहारिक तौर पर ग्राह्य हिंदी में अनुवाद करता हूँ। कोशिश होती है कि हिंदी लेखन में बरती जानेवाली शुद्धता अनुवाद में घुसपैठ न करने पाए। यह अनुभव बैंकिंग जगत् का है। दूसरे कामकाजी क्षेत्रों में पारिभाषिकी की ऐसी ही दिक्कतें हैं। दरअसल हिंदी शब्दावली के पुरोधा, डॉ. रघुवीर, जिनके प्रयत्नों पर भारत सरकार के वैज्ञानिक तकनीकी शब्दावली आयोग व केंद्रीय हिंदी निदेशालय के भाषाई कोश का आधार टिका है, ने हर अंग्रेजी शब्द को हिंदी प्रतिशब्द में बदलने का बीड़ा उठाया था और काफी हद तक उन्हें सफलता भी मिली। पर यही वह युग है, जब हिंदी के जड़ जमाते ही 'लौहपथगामिनी' जैसे उपहासास्पद अनुवादों को सामने कर हिंदी की जटिलता का आभास कराया जाता रहा है। पत्रकारिता की भाषा, यदि अनुवादों और भाषा प्रयोगों में मध्यम और व्यावहारिक मार्ग न अपनाएँ तो जनता के पल्ले न पड़े। डॉ. रघुवीर का शब्दकोश इतना प्रथुल है कि नाजुक कलाइयों से नहीं उठ सकता। उन्होंने रोड को 'रथ्या', मिट्टी के तेल को 'मार्तैल', कैनाल को 'कुल्या', रेल को 'संयान', रिक्शा को 'नरयान', नेक टाई को 'कंठाभूषण', मीटर को 'मान', रेडियो को 'नभोवाणी' जैसे हजारों शब्दों को हिंदी प्रतिशब्द दिए पर उनके बहुतेरे शब्द प्रचलन की पायदान पर नहीं चले। यद्यपि कोशों की दिशा में उनका योगदान अप्रतिम है। पर आज जो हिंदी का स्वरूप है, वह व्यावहारिक है। कुछ अखबारों ने भी पं. सुंदरलाल की हिंदुस्तानी के प्रभाव में अनिश्चितकालीन को बेमियादी और बेमुद्दत के रूप में चलाने की कोशिश की, पर वह भी ज्यादा व्यावहारिक न लगता था, क्योंकि अनिश्चितकालीन तब तक प्रचलन में आ चुका था। मियादी या बेमियादी से बुखार का संबंध ज्यादा सटीक लगता था, बनिस्बत हड़ताल के। इसी तरह आज प्रसूति गृह, शयनयान जैसे शब्द प्रचलन में आ चुके हैं। पंडित सुंदरलाल ने प्रसूति गृह को जच्चाघर तथा चेयरमैन को मसनदी कहने की मुहिम चलाई, किंतु अध्यक्ष पद को धड़ल्ले से ग्रहण किया गया और अब वह हमारी बोलचाल का हिस्सा बन चुका है। इसी तरह इमरजेंसी को 'अचानकी', गवर्नमेंट को 'शासनिया', प्रेसीडेंट को 'राजपति', साइकोलॉजी को 'मनविद्या' जैसे

प्रतिरूप देने की कोशिशें हुईं, किंतु आम जनता ने इन कोशिशों को न अपनाकर मध्यम मार्ग ग्रहण करना उचित समझा।

मित्रो, भाषा प्रचलन से व्यवहार में आती है, उससे भागने, बिदकने से नहीं। कहा भी गया है—अनभ्यासे विषम् शास्त्रम्। अखबारों ने निस्संदेह हिंदी को व्यावहारिक रूप देने में मदद की है, लेकिन यही वह मंच है, जिससे खराब हिंदी को भी प्रोत्साहन मिला है। बिहार में 'चार चोऱ पकड़ाए' जैसी हिंदी चलाने की कोशिशों में बड़े अखबार घराने भी शामिल हैं, अर्थात् उस स्थान की बोलचाल की हिंदी को ही बरतने की कोशिश। क्या यह स्थानीयता को भुनाने की कोशिश में गलत हिंदी को प्रोत्साहन देना नहीं है? अभी भी देश की खासी जनसंख्या इन्हीं अखबारों से भाषा सीखती है, ऐसे में जब अखबार ही ऐसी हिंदी सिखाने लगें तो कोई क्या करे? राजधानी दिल्ली का एक नामी-गिरामी अखबार कैसी हिंदी चला रहा है, यह क्या किसी से छिपा है?

सवाल यह है कि हम समाज को कैसी हिंदी दे रहे हैं?

मै डॉ. नगेंद्र के पर्यवेक्षण में केंद्रीय हिंदी निदेशालय के 'तत्सम कोश' से संबद्ध रहा हूँ। पंद्रह भारतीय भाषाओं के इस कोश में सभी भाषाओं में कुछ आमफहम शब्द हैं, जिनका आधार संस्कृत रहा है। इसलिए कोश के कार्यव्यापार से यत्किंचित परिचित हूँ। यह उतना आसान भी नहीं है, जितना दूर से दिखाई पड़ता है। आज जरूरत है हिंदी को आसान बनाने की, पर इस आसानी के लिए 'हाइपोथिकेशन' को 'दृष्टिबंधक' के बजाय 'नजरबंदी' न कर दिया जाए। राजभाषा हिंदी की दुर्बोधता के लिए कुछ तो इसकी कठिन पारिभाषिकी जिम्मेदार है, कुछ हमारी संस्कृतनिष्ठ पद रचना। इसके चलते हमने भाषा को बोलचाल के निकट ले जाने के बजाय औपचारिक संबोधनों में बदल दिया है।

आज की पारिभाषिकी का आधार भले ही संस्कृत हो, किंतु भाषा के व्यवहार में बीच का रास्ता हमेशा उचित होता है। आज भूमंडलीकरण और उदारीकरण के चलते आर्थिक नाकेबंदियाँ टूटी हैं। वैश्विक ग्राम के इस नैकट्य ने लोगों को एक-दूसरे के काफी समीप ला दिया है। इसने अनेक भाषाओं के शब्दों की आवाजाहियाँ सरल की हैं, जो कि विभिन्न भाषा-भाषी लोगों की निर्बाध आवाजाहियों के चलते संभव हुआ है। इससे हिंदी पर दीगर भाषाओं के शब्दों का दबाव बेशक बढ़ा है, किंतु इसने हिंदी की विशालहृदयता को स्वीकारा भी है। याद करें तो हिंदी के विकास का काम सदियों से होता चला आ रहा है। बोलियों के प्रभाव से जहाँ हिंदी

का शब्द भंडार समृद्ध हुआ है, वहीं उसके बोलचाल के स्वरूप में भिन्नताएँ भी देखी जाती हैं। एक सदी हिंदी की खड़ी बोली के स्वरूप को स्थिर करने में ही गुजर गई। तथापि ऐसे प्रयत्नों को विराम नहीं देना चाहिए। भवानीप्रसाद मिश्र कहा करते थे—'जिस तरह हम बोलते हैं, उस तरह तू लिख।' खड़ी बोली के वैविध्य को लेकर अतीत में व्यापक बहसें चली हैं। रामविलास शर्मा ने आधा दर्जन से ज्यादा पुस्तकें केवल भाषा की समस्या को लेकर लिखी हैं, जिनमें इन बहसों का विस्तार से उल्लेख है। भारतेंदु हरिश्चंद्र ने हिंदी की खड़ी बोली के गद्य की आधारशिला रखी तो महावीरप्रसाद द्विवेदी, प्रताप नारायण मिश्र, बालकृष्ण भट्ट और बाबू गुलाब राय जैसे लेखकों ने उसे ऊँचाइयों पर पहुँचाया। बाबू गुलाब राय ने तो अपने एक निबंध में इसके प्रसार के लिए प्रोफेसरों के कुछ कर्तव्य निर्धारित किए थे। अचरज नहीं कि महावीरप्रसाद द्विवेदी हिंदी गद्य के परिमार्जन के इतने पक्षधर हुआ करते थे कि उन्होंने अनेक जगह भारतेंदु और बालमुकुंद गुप्त जैसे लेखकों तक की खासी आलोचना की है। पर भारतेंदु हरिश्चंद्र का योगदान इससे कम नहीं आँका जा सकता। यहाँ तक कि बालमुकुंद गुप्त के न रहने पर रायकृष्ण दास के यह पूछने पर कि हिंदी में किस लेखक ने उम्दा गद्य रचा है, उन्होंने बालमुकुंद गुप्त का नाम लिया था। भारतेंदुजी की पद्य रचना ब्रज के प्रभाव से समन्वित है। 'रसा' नाम से लिखी उनकी शायरी देखें तो लगेगा कि उर्दू शैली से भी उनकी खासी रब्त-जब्त थी। एक नमूना देखें—'दिल मेरा ले गया दग़ा करके/बेवफा हो गया वफा करके।' भारतेंदु इस बात के समर्थक थे कि हिंदी में वैज्ञानिक विषयों का लेखन संभव है। हिंदी के आधुनिक स्वरूप को विकसित करने में 'सरस्वती' ने महत्त्वपूर्ण योगदान किया है। हिंदी में तमाम आधुनिक लेखक 'सरस्वती' में छपकर चर्चित हुए और अपने समय के प्रतिष्ठित लेखकों-कवियों में शुमार किए गए। महावीरप्रसाद द्विवेदी स्वयं कई भाषाओं के ज्ञाता थे। अपने संपादन काल में उन्होंने 'सरस्वती' को वह दर्जा दिया, जहाँ छपना केवल साहित्य के उच्च मानकों पर ही खरा उतरना नहीं था, बल्कि भाषा की आधुनिकता के मानकों पर भी खरा उतरना था। हिंदी की विकास-यात्रा में शामिल रचनाकारों पर गौर करें तो प्रेमघन, बालमुकुंद गुप्त, गुलेरी, प्रेमचंद, निराला, मैथिलीशरण गुप्त, हरिऔध एक-से-एक दिग्गज लेखकों ने हिंदी की खड़ी बोली के मौलिक सौंदर्य को अपनी रचनाओं में मुखरित किया है।

राजभाषा हिंदी का बोलबाला संविधान में राजभाषा संबंधी प्रावधानों के बाद हुआ है। किंतु अनेक सरकारी, गैर-सरकारी संस्थानों, तकनीकी साहाय्य एवं

प्रोत्साहनों के बाद और आजादी के इतने वर्षों बाद भी यह एक संवैधानिक धक्के से ही चल रही है, स्वत:स्फूर्त प्रयासों से नहीं। स्वत:स्फूर्त प्रयास राजभाषा प्रावधानों के बाहर हो रहे हैं। हिंदी बाहर चौराहों पर बन रही है, गली-कूचों, मुहल्लों, गाँव-देहात में ढल रही है। कारोबारियों, व्यवसायियों के बीच व्यवहृत हो रही है। मुद्रित और इलेक्ट्रॉनिक माध्यमों में वह पल्लवित-पुष्पित हो रही है। किंतु वह राजभाषा की अटपटी पारिभाषिकी से कतई परिचालित नहीं है। रामविलास शर्मा ने लिखा है कि आज हिंदी जो विश्व भाषा बनी है, उसके मूल में वे लाखों हिंदुस्तानी हैं, जो सस्ती मजदूरी कराने के लिए भारत से ले जाए गए। अपनी भाषा के प्रति इनकी ममता उन भारतवासियों की अपेक्षा कहीं अधिक है, जो ब्रिटेन और अमेरिका में बस गए हैं और अपनी भाषा बोलने में असमर्थता प्रकट करते हैं।

भाषा में खादी की रंगत तभी आ सकती है जब उसके स्थापत्य में, उसके टेक्स्चर में हिंदी की मौलिक विशेषताओं का खयाल रखा जाए। जब हम हिंदी पत्रकारिता में बाबूराव विष्णु पराड़कर, लक्ष्मण नारायण गर्दे, गणेश शंकर विद्यार्थी जैसे प्रतिबद्ध हिंदी सेवकों की बात करते हैं तो आधुनिक पत्रकारिता में रघुवीर सहाय, राजेंद्र माथुर तथा प्रभाष जोशी जैसे पत्रकारों के योगदान को अनदेखा नहीं कर सकते, जिन्होंने बोलचाल की हिंदी को अपने अग्रलेखों के माध्यम से आगे बढ़ाया। 'नई दुनिया' स्कूल से निकले और 'नवभारत टाइम्स' के संपादक रहे राजेंद्र माथुर के संपादकीयों एवं अग्रलेखों की चर्चा केवल उनके विषय-निरूपण के कारण ही नहीं, भाषा के अपने बुनियादी मिजाज और मुहावरे के उपयोग के कारण भी होती है। प्रभाष जोशी के लंबे आलेख यदि एक साँस में पढ़े जाने का आकर्षण रखते हैं तो यह भी उस जबान का जादू है, जो गांधी के हिंदी-हिंदुस्तानी से होता हुआ एक आम 'लिंगुआ फ्रैंका' में तब्दील होता हुआ खादी जैसा विलक्षण सौंदर्य उपस्थित करता है। अचरज नहीं कि डॉ. नामवर सिंह ने प्रभाष जी के दुर्लभ गद्य की बुनावट की ओर ध्यान खींचते हुए एक गोष्ठी में कहा था, "वास्तव में उनका हर वाक्य जैसे खादी का पवित्र धागा है।" किंतु प्रभाष जोशी और राजेंद्र माथुर जैसी चुंबकीय भाषा का आकर्षण हम आज भी राजभाषा कही जाने वाली हिंदी के औपचारिक लबो लहजे में नहीं ला पाए हैं। इसीलिए वह अटपटी, दुरूह और 'यह किस देश-प्रदेश की भाषा है' के आरोपों से लांछित होती आ रही है। एक समय था, आकाशवाणी पर कन्हैया लाल मिश्र प्रभाकर, हजारी प्रसाद द्विवेदी और विद्यानिवास मिश्र के गँवई-गाँव के रस में पगे और पांडित्य से दूर निबंधों को सुनते

हुए बोलचाल की हिंदी की लय और सुगंध वातावरण में भर जाती थी। रामविलास शर्मा से बातचीत करते हुए एक क्षण भी यह अहसास नहीं होता था कि हम भाषा और विचारधारा के किसी महापंडित की छत्रच्छाया में बैठे हैं। यहाँ तक कि नामवर सिंह जैसे आलोचक ने भी बोलते और लिखते हुए सदैव बोलचाल के गद्य का लहजा बरकरार रखा। आम बोलचाल की हिंदी में उन्होंने अपने समय की अनेक साहित्यिक, वैचारिक, सांस्कृतिक और भाषाई गुत्थियाँ सुलझाईं तथा यह सिद्ध किया कि अच्छे वक्ता और लेखक भाषाई सरलता की लीक अपनाते हैं, जबकि खराब वक्ता और लेखक कठिन गद्य के प्रेत बनकर न केवल भाषा के ओज और माधुर्य की हत्या करते हैं, बल्कि विषय को भी दुरुह और अपठ्य बना देते हैं।

हमारी भाषा में खादी की रंगत हो, कौन नहीं चाहता? सदियों के सफर में हिंदी ने व्यापक शब्द संपदा जुटा ली है। वेब परिदृश्य में हिंदी ने अपनी व्यापक पहुँच बना ली है। इंटरनेट के माध्यम से तमाम सोशल साइट्स पर विश्व भर के लोगों की आवाजाही है। कंप्यूटर कंपनियों के कंसार्टियम से संभव यूनीकोड और हिंदी टाइपिंग टूल व इंटेलीजेंट की-बोर्ड के आ जाने से हिंदी सुगमता से तकनीक पर आरूढ़ हो चुकी है। अब मोटे-मोटे शब्दकोशों की शरण में जाने की बजाय नेट पर आसानी से कोश उपलब्ध हैं। यह अलग बात है कि भले ही अभी भी दो प्रतिशत जनता भी इंटरनेट से न जुड़ पाई हो, तथापि इसके प्रभाव से हिंदी का परिदृश्य अछूता नहीं है। इंटरनेट पर वैश्विक उपस्थिति से हिंदी का रंग-रूप बदला है। वह अंग्रेजी और दीगर भारतीय भाषाओं के शब्दों के समामेलन से एक नए भाषिक कोलाज की अनुभूति दे रही है। जैसे नदियाँ बेरोक-टोक बहती हैं, हमेशा वही पानी नदी में नहीं रहता, जो बह रहा होता है। भाषा भी नदी की तरह प्रवाहमान है। उसका एक मानक रूप कभी भी स्थिर नहीं किया जा सकता। हर लेखक यदि अपनी लेखन शैली का निर्माता होता है तो हर बोलनेवाला भाषा को अपनी शैली से सींचता और संवर्धित करता है। वही उस व्यक्ति की पहचान होती है। गांधी ने एक गुजराती से टूटी-फूटी हिंदी सीखी, जिसने कुछ दिन बनारस में रहकर अध्ययन किया था। रामविलास शर्मा ने तालस्ताय का एक उदाहरण दिया है कि कैसे वे एक बार एक गाँव में गए और तभी दो एक दिनों बाद उन्हें खोजते हुए कुछ युवा साहित्यिक उस गाँव में पहुँच गए और उनसे पूछा कि वे वहाँ क्या कर रहे हैं? तो पचहत्तर वर्षीय तालस्ताय ने कहा कि "मैं इन ग्रामीणों के बीच रूसी भाषा सीख रहा हूँ।" ऐसे उदाहरण हिंदी में विरल हैं। आज सारे उद्यम अंग्रेजी सीखने के लिए

होते हैं, हिंदी के लिए नहीं। यहाँ तक कि हिंदी के रोजगार में लगे हुए लोग भी हिंदी सीखना नहीं चाहते। राजभाषा के प्रहरियों और कोशकारों ने हिंदी को दुरूह बनाने में मदद की है, इसमें संदेह नहीं, किंतु व्यापक हिंदी समाज को भी जैसे हिंदी की कोई आवश्यकता नहीं महसूस होती। इसी दुरूहता के चलते बाबू गुलाब राय को एक निबंध लिखकर पूछना पड़ा था—'क्या हिंदी दुरूह बनाई जा रही है?' एक समय था, आत्मसम्मान को जरा सी ठेस लगने पर रेलवे की दो सौ रुपए महीने की नौकरी को लात मारकर बीस रुपए महीने पर महावीरप्रसाद द्विवेदी ने 'सरस्वती' की संपादकी स्वीकार की थी। यह भाषा-साहित्य और संस्कृति की सेवा करने का जज्बा था। आज यह भावना सिरे से बिला गई है। रोजी-रोटी की लड़ाई ने भाषा की लड़ाई को हाशिए में डाल दिया है; और फिर जो भाषा रोजी-रोटी भी न दे सके, उसके पैरोकार भी क्योंकर खड़े होंगे? लेकिन यही वह भाषा है, जिसमें बकौल उदयप्रकाश 'हर पाँचवें सेकेंड पर इसी पृथ्वी पर जन्म लेता है, एक और बच्चा और इसी भाषा में भरता है किलकारी और कहता है—'माँ'।'

हिंदी की कठिनाई का जो रोना अकसर रोया जाता है, वह इस कारण है कि भाषा के प्रसार और विकास में हमने उन तबकों को साथ नहीं लिया, जो इन्हें व्यवहार में लाते हैं। हमने इसे केवल भाषा वैज्ञानिकों और कोशकारों के हवाले छोड़ दिया। लिहाजा जो नैसर्गिक शब्दावली हिंदी में विकसित हो सकती थी, वह नहीं हो सकी। भाषा की खादी कहते वक्त लगता है कि यह कोई नई ईजाद है। हिंदीवादी, संस्कृतनिष्ठतावादी, हिंदुस्तानी जैसे वर्गीकरणों की तरह ही यह भाषा की कोई किस्म है। पर नहीं, यह भाषा की कोई किस्म नहीं पर यह वह उपक्रम है, जिस पर चलकर हिंदी को शुद्धतावादी-नस्लवादी भेदभाव से दूर रखते हुए आम आदमी की, साथ ही कामकाज की भाषा के रूप में विकसित किया जा सकता है। आज साहित्य में जिस सेंथेटिक शब्दावली-पदावली के प्रयोग की आलोचना की जाती है, वह इसी कारण है कि भाषा के बरतने वाले को भाषा के मिजाज का पता नहीं है। आखिर उर्दू में लिखने वाले प्रेमचंद हिंदी में क्यों आए और क्यों इतने लोकप्रिय हुए? प्रेमचंद को किसानी जीवन की समझ थी। मजदूर जीवन की समझ थी। उनका मानना था कि हिंदी या राष्ट्रभाषा केवल रईसों और अमीरों की भाषा नहीं हो सकती, उसे किसानों और मजदूरों की भाषा बनना पड़ेगा। आखिर अपनी ऐसी ही सरल भाषा में उन्होंने जान गाल्सवर्दी की रचना 'द स्ट्राइफ' का अनुवाद किया। किसानों, मजदूरों और गाँव-देहात की भाषा क्या हो सकती है और इस भाषा

का जादू कैसे लोगों पर छा सकता है, प्रेमचंद ने अपनी कहानियों के जरिए बताया। उन्होंने उर्दू और हिंदी के समामेलन से एक ऐसा भाषिक रसायन तैयार किया, जिसे बच्चे, बूढ़े और जवान सब पढ़ सकते थे। इसके लिए सिर्फ हिंदी के कामचलाऊ ज्ञान के अलावा ज्यादा तालीम की कोई दरकार न थी। इसी भाषा की वकालत समय-समय पर गांधीजी ने की। वे चाहते थे कि राजनीतिक बैठकों, सम्मेलनों में न केवल उत्तर भारत के, बल्कि द्रविड़ भाषाओं के जानकार भी कामचलाऊ हिंदी में बोलें। ऐसा उन्होंने कांग्रेस के कई अधिवेशनों में कहा और दबाव डाला। उन्होंने वस्त्रों में खादी का सपना देखा तो भाषा में हिंदुस्तानी का। उन्होंने वही मानक दूसरों के समक्ष रखा, जिस पर वे खुद अमल कर सकते थे। वे चरखा खुद कातते थे, इसलिए चरखे के महत्त्व से देशवासियों को अवगत करा सके। यकीन मानिए, आज देश के हर व्यक्ति के पास चरखा होता तो वह अपनी जरूरत भर के लिए कपड़े जरूर जुटा सकता। जहाँ-जहाँ आज भी पावरलूम और हैंडमेड खादी के करघे हैं, वहाँ इसी तरह वस्त्रों का निर्माण हो रहा है। बस आज हममें यह धीरज नहीं रहा, दूसरे सफाईपसंद मिलों और मल्टीनेशनल कंपनियों ने हजारों-लाखों बुनकरों के काम छीन लिये हैं।

लेकिन केवल इससे गांधीजी का विज़न अप्रासंगिक नहीं हो जाता। उन्होंने भाषा की दिशा में जिस हिंदी-हिंदुस्तानी का प्रचार किया, उसे इस देश की आम जनता पहले से बोलती थी। गांधी हिंदी में उतने ही तालीमयाफ्ता थे, जितना कोई इस देश क। किसान और मजदूर हो सकता है। उन्होंने अपनी सरलता से जाना कि हिंदी में कामचलाऊ बातचीत आसानी से की जा सकती है। उनकी मुहिम पर ही देश भर में 'हिंदी प्रचार सभाओं' ने जन्म लिया। 'हिंदी साहित्य सम्मेलन' की नींव पड़ी। क्या पता गांधीजी की इस प्रेरणा का ही नतीजा रहा हो कि प्रेमचंद जैसे कद्दावर लेखक ने हिंदी का रास्ता अख्तियार कर लिया! यही वह भाषा थी, जिसे देश की आम जनता बोलती-समझती थी। मुगलों के शासन के चलते आम जनता में तमाम उर्दू-फारसी शब्दों ने जगह बना ली थी। प्रशासन, कचहरियों, थानों, अदालतों आदि में जहाँ जनता की ज्यादा आवाजाही है, वहाँ पहले उर्दू में ही कामकाज होता था, तहरीरें लिखी जाती थीं, आजादी के बाद और प्रदेशों में वहाँ की भाषा को राजभाषा बनाए जाने के बाद हिंदी में कामकाज शुरू हुआ। पर आज भी देखें तो इन अनुशासनों की भाषा आज भी हिंदुस्तानी है, यानी हिंदी और उर्दू का सहमेल। आज भाषा में खादी के सौंदर्य की इतनी दरकार होती तो कृषि संबंधी कोशों में

कम-से-कम देश के कुछ किसानों को सहयोजित किया गया होता और पूछा गया होता कि अमुक-अमुक काम के लिए आपके यहाँ कौन-सा शब्द प्रयोग में लाया जाता है, और तब उनके सुझाव से जो शब्दावली बनती, वह निश्चय ही किसानों के लिए, कृषि वैज्ञानिकों के लिए ज्यादा काम की होती। वह यों ही लाइब्रेरियों में धूल फाँकती नहीं रहती। रामविलास शर्मा जैसे मार्क्सवादी लेखक ने सदैव यह कहा कि कम्युनिस्ट पार्टियाँ अपने कामकाज पहले हिंदी में करें, जो कि अपने को सर्वहारा औ: देश के किसानों और मजदूरों से जोड़ती हैं। उन्होंने दूसरे दलों के लिए भी यह जरूरत जताई कि ये दल, जो जनता के लिए काम करते हैं, अपने कार्यक्रम और एजेंडे हिंदी में क्यों नहीं बनाते?

भाषा के निर्माण में हमारी बोलियों ने अहम योगदान दिया है। बोलियाँ न होतीं और इतनी प्रभावी न होतीं तो नानक के पदों में ब्रज का बोलबाला न होता। रसखान हिंदी के बड़े कवि न कहलाते। जायसी और तुलसी जन-जन में छाए न होते। सूरदास के पदों का लालित्य सिर चढ़कर न बोलता। विद्यापति मैथिली में लिखने के बावजूद हिंदी के सिरमौर कवि न कहलाते। अवधी, बुंदेलखंडी, ब्रज, मालवी, राजस्थानी, मैथिली, भोजपुरी ने आधुनिक हिंदी को खड़ा किया है। केवल संस्कृत के बलबूते वह पूजा-पाठ के योग्य तो बन सकती थी। लिंगुआ फ्रैंका का दर्जा हासिल नहीं कर पाती। इन बोलियों का ही वैभव है कि हिंदी के जो भी आधुनिक कवि-लेखक हैं, उनके यहाँ ऐसे अनेक शब्द मिलेंगे, जो इन बोलियों से लिये गए हैं। अज्ञेय के यहाँ ऐसे बहुतेरे शब्द आते हैं, जिन्हें रामविलासजी कहते थे कि यह ऊपर से टाँका गया लगता है। यह बाजरे की कलगी की तरह है, पर देखें तो नफासत भरे अज्ञेय को भी भाषा की खादी पसंद थी। उसका स्थापत्य उन्हें भाता था। वृंदावनलाल वर्मा, जैनेंद्र और प्रेमचंद के उपन्यासों और सुदर्शन व विश्वंभरनाथ शर्मा 'कौशिक' की कहानियों को पढ़ने के लिए किसी शब्द के लिए कोश की शरण लेने की जरूरत नहीं पड़ती थी। अज्ञेय और निर्मल वर्मा में होती है, क्योंकि आधुनिकता के वशीभूत होकर और पश्चिम के साहित्य से प्रभावों के अनेक लक्षण उनकी भाषा में दिख पड़ते हैं। भाषा की इस खादी का बुनकर कौन है? क्या लेखक और कवि? बिल्कुल नहीं। ये तो उसके उपभोक्ता या प्रयोक्ता भर हैं। इस भाषा के कारीगर गाँव-देहात में, कस्बों और छोटे शहरों में हैं। यह भाषा आपको फिरोजाबाद के चूड़ी बनाने वाले कारीगरों के बीच सुनाई देगी, तो चौक-चौराहों, लोहा मंडियों, ठठेरी बाजारों, जुलाहों, किसानों, मजदूरों, खदान में

काम करनेवालों, रोपनी, निराई-गुड़ाई से लेकर तमाम सांस्कारिक अनुष्ठानों में व मेले-ठेले जाते हुए गउनई गाने वाली महिलाओं में सुनाई देगी। यही वह भाषा है, जो कभी चटकल मिलों के कामगारों के बीच बोली और समझी जाती थी। यह वही भाषा है, जिससे एक आदमी गाँव में अपनी सारी जिंदगी काट देता है। एक बच्चा अपनी जिस थोड़ी-सी भाषा से अपना काम चला लेता है। यह वही भाषा है, जो हम मदारियों की जबान से सुनते हैं, जिसे बोलकर एक राजनेता चौराहों पर भीड़ जमा कर लेता है। यह वही भाषा है, जिसमें आह्वान करने पर लोग घरों से बाहर निकल पड़ते हैं। यह वही भाषा है, जिसे रईस और रसूखदार लोग अपने नौकरों, मजदूरों से सीखकर हिंदी में बोलते हुए अहसान जताया करते थे। गलती यह हुई कि इस भाषा से धीरे-धीरे अभिजात वर्ग ने अपने को काट लिया, ताकि इन तबकों से भद्र समुदाय की दूरी बनी रहे। यह वर्ग-विभेद कायम रहे। यही वजह है कि आजाद भारत में शब्दकोशों, पाठ्यक्रमों का जिस तरह निर्माण किया गया, उसमें कठिन और अनूदित हिंदी का बोलबाला रहा, जो कि न तो जनता की जबान पर चढ़ सकी, न विद्यार्थियों व अध्यापकों की।

आज वातावरण बदला है। अब हिंदी में काम करना उतना हेय नहीं माना जाता, जितना पहले माना जाता रहा है। हालाँकि एक तरह का श्रेणीकरण आज भी समाज में मौजूद है। दफ्तरों में हिंदी में काम करनेवाले के प्रति कोई सदाशयी दृष्टि नहीं रखता। अंग्रेजी को आज भी नौकरियों में, पढ़ाई में, प्रबंधन में, प्रशासन में वही रुतबा हासिल है, जो पहले रहा है। यह व्यक्ति की शख़्सियत का वह कवच-कुंडल है, जो देखने में भले ही शोभादायक हो, पर जिससे राष्ट्रीय अस्मिता का भला नहीं होने वाला। भाषा वही है, जो सुनते ही कर्ण कुहरों में एक संगीत की तरह घुल जाए, जिसे हर शख्स आसानी से समझ सके। भाषा वही है, जो आदमी-आदमी में केवल इसी वजह से भेद न पैदा करे कि वह कोई दीगर भाषा जानता है, जो किसी दृष्टि से किसी भाषा से उच्च समझी जाती है; क्योंकि रंगभेद केवल त्वचा का नहीं, भाषा के व्यवहार के प्रति भी रहा है। गांधीजी ने इसी भाषा के लिए ट्रेनों में अंग्रेजों के कोड़े खाए हैं। तमाम गुलाम देशों के नागरिकों को ऐसी ही औपनिवेशिक भाषाएँ बरसों तक हिकारत की नजर से देखती रही हैं। देश को आजाद हुए कई दशक हो गए, किंतु आज भी कुछ अंग्रेजी स्कूलों में बच्चों को हिंदी बोलने के लिए दंडित किए जाने की खबरें मिलती रहती हैं; क्योंकि हिंदी तो जन्मजात गँवारों, जाहिलों और इंडियन नेटिव्स की भाषा मानी जाती रही है। हिंदी को आज एक नेटिव लैंग्वेज की

दृष्टि से नहीं, जमीनी समझ की भाषा के रूप में विकसित और प्रयोग किए जाने की जरूरत है। तब जो भाषा बनकर निखरेगी, कामकाज में, साहित्य में, खेतों और खलिहानों, कल-कारखानों में, वह यही भाषा की खादी होगी, जिसकी चमक और सादगी दूर से ही दिखाई देगी, जैसे आज भी सेंथेटिक कपड़ों के बीच शत-प्रतिशत सूती वस्त्रों की। भाषा को आज इसी संस्कार की जरूरत है।

भाषा में खादी के संस्कारों की जरूरत आज भले आन पड़ी हो, जीवन में खादी की दरकार किसी को नहीं है। कुछ राष्ट्रभक्तों के लिए जरूर संस्कारवश खादी उनके विचारों का गहना है, 'सादा जीवन-उच्च विचार' का प्रतीक है। पर आज खादी राजनेताओं की भी पसंद नहीं रही। आम आदमी की कौन कहे! उसकी खरीद पर सरकार की ओर से छूट है, फिर भी खादी का कोई नामलेवा नहीं है। यह आम मिलों के कपड़ों से कहीं अधिक महँगी है तथा इसके रख-रखाव पर कहीं ज्यादा जहमत भी है। फिर कौन खादी की ओर रुख करे? लेकिन भाषा को खादी की-सी रंगत देने में अपने पास से कोई रोकड़ा नहीं खर्च करना। भाषा की मौलिक और बुनियादी भंगिमाओं को उसके खुरदरेपन के साथ रख देना, उसे ताकतवर बनाना है। आज जिस तरह की सेंथेटिक भाषा हमारे दिलोदिमाग में जगह बनाए हुए है, उसमें हिंदी समाचारों की तरह आरोह-अवरोह जैसे नदारद हो। भाषा जैसे किसी रिफाइनरी से होकर हमारे पास पहुँच रही है। सरकारी कामकाजी हिंदी अपनी इसी एकरसता के कारण अपने मूल से कट गई है। जरूरत है भाषा को उसके उद्गम के निकट से निकट ले जाने की, उन बुनियादी मुहावरों और सरोकारों से रचने-सींचने की, जो स्थानीय बोलियों के संसर्ग से पैदा होते हैं और आबोहवा में छा जाते हैं। भाषा में खादी के संस्कारों को जीवित करने के लिए ऐसे उद्यमों की आज कहीं अधिक जरूरत है।

□

हिंदी : वित्त से चित्त तक

सितंबर माह हिंदी का माह होता है। चौतरफा कार्यालयों में हिंदी की गतिविधियाँ एकाएक बढ़ जाती हैं। किसी भी देश में किसी भाषा का ऐसा उत्सव नहीं मनाया जाता, जिस तरह हिंदुस्तान में हिंदी का। हिंदी राजभाषा जो है। भारत की सारी राष्ट्रभाषाओं में सिरमौर! सभी भाषाओं की जननी होकर भी संस्कृत उपेक्षा के नेपथ्य में है और उसकी सबसे लाड़ली दुहिता हिंदी का जिस तरह स्वतःस्फूर्त विकास होना चाहिए था, वह नहीं हो सका। केंद्र व प्रदेश स्तर पर हिंदी के प्रचार के लिए बने संस्थानों, अकादमियों, हिंदी संस्थानों के बावजूद हिंदी न तो सरकारी कामकाज की एकमात्र सक्षम भाषा बन सकी और न ही हिंदी समाज में वह समादर और स्वीकार्यता पा सकी, जो सहजता से अंग्रेजी को हासिल है। हिंदी के प्रचार-प्रसार में लगी संस्थाओं पर गौर करें तो गृह मंत्रालय, राजभाषा विभाग, केंद्रीय हिंदी प्रशिक्षण संस्थान, केंद्रीय अनुवाद ब्यूरो, हिंदी शिक्षण योजना, केंद्रीय हिंदी निदेशालय, वैज्ञानिक तकनीकी शब्दावली आयोग, साहित्य अकादेमी, भारतीय ज्ञानपीठ, हिंदी अकादमी जैसी सक्षम इकाइयों के होते हुए भी दिल्ली में हिंदी की सत्ता दयनीय दिखती है। मेट्रो कल्चर में रमे नागरिक आम बोलचाल की हिंदी में बेशक अभ्यस्त दिखते हों पर उनकी प्राथमिकताओं में न हिंदी भाषा है, न हिंदी साहित्य। हिंदी का एजेंडा जैसे केवल हिंदी के अध्यापकों, हिंदी अधिकारियों और मीडिया में हिंदी के कार्यक्रमों से जुड़े लोगों और हिंदी अखबारों के संपादन-प्रकाशन से जुड़े लोगों का एजेंडा हो। लिहाजा जन्मदिन मनाने वालों की निगाह में हिंदी एक दिन के 'बर्थडे बेबी' से ज्यादा अहमियत नहीं रखती, जिसकी लंबी उम्र की दुआएँ की जाती हैं और केक काटने की रस्म अदा की जाती है। हिंदी के जन्मदिन को भी हम संवैधानिक औपचारिकता के नाम पर मनाते हैं। पर कुछ अपवादों को छोड़कर शायद ही किसी के अंतःकरण में इसके लिए सचमुच की श्रद्धा जागती हो।

चूँकि 14 सितंबर, 1949 के दिन संविधान सभा ने हिंदी को राजभाषा का दर्जा दिया था, इसलिए सितंबर माह करीब आते ही सरकारी कार्यालयों व उपक्रमों की भाँति बैंकों में भी हिंदी के कामकाज की सक्रियता बढ़ जाती है। हिंदी की सर्जनात्मकता को बढ़ावा देने के लिए विभिन्न स्तरों पर आंतरिक प्रतियोगिताओं का आयोजन तो होता ही है, कुछ बैंक आगे बढ़कर कवि गोष्ठियों, संगोष्ठियों आदि का आयोजन कर 'हिंदी दिवस' की सार्थकता पूरी कर लेते हैं। 'हिंदी दिवस' को सांकेतिक गरिमा प्रदान करते हुए कुछ कार्यालय हिंदी सप्ताह तो कुछ हिंदी पखवाड़ा और कुछ तो पूरे सितंबर माह को हिंदी माह के रूप में मनाते हैं। हिंदी माह आते ही एक बैनर कार्यालयों के प्रवेश द्वार पर प्रदर्शित कर दिया जाता है, जो इस बात का प्रतीक होता है कि कार्यालय में हिंदी सप्ताह, पखवाड़ा या हिंदी माह पूरी निष्ठा से मनाया जा रहा है। सप्ताह, पखवाड़े या मास के दौरान शब्द ज्ञान, अनुवाद, श्रुतलेख, कविता पाठ, टिप्पण-आलेखन आदि प्रतियोगिताओं की बाढ़ आ जाती है, फिर इनाम या पारितोषिक के नाम पर यूटिलिटी मदों के उपहारों की बहार। एक बार फिर सितंबर माह में हिंदी में कामकाज का संकल्प बाँच लिया जाता है। यह संकल्प किस हद तक लोगों के आचरण में उतर पाता है, यह दीगर बात है। कुछ दिनों में बातें हवा-हवाई हो जाती हैं। हिंदी अधिकारी और कार्यालयीन सहयोगी फिर अपनी पहले की-सी गति में लौट आते हैं। बरसों से यही सिलसिला चलता आ रहा है।

पर हिंदी का राजभाषा बनाया जाना ही उसके विरोध का कारण भी बना। एक जमाने में संसद् में भाषा को लेकर की गई बहसें अब इतिहास का विषय हैं। आज हिंदी को लेकर उतना विरोध भले न दिखता हो, पर हिंदी के प्रयोग के प्रति मानसिकता बहुत उदार नहीं हो सकी है। दक्षिण के कुछ राज्यों व पूर्वोत्तर राज्यों में हिंदी के प्रति वह स्वाभाविक रुझान नहीं है, जैसा रूझान हिंदीभाषी राज्यों में दीख पड़ता है। लिहाजा संविधान सभा द्वारा हिंदी को राजभाषा बनाए जाने के बाद से और 1976 में बैंकों में राजभाषा विभागों व हिंदी पदों के सृजन के बाद कितना कुछ काम हिंदी में हो पाया है या हो रहा है, यह पड़ताल का विषय है। नियमत: सारे सामान्य आदेश द्विभाषिक रूप में निकलने चाहिए, हिंदी भाषी क्षेत्रों में शत-प्रतिशत पत्राचार हिंदी में किया जाना चाहिए, हिंदी पत्रों के उत्तर हिंदी में ही दिए जाने चाहिए, पर सच पूछिए तो आज यह ईमानदारी से नहीं कहा जा सकता कि ऐसा शत-प्रतिशत हो रहा है; हाँ, आँकड़े जरूर बताते हैं कि काम हो रहा है। भारत सरकार, गृह मंत्रालय, वित्त मंत्रालय व संसदीय राजभाषा समिति भी यह मानती है कि केंद्रीय कार्यालयों

की तुलना में बैंकों में हिंदी का काम बेहतर तरीके से हो रहा है। दिल्ली स्थित बैंकों की नगर राजभाषा कार्यान्वयन समिति के संयोजक एवं सदस्य सचिव का भी मानना है कि "बैंकों में किसी भी सरकारी कार्यालय से कहीं ज्यादा काम हिंदी में हो रहा है। हाँ, दक्षिण के कुछ बैंकों में जितना काम होना चाहिए, उतना नहीं हो पा रहा है, किंतु अब तक जितना हुआ है, वह कम उत्साहप्रद नहीं है। बैंकों ने हिंदी का एक बेहतर माहौल पूरे देश में निर्मित किया है।"

तकनीकी पर्यावरण और हिंदी

आज बैंकिंग सेवाएँ तकनीक-आधारित हैं। इंटरनेट बैंकिंग, मोबाइल बैंकिंग, एसएमएस अलर्ट, एटीएम प्रचालन आदि में हिंदी के प्रयोग को कैसे सुकर बनाया जा सके, इस दिशा में बैंक कार्यरत हैं। कई बैंकों के एटीएम हिंदी के अतिरिक्त कई क्षेत्रीय भाषाओं में भी परिचालित किए जा सकते हैं। बेशक इंटरनेट बैंकिंग में अंतरराष्ट्रीय कनेक्टिविटी की वजह से अभी हिंदी का प्रयोग शुरू नहीं हुआ है पर आनेवाले दिनों में यह संभव हो सकता है कि इंटरनेट में हिंदी व अंग्रेजी दोनों विकल्प मौजूद हों। बैंकों के वेबसाइट तो द्विभाषी हैं ही। जहाँ तक बैंकों में सीबीएस यानी कोर बैंकिंग सोल्युशन में डाटा प्रोसेसिंग की बात है, लगभग सभी बैंकों ने अपने सीबीएस सिस्टम में हिंदी के प्रयोग की सुविधाएँ जुटा ली हैं, चाहे इंटरफेस के जरिए ही। पर सहजता से इसका प्रयोग होता हुआ नहीं दिखता। एक वक्त मैनुअल टाइपराइटरों का था, जो टाइपिस्टों के लिए ही साध्य थे। पर तब हिंदी का प्रयोग आज से कम नहीं था। आज जमाना कंप्यूटरों का है। इस पर भी जब्र केवल फॉन्ट्स का प्रचलन था, तब इस पर केवल पारंपरिक टाइपिस्ट ही काम कर पाते थे। अब जब से कंप्यूटर कंपनियों के कंसार्टियम ने यूनीकोड का प्रचलन आरंभ किया, यह प्रयोग के लिहाज से काफी आसान हो गया है। गूगल और अन्य सर्च इंजनों ने भी लिप्यंतरण के माध्यम से हिंदी में लिखना आसान बनाया है; इंटेलीजेंट की बोर्ड ने भी हिंदी में टाइपिंग की राहें आसान की हैं, पर तमाम आसानियों के बावजूद सभी लोग इस पर हिंदी में काम कर रहे हों, ऐसा नहीं है। आज प्राय: टाइपिस्ट कंप्यूटर ऑपरेटरों अथवा सिंगल विंडो ऑपरेटर में बदल चुके हैं। ये सभी बहुत थोड़े प्रयासों से कंप्यूटर पर अपना काम हिंदी में कर सकते हैं, किंतु दिल्ली, मुंबई, चेन्नई व कोलकाता के मेट्रोपॉलिटन माहौल में हिंदी की स्थिति सदैव गौण दिखाई देती है।

पर उक्त महानगरों जैसी स्थिति हिंदी राज्यों में नहीं है। हिंदी भाषी राज्यों में

बैंकों के प्रशासनिक कार्यालयों व शाखाओं में हिंदी की स्थिति देश की राजधानी और महानगरों से बेहतर है। इसलिए कि जो हिंदी प्रदेश हैं, वहाँ राज्य स्तर पर कामकाज की भाषा हिंदी होने के कारण हिंदी के प्रयोग का एक सहज वातावरण होता है। वहाँ बैंककर्मियों को भी अंग्रेजी के मुकाबले हिंदी में काम करना सहज प्रतीत होता है। बातचीत तो प्राय: हिंदी में होती ही है। गाँवों, कस्बों के शाखा प्रबंधक प्राय: रुटीन पत्र हिंदी में लिखा करते हैं। यद्यपि डाटा प्रोसेसिंग का काम वहाँ भी अधिकतर अंग्रेजी में ही होता है। अधिकांश प्रबंधकों को यह पता ही नहीं है कि उनके सिस्टम में हिंदी में डाटा प्रोसेसिंग की सुविधा भी मौजूद है या उसमें वे यूनीकोड को सक्रिय कर हिंदी में पत्रादि लिख सकते हैं; बल्कि पता होने पर भी वे हिंदी में काम करने में उदासीन से दिखते हैं।

इधर विभिन्न समीक्षा बैठकों में इस बात पर बल दिया जा रहा है कि आंतरिक कामकाज में हिंदी के प्रयोग का प्रतिशत बढ़ाने के साथ-साथ ग्राहकोपयोगी सेवाएँ भी हिंदी में प्रदान की जाएँ। कंप्यूटरीकृत होने के कारण फलाँ काम हिंदी में नहीं संभव है, ऐसे किसी कारण को अब तरजीह नहीं दी जाती। सरकार का निर्देश है कि बैंक ग्राहकों को एटीएम से किए जानेवाले लेन-देन की रसीद हिंदी में भी निकालने की सुविधा दें। वित्त मंत्रालय के अनुसार सरकार ने सार्वजनिक क्षेत्र के बैंकों को सुझाव दिया है कि वे ऐसी एटीएम मशीनें लगाएँ, जो कि अंग्रेजी के साथ-साथ हिंदी में भी रसीद दे सकें। साथ ही सरकार ने लेन-देन की रसीद और मिनी स्टेटमेंट तथा जमा राशि की जानकारी भी हिंदी में प्रिंट करने का विकल्प उपलब्ध कराए जाने का भी सुझाव दिया है। हालाँकि इस तरह की एटीएम मशीन लगाने को लेकर अभी समय-सीमा नहीं तय की गई है। पर इस बात की निगरानी की जाती है कि बैंकों ने इस संबंध में दिए गए आश्वासन की पूर्ति की है या नहीं।

वर्तमान में ज्यादातर एटीएम में द्विभाषी सुविधा का ऑप्शन होम स्क्रीन पर मौजूद है। एटीएम मशीन कंपनी के मुताबिक बैंकों में इस तरह की बहुत सारी एटीएम मशीनें लगी हुई हैं, जिनमें ग्राहकों के लिए हिंदी व अंग्रेजी में लेन-देन की रसीद मिलती है। निजी क्षेत्र के बैंकों में आईसीआईसीआई अपने एटीएम ग्राहकों को अंग्रेजी के अलावा हिंदी तथा स्थानीय भाषाओं में भी लेन-देन रसीद की सुविधा दे रहा है। लेन-देन के एसएमएस अलर्ट हिंदी में भेजे जाने के लिए हर बैंक अपने सीबीएस सिस्टम को अनुकूलित करने के लिए प्रयत्नशील है। कुछ बैंक ऐसा कर भी रहे हैं।

हिंदीतर राज्य : हिंदी की स्वीकार्यता

पर जहाँ तक अहिंदीभाषी इलाकों में हिंदी की स्वीकार्यता और उसके प्रचलन का प्रश्न है, दक्षिण या अहिंदीभाषी प्रदेशों के बैंकों में हिंदी के प्रयोग की स्थिति आज भी केवल सांविधिक अपेक्षाओं को पूरा करने तक ही है; पत्राचार, टिप्पण और रूटीन फाइलों, रजिस्टरों में हिंदी के प्रयोग की स्थिति आज भी उनके लिए सहज साध्य नहीं है। कॉर्पोरेशन बैंक के कार्यपालक निदेशक बिभास कुमार श्रीवास्तव ने एक बातचीत में बताया कि उनके यहाँ हिंदी में बातचीत करने में कोई अड़चन नहीं रही, तथापि उन्होंने अपने बैंक के गैर कन्नड़भाषियों के लिए कन्नड़ की कक्षाएँ शुरू कराई भी, जिससे भाषाई एकता का विकास हो। इन कक्षाओं में लोग कन्नड़ सीख रहे हैं। वे कहते हैं, "मैं खुद इन कक्षाओं में बैठता था और हिंदी का तुलनात्मक विवरण देता था। कन्नड़भाषियों के लिए हिंदी शिक्षण का काम तो चलता ही है, जिसका कोई विरोध नहीं है।" याद रहे एक दौर में चलाए गए जिस त्रिभाषा-सूत्र की भ्रूण हत्या हो चुकी है, उस मिशन को एक हिंदी भाषी कार्यपालक सुदूर दक्षिण में कन्नड़भाषियों के बीच लागू कर जैसे पुरखों का ऋण अदा कर रहा था।

बैंकों में हिंदी के कामकाज की जाँच-पड़ताल का काम गृह मंत्रालय के राजभाषा विभाग के अलावा भारतीय रिजर्व बैंक व वित्तीय सेवाएँ विभाग व संसदीय राजभाषा समिति के जिम्मे है। इनके निरीक्षणों का एक सकारात्मक असर पड़ा है। पहले बैंक में काम कर चुके व वित्तीय सेवाएँ विभाग के संयुक्त निदेशक रहे डॉ. वेदप्रकाश दुबे की बैंकों व बीमा कंपनियों के हिंदी कामकाज पर सख्त निगाह रही है। वे कहते हैं, "हिंदी के प्रयोग की दिशा में वे बदलाव लाने के लिए प्रयत्नशील रहे हैं। उन्होंने बैंकों में निरीक्षण के बदले 'राजभाषा प्रयोग : आपसी संवाद-सार्थक दिशा' की योजना निरूपित की, जिससे तमाम बिंदुओं को शाखा व कार्यालय स्तर पर लागू करने में महसूस की जा रही कठिनाइयों का हल निकाला जा सके।" वे इस बात के लिए भी प्रयत्नशील रहे कि राजभाषा कैडर बनाकर हिंदी अधिकारियों को उच्चतर पदों पर प्रोन्नत करने के आदेशों को भी कार्यान्वित किया जाए। बैंक ऑफ बड़ौदा के महाप्रबंधक (राजभाषा) डॉ. जवाहर कर्णावट यह स्वीकार करते हैं कि बेशक कुछ बड़े बैंकों में हिंदी अधिकारियों की संख्या ज्यादा है, कार्यपालक स्तर के पद भी अधिक हैं, पर तमाम बैंकों में अपनी लघुता के बावजूद हिंदी का एक सहज वातावरण है तथा हिंदी भाषी इलाकों में गहरी जड़ें जमाए ये बैंक वास्तव में हिंदी को दिनानुदिन के कार्यकलापों में प्रतिष्ठा दिलाने के लिए प्रतिश्रुत है। हालाँकि

एक वक्त राजभाषा विभाग की सचिव वीणा उपाध्याय द्वारा हिंदी में आम बोलचाल के शब्दों के अलावा अंग्रेजी के शब्द देवनागरी में लिखने की हिदायत दी गई तो इसका हिंदी प्रेमियों और शुद्धतावादियों ने काफी विरोध किया। इस निर्देश के विरोध में अनेक लेख व अग्रलेख लिखे गए। लोगों का मानना था कि हिंदी को बढ़ावा देने की यह सरकारी हिकमत मूलत: हिंदी-विरोधी है।

बैंकों में हिंदी

संभवत: फिल्मों और रेलवे के बाद बैंकिंग ही ऐसा माध्यम है, जिससे देश का आमजन अपरिहार्य रूप से जुड़ा है। सरकारी योजनाओं के बैंक के माध्यम से क्रियान्वयन के कारण अब यह निर्भरता और बढ़ गई है। 'प्रधानमंत्री जन धन योजना', 'प्रधानमंत्री जीवन ज्योति बीमा योजना', 'अटल पेंशन योजना' आदि के जरिए करोड़ों नए ग्राहक बैंक से जुड़े हैं। सार्वजनिक क्षेत्र के बैंक अभी भी 'नो फ्रिल' खाते खोलकर जनता की जो सेवा कर रहे हैं, वह निजी और विदेशी बैंकों द्वारा संभव नहीं है। इसके अलावा कृषि प्रधान भारत में किसानों के लिए महज 7 प्रतिशत ब्याज दर और तय अवधि के भीतर अदायगी करने पर 4 प्रतिशत ऋण सुविधाएँ मुहैया कर सरकार किसानों को विशेष अहमियत दे रही है। गाँवों में बैंकों ने जनता से एक सौहार्दपूर्ण संबंध स्थापित किया है। महानगरों या बड़े नगरों में कार्यरत निजी या विदेशी बैंकों की प्राथमिकता सूची में आज भी धनाढ्य और नवदौलतिए शामिल हैं, जिनकी सेवाओं का वे व्यक्तिगत खयाल रखते हैं। जनता जनार्दन की सेवा में तो आज भी सरकारी क्षेत्र के बैंक ही हैं। यहाँ आकर ग्राहक अपनत्व का अनुभव करते हैं। किसी भी बैंक की ग्राहक गोष्ठी में चले जाइए, ग्राहकों से संवाद कीजिए तो पता चलेगा, वे बैंकों के कारण कितने सुरक्षित महसूस करते हैं। बैंकों से मिली वित्तीय सहूलियत की वजह से ही वे आज ऊँचाइयों पर पहुँचे हैं। यहाँ वे बोलते हैं तो लगता है दिल से बोल रहे हैं। हिंदी और क्षेत्रीय भाषाओं में अपनी बात कह पाना आज भी कितना सहज लगता है। गाँवों-कस्बों तक फैले बैंकिंग नेटवर्क के जरिए हिंदी का प्रयोग आसान है। ग्राहकों से संवाद आसान है। वे यहाँ सहज महसूस करते हैं तो हिंदी के कारण। माहौल अपना सा लगता है। हिंदी में वह अचूक ताकत है जिसमें एक चुंबकीय आकर्षण है। क्षेत्रीय भाषाओं और बोलियों में वह सहजता है, जो दिल को गहराई से छूती है।

बैंकों में हिंदी का प्रयोग 1976 से ही शुरू है। लेकिन हमारी कार्यव्यवस्था में जड़ जमाए अंग्रेजी को आसानी से निकाल पाना संभव नहीं है। बैंकों में पत्राचार व प्रविष्टियों में 90 के दशक में हिंदी का ही व्यवहार होता था। धीरे-धीरे कंप्यूटरीकरण के साथ हिंदी में शब्द संसाधन की सुविधा उपलब्ध हुई। बैंक में सीबीएस प्रणाली का उदय हुआ। आज सभी बैंकों की शाखाएँ सीबीएस यानी कोर बैंकिंग सोल्यूशन सिस्टम से जुड़ चुकी हैं। कोई ग्राहक उस बैंक की किसी भी शाखा से बैंकिंग लेन-देन कर सकता है। सीबीएस प्रणाली के कार्यान्वित होने के साथ बैंक में डाटा प्रोसेसिंग आसान हो गई। शब्द संसाधन की सुविधा कंप्यूटर पर पहले से ही उपलब्ध है। किंतु आज के सीबीएस माहौल में अब द्विभाषिक बैंकिंग परिचालन की बात की जा रही है। यानी ग्राहकों को पासबुकें आदि द्विभाषिक रूप में या हिंदी में उपलब्ध कराई जाएँ। इस दिशा में बैंकों ने अपने-अपने स्तर पर समाधान ढूँढ़ने का यत्न किया है। भारत में कार्यरत कंप्यूटर कंपनियों ने हर स्तर पर बैंकों को टेक्नोलॉजी से समृद्ध किया है। घर बैठे-बैठे बैंकिंग लेन-देन, भुगतान, चौबीस घंटे एटीएम से धन निकासी, जीवन कितना आसान हुआ है! पर अभी भी जो बड़ी मुहिम जारी है, वह है कैसे अंग्रेजी में होनेवाली सीबीएस की डाटा प्रोसेसिंग को हिंदी या द्विभाषिक रूप में संभव किया जाए? बहुत से बैंकों ने इंटरफेस के जरिए या मैजिक स्क्रिप्ट आदि के जरिए हिंदी माध्यम में प्रविष्टियाँ किए जाने की सुविधा शुरू की है, पर अभी वह त्रुटिविहीन नहीं है। एक तो हिंदी में यह प्रक्रिया समय लेती है, दूसरे मुद्रित होने पर लिप्यंतरण शुद्धतम रूप में नहीं होता। शब्द संसाधन की तरह यदि इस प्रक्रिया में भी इंटेलीजेंट कीबोर्ड काम करने लगे तो यह त्रुटि समाप्त हो सकती है। इसी के साथ एटीएम, इंटरनेट, मोबाइल बैंकिंग आदि में भी ग्राहकों को हिंदी माध्यम उपलब्ध कराने की चुनौती बैंकों के सामने है, क्योंकि खाता खुलते ही हर आदमी एटीएम, इंटरनेट व मोबाइल बैंकिंग जैसी सुविधाएँ चाहता है। बहुत से बैंकों ने यह संभव किया है। पर कुछ बैंक अभी भी इसके शत-प्रतिशत कार्यान्वयन का लक्ष्य प्राप्त नहीं कर पाए हैं। एक बार यह डाटा प्रोसेसिंग के स्तर पर कंप्यूटरों में लिप्यंतरण की शत-प्रतिशत शुद्धता हासिल हो जाए तो यह कार्य बैंकिंग कामकाज का लगभग 50 प्रतिशत होगा। जहाँ तक हिंदी में पत्र-लेखन, टिप्पण की बात है, आज कंप्यूटर पर ये संसाधन उपलब्ध हैं और यूजर फ्रेंडली हैं। जहाँ हजारों ब्लॉग, वेबसाइट लोग खुद परिचालित कर रहे हैं, अपने विचारों का प्रक्षेपण पूरी दुनिया भर में फेसबुक ट्विटर आदि माध्यमों से कर रहे हैं, कोई मुश्किल नहीं कि यूनीकोड टाइपिंग से हम

पत्राचार शत-प्रतिशत हिंदी में सुनिश्चित न कर सकें। किंतु बैंकों का हाथ इसी में तंग है। अब हिंदी टंकण के लिए हिंदी जानना भी जरूरी नहीं है। वह आप रोमन में टाइप कर उसका आउटपुट हिंदी में प्राप्त कर सकते हैं। हाँ, संसाधित पाठ को ठीक करने के लिए भाषाई ज्ञान आवश्यक है।

बैंकों में हिंदी अनुकूल माहौल है। राजभाषा गृह मंत्रालय की संकल्पना के अनुसार आज लगभग डेढ़ सौ नगरों में 'नगर राजभाषा कार्यान्वयन समितियाँ' हैं। सरकारी व सरकारी क्षेत्र के उपक्रमों, बैंकों को इन समितियों से सहयोजित किया गया है। यहाँ नियमित तौर पर छमाही बैठकें होती हैं और बैंक आपस में अपनी प्रगति का लेखा-जोखा करते हैं। दिल्ली बैंक नराकास ने तो प्रतियोगिताओं की ऐसा सुनिर्धारित कार्यक्रम बनाया है कि हर माह, हर हफ्ते लगभग एक प्रतियोगिता का आयोजन किया जा रहा है। बैंकों में लिखने-पढ़नेवाले लोग हैं। उनमें रचनाशीलता है। एक-से-एक कवि बैंकों में हैं तो एक से एक वक्ता भी। इसके अलावा साल भर बैंकों में हिंदी कार्यशालाएँ चलाई जाती हैं। शाखाओं में यथास्थल प्रशिक्षण देकर सहयोगियों की हिचक दूर की जाती है। नियमित निरीक्षण से आंतरिक कामकाज में हिंदी के प्रयोग का प्रतिशत बढ़ाने पर बल दिया जाता है। बैंकों में पत्र-पत्रिकाएँ मँगाई जाती हैं, वहाँ हिंदी पुस्तकालय स्थापित हैं। पत्रिकाएँ निकालकर बैंककर्मियों की सर्जनात्मक प्रतिभा को मंच प्रदान किया जाता है। प्रमुख स्थलों पर होर्डिंग व विज्ञापनों के जरिए प्रमुखतः हिंदी व क्षेत्रीय भाषाओं में जनता तक बैंक की स्कीमों की जानकारी दी जाती है।

समस्याएँ हैं तो समाधान भी

पर जो सबसे बड़ी समस्या है, वह है हमारी मानसिकता, जो अंग्रेजियत की छवि में पगी है। हम मानकर बैठे हैं कि हिंदी में अमुक काम हो ही नहीं सकता। किया भी तो पता नहीं उच्चाधिकारी क्या सोचेंगे? इसीलिए अभी भी टिप्पण (नोटिंग) और मूल्यांकन (अप्रेइजल) का काम महानगरों में अधिकांशतः अंग्रेजी में होता है। जबकि छोटे नगरों में स्थित बैंकों में नोटिंग प्रायः हिंदी में ही होती है। बड़े-बड़े ऋण प्रस्तावों का मूल्यांकन भी हिंदी में होता है। मंजूरी-पत्र हिंदी में भेजे जाते हैं। कार्यालय आदेश हिंदी में निकाले जाते हैं। पर सामान्य आदेश या परिपत्र पहले अंग्रेजी में बनते हैं और बाद में हिंदी में अनूदित होते हैं, इसलिए अंग्रेजी से हिंदी में अनुवाद का दबाव बहुत होता है। बैंकों में हिंदी स्टाफ की संख्या कहीं कम,

कहीं ज्यादा है। उसमें भी अनुवाद की क्षमता रखनेवाले अधिकारियों का अभाव होता जा रहा है। इसकी वजह यह है कि आईबीपीएस, जो बैंक में भर्तियाँ करता है, हिंदी अधिकारियों के मामले में इसकी चयन-पद्धति दोषपूर्ण है। वह आब्जेक्टिव प्रणाली से उम्मीदवार की प्रतिभा आँकती है। उसके भाषाई ज्ञान, लेखन कौशल, अनुवाद कौशल का सम्यक् परीक्षण नहीं करती। फलतः इस प्रक्रिया से आए हुए हिंदी अधिकारियों की भाषाई क्षमता हिंदी के आम पत्रकारों के मुकाबले बहुत क्षीण होती है, जो समाचार, फीचर, अग्रलेख लिखने, अनुवाद व इंटरव्यू आदि करने में दक्ष होते हैं।

यह सच है कि ग्राहकों के लिए सरकारी क्षेत्र के बैंकों में आहरण पर्चियाँ, चेक व फार्म इत्यादि द्विभाषिक रूप में उपलब्ध हैं तथा ग्राहकों को हिंदी में उन्हें भरने की स्वतंत्रता भी तथापि संविधान लागू होने के कई दशकों के बाद भी बैंकों में अंग्रेजी का बोलबाला कम नहीं हुआ है। हर बार 'हिंदी दिवस' के मौके पर या सितंबर माह भर हिंदी-हिंदी का कलरव-कोलाहल चलता है, फिर यह कोरस थम जाता है। हिंदी अपनी पुरानी हैसियत पर लौट आती है। हम सारी वचनबद्धताएँ भूलकर फिर अंग्रेजी का दामन थाम लेते हैं। हिंदी की इस दुर्दशा के लिए हिंदीभाषी ही जिम्मेवार हैं। अब तक कई विश्व हिंदी सम्मेलनों का आयोजन हो चुका है। मॉरीशस में 18 से 20 अगस्त, 2018 विश्व हिंदी सम्मेलन का आयोजन हुआ। भारत में अब तक तीन विश्व हिंदी सम्मेलन आयोजित हो चुके हैं। भारत हिंदी के उद्भव और विकास का गोमुख है। हम ही इस मामले में उदासीन रहेंगे तो दूसरे देश व दुनिया भर में हमारे भारतवंशी क्या प्रेरणा लेंगे? हम उम्मीद करते हैं कि ऐसे विश्वस्तरीय सम्मेलन शोभादायक नहीं होंगे, बल्कि देश-विदेश, समाज, साहित्य और दैनंदिन व्यवहार में हिंदी की स्वीकार्यता का पथ प्रशस्त होगा। केवल भाषणबाजी से नहीं, इस संकल्प को कार्यरूप में परिणत किए जाने की जरूरत है। आशा है कि पिछले सभी सम्मेलनों में उठाए गए मुद्दों और पारित प्रस्तावों की समीक्षा की जाएगी तथा हिंदी को भारत के सरकारी, सरकारी क्षेत्र के उपक्रमों, बैंकों निकायों में वह जगह हासिल हो सकेगी, जिसके लिए संविधान निर्माता और गृह मंत्रालय, राजभाषा विभाग व वित्तीय सेवाएँ विभाग प्रतिश्रुत हैं। आखिर हिंदी केवल राष्ट्रभाषा या राजभाषा ही नहीं, यह हमारी अस्मिता की पहचान भी है।

□

हिंदी और वेब माध्यम

आधुनिक युग में इंटरनेट ने दुनिया को बहुत छोटा कर दिया है। बटन दबाते ही हम विश्व की तमाम जानकारियाँ पा सकते हैं। एक दौर था, जब हमारे देश का एक युवा प्रधानमंत्री इस देश को इक्कीसवीं सदी में ले जाने की बात करता था तो हम आश्चर्य और कुतूहल से भर उठते थे। वह इक्कीसवीं सदी को सूचना प्रौद्योगिकी से जोड़कर देखता था। कंप्यूटर से जोड़कर देखता था। लोग सोचते थे, यह किसी शेखचिल्ली का सपना भर है। किंतु आज जब हम एक विकसित राष्ट्र के रूप में दूसरे विकसित राष्ट्रों के हमकदम हैं, हम देखते हैं कि देखते-ही-देखते उस शख्स का सपना साकार ही नहीं हुआ है, बल्कि जीवन के हर क्षेत्र में अपनी मौजूदगी दर्ज करा चुका है। आज कंप्यूटर के बिना जैसे जीवन की कोई परिकल्पना ही नहीं की जा सकती। सूचना प्रौद्योगिकी ने जीवन के मायने बदल दिए हैं। आज सुबह होते ही लोग इंटरनेट खोलकर बैठ जाते हैं। इंटरनेट ने बाजार और निजी जीवन दोनों हल्कों में अपार संभावनाओं भरा क्षितिज खोल दिया है। भारत, जहाँ लोग एक जमाने में सोचा करते थे, कंप्यूटर लोगों के काम छीन लेगा, लाखों लोगों को बेरोजगार कर देगा, आज ये सारी आशंकाएँ निर्मूल सिद्ध हुई हैं; बल्कि आज तो जीवन की यह सर्वाधिक जरूरतों में एक है। उत्तरोत्तर कंप्यूटर, इंटरनेट और सूचना प्रौद्योगिकी पर हमारी निर्भरता बढ़ती गई है। आज यह हमारी जीवन शैली का अभिन्न हिस्सा बन चुका है। विश्व और भारत की तमाम बड़ी कंपनियाँ दुनिया के सूचना प्रौद्योगिकी बाजार में अपना विस्तार कर रही हैं और बड़ी-बड़ी कंपनियों, कॉरपोरेट घरानों, बहुराष्ट्रीय निगमों के कारोबार का नेटवर्क इनके हाथों ही संचालित हो रहा है। एक अनुमान के मुताबिक हर दस में से एक भारतीय या दस करोड़ लोग नियमित तौर पर इंटरनेट का उपयोग कर रहे हैं। भले ही आज भारत में इंटरनेट उपयोग करनेवालों में ज्यादातर शहरी युवा हों, पर उनकी तादाद में

लगातार बढ़ोतरी हो रही है। केवल महानगरों और नगरों में नहीं, छोटे शहरों, कस्बों तक में साइबर कैफे और इंटरनेट की सुविधाएँ उपलब्ध हैं। इस सुविधा के उपयोग के लिए अब दूर जाने की जरूरत नहीं रही।

मोबाइल इंटरनेट एवं युवा वर्ग

मोबाइल पर भी इंटरनेट की सुविधा उपलब्ध हो जाने से गाँवों तक में इंटरनेट का लुत्फ उठानेवाली एक नई पीढ़ी सामने आई है। हाल ही में प्रकाशित एक शोधपत्र में यह दावा किया गया है कि लगभग 49 फीसदी लोग मोबाइल इंटरनेट का प्रयोग कर रहे हैं। अच्छी बात यह कि इंटरनेट के प्रयोग के लिए मोबाइल का इस्तेमाल करने वालों में सबसे ज्यादा संख्या युवाओं की है। जैसी कि संभावना भी व्यक्त की जा रही है कि आने वाले कुछ वर्षों में ज्यादातर लोग इंटरनेट के लिए पीसी या नोटबुक के बजाय अपने मोबाइल से ही इंटरनेट का प्रयोग करने को वरीयता देंगे। मोबाइल में अब गूगल, विकीपीडिया, यूट्यूब और फेसबुक जैसी वेबसाइट्स का प्रयोग सबसे ज्यादा किया जाता है। वीडियो और म्यूजिक डाउनलोड करने के आकर्षण के चलते भी इंटरनेट की ओर लोगों का रुझान बढ़ा है। मोबाइल इंटरनेट की लोकप्रियता की एक वजह यह भी है कि अभी भी हमारे देश में सभी लोगों तक कंप्यूटर की पहुँच नहीं है, जबकि आज मोबाइल प्रत्येक परिवार में सभी सदस्यों के पास है।

एक अनुसंधान के अनुसार, चीन जैसा देश दुनिया में आबादी के मामले में तो अव्वल है ही, इंटरनेट के उपयोग के मामले में भी अव्वल है। दुनिया भर में अमेरिका से भी ज्यादा इंटरनेट उपभोक्ता चीन में हैं, जिसकी तादाद कोई 30 करोड़ है। एक लिहाज से यह 30 करोड़ भी चीन की कुछ आबादी का केवल 23 प्रतिशत ही ठहरता है, जबकि अमेरिका में 70 प्रतिशत से ज्यादा आबादी इंटरनेट के प्रयोग से बरसों पहले से जुड़ी है। एक अमेरिकी इंटरनेट कंपनी की ओर से कराए गए सर्वे के अनुसार, भारत में इंटरनेट इस्तेमाल करने वालों की संख्या में दस प्रतिशत से ज्यादा की बढ़ोतरी हुई है। 2006 में इंटरनेट उपभोक्ताओं के मामले में भारत नौवें स्थान पर रहा है, जबकि अमेरिका लगभग 16 करोड़ इंटरनेट उपभोक्ताओं के साथ पहले स्थान पर था। अनुमान लगाया गया था कि 2015 तक इंटरनेट इस्तेमाल करने वालों की संख्या एक अरब पार कर जाएगी तथा 2040 तक यह संख्या दो अरब होने की संभावना है। जब से थ्री जी और फोर जी सेवा मोबाइल की दुनिया से जुड़ी

है, इंटरनेट के प्रयोक्ताओं में भारी वृद्धि हुई है। भारी-भरकम कंप्यूटर सिस्टम के बजाय लोग नोटबुक, मिनी लैपटाप और उच्च तकनीकीयुक्त एंड्रायड मोबाइल के इस्तेमाल को ज्यादा अहमियत दे रहे हैं।

वर्ल्डवाइड वेब

जब आज से कुछ दशकों पूर्व वर्ल्डवाइड वेब का उद्‍भव हुआ तो लोग यह नहीं सोच सकते थे कि सूचनाओं और ज्ञान के भंडारण में यह अपनी हदों को पार कर जाएगा। आज उपलब्ध सर्च इंजन इतने प्रभावी और उम्दा हैं कि इनकी घुसपैठ से बचा नहीं जा सकता। आज किसी भी सूचना के लिए हम लाइब्रेरी में नहीं जाते, इंटरनेट का सहारा लेते हैं, गूगल की शरण में जाते हैं, इस आश्वस्ति के साथ कि वहीं इसका समाधान उपलब्ध है। आज बच्चे को प्रोजेक्ट बनाना है, संपादक को संपादकीय लिखना है, किसी विषय पर संभाषण करना है, किसी लेखक, कवि, कलाकार, उद्योगपति, उद्यमी, राजनेता या ब्यूरोक्रेट के बारे में जानकारी करनी है, सामाजिक, सांस्कृतिक, आर्थिक और वैज्ञानिक विषयों पर अद्यतन सूचना चाहिए, इंटरनेट उसका एक अचूक माध्यम है। यहाँ सारी सूचनाएँ एक छतरी के नीचे मिल जाती हैं।

इंटरनेट : आभासी दुनिया का रोमांच

इंटरनेट की अनेक उपयोगिताएँ हैं। आभासी दुनिया में इंटरनेट एक ऐसी विश्रांति का मंच है, जहाँ आकर हमारी सक्रियताएँ अंतरजाल के रोमांच से भर उठती हैं। इंटरनेट हमें अकेला नहीं रहने देता। यह एक ऐसी दुनिया से हमें रू-ब-रू करता है, जहाँ एक-सी दिलचस्पियोंवाले लोग अपना शरण्य खोजते हुए आते हैं। यह वर्चुअल रियलिटी है। एक आभासी यथार्थ, जिसे कंप्यूटर-जन्य दुनिया ने संभव किया है। अब आप बिना बोर हुए घंटों अपने कंप्यूटर पर बिता सकते हैं। कोई गेम खेल सकते हैं, अपने प्रिय दोस्तों से चैट कर सकते हैं, मनपसंद गाना सुन सकते हैं, कारोबारी दुनिया से जुड़ सकते हैं, शेयरों की खरीद-फरोख्त कर सकते हैं, बैंकिंग लेन-देन कर सकते हैं, जमीन-जायदाद खरीद-बेच सकते हैं और अपने लिए एक ऐसा साथी भी खोज सकते हैं, जिसके साथ एक आभासी जीवन जीते हुए यथार्थ जैसा सुख महसूस कर सकते हैं। इंटरनेट अकेलेपन का एक अचूक इलाज है। आप अकेले हैं, घर से दूर हैं, बोर हो रहे हैं, इंटरनेट खोलकर बैठ जाएँ, इंस्टाग्राम

या फेसबुक पर जम जाएँ, फिर कैसे समय भागता है, पता नहीं चलेगा। महानगरों की भागम-भाग वाली जिंदगी में थोड़ा एकांत मिलते ही लोग इंटरनेट पर जम जाते हैं और उस अटूट संवादमयता का हिस्सा बन जाते हैं, जिसने सामाजिक जीवन में भले ही आपकी सक्रियताओं को स्थगित किया हो, पर सोशल नेटवर्किंग के अभिन्न हिस्से के रूप में आपको एक मनचाही व्यस्तता सौंपी है। निस्संदेह, फेसबुक दुनिया के कोने-कोने में बैठे दोस्तों से मिलने के अपार अवसर आपको देता है, भले ही इसने लोगों को अपने ही घर और समाज में ही अकेला किया हो! जब इंटरनेट पर फेसबुक का आविर्भाव हुआ तो लोग इसके संक्रमण का अंदाजा नहीं लगा सकते थे। लेकिन अब जब अपने शैशव से आगे बढ़कर फेसबुक कैशोर्य और युवतर स्थिति में छलाँग लगा चुका है, आप देखें कि कितने सारे लोग अपनी दिलचस्पियों, विचारों, सूचनाओं, छवियों और गतिविधियों को आपस में शेयर कर रहे हैं। आज जब सारी सामाजिक गतिविधियाँ लोगों के ड्राइंगरूम्स तक सिमटकर रह गई हैं, फेसबुक लोगों की एक अनिवार्य जरूरत बन गया है। बच्चे, बूढ़े, विभिन्न आयु वर्ग की महिलाएँ आज यह जरूरत मानती हैं कि वे फेसबुक और माईस्पेस जैसी साइटों से जुड़ें और अपने हमखयाल लोगों से तबादला-ए-खयाल करें। कहना न होगा कि इंटरनेट मैत्री की वास्तविकता क्या है, यह किसी से छिपा नहीं है। यह तब पता चलता है कि अमुक के हजारों दोस्त हैं, पर उनमें भी संपर्क कुछ ही से संभव हो पाता है। तब भी रोज अनेक अभ्यर्थनाएँ मैत्री के लिए आती हैं और हम तय नहीं कर पाते कि हम ऐसे अयाचित लोगों की मैत्री स्वीकार करें या नहीं?

इंटरनेट और ऑनलाइन कारोबार

आज बाजार की पारंपरिक परिभाषा बदल गई है। इंटरनेट ने उन लोगों को एक बड़ा स्पेस दिया है, जो कारोबार, प्रचार, प्रसार, ब्लॉगिंग और सोशल नेटवर्किंग साइटों से संबद्ध गतिविधियों से जुड़े हैं। वेबसाइट स्थापित करनी हो, वेब होस्टिंग करनी हो, ऑनलाइन मार्केटिंग करनी हो, इ-कॉमर्स का क्षेत्र हो, इ-मेल सेवाएँ लेनी हों, इंटरनेट के सिवाय ऐसा कोई माध्यम नहीं है, जहाँ आपकी तमाम जरूरतों का हल एक साथ मिल सके। नए सामाजिक माध्यम के टूल्स ऑनलाइन उपस्थिति के लिए बुनियादी रणनीतियों की संरचना तैयार करने में मदद करते हैं। आरंभ में इंटरनेट के उपभोक्ताओं में जहाँ केवल कंप्यूटरविद् तथा इंजीनियरिंग क्षेत्र के लोग ही हुआ करते थे, आज इसके उपभोक्ताओं में विज्ञान, कला, संस्कृति,

सरकारी, गैर-सरकारी प्रशासन तथा कृषि एवं व्यापार जगत् के लोग भी शामिल हो रहे हैं। कदाचित् अब दुनिया के किसी भी हिस्से में रहने वाला कोई भी व्यक्ति इंटरनेट के बिना शायद ही अपने अस्तित्व की कल्पना कर सके। यह इंटरनेट और कंप्यूटर की बहुउद्देशीय गुणवत्ता ही है कि बहुराष्ट्रीय कंपनियाँ सस्ते दामों पर हार्डवेयर और सॉफ्टवेयर उपलब्ध करा रही हैं तथा नोटबुक, पीसी एवं अन्य मदों के मूल्य निरंतर नीचे गिर रहे हैं।

जहाँ तक ऑनलाइन कारोबार का संबंध है, दुनिया के सभी देशों में इ-कॉमर्स यानी इंटरनेट के जरिए होनेवाले कारोबार में तेजी आई है। कुछ वर्षों पूर्व किए गए एक आकलन में यह पाया गया था कि इ-कॉमर्स से मिलनेवाले राजस्व का 45 फीसदी हिस्सा अमेरिका को गया, जबकि पश्चिमी यूरोप को 25 प्रतिशत और जापान को 15 फीसदी हिस्सा मिला, जबकि विकासशील देशों का हिस्सा केवल 6.7 प्रतिशत रहा है। आज लगभग दशक भर बाद इस आँकड़े में काफी इजाफा हुआ है।

इंटरनेट : एक विश्व शिक्षक

आज तालीम के बुनियादी संसाधनों में कंप्यूटर एक है। किसी भी व्यावसायिक पाठ्यक्रम में दाखिला लें, विद्यार्थियों के लिए कंप्यूटर और इंटरनेट एक जरूरत बन चुका है। इसी तरह पारंपरिक शिक्षण संस्थानों ने भी इंटरनेट के प्रयोग को बढ़ावा दिया है। जैसे-जैसे उच्च तकनीकी का विकास हुआ है, शिक्षा व्यवस्था भी उच्च तकनीक का आश्रय ग्रहण कर रही है। इंटरनेट एक शिक्षक की भूमिका में है। आज इंटरनेट पर लाखों ब्लॉग, वेबसाइट्स, सर्च इंजन सक्रिय हैं, जो पलक झपकते ही आपको अभीष्ट जानकारी उपलब्ध करा सकते हैं और अब तो कई सर्च इंजनों पर भाषिक अनुवाद की समानांतर व्यवस्था भी है, जिससे कथित जानकारी गृहीता अपनी भाषा में पा सके। इंटरनेट एक तरह से फिनिश्ड गुड्स के साथ-साथ कच्चे माल का एक बड़ा स्रोत है। यह जानकारियों का गोमुख है। वेब का व्यापक नेटवर्क तमाम किस्म की सूचनाओं से लैस है। यह बात अलग है कि हमें उसमें से अपने काम की चीजें सावधानी से खोजनी होती हैं और उन्हें अपने अनुकूल बनाना पड़ता है। इंटरनेट हमें इ-मेल के माध्यम से सूचनाएँ और अटैचमेंट्स के प्रेषण और प्राप्ति की सुविधा देता है तो ऑनलाइन फिल्में, संगीत देखने-सुनने की पेशकश भी करता है। गूगल और विकीपीडिया पर उपलब्ध ज्ञान के अजस्र स्रोत में निरंतर कुछ-न-

कुछ नया समाविष्ट हो रहा है। दूर शिक्षण के तमाम अभियान आज इंटरनेट और उपग्रह की मदद से ही चलाए जा रहे हैं। इंटरनेट इस तरह ज्ञान की सत्ता के रूप में माना जाने लगा है। सोशल नेटवर्किंग साइट्स की लोकप्रियता तो पिछले दिनों इतनी बढ़ी है कि उससे सरकारें तक घबराने लगी हैं, क्योंकि जनमत को प्रभावित करने का एक बड़ा मंच ये सोशल नेटवर्किंग की साइट्स 'माई स्पेस' और फेसबुक इत्यादि भी हैं। इसलिए सरकार का एक वर्ग सोशल नेटवर्किंग पर सेंसर के नियम लगाने या आचरण संहिताएँ लागू करने का हामी भी है।

डिजिटल मार्केटिंग के क्षेत्र में भारत

आप कारोबार के किसी भी क्षेत्र में हों, ग्राहक के मनोभावों को समझना जरूरी होता है। भारत में इंटरनेट प्रयोग का बढ़ता सूचकांक ग्लोबल ब्रांडों को तो लोकप्रिय बना ही रहा है, वह राष्ट्रीय कंपनियों के विपणन के तौर-तरीकों को भी प्रभावित और परिवर्तित कर रहा है। यह परिवर्तन इतना सत्वर है कि किसी भी कारोबार का एक कोर भाग आज इंटरनेट पर उसकी बदलती हुई विपणन रणनीति है। भारत में कॉरपोरेट घरानों के लिए वेब आज एक समूह बाजार माध्यम (मास मार्केट मीडिया) के रूप में विकसित हो चुका है, तो इ-मेल कामगारों और पेशेवर वर्ग के लिए एक मास मीडिया चैनल के रूप में बदल चुका है। मोबाइल भी एक मास मार्केट मीडिया चैनल है, उन तमाम लोगों के लिए, जो मोबाइल पर ही इंटरनेट का प्रयोग कर रहे हैं। भारत का बाजार भी दिनोदिन बदल रहा है। पेशेवर वर्ग में इंटरनेट एवं मोबाइल का प्रयोग बढ़ रहा है। डिजिटल चैनलों में तीव्र परिवर्तन हो रहे हैं। वे इंटरनेट पर ज्यादा-से-ज्यादा समय बिता रहे हैं तथा उनके जीवन में डिजिटल टूल्स और साइट्स की भूमिका बढ़ रही है। विपणन कला में माहिर लोगों की इन परिवर्तनों पर गहरी नजर है तथा वे यह सुनिश्चित करके चलते हैं कि उपभोक्ता का ज्यादातर समय जिन माध्यमों के साथ बीत रहा है, विपणन के प्रचार-प्रसार के लिए उनका प्रयोग किया जाए। वे चाहते हैं कि ग्राहकों को सही संदेश सही वक्त पर और सही तरीके से मिले। वस्तु, वाणिज्य और संचार के लिए डिजिटल रणनीतियाँ तैयार करने के लिए वेब, इ-मेल और सोशल मीडिया की भूमिका की गहरी समझ की आवश्यकता होती है, जिससे लोगों के बदलते मीडियामिक्स की पहचान की जा सके। इंटरनेट का विकास 2002 से होना शुरू हुआ और लगभग एक दशक में वेब और इ-मेल दोनों उपभोक्ता और कारोबार टूल्स की दृष्टि से मुख्य धारा के

अंग बन चुके हैं। इ-मेल घरेलू और अंतरराष्ट्रीय फर्मों दोनों के लिए एक महत्त्वपूर्ण कारोबारी टूल बन चुका है। इसने फैक्स सेवाओं की उपयोगिता को भी गौण बना दिया है। वेब मनोरंजन और कारोबार माध्यम के एक सशक्त प्लेटफॉर्म के रूप में आगे आया है।

जहाँ तक भारत में ऑनलाइन विज्ञापन का सवाल है, यहाँ अभी भी इंटरनेट विज्ञापन उद्योग युवा दौर में है और 5-8 साल पहले के पश्चिमी यूरोपीय इंटरनेट विज्ञापन उद्योग से उसी तरह व्यवहार करता है। इस क्षेत्र में वित्तीय सेवाओं, आईटी/मोबाइल एवं भारती, तथा उपभोक्ता पैकेज इत्यादि मदों का बोलबाला है, जो कि राष्ट्रीय ऑनलाइन विज्ञापन बाजार का एक छोटा सा अंश है। भारतीय उपभोक्ताओं ने वेब के प्रयोग के आरंभ से ही वेब-विज्ञापन का अनुभव किया है। अत: ऐसे हालात में कुछ पश्चिमी यूरोपीय बाजारों की अपेक्षा उनमें ज्यादा स्वीकार्यता है।

होम इंटरनेट बिजनेस

इंटरनेट कारोबार का निजी जीवन से गहरा संबंध है। कंप्यूटर और नेट ने घर बैठे कमाई के तमाम संसाधन खोल दिए हैं। आज के आर्थिक हालात में घर से कारोबार चलाना एक ट्रेंड बनता जा रहा है। सर्वेक्षण बताते हैं कि प्रत्येक 11 सेकेंड पर एक घर-आधारित बिजनेस स्थापित होता है; और यदि यह कारोबार होम इंटरनेट बिजनेस के जरिए होना है तो इससे जुड़े तमाम अवसर हमें स्वत: ही उपलब्ध हो जाते हैं। पर सवाल यह है कि होम इंटरनेट बिजनेस प्रारंभ कैसे किया जाए? इसके साथ ही कामकाज और व्यक्तिगत जीवन के बीच एक सीमा रेखा भी खींचनी होगी। जब आप घर पर काम करते हैं तो आपका अपना इंटरनेट बिजनेस आपके कार्यदिवस का काफी भाग छेंक लेता है। इसलिए अपने टास्क को सुव्यस्थित रूप से नियोजित करना चाहिए। अपने समय को उत्पादक बनाना तथा साथ ही अपने परिवार को क्वालिटी मोमेंट्स उपलब्ध कराना दोनों हमारी प्राथमिकताओं में होना चाहिए। इसके लिए निस्संदेह तकनीकी पृष्ठभूमि आवश्यक है। जिससे कि कंप्यूटर में मामूली खराबी होने पर व्यक्ति स्वयं उसे ठीक कर सके और उसका कारोबार बाधित न हो। इंटरनेट पर कारोबार से संबद्ध लोगों के लिए फेसबुक और ट्विटर अमूल्य टूल्स हैं, किंतु उन्हें आप अपने मित्रों एवं परिवार के संग सामाजिक अनुक्रियाओं से न मिलाएँ। अपने काम के लिए अलग खाता खोलें। एक निश्चित लक्ष्य एवं संकल्प के साथ आगे बढ़ते हुए घर बैठे इंटरनेट

कारोबार को हम एक व्यापक और सुदूर गंतव्य तक पहुँचा सकते हैं। आज आए दिन ऑनलाइन कार्य करने के लिए आकर्षक प्रस्ताव हमें मिलते हैं। प्राय: इस तरह के विज्ञापन देखने को मिलते हैं—'वर्क ऑनलाइन ऐंड मेक मनी'। यही वजह है कि आज करोड़ों लोग होम इंटरनेट बिजनेस से जुड़े हैं और संतोषजनक ढंग से अपनी रोजी-रोटी चला रहे हैं। चाहे वे इंटरनेट से टिकटों की खरीद-फरोख्त से जुड़े हों या शेयर बाजार से। वे कोई परामर्शी सेवाएँ दे रहे हों या अपने उत्पाद का डिमांस्ट्रेशन कर रहे हों। होम इंटरनेट बिजनेस ने कार्यालयीन उपस्थिति की अनिवार्यताओं को लगभग खत्म कर दिया है और घर के ही एक हिस्से को कार्यस्थल में बदल दिया है।

इंटरनेट विपणन के जरिए कारोबार विकास

आर्थिक मंदी के दौर में बहुत सी कंपनियों ने अपनी विज्ञापन एवं विपणन लागत में कटौती की है तथा हाल के एक अध्ययन में पाया गया है कि यूरोप में इंटरनेट विपणन रणनीतियाँ आर्थिक दुरवस्था के इस वक्त में भी सक्रिय हैं, क्योंकि ऑनलाइन आबादी दिनोदिन बढ़ रही है, जिसने यूरोप ऑनलाइन बिक्री को बढ़ावा दिया है। हमें यह स्वीकार करना होगा कि इंटरनेट द्रुतगति वाला ऑनलाइन विपणन माध्यम है, जो आज हमारे बीच उपलब्ध है। यही वजह है कि तमाम कंपनियाँ अपने ब्रैंड के प्रचार के लिए ऑनलाइन मार्केटिंग से जुड़ रही हैं। वेब मार्केटिंग रणनीतियों से यूरोपीय कंपनियों को विश्वव्यापी ग्राहक वर्ग तक पहुँच बनाने में सफलता मिली है। भारत में भी इस माध्यम को अब तेजी से अपनाया जा रहा है।

इस बारे में उपलब्ध सांख्यिकी से पता चलता है कि यूरोप में इंटरनेट का प्रयोग बढ़ा है। ज्यादातर लोग ब्राउजिंग एवं सर्चिंग के लिए इंटरनेट का इस्तेमाल करते हैं, जबकि अन्य इ-मेल, सोशल नेटवर्किंग एवं यहाँ तक कि तत्काल संदेश प्रेषण के लिए इसे प्रयोग में लाते हैं। हाल के वर्षों में ऑनलाइन वेब विज्ञापन की प्रवृत्ति भी बढ़ी है। ऑनलाइन मार्केटिंग के अलावा इ-कॉमर्स कारोबार भी बढ़त पर है तथा अनुमान किया जाता है कि यूरोप का इ-कॉमर्स कारोबार 2011 में उच्चतम होगा।

दुनिया भर में ऑनलाइन प्रयोक्ताओं में बढ़त के साथ-साथ सोशल मीडिया नेटवर्किंग का प्रयोग भी बढ़ा है। सोशल मीडिया साइटें कॉरपोरेट घरानों को अपने उत्पाद एवं सेवाओं का प्रचार एवं विपणन करने का अवसर भी उपलब्ध कराती

हैं। नेटवर्किंग साइटें जैसे फेसबुक, लिंक्डइन व यू ट्यूब के पास कारोबार-संबद्ध प्रयोक्ताओं की भारी संख्या है। इंटरनेट बाजार विशेषज्ञ इंटरनेट मार्केटिंग रणनीति के लिए फेसबुक को एक फोरम के रूप में इस्तेमाल करते हैं, जबकि दूसरी ओर ट्विटर का प्रयोग बहुतेरे लोग अपनी कंपनी के प्रचार के रूप में कर रहे हैं। अन्य सोशल मीडया साइटें यथा डिग, डिलिसियस भी सोशल मीडिया मार्केटिंग टूल्स के रूप में लोकप्रिय हो रही हैं। वर्तमान में ज्यादातर मीडिया साइटों में ब्लॉग मार्केटिंग टूल को लोकप्रियता मिल रही है, जिनका उपयोग ऑनलाइन कारोबार के लिए किया जा रहा है। आज वेब सेवाओं एवं विपणन टूल्स के रूप में सोशल मीडिया का महत्त्वपूर्ण स्थान है, जिसका प्रयोग विश्व-भर की कंपनियाँ कर रही हैं।

कारोबार विकास और इंटरनेट : नई पाठ्यचर्या

इंटरनेट ने कारोबार विकास एवं जनसंपर्क की प्रमुख गतिविधियों तक पहुँच बनाने के कंपनियों के पुराने तौर-तरीकों को बदल दिया है। हमें जानना होगा कि कंपनी बाजार में कैसे अपनी उपस्थिति को मजबूत बनाती है और मजबूत ब्रांड सृजित करती है! कंपनी अपने ग्राहकों और आम जनता से कैसे संपर्क करती है। कंपनी कैसे भरोसेमंद ग्राहकों का आधार बनाती और कायम रखती है। दुर्भाग्य से पारंपरिक शिक्षा इंटरनेट की ताकत का लाभ उठाने और आनेवाली चुनौतियों के नवीनतम इंटरनेट-केंद्रिक समाधान के लिए विद्यार्थियों को तैयार नहीं करती। कारोबार विकास एवं जनसंपर्क पेशेवर उपलब्ध टेक्नोलॉजी के प्रयोग के लिए प्राय: व्यग्र दिखते हैं और कंपनी का बहुत सा समय व राशि व्यय करते हैं। इस बारे में पर्याप्त दीक्षा के लिए कुछ पाठ्यक्रम भी सामने आए हैं, जो कारोबार विकास की दुनिया में इंटरनेट की अवधारणा को समझने, सीखने व कार्यान्वित करने के लिए पेशेवरों की मदद करते हैं। ये पाठ्यक्रम बेहतर बिक्री, मजबूत ब्रांड एवं व्यापक ग्राहक-आधार तैयार करने में टेक्नोलॉजी एवं इंटरनेट की शक्ति के सम्यक् दोहन के लिए विद्यार्थियों को तैयार करते हैं।

इंटरनेट के निजी इस्तेमाल

इंटरनेट के निजी इस्तेमाल के अनेक आयाम हैं। सामान्यत: कोई भी काम हो, इंटरनेट एक अचूक माध्यम बन चुका है। हमें रेलवे का टिकट खरीदना है तो उसके लिए लंबी पंक्ति में लगने की अब कोई जरूरत नहीं रही। हम इंटरनेट के जरिए घर

बैठे टिकट क्रय कर सकते हैं, गाड़ियों की आवाजाही के बारे में, स्थान आदि की उपलब्धता के बारे में जानकारियाँ कर सकते हैं। शिक्षा के क्षेत्र में हम इंटरनेट के जरिए मनपसंद पाठ्यक्रमों और संस्थानों के बारे में जानकारियाँ प्राप्त कर सकते हैं, प्रवेश संबंधी प्रक्रियाओं से अवगत हो सकते हैं। संस्थानों में कार्मिकों की भरती के लिए भी इंटरनेट उपयोगी सिद्ध हुआ है। अब बैंक हों या कोई अन्य संस्थान, आवेदन ऑनलाइन भरवाते हैं। कुछ संस्थान परीक्षाएँ भी ऑनलाइन ही लेते हैं और उनके परिणाम भी जल्द घोषित करते हैं। आज वैवाहिक जिम्मेदारियों को ही लें, जीवनसाथी.कॉम जैसी साइटों ने लोगों की कितनी मदद की है। एक बड़ा क्षितिज इंटरनेट ने निजी जीवन के लिए खोल दिया है। दुनिया इतनी छोटी पहले कभी नहीं लगती थी। आज हम साँसें भी लें तो विश्व भर में उसकी आहट सुनाई देती है। यह विज्ञान का कमाल है। सूचना संजाल का कमाल है। हम किसी मरीज के इलाज को लेकर चिंतित हैं, डॉक्टर का अप्वाइंटमेंट चाहिए, इंटरनेट के जरिए हम संपर्क साधकर ऐसा कर सकते हैं, मरीज का बेहतर से बेहतर अस्पताल में इलाज करा सकते हैं। बिजली का बिल अदा करना हो, पानी का बिल अदा करना हो, परीक्षा की फीस अदा करनी हो, बच्चे का रिजल्ट देखना हो, इंटरनेट, फोन, फैक्स इत्यादि का बिल अदा करना हो, इंटरनेट सबका एकमात्र समाधान बन गया है।

ऑनलाइन बैंकिंग

आज बैंकों ने भी अपनी सेवाएँ ऑनलाइन कर दी हैं। सारे बैंकों की शाखाओं के सीबीएस प्लेटफॉर्म पर आ जाने के बाद ये सेवाएँ हासिल करना काफी आसान हो गया है। नेट बैंकिंग, जिसे ऑनलाइन बैंकिंग या इंटरनेट बैंकिंग भी कहते हैं, के माध्यम से बैंक ग्राहक अपने कंप्यूटर द्वारा अपने बैंक नेटवर्क और वेबसाइट का प्रचालन कर सकते हैं। इस प्रणाली का सबसे बड़ा लाभ यह है कि कोई भी व्यक्ति घर या दफ्तर में बैठकर कहीं से भी बैंक सुविधा का लाभ उठा सकता है। ऑनलाइन बैंकिंग इंटरनेट पर बैंकिंग संबंधी मिलनेवाली एक सुविधा है, जिसके माध्यम से कंप्यूटर का इस्तेमाल कर उपभोक्ता बैंक के नेटवर्क और उसकी वेबसाइट्स से जुड़ सकते हैं तथा घर बैठे ही खरीदारी, पैसे के स्थानांतरण के अलावा अन्य तमाम कार्यों और जानकारी के लिए बैंकों से मिलनेवाली सुविधाओं का लाभ उठा सकते हैं। करदाताओं द्वारा प्रत्यक्ष एवं अप्रत्यक्ष कर सभी सीबीएस शाखाओं के माध्यम से जमा कराए जा सकते हैं। यद्यपि नेट बैंकिंग के प्रचलन के

साथ-साथ कभी-कभी इस बारे में विद्यमान जोखिमों की ओर भी ध्यान आकृष्ट किया जाता है पर आवश्यक सावधानियों के साथ सुरक्षित तरीके से बैंकिंग लेन-देन इंटरनेट के जरिए किया जा सकता है। नेट बैंकिंग के लिए प्रत्येक उपभोक्ता को बैंक एक यूजर नंबर आवंटित करता है, जिससे इस नंबर से जैसे ही उपभोक्ता बैंक की वेबसाइट पर लॉगऑन करता है, कोड नंबर द्वारा उसकी पहचान की जाती है। इंटरनेट बैंकिंग का उद्देश्य दुनिया के किसी भी कोने में बैठे ग्राहक को रकम के लेन-देन, ऋण की किस्तों, बिलों के भुगतान आदि की सुविधाएँ प्रदान करना है। नेट बैंकिंग के तमाम लाभ हैं। शॉपिंग करने, बिल भरने, ऑनलाइन टिकट बुकिंग, निधि अंतरण एवं बीमा प्रीमियम इत्यादि के भुगतान में इस सुविधा का सुरक्षित लाभ उठाया जा सकता है। सावधानी यही बरतनी होती है कि किसी भी प्रकार के लेन-देन के बाद अपने इंटरनेट बैंकिंग खाते से लॉगआउट अवश्य करें। ऑनलाइन शॉपिंग के लेन-देन की हार्डकॉपी सँभालकर रखें। बैंक की खाता विवरणी की जानकारी समय-समय पर लेते रहें तथा सावधानी के लिए समय-समय पर अपना पासवर्ड बदलते भी रहें। इसके लिए साइबर कैफे में जाने से बचना चाहिए, जिससे पासवर्ड हैक न किया जा सके तथा लेन-देन की सूचना के लिए एसएमएस सूचना भेजने के लिए बैंक को निर्देश देना चाहिए, ताकि किसी भी लेन-देन की सूचना तत्काल एसएमएस पर मिल सके।

व्यक्तिगत जीवन में इंटरनेट

जैसा कि कहा जा चुका है, इंटरनेट आज तमाम समस्याओं का एकल समाधान बन चुका है। यह ज्ञान और मनोरंजन का मंच तो है ही, संचार का त्वरित माध्यम भी है। एक समय ऐसा था जब रूसी क्रांति की संतान प्रख्यात कवि मायकोव्स्की ने कहा था कि "अपनी कविताओं के त्वरित संचार के लिए कवियों के पास हवाई जहाज होना चाहिए।" आज यदि वे जीवित होते तो संचार की इस द्रुतगामी प्रणाली को देख कितना प्रसन्न होते! ज्ञान-विज्ञान, पढ़ाई, व्यापार, नौकरी की तलाश, सरकारी काम, बिलों का भुगतान, बैंकिंग लेन-देन, पत्राचार, बातचीत, टिकट की खरीद, मौसम की जानकारी, मनोरंजन, वीडियो फिल्म, तसवीर, कहानियाँ, चुटकुले, हास्य-व्यंग्य, सिनेमा, देश-विदेश के समाचार, अखबार, पत्रिकाएँ और तमाम-सी चीजें हैं, जिन्हें देखने, पढ़ने और सुनने में सभी उम्र और रुचिवर्ग के लोगों को दिलचस्पी हो सकती है और यह सब इंटरनेट के जरिए सुलभ है।

एक बात जो इंटरनेट और सूचना संजाल के विकास के साथ-साथ एक आशंका के रूप में हमारे सामने आती रही है कि क्या डिजिटल/इंटरैक्टिव/मल्टीमीडिया के तेजी से प्रसार के समक्ष मुद्रित माध्यम—प्रिंट मीडिया अपना अस्तित्व बचा पाएँगे, जो कि अभिव्यक्ति के एक सशक्त माध्यम और चौथे स्तंभ के रूप में याद किए जाते हैं? यही बात किताबों के लिए कही जाती रही है कि वेब माध्यमों के विकास के साथ-साथ जब ज्ञान-विज्ञान, साहित्य संबंधी प्रभूत सामग्री नेट पर उपलब्ध होगी और पारंपरिक प्रस्तुतीकरण की अपेक्षा बेहतर साज-सज्जा और मल्टीमीडिया आकल्पनों के साथ, तो क्या पारंपरिक ढंग से प्रकाशित पुस्तकों का कोई अस्तित्व रह जाएगा? भविष्य में क्या होगा, कौन जानता है? पर इतना तो तय है कि इंटरनेट माध्यम को आज जो लोकप्रियता हासिल हो रही है, वह इस पर सोशल नेटवर्किंग के प्रभुत्व के कारण भी संभव हुई है। तकनीक-प्रेमी हर शख्स चाहता है कि वह फेसबुक और आर्कुट से जुड़े, ट्विटर पर आए। नब्बे के दशक के प्रारंभ से इंटरनेट का जिस तेजी से विकास हुआ है, इसने विश्व भर के करोड़ों प्रयोक्ताओं को एक-दूसरे से जोड़ा है तथा व्यावसायिक संवर्धन के पर्याप्त स्पेस के साथ-साथ निजी संबंध संवर्धन के लिए भी पर्याप्त स्पेस सृजित किया है। संयुक्त राष्ट्र महासचिव श्री कोफी अन्नान ने कहा था, "डिजिटल क्रांति की स्वतंत्रता ही उसकी प्राणशक्ति है और आज विश्व को उसकी आवश्यकता है, ताकि इसके माध्यम से आम लोगों की वास्तविक क्षमताओं को विकसित किया जा सके।" इंटरनेट युग—शिक्षा, चिकित्सा, संचार, सार्वजनिक सेवा और प्रशासन के लगभग सभी क्षेत्रों में अपनी अपरिहार्य भूमिका के साथ अपनी चरितार्थता का स्वयमेव प्रमाण है। आज भले ही भारत अभी तकनीकी समुन्नति की राह पर युवा अवस्था में है, किंतु यह तय है कि आनेवाले दशक में इस तकनीक से कोई भी भारतवासी अछूता न रह सकेगा।

□

हिंदी : आँगन के पार द्वार

किसी भी भाषा की इमारत एक दिन में खड़ी नहीं होती। इसके विकास में सदियों का समय लगता है। हिंदी भाषा का आज जो व्यापक विस्तार देश-देशांतर तक है, वह एक-दो दशक की कमाई नहीं है; उसके पीछे एक लंबी परंपरा और साधना छिपी है। हिंदी भाषा और साहित्य का इतिहास अतीत और आधुनिकता की लंबी यात्रा का प्रतिफल है।

हिंदी की बहुभाषिता और जन-संप्रेषणीयता इस बात से सिद्ध होती है कि वह आज भारत में ही नहीं, बल्कि पूर्वी एशिया के अनेक देशों में बोली व समझी जाती है। अमेरिका, रूस, चीन, चेकोस्लोवाकिया, रूमानिया, बल्गारिया, जर्मनी और जापान आदि देशों में हिंदी के अध्ययन-अध्यापन की सुव्यवस्थित सुविधाएँ मौजूद हैं। अंतरराष्ट्रीय स्तर पर सबसे अधिक प्रयोग की जानेवाली भाषाओं में हिंदी का स्थान विश्व की भाषाओं की तुलना में तीसरा है। भाषा के विकास की दृष्टि से अंग्रेजी भले ही अपने व्यापारिक संपर्कों के कारण अनेक देशों के बीच संपर्क-संप्रेषण का अनन्य माध्यम हो, परंतु हिंदी भारत जैसे बहुभाषी देश में तो जनभाषा है ही, विश्व के अनेक देशों में भी यह सांस्कृतिक आदान-प्रदान का विशिष्ट माध्यम बनी है। यद्यपि अपने देश में भी हिंदी को शैक्षणिक और जीविकोपयोगी दृष्टि से अंग्रेजी के मुकाबले गरिमामयी दृष्टि से न देखनेवालों की तादाद कम नहीं है, तथापि भारत में हिंदी और भारतीय संस्कृति का अध्ययन करते विदेशी छात्रों को देखने पर इसकी महत्ता का परिचय मिलता है। वास्तव में हिंदी को सांप्रदायिक नजरिए से देखने की जो कुत्सित प्रवृत्ति भारत में पनपी है, वह आतुरता की सीमा तक अंग्रेजी को समस्त ज्ञान भंडार और मानवीय विकास का स्रोत मान लेने के दुराग्रह के कारण है तथा अपनी ही भाषा के तिरस्कार का विरल उदाहरण है; जबकि भारत के बाहर मॉरीशस, फीजी, सूरीनाम, गयाना, त्रिनिदाद, मलेशिया, थाईलैंड, कीनिया आदि देशों में हिंदी

को मातृभाषा का-सा सम्मान प्राप्त है। भारत भूमि देवभूमि मानी जाती है, इस मिथ को अटूट धारणा और थाती के रूप में सँजोए सूरीनाम, फीजी और मॉरीशस जैसे देश इस बात का परिचायक हैं कि देश-देशांतर के पार पहुँचकर भी मनुष्य अपनी और जातीय पहचान नहीं भूलता। इन देशों में आए भारतीय मूल के निवासियों ने सदियों बाद भी अपनी संस्कृति, जातीय पहचान और विरासत में मिली भाषा को व्यवहार में जीवंत बनाए रखा है। सूरीनाम के लिए तो यह कहा जाता है कि यह एक ऐसा देश है, जहाँ सड़क से लेकर संसद् तक, सामान्य जन से लेकर राष्ट्रपति तक हिंदी का प्रयोग दैनंदिन जीवन में करते हैं और यह क्रम आज एक सदी से भी अधिक समय से निर्बाध गति से चल रहा है।

हिंदी का विश्वव्यापी परिप्रेक्ष्य

किसी भी भाषा की उर्वरता और व्यापकता को भूगोल की सीमा में बाँधकर नहीं रखा जा सकता। बहते हुए नीर की तरह भाषा अपना मार्ग तलाश लेती है। हिंदी सदियों से विकास पाती हुई आज देश के भीतर तथा देश की चौहद्दी से परे विश्व के अनेक देशों में अपनी पहचान और गरिमामयी छवि के साथ उपस्थित है। शताब्दियों पहले दुनिया के अनेक देशों में भारत मूल के लोग गए और वहीं बसते गए। इस तरह भारत की भाषा व संस्कृति इन देशों में आज भी अपने अक्षुण्ण प्रभाव के साथ कायम है। हिंदी यहाँ जन सामान्य के व्यवहार की भाषा है। इसके अलावा इंग्लैंड, रूस, चीन, चैकोस्लोवाकिया, रूमानिया, बल्गारिया, अमेरिका, जर्मनी और जापान जैसे देशों में विभिन्न विश्वविद्यालयों में हिंदी के अध्ययन-अध्यापन एवं शोध की सुविधाएँ मौजूद हैं। अनेक देशों में हिंदी की पत्रिकाएँ भी निकलती हैं, जो समूचे विश्व परिदृश्य में हिंदी की लोकप्रियता का परिचायक हैं। हिंदी को विश्वव्यापी प्रचार दिलाने में विश्व हिंदी सम्मेलनों की भी महती भूमिका है। इन सम्मेलनों में दुनिया भर के अनेक देशों के प्रतिनिधियों का एक मंच, एक प्रांगण और एक समारोह में शामिल होकर हिंदी के प्रचार-प्रसार के मुद्दों पर विचार-विमर्श करना हिंदी के उभरते हुए उज्ज्वल भविष्य का परिचायक है।

भारत सांस्कृतिक विविधताओं का देश है। देश के अनेक भू-भाग में अनेक भाषाएँ बोली जाती हैं। स्वरूप भिन्नता के कारण ये भाषाएँ भले ही बाहर से पृथक् अस्तित्व रखती प्रतीत होती हों, परंतु इनकी आंतरिक चेतना, संस्कृत और अपभ्रंश भाषाओं से अनुप्राणित है। संस्कृत न केवल हिंदी बल्कि सभी भारतीय भाषाओं की

जननी है। संस्कृत के तत्त्वों को ही आत्मसात् कर हिंदी व्यावहारिक प्रयोग के वर्तमान विशद धरातल तक पहुँची है। यह किसी प्रदेश-प्रांत की भाषा नहीं है। यह संपूर्ण भारत की भाषा है। कन्याकुमारी से हिमालय तक देश की जनता ने इसे एक स्वर से राष्ट्रभाषा के रूप में स्वीकार किया है। असम, बंगाल, उड़ीसा, तमिलनाडु, आंध्र प्रदेश, कर्नाटक, सौराष्ट्र से लेकर सुदूर हिमालय की तलहटी तक सभी काल में नए विचारों के प्रवर्तन और प्रसार की यह भाषा रही है। हिंदी देश की भाषाओं के बीच आज एक ऐसा 'आईना' बन गई है, जिसमें समूचे भारत की सांस्कृतिक छवि प्रतिबिंबित होती है। आज विश्व में हिंदी को जो मान-सम्मान मिल रहा है या उसके अध्ययन-अनुसंधान के क्षेत्र विकसित हो रहे हैं, वह इस कारण है कि हिंदी भारत को जानने-समझने, भारतीय संस्कृति, वाङ्मय, दर्शन व अध्यात्म के अवगाहन का एकमात्र सशक्त माध्यम है। यह कहना अत्युक्ति न होगी कि यदि अंग्रेज और मुसलमान शासकों के शासनकाल में हमारी संस्कृति को छिन्न-भिन्न कर नष्ट कर गुलामी की भाषा थोपने के नियोजित षड्यंत्र नहीं किए गए होते तो हिंदी और भारतीय भाषाएँ विश्व में सिरमौर होतीं। इस तथ्य का प्रमाण ग्रियर्सन के 'Linguistic Survey of India' के पहले खंड में दी गई यह टिप्पणी है कि, "हिंदी के पास देशज शब्दों का विशाल भंडार है और सूक्ष्म विचार व्यक्त करने के लिए सम्यक् शब्द तंत्र है। हिंदी में ऐसा शब्द भंडार और ऐसी अभिव्यंजना शक्ति है, जो अंग्रेजी से घटकर नहीं है।"

यही नहीं, 1806 में दिल्ली के सहायक रेजीडेंट सी.टी. मेटकाफ ने जे.बी. गिलक्राइस्ट को लिखा था कि "हिंदुस्तानी (हिंदी) ही एक ऐसी जबान है, जो आमतौर से उपयोगी साबित होती है और मेरी समझ में संसार की किसी भाषा की अपेक्षा उसका व्यवहार बहुत बड़े पैमाने पर होता है।" यह पत्र गिलक्राइस्ट की 'A Vocabulary, Hindustani & English. English & Hindustani', शीर्षक कृति में उद्धृत है। हालाँकि ग्रियर्सन के भाषा सर्वेक्षण में हिंदी भाषियों की संख्या की गणना करने में बिहार के मैथिली भाषियों की हिंदी को सम्मिलित नहीं किया गया है तथा उसे पूर्वी हिंदी से पृथक् बिहारी भाषा के रूप में वर्गीकृत किया गया है। इसी तरह 1958 में प्रकाशित मारिओ पेई नामक विद्वान् के 'Language for Everybody' शीर्षक ग्रंथ में हिंदुस्तानी अर्थात् हिंदी बोलने वालों की संख्या 16 करोड़ दर्शाई गई है। इसी पुस्तक में पेई द्वारा दिए गए एक भाषिक मानचित्र में बिहारी को हिंदी से पृथक् भाषा के रूप में दिखाया गया है। यह विडंबना ही है कि आज भी हिंदी विश्व में तीसरे दरजे पर है। जबकि दोनों अंग्रेज भाषाविदों नें यदि हिंदी

भाषियों में बिहार के भोजपुरी व मैथिली भाषियों, मॉरीशस, फीजी, त्रिनिदाद, सूरीनाम, नेपाल, पाकिस्तान तथा अन्य देशों में बसे हिंदी-भाषियों की तादाद भी शामिल की होती तो निश्चित रूप से हिंदी भाषियों की संख्या अंग्रेजी भाषियों से ज्यादा निकलती। कहना न होगा कि आज यदि ईमानदारी से अंतरराष्ट्रीय फलक पर हिंदी भाषियों की संख्या का ताजा सर्वेक्षण कराया जाए तो निश्चित रूप से हिंदी-भाषियों की संख्या अंग्रेजी से ज्यादा निकलेगी। फिर भी संयुक्त राष्ट्र संघ में हिंदी का स्थान नहीं है। अब तक हुए भाषा सर्वेक्षणों में हिंदी भाषियों से मैथिली, भोजपुरी, राजस्थानी भाषियों को पृथक् दिखाया जाता रहा है। यही कारण है कि आज भी हिंदी अंग्रेजी से अधिक बोली जानेवाली भाषा होने के बावजूद विश्व के तीसरे स्थान पर है। कहना न होगा कि ये सर्वेक्षण कई दृष्टियों से अधूरे तथा पूर्वग्रहों से ग्रस्त हैं।

उपर्युक्त तथ्यों के बावजूद हिंदी की महत्ता असंदिग्ध है। उसकी विश्वव्यापकता पर प्रश्नचिह्न नहीं लगाया जा सकता। शिक्षा, राजनीति, कारोबार, संपर्क-संबंध तथा वैचारिक संप्रेषण के माध्यम के रूप में हिंदी विश्व के विशद प्रागंण में अपनी महत्ता के साथ विद्यमान है।

विभिन्न देशों में हिंदी

विश्व में हिंदी के प्रचार-प्रसार का एक लंबा इतिहास है। हिंदी दुनिया के देशों में जिस रूप में फैली और फली-फूली है, उसका बड़ा श्रेय उन प्रवासी भारतीयों को है जिन्होंने अपनी मातृभाषा को विदेशी भूमि पर भी जीवंत बनाए रखा है। इसका श्रेय उन भारतीय मूल के विदेशी नागरिकों को भी है, जो जीविका की तलाश में मजदूरी या कारोबार के लिए विदेशों में गए और वहीं के होकर रह गए; परंतु वे अपने देश, जमीन की भाषा व संस्कृति नहीं भूले; हिंदी की महत्ता को घटने तथा विश्व की दृष्टि में विस्मृत नहीं होने दिया। यही कारण है कि विरोधों के वातावरण में भी हिंदी अबाध गति से प्रवाहमान है। हिंदी का प्रचार-प्रसार विदेशों में प्राय: तीन रूपों में हुआ है या हो रहा है। पहले वर्ग में वे देश आते हैं जहाँ भारतीय मूल के निवासियों की संख्या बहुतायत में है। इनकी मातृभाषा हिंदी होने के कारण परस्पर संपर्क और बातचीत में ये हिंदी का प्रयोग ही करते रहे हैं। ऐसे देशों में फीजी, मॉरीशस, सूरीनाम, त्रिनिदाद, गयाना, नेपाल, बर्मा, श्रीलंका, भूटान, थाईलैंड, मलेशिया, दक्षिण अफ्रीका, केन्या, इंडोनेशिया तथा सिंगापुर आदि देश आते हैं। दूसरे वर्ग में ऐसे देश आते हैं, जहाँ भारतीय प्रवासी अधिकांश संख्या में रहते हैं और जिनके हमारे देश से सौहार्दपूर्ण राजनैतिक,

सांस्कृतिक संबंध हैं। इन देशों में शैक्षिक स्तर पर भी हिंदी के अध्ययन-अध्यापन की व्यवस्थाएँ हैं। इनमें अमेरिका, इंग्लैंड, रूस, फ्रांस, इटली, चैकोस्लोवाकिया, बेल्जियम, चीन, जापान, मैक्सिको, कनाडा, ऑस्ट्रेलिया आदि देश आते हैं।

विश्व में हिंदी एवं भारतीय संस्कृति के प्रचार-प्रसार का तीसरा सबसे प्रभावी माध्यम है, विदेशों में स्थापित भारतीय दूतावास तथा अन्य संस्थाएँ। दूतावासों में भारतीय वाङ्मय की सभी भाषाओं की पुस्तकों का अच्छा संग्रह होता है तथा इनके द्वारा समय-समय पर किए जानेवाले आयोजनों में भारतीय संस्कृति को हिंदी व अन्य भारतीय भाषाओं के जरिए प्रतिबिंबित किया जाता है। इन दूतावासों पर विदेशों में हिंदी के प्रचार-प्रसार का दायित्व भी है, ताकि भारत की राजभाषा के रूप में हिंदी को पर्याप्त प्रोत्साहन एवं आधार मिले।

विदेशों में मॉरीशस ऐसा देश है, जिसका हिंदी तथा हिंदुस्तान से संबंध सदियों पुराना है। आज से लगभग डेढ़ सदी पहले यानी 1834 से 1915 तक बिहार और पूर्वी उत्तर प्रदेश के भोजपुरी-भाषी श्रमिकों का जत्था मजदूरी के लिए मॉरीशस गया था, जो वहीं का होकर रह गया। इन मजदूर भारतीय नागरिकों ने मॉरीशस में अपने पुरखों की भाषा, संस्कृति एवं रीति-रिवाजों को जीवंत बनाए रखा। ये अपने देश से विदा होते समय अपने साथ 'रामचरितमानस' एवं 'गीता' जैसी धार्मिक पुस्तकें भी लेते गए थे। मॉरीशस में हिंदी का प्रचार-प्रसार इन्हीं भारतीय मजदूरों ने किया। धीरे-धीरे आज मॉरीशस में हिंदी की जड़ें इतनी गहरी होती गई हैं कि उसे इस देश की सांस्कृतिक विरासत से काटकर विलग नहीं किया जा सकता। मॉरीशस में घर-घर में रामायण, हनुमान चालीसा, गीता प्रेस की धार्मिक पुस्तकें पढ़ी जाती हैं। हिंदी पत्र-पत्रिकाएँ भी यहाँ पढ़ने के लिए सुलभ हैं। मॉरीशस में आज भी पूर्वी उत्तर प्रदेश का माहौल जीवंत है। मॉरीशस में आजादी के बाद से लगभग 200 पुस्तकें हिंदी में लिखी गई हैं। यहाँ से अभिमन्यु अनंत, सोमदत्त बखोरी, रामदेव धुरंधर, प्रो. विष्णुदयाल, मुनीश्वरलाल चिंतामणि एवं प्रह्लाद रामशरण जैसे हिंदी के बड़े लेखक उभरे हैं, जो हिंदी साहित्य में अपने कृतित्व से अलग ही पहचाने जाते हैं। यहाँ आर्यसमाज ने हिंदी को फैलाने में काफी मदद की। आर्यसमाजी हिंदी को आर्यभाषा कहा करते थे। यहाँ से 1911 में इन्होंने 'हिंदुस्तानी' अखबार भी निकाला। आर्यसमाज के माध्यम से यहाँ वैदिक संस्कृति का प्रचार आरंभ हुआ। अनेक आर्यसमाजी विद्वानों ने हिंदी के प्रसार में अहम भूमिका निभाई। धीरे-धीरे यहाँ कई संस्थाओं का उदय हुआ। यहाँ से तालीम के लिए लोग विदेश गए तथा मॉरीशस लौटकर नए मॉरीशस के निर्माण में

अहम भूमिका निभाई। इनमें पंडित काशीनाथ किष्टो, पं. रामावध शर्मा, बैरिस्टर राम खेलावन बुधन, डॉ. शिवसागर रामगुलाम आदि उल्लेखनीय हैं। यहाँ 'गीता मंडल' व 'हिंदू महासभा' की स्थापना से भी हिंदी पढ़ने का मार्ग प्रशस्त हुआ। 1925 में भारत से पढ़कर लौटे बेणिमाधव सतीराम भी वर्षों तक रेडियो पर 'वैदिक वाणी' का प्रसारण करते रहे। हिंदी शिक्षण की दिशा में मोहन लाल मोहित के योगदान को भुलाया नहीं जा सकता। उन्होंने 'आर्योदय' नामक अखबार भी निकाला। 1935 तक यहाँ आर्यसमाज की 75 शाखाएँ खुल गईं, जहाँ हिंदी की पढ़ाई होती थी। 1926 में यहाँ 'हिंदी प्रचारिणी सभा' का भी गठन हुआ, जिसने हिंदी की प्रारंभिक परीक्षाओं का बीड़ा उठाया। इसके माध्यम से हजारों छात्रों ने परीक्षाएँ दीं और हिंदी सीखी।

हिंदी का यहाँ की राजनीति से भी गहरा वास्ता रहा है। 1948 के पहले तक जहाँ केवल 11 हजार लोगों को मताधिकार था, आर्यसमाज व स्वयंसेवी संस्थाओं के सहयोग से 1948 के आम चुनाव में 71 हजार लोगों ने मतदान किया। इससे भारतीय मूल के लोग चुनाव में विजयी हुए। डॉ. शिवसागर रामगुलाम ने मॉरीशस की बागडोर सँभाली, जो भारतीय मूल के थे। हिंदी के प्रचार-प्रसार में प्रो. रामप्रकाश के योगदान को भी नहीं भुलाया जा सकता। मिनी भारत कहे जानेवाले मॉरीशस में हिंदी के पठन-पाठन में लेखन का मार्ग भी प्रशस्त किया। उनके ही मार्गदर्शन के परिणामस्वरूप उनके शिष्यों में अभिमन्यु अनंत, रामदेव धुरंधर, पूजानंद नेमा, प्रह्लाद रामशरण, राज हीरामन, इंद्रदेव भोला, ब्रजेंद्र कुमार भगत, सोमदेव बखोरी, सत्यदेव प्रीतम आदि बहुतेरे लेखक उभरे, जिनकी हिंदी जगत् में पहचान है। अभिमन्यु अनंत हिंदी के अनेक पुरस्कारों से समादृत हैं, तो रामदेव धुरंधर को 'इफको श्रीलाल शुक्ल स्मृति सम्मान' से विभूषित किया गया है। आजादी के पश्चात् भारत के सहयोग से मॉरीशस में हिदी का अनुकूल वातावरण बनना शुरू हुआ। डॉ. शिवसागर रामगुलाम के प्रधानमंत्री बनने के बाद सभी विद्यालयों में हिंदी की पढ़ाई शुरू हुई। भारत की प्रधानमंत्री इंदिरा गांधी अपने कार्यकाल में दो बार मॉरीशस गईं। वहाँ 'महात्मा गांधी संस्थान' की स्थापना की। इस संस्थान के जरिए हिंदी भारतीय संस्कृति व भारतीय भाषाओं के शिक्षण को अहमियत दी गई। यहाँ से 'बसंत' जैसी हिंदी की पत्रिका निकलती रही है, जिसका साहित्यिक हल्के में सम्मान रहा है।

विश्व हिंदी सचिवालय, मॉरीशस

वर्ष 1975 में नागपुर में आयोजित प्रथम 'विश्व हिंदी सम्मेलन' के दौरान

एक 'विश्व हिंदी केंद्र' की स्थापना का विचार मॉरीशस के तत्कालीन प्रधानमंत्री व प्रतिनिधिमंडल के अध्यक्ष सर शिवसागर रामगुलाम द्वारा प्रस्तुत किया गया था। इस विचार ने दृढ़ संकल्प का रूप धारण किया। मॉरीशस में आयोजित द्वितीय विश्व हिंदी सम्मेलन में और लगातार कई विश्व हिंदी सम्मेलनों में मंथन के बाद मॉरीशस में 'विश्व हिंदी सचिवालय' की स्थापना का विचार साकार हुआ। 11 फरवरी, 2008 से 'विश्व हिंदी सचिवालय' ने आधिकारिक रूप से कार्य करना प्रारंभ कर दिया है। सचिवालय का मुख्य उद्देश्य एक अंतरराष्ट्रीय भाषा के तौर पर हिंदी का प्रचार करना व हिंदी को संयुक्त राष्ट्र संघ की आधिकारिक भाषा बनाने के लिए एक वैश्विक मंच तैयार करना है।

फीजी दक्षिण प्रशांत महासागर में स्थित एक छोटा सा द्वीप है, जिसकी कुल लगभग 5 लाख की आबादी में से पचास प्रतिशत आबादी भारतीयों की है। यहाँ भी भारत से लोग सन् 1876 से आना शुरू हुए थे। आज यहाँ सौ वर्ष से भी अधिक समय से हिंदी बोली जा रही है। यहाँ की संस्कृति, रीति-रिवाज, तीज-त्योहारों में भारतीयता नजर आती है। होली, राखी, रामनवमी, दीवाली, दशहरा, सभी त्योहार मनाए जाते हैं। भारतीय फिल्में यहाँ चाव से देखी जाती हैं। फीजी रेडियो हिंदी में कार्यक्रम प्रसारित करता है। यहाँ संविधान में किए गए प्रावधानों के अनुसार सांसदों को हिंदुस्तानी में बोलने की छूट है।

सूरीनाम में भी अधिकांशतः भारतीय रहते हैं। 1873 में कुछ भारतीय ही यहाँ मजदूरी के लिए पहुँचे थे। परंतु आज देखते-देखते भारतवंशियों की संख्या कुल निवासियों का चालीस प्रतिशत से ज्यादा हो गई है। भोजपुरी, अवधी, पहाड़ी और खड़ी बोली के साथ उसके मिश्रित रूप 'सरनामी' भाषा का प्रयोग यहाँ प्रचलित है। वैसे यहाँ की राजभाषा 'डच' है, फिर भी हिंदी बोलचाल में अधिक प्रभावी है। सूरीनाम रेडियो, भारतीय दूतावास तथा अनेक धार्मिक, सांस्कृतिक, शैक्षिक संस्थाएँ यहाँ हिंदी का वातावरण बनाए रखने में महती भूमिका निभा रही हैं। स्मरण रहे कि सूरीनाम, गुयाना, त्रिनिदाद, जमैका आदि कैरेबियन देशों में आज से लगभग सवा-डेढ़ सौ वर्ष पहले अंग्रेज और डच शासकों द्वारा भारत से हजारों की तादाद में मजदूर जंगल काटने और गन्ने तथा कहवे की खेती करने के लिए लाए गए थे। ये मजदूर उत्तर प्रदेश के गोरखपुर, बस्ती, गोंडा, आजमगढ़, बाराबंकी, इटावा, आगरा, कुमाऊँ, बिहार के आरा, छपरा, दरभंगा तथा राजस्थान के मेवाड़, जयपुर और उदयपुर आदि जिलों के थे। इसलिए इन देशों में भोजपुरी, अवधी, बिहारी,

राजस्थानी, खड़ी बोली तथा पहाड़ी बोलियाँ धड़ल्ले से बोली जाती हैं। आज ये मजदूर यहाँ के स्थायी निवासी बन चुके हैं, तथापि भारत की संस्कृति व रीति-रिवाजों को नहीं भूले हैं। यही नहीं, इनका जीवन स्तर भी काफी ऊँचा उठा है। गुयाना, सूरीनाम, त्रिनिदाद और जमैका में भारतीय लोग व्यापार, कारखाने, खेती, शिक्षा व राजनीति में अग्रणी रहे हैं। एक अनुमान के मुताबिक गुयाना में 60 प्रतिशत संख्या भारतवासियों की है। यद्यपि त्रिनिदाद, गुयाना और जमैका में अंग्रेजी का प्रचलन अपेक्षाकृत अधिक है, तथापि यहाँ के भारतवंशियों में हिंदी के प्रति समादर की भावना है। इनके घरों में हिंदी ही बोली जाती है। रामलीलाएँ, सत्यनारायण व्रत कथा-वाचन, होली, दीवाली पर सांस्कृतिक आयोजन भारतवंशियों के समाज का अभिन्न प्रसंग हैं। इनके ब्याह व शादियों में पूर्वी उत्तर प्रदेश व बिहार के श्रुति मधुर संस्कार गीत गाए जाते हैं। नेपाल भारत का पड़ोसी देश है। लगभग एक ही सांस्कृतिक धारा दोनों देशों की परंपराओं में प्रवाहित है। ज्ञात हो कि नेपाली भाषा का विकास शौरसेनी प्राकृत से हुआ है, जिससे हिंदी और गुजराती, भाषाओं का विकास हुआ है। अत: स्वाभाविक रूप से नेपाली और हिंदी के शब्द भंडार, क्रियापदों व वाक्य-विन्यास में समानता है। नेपाली की लिपि भी देवनागरी होने से नेपाली भाषियों को हिंदी सीखने में सुगमता होती है। नेपाल में नेपाली के बाद हिंदी ही ऐसी भाषा है, जो लोकप्रिय है, प्रचलन में है तथा लोकसंवेद्य भी। श्रीलंका भी भारत का पड़ोसी देश है। यहाँ के 'रेडियो सीलोन' के संगीत कार्यक्रमों के श्रोता दूर-दूर तक के देशों में हैं। हिंदी सिनेमा तथा संगीत के प्रति श्रीलंका निवासियों में खासी दिलचस्पी है। बर्मा में भी भारतीय मूल के निवासियों की काफी संख्या है। यहाँ एक समय कई हिंदी पत्रिकाएँ प्रकाशित होती थीं। हिंदी साहित्य सम्मेलन तथा राष्ट्रभाषा प्रचार समिति, बर्मा के केंद्रों के माध्यम से यहाँ के लोग हिंदी का अध्ययन करते हैं। इन पड़ोसी देशों के अलावा अन्य देशों में जहाँ भी भारतीय मूल के निवासी बस गए हैं, उनके आपसी बोलचाल की भाषा हिंदी ही है। एक गणना के मुताबिक कीनिया में 80,000, तंजानिया में 59,000, अफगानिस्तान में 30,000, कुवैत में 65,000, सऊदी अरब में 1,20,000, ओमान में 60,000, इंडोनेशिया में 20,000, हांगकांग में 12,000 तथा बहरीन में 40,000 भारतीय रहते हैं। भारतीय मूल के निवासी इन देशों में रहते हुए भी आपसी संप्रेषण के लिए हिंदी का ही प्रयोग करते हैं। इसके अलावा नेपाल में 38,00,000 तथा भूटान में लगभग 40,000 भारतवंशी है। इनकी भाषा भले ही नेपाली तथा भूटानी हो, परंतु अपने देश में और बाहर भी इनकी संपर्क भाषा हिंदी ही है।

अब कुछ अन्य देशों, जैसे अमेरिका, रूस, ब्रिटेन, जर्मनी तथा चेकोस्लोवाकिया इत्यादि में हिंदी के प्रचार-प्रसार की जानकारी। अमेरिका में हिंदी का अध्ययन-अध्यापन तक विदेशी भाषा के तौर पर होता है। अमेरिका के कई विश्वविद्यालयों में हिंदी पढ़ाई जाती है। पिछले दो दशकों में हिंदी में पाठ्यपुस्तकें, प्रवेशिकाएँ तथा कोश आदि तैयार करने की दिशा में काफी काम हुआ है। हिंदी के भाषा वैज्ञानिक अध्ययनों के अलावा साहित्य के अध्ययन-अध्यापन के प्रति भी अमेरिकियों की रुचि बढ़ी है। प्रेमचंद के साथ अन्य बहुत से साहित्यकारों की रचनाएँ, आज अमेरिकी विद्यार्थियों द्वारा पढ़ी जाती हैं। बीसवीं शताब्दी की हिंदी कविताओं के कई संग्रह इधर के वर्षों में प्रकाशित हुए हैं। अनुवाद के जरिए हिंदी कथा साहित्य के पठन-पाठन का रास्ता खुला है। अमेरिका में हिंदी के पठन-पाठन का वातावरण तैयार करने का श्रेय कुछ ऐसे भारतीय युवा अध्यापकों को है, जो भाषा विज्ञान के शोध-अनुसंधान के लिए अमेरिका में आए तथा वहाँ रहकर हिंदी शिक्षण और भाषा वैज्ञानिक अनुसंधान में महत्त्वपूर्ण योगदान दिया है।

मोटे तौर पर अमेरिकी लोग हिंदी इसलिए पढ़ते हैं कि उनकी हिंदी भाषा व साहित्य अथवा भारतीय संस्कृति व दर्शन में रुचि होती है अथवा जिनके लिए दो या तीन विदेशी भाषाएँ पढ़ना अनिवार्य होता है। यह उल्लेख दिलचस्प होगा कि कुछ छात्राएँ हिंदी इसलिए पढ़ती हैं, जिससे वे अपने भारतीय पतियों से हिंदी में बातचीत कर सकें। अमेरिका में हिंदी और उर्दू के समन्वित पाठ्यक्रम चलाए जाते हैं। ऐसा इन्हें एक ही भाषा की दो शैलियों के रूप में मानकर किया जाता है। अमेरिका के ज्यादातर विश्वविद्यालयों में 'भाषा प्रयोगशालाएँ' स्थापित की गई हैं, जहाँ बोलचाल की हिंदी का व्यावहारिक प्रशिक्षण दिया जाता है। ये प्रयोगशालाएँ ऐसी हैं, जहाँ रहकर भारतीय संस्कृति के अनुरूप हिंदी सीखने-बोलने का अवसर मिलता है। अमेरिका में हिंदी के दूसरे बड़े प्रचार केंद्र विश्वविद्यालय हैं। आज अमेरिका के लगभग 70 विश्वविद्यालयों में हिंदी पढ़ाई जाती है, जहाँ हजारों विद्यार्थी हिंदी का अध्ययन करते हैं। कुछ विश्वविद्यालयों में हिंदी एलीमेंट्री व एडवांस तो कुछ में पी-एच.डी. स्तर तक के अध्ययन की सुविधा है।

अमेरिका अमेरिकी संस्कृति का केंद्र है। यहाँ से गए भारतवंशियों का इस बात पर खूब ध्यान था कि यहाँ रहकर हम धनोपार्जन तो करें पर अपनी भाषा व संस्कृति से दूर न हो जाएँ। इसीलिए वहाँ घरों व मंदिरों में हिंदी पढ़ाने का सिलसिला शुरू हुआ। कहा जाता है 1913-15 के दौरान कुछ स्वतंत्रता सेनानियों ने वहाँ 'गदर पार्टी'

की स्थापना की। हिंदी को मजबूत आधार देने के लिए अमेरिका में कई महानुभावों ने अनेक संस्थाओं को जन्म दिया। 1980 में कुँवर चंद्रप्रकाश सिंह ने यहाँ 'अंतरराष्ट्रीय हिंदी समिति' की स्थापना की, तो 1992 में 'विश्व हिंदी समिति' की स्थापना रामेश्वर अज्ञात ने की। 2002 में हिंदी न्यास की स्थापना डी. रामचौधरी ने की। इन संस्थाओं की स्थापना से अमेरिका में हिंदी का पथ प्रशस्त हुआ। इस प्रयत्न में हिंदी भाषियों के अलावा पंजाबी, गुजराती व अन्य भारतीय भाषाओं के लोग भी जुड़ने लगे। छपाई की सुविधाओं व कंप्यूटरीकरण में हिंदी के बढ़ते प्रयोग से हिंदी की पुस्तकों के प्रकाशन का पथ भी प्रशस्त हुआ। अंतरराष्ट्रीय हिंदी समिति ने 'अमेरिका के हिंदी कवि' नामक कवियों का एक संचयन प्रकाशित किया तो 1997 में अंजना संधीर ने 'प्रवासी हस्ताक्षर' का संपादन प्रकाशन किया। अंजना संधीर ने हिंदी लेखन को आगे बढ़ाने व उनके संचयन का महत्त्वपूर्ण कार्य गए कुछ वर्षों में किया है। सात समुंदर पार, प्रवासिनी के बोल, प्रवासी आवाज आदि संचयनों से अमेरिका के हिंदी कवियों व कथाकारों का संसार सामने आया। न्यूयॉर्क में हुए आठवें 'विश्व हिंदी सम्मेलन' में अमेरिका के 36 लेखकों की एक साल में प्रकाशित पुस्तकों का लोकार्पण किया गया था। डॉ. अंजना संधीर ने 'विश्वमंच पर हिंदी के नए आयाम' शीर्षक से ढाई सौ अमेरिकी हिंदी लेखकों से परिचय कराया था। अमेरिका से निकलनेवाली पत्रिकाओं में—विश्वा, हिंदी चेतना, हिंदी जगत् आदि प्रमुख हैं। वाइस ऑफ अमेरिका के हिंदी प्रसारण का भी हिंदी के प्रचार-प्रसार में विशिष्ट योगदान है। हिंदी प्रसारणों के अलावा हिंदी नाटकों के मंचन की दिशा में भी काफी प्रयत्न हुए हैं।

सोवियत संघ (अब रूस) से भारत का संबंध अत्यंत प्रगाढ़ रहा है। इसलिए सोवियत जनता का भारतीय संस्कृति और हिंदी भाषा व साहित्य में दिलचस्पी रखना स्वाभाविक ही है। रूस में भारतीय लेखकों की कृतियों के अनुवाद व प्रकाशन के क्षेत्र में काफी प्रगति हुई है। रूसी पाठकों का हिंदी के सभी प्रमुख साहित्यकारों से परिचय है। पी. वारान्निकोव के प्रयत्नों से 'रामचरितमानस' रूसी में अनूदित होकर अत्यंत लोकप्रिय हुई है। सोवियत संघ अपने देश से बाहर भी हिंदी को प्रचारित/प्रसारित करता रहा है। सोवियत सूचना केंद्र से प्रकाशित होनेवाली 'सोवियत भूमि', 'सोवियत नारी' तथा 'स्पुतनिक' आदि पत्रिकाएँ न केवल हिंदी में प्रकाशित होती रही हैं, बल्कि भारतीय जनमानस में काफी लोकप्रिय भी रही हैं। मास्को के प्रगति प्रकाशन के द्वारा सोवियत लेखकों, वैज्ञानिकों की अनेक शैक्षिक, वैचारिक, साहित्यिक कृतियों/संदर्भ ग्रंथों का प्रकाशन हिंदी में किया गया है, जिन्हें भारत में

बड़े महत्त्व के साथ पढ़ा जाता है। हिंदी साहित्य की पाठ्यपुस्तकों के सृजन के लिए एस. दिमशित्ज, वी. गोर्युनोव और ओ. ओल्सिफेरोव को 'नेहरू पुरस्कार' मिल चुका है। हिंदी व्याकरण पर सोवियत विद्वान् दिमशित्ज का कार्य इस दिशा में एक मानक उपलब्धि है। रूस की यह विशेषता रही है कि वह अपनी भाषा की तरह अन्य देशों की राष्ट्रभाषाओं को महत्त्व देता रहा है। इस दृष्टि से आजा़दी के बाद भारत की राजभाषा का जितना सम्मान सोवियत संघ ने किया है, उतना किसी अन्य देश ने नहीं। कहना न होगा कि रूस विश्व का पहला देश है, जहाँ हिंदी भाषा और साहित्य का व्यापक आधार पर अध्ययन, अनुवाद और अनुसंधान कार्य चल रहा है। उल्लेखनीय है कि रूस में 'श्रीमद्भगवत् गीता', 'नल-दमयंती की कथा', 'रामचरितमानस', 'महाभारत', 'सूर-सागर' जैसे भारतीय वाङ्मय के गौरव ग्रंथों का अनुवाद हो चुका है तथा हिंदी के अनेक समकालीन साहित्यकारों की रचनाओं के अनुवाद भी रूसी पाठकों को उपलब्ध हैं।

अमेरिका और रूस के बाद ब्रिटेन ऐसा तीसरा देश है, जहाँ भारतीय मूल के लोग अधिक संख्या में (एक अनुमान के मुताबिक लगभग 20 लाख से अधिक) बसे हैं। ब्रिटेन हालाँकि ऐसा मुल्क है, जिसके निवासियों ने भारत में अंग्रेजी की वह अमरबेल बो दी है कि यहाँ से अंग्रेजी का विदा हो पाना संभव नहीं दिखता। परंतु आज स्थितियाँ काफी बदली हैं। ब्रिटेन में हिंदी के अध्ययन-अध्यापन की स्थिति में प्रगति हुई है। भारतीय भाषाओं के शिक्षण कार्य को स्कूलों व संस्थाओं में बढ़ावा दिया जाने लगा है। ब्रिटेन के तीनों विश्वविद्यालयों में हिंदी में पी-एच.डी. तक के अध्ययन की व्यवस्था है। बी.बी.सी. के हिंदी कार्यक्रम यहाँ चाव से देखे जाते हैं। दूरदर्शन पर अब हिंदी पढ़ाने की व्यवस्था भी की जा रही है। ब्रिटेन में हिंदी भाषियों ने अपनी संस्कृति को जीवंत बनाए रखा हैं। उनके समारोह अकसर हिंदी में ही संपन्न होते हैं। जिन्हें देखकर लगता है, यहाँ कोई भारतीय उत्सव मनाया जा रहा है। अनेक सरकारी संस्थाओं द्वारा सार्वजनिक सूचनाएँ हिंदी में भी प्रकाशित की जाती हैं। यहाँ के पुस्तकालयों में हिंदी पुस्तकें उपलब्ध होती हैं। दुकानों पर भी हिंदी की पत्र-पत्रिकाएँ मिलती हैं। यहाँ होनेवाले कवि सम्मेलनों में हिंदी कविता तथा मुशायरे के प्रबुद्ध श्रोतावर्ग की हिस्सेदारी यह जताती है कि यहाँ पर हिंदी भले ही व्यापक तौर पर बोली न जाती हो, परंतु यह ब्रिटेन के रसज्ञ अंग्रेजों को कविता के लालित्य से लुभा सकती है। बच्चनजी ने अपनी आत्मकथा में लिखा भी है कि वे जब ब्रिटेन में रहते हुए 'मधुशाला' का पाठ करते थे तो भारतीय और अंग्रेज दोनों वर्ग के श्रोता

आनंद से भाव-विभोर हो उठते थे। ब्रिटेन में डॉ. आर.एस. मैकग्रेगर एवं डॉ. सत्येंद्र श्रीवास्तव के हिंदी प्रचार के लिए किए गए प्रयत्नों ने भी हिंदी का एक स्वस्थ माहौल बनाया है। कैंब्रिज यूनिवर्सिटी से संबद्ध रहे हिंदी साहित्य के ख्यात विद्वान् रोनाल्ड स्टुअर्ट मेक्ग्रेगॉर ने हिंदी शिक्षण की दिशा में अहम् भूमिका निभाई। विदेशी होते हुए भी उन्होंने 1959-60 में इलाहाबाद यूनिवर्सिटी से हिंदी की पढ़ाई की, फिर 1964 से 1997 तक वे कैंब्रिज में हिंदी पढ़ाते रहे। हंगरी निवासी प्रोफेसर इमरै बंघा ने शांतिनिकेतन यूनिवर्सिटी से हिंदी में पी-एच.डी. की पढ़ाई की है और पिछले कई सालों से वे ऑक्सफोर्ड विश्वविद्यालय में छात्रों को हिंदी सिखाते हैं।

कहते हैं द्वितीय विश्वयुद्ध के दौरान ब्रिटेन में हिंदी की पताका बी.बी.सी. के प्रसारणों ने फहराई। हिंदुस्तान इन्हीं दिनों अपनी आजादी की लड़ाई लड़ रहा था। भारत से लोग ब्रिटेन आ रहे थे। उनके साथ उनकी संस्कृति व भाषा भी आई। विभिन्न भाषा-भाषियों का समूह ब्रिटेन में एकत्रित होता गया। हिंदी सीखने-सिखाने का काम भी बढ़ा। हिंदी की तकनीकी सुविधाएँ न होने से जहाँ ऐसा भी समय रहा है कि लोग रोमन हिंदी की पैरवी किया करते थे, पर आज सोशल मीडिया पर, इंटरनेट पर, ऑफलाइन, ऑनलाइन हिंदी टाइपिंग की सुविधा व इंटेलीजेंट की-बोर्ड ने हिंदी के प्रयोग की राहें आसान की हैं। गूगल वाइस टाइपिंग ने इस दिशा में एक कदम आगे बढ़कर उन लोगों की सहायता की है, जो टाइपिंग से बचना चाहते हैं। 1999 में गठित 'यू.के. हिंदी समिति' ने हिंदी के प्रसार में महत्त्वपूर्ण भूमिका निभाई है। इसके सहयोग से ब्रिटेन के चालीस विद्यालयों में हिंदी शिक्षण का कार्य चल रहा है। ब्रिटेन में हिंदी लेखक आज बहुत सक्रिय हैं। अचला शर्मा, उषा राजे सक्सेना, उषा वर्मा, तेजेंद्र शर्मा, जकिया जुबेरी, दिव्या माथुर, कृष्ण कुमार, पद्मेश गुप्त, कैलाश बुधवार, सोहन राही, शैल अग्रवाल, मोहन राणा, सत्येंद्र श्रीवास्तव आदि हिंदी लेखकों ने हिंदी का एक विशेष वातावरण निर्मित किया है। कथा साहित्य के क्षेत्र में दिए जानेवाले पुरस्कार 'कथा यू.के.' की भी काफी प्रतिष्ठा रही है। ब्रिटेन में उच्चायुक्त रहते हुए डॉ. लक्ष्मीमल्ल सिंघवी ने भी हिंदी को आगे बढ़ाने में महती भूमिका अदा की है।

हिंदी का पठन-पाठन और जिन देशों में प्रमुखता से होता है, उनमें जापान, फ्रांस, जर्मनी, चेकोस्लोवाकिया, हॉलैंड, पोलैंड, डेनमार्क, ऑस्ट्रेलिया, चीन, इजराइल व रोमानिया आदि के नाम उल्लेखनीय हैं। जापान निवासी प्रो. टोमियो मिजोकोमी ओसाका विश्वविद्यालय में पढ़ाते हैं और भारतीय भाषाओं से प्रेम की वजह से ही उन्होंने दिल्ली विश्वविद्यालय से हिंदी में पी-एच.डी. की है। जापान में उन्होंने हिंदी

के पठन-पाठन में महत्त्वपूर्ण भूमिका निभाई है। जापान में हिंदी की अलख जगाने का श्रेय हिंदी के जापानी शिक्षक अकियो हागा को जाता है। विदित है कि टोक्यो यूनिवर्सिटी में 1909 से हिंदी पढ़ाई जा रही है। जापान में हिंदी को लोकप्रिय करने में अकियो हागा ने अहम् भूमिका निभाई है। टोक्यो विश्वविद्यालय से ही हिंदी में एम.ए. करने के बाद उन्होंने वहीं हिंदी पढ़ाना शुरू कर दिया। वहाँ हर साल लगभग 20 जापानी और विदेशी छात्र हिंदी विषय में प्रवेश लेते हैं। वे अंतरराष्ट्रीय हिंदी विश्वविद्यालय, वर्धा में भी भारतीय विद्यार्थियों को जापानी भाषा पढ़ाते रहे हैं। जापान के प्रो. क्यूया दोई ने हिंदी-जापानी, जापानी-हिंदी कोशों की रचना की है, तो प्रो. कात्सुरो कोगा ने 'हिंदी-जापानी शब्दकोश' बनाया है। प्रो. एइजो सावा व अकिरा ताकाहाशी व प्रो. तोशियो तनाका व प्रो. काजुहिको माचिदा ने भी हिंदी के शिक्षण व प्रसार में अहम् भूमिका निभाई है। चेकोस्लोवाकिया में हिंदी सीखने की सुविधाएँ सहज उपलब्ध हैं। यहाँ के विश्वविद्यालयों में हिंदी पुस्तकालय का सदुपयोग बाहर के लोग तक करने के लिए आते हैं। यहीं के विद्वान् डॉ. ओदोलन स्मेकल आज हिंदी के जाने-माने साहित्यकार के रूप में पहचाने जाते हैं। वे चालीस सालों तक चार्ल्स विश्वविद्यालय प्राहा में हिंदी पढ़ाते रहे। वे भारत में एक कवि के रूप में भी काफी चर्चित हैं। 'गोदान' का अनुवाद भी उन्होंने किया है। 'चेक-हिंदी कोश' की रचना भी उन्होंने की है। चेकोस्लोवाकिया में डॉ. ओत्कारको ने अरसे तक हिंदी का प्रचार-प्रसार किया। प्रो. पोर्जिका ने 'ओरिएंटल हिंदी इंस्टीट्यूट' की स्थापना की।

जर्मनी के विद्वान् डॉ. लौठार लुत्से को कौन नहीं जानता! उनके हिंदी में रचे ग्रंथ उनकी सधी और मँजी हुई लेखनी से परिचय कराते हैं। जर्मनी की ही मारग्रेट गात्सलाफ ने जर्मन भाषा में 'हिंदी व्याकरण' व 'जर्मन-हिंदी कोश' तैयार किया है व तमाम हिंदी कथाकारों को जर्मन में अनूदित किया है। जर्मन रेडियो व टी.वी. के माध्यम से भी हिंदी का प्रचार-प्रसार हो रहा है। कहना न होगा कि हमारे संस्कृत के आर्ष ग्रंथों में जर्मन विद्वानों की बहुत रुचि रही है। एक हद तक जर्मन व्याकरण भी संस्कृत के व्याकरण से मिलती है। मैक्डानल व कीथ जैसे विद्वानों ने तो संस्कृत साहित्य का इतिहास लिखने का श्रेय हासिल किया है, तो सायण ने हमारे वेदों का भाष्य कर ख्याति पाई है। आज भी उपस्सला विश्वविद्यालय के इंडोलॉजी विभाग से संबद्ध युवा भारत विद्याविद् डॉ. हेंज वर्नर वेस्सलर जर्मन-हिंदी व हिंदी-जर्मन अनुवाद की राहें सुगम करने की दिशा में प्रयत्नशील हैं तथा हिंदी साहित्य के समीक्षक के रूप में भी अग्रसर हैं।

रोमानियन कवियों और लेखकों पर प्राचीन भारतीय चिंतन का गहरा प्रभाव पड़ा है। यहाँ संस्कृत के अध्ययन की परंपरा रही है। अनेक संस्कृत ग्रंथों का अनुवाद यहाँ हो चुका है। रविंद्रनाथ ठाकुर कभी यहाँ आए थे, तब से सांस्कृतिक आदान-प्रदान दोनों देशों के मध्य बढ़ा है। रोमानियन भारतीय सांस्कृतिक विनिमय के कार्यक्रम पर दोनों देशों के हस्ताक्षर के बाद से रोमानिया में हिंदी के पठन-पाठन, अनुसंधान एवं गवेषणात्मक कार्यों के लिए पथ प्रशस्त हुआ है।

विश्व में इन अनेक देशों में हिंदी का आज जो भी प्रचार है, वह सदियों के श्रम का प्रतिफल है और यह बात विदेशी भी समझते हैं कि भारत की आध्यात्मिक चेतना, दार्शनिक चिंतन तथा शास्त्रीय, साहित्यिक एवं सांस्कृतिक स्वरूप को समझने के लिए हिंदी व संस्कृत का अवगाहन अपरिहार्य है।

विदेशों में हिंदी प्रसारण

राष्ट्रीय फलक पर हिंदी का विस्तार तो बहुआयामी है ही, अंतरराष्ट्रीय कैनवास पर भी हिंदी की छवि उजली है। प्रसारण माध्यमों ने हिंदी की जन-संप्रेषणीयता के महत्त्व को आदर दिया है तथा पूर्वी एशियाई देशों एवं अपने देश के हिंदी भाषी समुदाय को सूचना एवं मनोरंजन से जोड़े रखने के लिए अपने प्रसारणों में हिंदी कार्यक्रमों को पर्याप्त अवसर दिया है। रेडियो पीकिंग, मास्को रेडियो, जापान रेडियो, वाइस ऑफ जर्मनी, पूर्वी जर्मनी रेडियो, बी.बी.सी. और वाइस ऑफ अमेरिका जैसे विश्वव्यापी प्रसारण केंद्रों के अलावा मॉरीशस रेडियो/दूरदर्शन तथा हॉलैंड, कनाडा इत्यादि अनेक देशों में अनेक स्थानीय निजी रेडियो स्टेशनों से नियमित रूप से हिंदी कार्यक्रमों का प्रसारण होता है।

विश्व के प्रसारण केंद्रों में बी.बी.सी. लंदन की अपनी अलग पहचान है। 1940 में बी.बी.सी. ने हिंदी सर्विस की शुरुआत की थी तो यह जिज्ञासा प्राय: लोगों में थी कि एक विदेशी प्रसारण केंद्र हिंदी को क्यों अंतरराष्ट्रीय महत्त्व दे रहा है? परंतु तेजी से बदलते समय ने यह सिद्ध किया है कि समय की पदचाप भाँपकर उठाए गए कदम भविष्य में कितने फलदायी होते हैं। कहना न होगा कि आज 37 भाषाओं में दुनिया भर में बी.बी.सी. की आवाज पहुँचती है और भारत बी.बी.सी. के सबसे विशाल श्रोता समुदाय वाले देशों में है, जहाँ आज हिंदी सर्विस को लगभग ढाई करोड़ श्रोता नियमित रूप से सुनते हैं। बी.बी.सी. ने 1990 में हिंदी प्रसारण की स्वर्ण जयंती मनाई है। अपने इस पचास वर्षीय सफर में हर रोज दो घंटे के अपने हिंदी

प्रसारण में बी.बी.सी. विश्व समाचार, विश्व भारती, आजकल, सांस्कृतिक चर्चा, मुद्रा और मंडी, इंद्रधनुष, आपसे मिलिए, चलता संसार, खेल और खिलाड़ी, ज्ञान-विज्ञान, नई पीढ़ी और बाल जगत् जैसे कार्यक्रमों को इतनी खूबसूरती से समायोजित कर श्रोताओं के सम्मुख प्रस्तुत करता है कि वह विमुग्ध हुए बिना नहीं रहता। बी.बी. सी. भारत में अपने श्रोताओं के साथ समय-समय पर सभाएँ भी आयोजित करता रहा है, जिनसे श्रोताओं और प्रसारकों के बीच संपर्क का एक परिचय बना रहा है। 'बी.बी.सी. हिंदी अनुष्ठान' की 'श्रोता सभाएँ' स्मरणीय होती रही हैं।

हिंदी प्रसारण के क्षेत्र में 'वाइस ऑफ जर्मनी' के अंतरराष्ट्रीय प्रसारण केंद्र 'रेडियो डाइत्से वैले' का भी महत्त्वपूर्ण स्थान है। संसार की 34 भाषाओं में प्रसारण करनेवाले इस केंद्र से 1964 में हिंदी प्रसारण की शुरुआत हुई। बाद में संस्कृत का एक पाक्षिक कार्यक्रम भी प्रसारित होने लगा। आकाशवाणी के बाद दुनिया में यही एक रेडियो स्टेशन है, जहाँ से संस्कृत में नियमित कार्यक्रम प्रसारित होते हैं। हिंदी में पचास मिनट के प्रतिदिन के कार्यक्रम में राजनीति, अर्थनीति और कला, संस्कृति के अलावा संगीत का भी समावेश होता है। अमेरिका की राजधानी वाशिंगटन में स्थापित 'वाइस ऑफ अमेरिका' भी विश्व के जाने-माने रेडियो स्टेशनों में एक है। यहाँ से विश्व की 38 भाषाओं में प्रतिदिन लगभग 24 घंटे कार्यक्रम प्रसारित होते हैं। इनमें एक घंटा हिंदी कार्यक्रमों को भी दिया जाता है, जो दिन में दो बार प्रसारित होते हैं। हिंदी कार्यक्रम में देश-विदेश के समाचार, समाचार विश्लेषण तथा आर्थिक, राजनीतिक, सांस्कृतिक, शैक्षणिक व साहित्यिक विषयों पर रिपोर्टें प्रसारित की जाती हैं। इसके अलावा इंटरव्यू, पत्रोत्तर, ज्ञान-विज्ञान, परिसंवाद तथा अमेरिकी जनजीवन की झांकियाँ भी कार्यक्रमों में स्थान पाती हैं।

जापान रेडियो से हिंदी कार्यक्रमों का प्रसारण दूसरे विश्व युद्ध के दिनों से हुआ। स्मरणीय है कि भारत की आजादी के योद्धा नेताजी सुभाषचंद्र बोस जापानियों के साथ मिलकर अंग्रेजों के विरुद्ध संघर्ष में कूद पड़े थे। हिंदी कार्यक्रमों में अनेक बार नेताजी के संदेश हिंदी में प्रसारित किए गए। यों तो 'रेडियो टोक्यो' से 1935 में ही अंतरराष्ट्रीय प्रसारण आरंभ किए गए थे, किंतु 1937 में जापान-चीन युद्ध के कारण तथा विश्व युद्ध के बाद 'रेडिया टोक्यो' की गतिविधियों पर प्रतिबंध होने से अंतरराष्ट्रीय सेवाएँ बंद करनी पड़ी थीं। पुनः 1952 में रेडियो टोक्यो, 'जापान रेडियो' के नए नाम से अंतरराष्ट्रीय प्रसारण के क्षेत्र में उतरा तथा 1955 से यहाँ से हिंदी कार्यक्रमों का प्रसारण हो रहा है। 'जापान रेडियो' से प्रतिदिन आधे घंटे का

हिंदी कार्यक्रम होता है। इस अल्प समय में ही समाचार, सामयिक वार्त्ताएँ, जापान : एक झलक, जापानी वार्त्तालाप, 'चेरी के देश में' (पत्रोतर विषयक) शीर्षक कार्यक्रम प्रस्तुत किए जाते हैं। हिंदी कार्यक्रम को बेहतर बनाने के लिए 'जापान रेडियो' भारतीय दूतावास से भी संपर्क बनाए रखता है। भारत में 'जापान रेडियो' को सुननेवाले लाखों की संख्या में हैं। 'जापान रेडियो' की एक खासियत यह भी है कि इसके हिंदी कार्यक्रम का संचालन जापानी हिंदी-भाषी प्रोड्यूसर-उद्घोषक द्वारा ही किया जाता रहा है। 'जापान रेडियो' के इस हिंदी कार्यक्रम का विशेष महत्त्व है, क्योंकि इससे जापान में न केवल हिंदी जीवित है, बल्कि इसी बहाने भारतीय श्रोताओं को जापान के जन-जीवन के व्यापक परिदृश्य से परिचय भी मिलता है।

मॉरीशसवासियों का हिंदी प्रेम उजागर है। मॉरीशस रेडियो व टेलीविजन हिंदी के प्रचार-प्रसार में भरसक सहयोग देते हैं। इन प्रसारण माध्यमों से भजन, फिल्म संगीत, समाचार, समीक्षा वार्त्ताएँ प्रसारित की जाती हैं तथा हफ्ते में दो बार हिंदी फिल्में भी टेलीविजन पर दिखाई जाती हैं। पीछे कहा जा चुका है कि सूरीनाम ऐसा देश है, जहाँ चालीस फीसदी भारतवंशी रहते हैं। वे बातचीत में भोजपुरी, अवधी, पहाड़ी व खड़ी बोली के मिश्रित रूप 'सरनामी' हिंदी का प्रयोग करते हैं। सूरीनाम रेडियो के कार्यक्रम हिंदी प्रेमियों में काफी लोकप्रिय हैं। रेडियो एवं दूरदर्शन से पत्रकारिता प्रशिक्षण, हिंदी शिक्षण-प्रशिक्षण, फिल्म संगीत, वार्त्ताओं, कवि गोष्ठियों, संगीत सम्मेलनों आदि का प्रसारण किया जाता है। देश की राजभाषा 'डच' होने के बावजूद सूरीनाम रेडियो व दूरदर्शन के हिंदी कार्यक्रम यहाँ की जनता में खासे लोकप्रिय हैं।

हिंदी को प्रोत्साहन देने में फीजी रेडियो का योगदान कम नहीं है। यहाँ 1954 से हिंदी चैनल की शुरुआत हुई। फीजी रेडियो से हिंदी के भजन व फिल्मी गीतों के साथ-साथ हिंदी रूपक, समाचार वार्त्ताएँ, कविताएँ, कहानियाँ व नाट्य प्रस्तुतियाँ भी प्रसारित की जाती हैं। हफ्ते में लगभग 75 घंटे का हिंदी (हिंदुस्तानी) कार्यक्रम फीजी रेडियो प्रसारित करता है। आकाशवाणी के कुछ कार्यक्रमों की पुनर्प्रस्तुति भी यहाँ होती है। हिंदी के नए लेखकों के प्रोत्साहन हेतु फीजी रेडियो तथा कुछ स्थानीय पत्र-पत्रिकाओं की ओर से समय-समय पर संयुक्त प्रतियोगिताएँ भी आयोजित की जाती हैं। अपनी सीमाओं के बावजूद फीजी रेडियो ने हिंदी का दायरा उत्तरोत्तर विस्तृत किया है। इसके अलावा मॉस्को, पीकिंग, हॉलैंड, कनाडा, एमस्टर्डम, रोटर्डम, उतरेक, देनहाग (द हेग), टोरंटो, त्रिनिदाद, पाकिस्तान, श्रीलंका आदि देशों के अनेक रेडियो स्टेशनों से भी हिंदी कार्यक्रम प्रसारित होते हैं, जिन्होंने विदेशों में हिंदी

की धारा को प्रवहमान बनाए रखा है। दक्षिणी अफ्रीका में भी 'हिंदवाणी' नाम से हिंदी में कार्यक्रमों का प्रसारण होता है, जिसकी देख-रेख मालती रामबली करती हैं।

विदेशों में हिंदी शिक्षण

हिंदी के विश्वव्यापी प्रसार में हिंदी शिक्षण का महत्त्वपूर्ण योगदान है। अंतरराष्ट्रीय स्तर पर यह एक प्रमुख भाषा मानी जाने लगी है। विदेशों में निजी संस्थाओं से लेकर विश्वविद्यालयों तक के पाठ्यक्रमों में हिंदी की पढ़ाई की व्यवस्था है। जैसा कि पीछे कहा जा चुका है, विदेशों में हिंदी का प्रसार तीन स्तरों पर हुआ हैं। एक, वे देश जहाँ पर भारतवंशियों की तादाद ज्यादा है, दूसरे, वे देश जहाँ पर भारतीय प्रवासी अधिकांश संख्या में रहते हैं तथा तीसरे वर्ग में दूतावासों के प्रयत्न उल्लेखनीय हैं। अतः स्वाभाविक है कि पहली श्रेणी के देशों में हिंदी का वातावरण अपेक्षाकृत अधिक अनुकूल है। हिंदी शिक्षण के लिए यहाँ किए गए प्रयत्नों को मिशन के रूप में स्वीकार किया जाता है। मॉरीशस में 1968 के बाद हिंदी के पठन-पाठन की सुविधाओं का तेजी से विकास हुआ है। 1974 से माध्यमिक पाठशालाओं में हिंदी की पढ़ाई की व्यवस्था भी की गई है। यहाँ की कतिपय निजी संस्थाओं के प्रयास से हिंदी साहित्य सम्मेलन, प्रयाग, राष्ट्रभाषा प्रचार समिति, वर्धा तथा भारतीय विधा भवन, बंबई द्वारा आयोजित परीक्षाएँ नियमित रूप से आयोजित की जाती हैं, जिनमें प्रतिवर्ष हजारों व्यक्ति सम्मिलित होते हैं। मॉरीशस के बाद 'फीजी' भी ऐसा ही देश है, जहाँ हिंदी को विशेष गौरव प्राप्त है। फीजी के संविधान में भी हिंदी को मान्यता प्रदान की गई है। प्राइमरी और सब-सेकेंडरी स्कूलों में तो हिंदी पढ़ाई ही जाती है, विश्वविद्यालय स्तर पर भी हिंदी में उच्चस्तरीय अध्ययन की सुविधा उपलब्ध है। सूरीनाम में 1907 से ही डच भाषा के साथ हिंदी को पाठ्यक्रम में रखा गया है। यहाँ हिंदी की एक सौ से अधिक पाठशालाएँ चल रही हैं। राष्ट्रभाषा प्रचार समिति, वर्धा तथा हिंदी साहित्य सम्मेलन, प्रयाग की कक्षाएँ भी लगाई जाती हैं, जिनके माध्यम से हिंदी के शिक्षण का मार्ग प्रशस्त हुआ है। त्रिनिदाद की मौजूदा आबादी का एक-तिहाई हिस्सा हिंदी भाषियों का है। यहाँ आर्य समाज के साथ-साथ सनातन धर्म सभाओं ने हिंदी के स्कूल खोलकर सनातन धर्म सभा, कबीर पंथ एसोसिएशन एवं आर्य प्रतिनिधि सभा तथा विश्व हिंदू परिषद् द्वारा खोले गए पचास से अधिक स्कूलों में हिंदी को एक विषय के रूप में पढ़ाया जाता है। गुयाना में भी कुल आबादी का आधे से अधिक हिस्सा भारतीय मूल के लोगों का है। यद्यपि ब्रिटिश शासनकाल

में अंग्रेजी शिक्षण की अनिवार्यता के कारण यहाँ की जनता को अंग्रेजी भाषा को ही मातृभाषा एवं राष्ट्रभाषा के रूप में अपनाने पर विवश होना पड़ा है, तथापि हिंदी सीखने-सिखाने का उत्साह गुयाना वासियों में उत्तरोत्तर बढ़ा है। यहाँ अनेक व्यक्तिगत संस्थाओं एवं भारतीय सांस्कृतिक केंद्र द्वारा तो हिंदी की कक्षाएँ चलाई ही जाती हैं, जॉर्ज टाउन विश्वविद्यालय में भी हिंदी बी.ए. में एक वैकल्पिक विषय के तौर पर पढ़ाई जाती है। चीन में बीजिंग विश्वविद्यालय के प्राच्य भाषा विभाग में हिंदी का भी अध्ययन कराया जाता है। जापान के कई विश्वविद्यालयों में विभिन्न स्तरों तक हिंदी की पढ़ाई होती है। थाईलैंड में चेंगमई विश्वविद्यालय में हिंदी के अध्ययन की व्यवस्था है। दक्षिण कोरिया में हांकूक विश्वविद्यालय, सियोल में हिंदी का स्नातक पाठ्यक्रम है। इसके अलावा भारत सरकार की छात्रवृत्ति पर भी कोरियाई छात्र केंद्रीय हिंदी संस्थान, दिल्ली में हिंदी पढ़ने के लिए आते हैं। मलेशिया में 'दक्षिण भारत हिंदी प्रचार सभा' एक समय हिंदी शिक्षण के लिए काफी सक्रिय रही है। अब यह दायित्व भारतीय उच्चायोग निभा रहा है। नेपाल में त्रिभुवन विश्वविद्यालय, काठमांडू; पाकिस्तान में पंजाब तथा कराची विश्वविद्यालयों; श्रीलंका में विद्यालंकार विश्वविद्यालय, कोलंबो में; ब्रिटेन में लंदन, कैंब्रिज तथा यार्क विश्वविद्यालयों में; फ्रांस में सौरबन विश्वविद्यालय में; बेल्जियम में सेंट तथा लूबेन विश्वविद्यालयों में; इटली में वेनिस तथा नेपल्स विश्वविद्यालयों में; स्वीडन में उप्पसला एवं स्टाकहोम विश्वविद्यालयों में; आस्ट्रिया में वियना विश्वविद्यालयों में; स्विट्ज़रलैंड में लवसाने तथा न्यूशेतेल विश्वविद्यालयों में; नार्वे में ओस्लो विश्वविद्यालयों में; डेनमार्क में कोके विश्वविद्यालय में; चेकोस्लोवाकिया में चार्ल्स विश्वविद्यालय 'प्राहा' में; पोलैंड में वारसा, येंगोलानियन विश्वविद्यालयों में; हंगेरी में बुडापेस्ट तथा जेदेद विश्वविद्यालयों में; यूगोस्लाविया में जाग्रेव तथा ब्रेलगेड में; रोमानिया में बुखारेस्त विश्वविद्यालय में; बुल्गारिया के सोफिया विश्वविद्यालय में; कनाडा के टोरंटो, वैंकूवर, विंडसर तथा मैंकगिल विश्वविद्यालयों में तथा मैक्सिको के एक कोलेहियो दे मेहिको विश्वविद्यालय में बी.ए. स्तर से लेकर डॉक्टरेट तक के हिंदी शिक्षण की व्यवस्था है। इसमें अमेरिका, जर्मनी, जापान तथा सोवियत संघ (अब रूस) के विश्वविद्यालयों की संख्या काफी अधिक है, जहाँ प्रारंभिक डिप्लोमा, इंटरमीडिएट, स्नातक, स्नातकोत्तर एवं डॉक्टरेट तक के पाठ्यक्रम/पढ़ाई की सुविधाएँ उपलब्ध हैं। इसके अलावा भी विश्व में अनेक देशों के विद्यालयों/विश्वविद्यालयों में हिंदी शिक्षण की व्यवस्था है। विदेशों में हिंदी का प्रचार-प्रसार उत्तरोत्तर बढ़ रहा है।

भारत तथा भारतीय संस्कृति में रुचि रखनेवाले देशों को भारत की राष्ट्रभाषा हिंदी को जानने-समझने की रुचि बढ़ रही है। भारत का साहित्यिक, राजनैतिक, आर्थिक और वैज्ञानिक महत्त्व जितना ही बढ़ता जाएगा, विदेशों में हिंदी सीखनेवालों की संख्या में उतनी ही अभिवृद्धि होगी। यहाँ विश्व के उन सभी विश्वविद्यालयों को सूचीबद्ध रूप में प्रस्तुत किया जा रहा है, जहाँ हिंदी के शिक्षण की सुविधाएँ उपलब्ध हैं—

विदेशी विश्वविद्यालयों में हिंदी

देश विश्वविद्यालय/केंद्र स्तर

अमेरिका

क्लेअरमांट स्कूल ऑफ लैंग्वेजेज (स्नातक से डॉक्टरेट तक) अमेरिकन यूनिवर्सिटी, यूनिवर्सिटी ऑफ ऐरिजोना, यूनिवर्सिटी ऑफ कैलिफोर्निया (बर्कले और लॉस ऐंजिल्स), यूनिवर्सिटी ऑफ शिकागो, कोलंबिया यूनिवर्सिटी, कार्नेल यूनिवर्सिटी, ड्यूक यूनिवर्सिटी, यूनिवर्सिटी ऑफ हवाई, यूनिवर्सिटी ऑफ इलिनाई, लांगबीच कॉलेज, यूनिवर्सिटी ऑफ मिशिगन, मिशिगन स्टेट यूनिवर्सिटी, यूनिवर्सिटी ऑफ मिनिसोटा, यूनिवर्सिटी ऑफ मिजूरी, ओकलैंड यूनिवर्सिटी, यूनिवर्सिटी ऑफ टेनेसी, यूनिवर्सिटी ऑफ पेंसिलवानिया, सिराक्यूज यूनिवर्सिटी, यूनिवर्सिटी ऑफ टैक्सास, यूनिवर्सिटी ऑफ वर्जीनिया, यूनिवर्सिटी ऑफ वाशिंगटन, यूनिवर्सिटी ऑफ विसकान्सिन (मैडीसन), बूस्टर कॉलेज।

ऑस्ट्रिया

वियना विश्वविद्यालय, वियना (2 या 3 वर्षीय पाठ्यक्रम)।

ऑस्ट्रेलिया

ऑस्ट्रेलियाई राष्ट्रीय विश्वविद्यालय, केनबरा (डॉक्टरेट), मेलबोर्न विश्वविद्यालय, मेलबोर्न (डॉक्टरेट)।

इटली

रोम विश्वविद्यालय (स्नातक), नेपल्स विश्वविद्यालय, वेनिस विश्वविद्यालय।

कनाडा

वैंकूवर विश्वविद्यालय ब्रिटिश कोलंबिया (उच्चस्तरीय), टोरंटो विश्वविद्यालय, टोरंटो, विंडसर विश्वविद्यालय, मैंकगिल विश्वविद्यालय, कूबैक।

गयाना

जॉर्ज टाउन विश्वविद्यालय, जॉर्ज टाउन (बी.ए. में वैकल्पिक विषय)।

चीन

बीजिंग विश्वविद्यालय, बीजिंग (4 वर्षीय स्नातक), 2 वर्षीय डिप्लोमा।

चेकोस्लोवाकिया

चार्ल्स विश्वविद्यालय, प्रहा (स्नातकोत्तर)।

जर्मन जनवादी गणराज्य

हंबोल्ट विश्वविद्यालय, बर्लिन (सामान्य 4 वर्षीय)।

जर्मन संघीय गणराज्य

फ्राइवुर्ग विश्वविद्यालय, बर्लिन (विभिन्न स्तर तक), बॉन विश्वविद्यालय, बॉन, गेटे विश्वविद्यालय, फ्रैंकफर्ट, गेओटिंगन विश्वविद्यालय, गेओटिंगन, हाम्बुर्ग विश्वविद्यालय, हाम्बुर्ग, कोलोन विश्वविद्यालय, कोलोन, कील विश्वविद्यालय, कील, माईत्स विश्वविद्यालय, माईत्स, मारबुर्ग विश्वविद्यालय, मारबुर्ग, म्यूनिख विश्वविद्यालय, म्यूनिख, ब्राइडेलबुर्ग विश्वविद्यालय, ब्राइडेलबुर्ग; हाइडेलबुर्ग विश्वविद्यालय, हाइडेलबुर्ग; ट्थूबिंगन विश्वविद्यालय, ट्थूबिंगन; गीसन विश्वविद्यालय, गीसन।

जापान

टोक्यो विश्वविद्यालय, टोक्यो (विदेशी अध्ययन संस्थान)—स्नातकोत्तर; ताकूशेफू विश्वविद्यालय, टोक्यो-इंटरमीडिएट ओसाका विश्वविद्यालय, ओसाका-स्नातकोत्तर; ओतनी बुद्धिस्ट विश्वविद्यालय, ओसाका-प्रारंभिक; तोकाई विश्वविद्यालय-स्नातक; क्योती विश्वविद्यालय, टोक्यो—प्रारंभिक; चुओगाइकुन विश्वविद्यालय, टोक्यो; ओतेमो विश्वविद्यालय, ओसाका; विदेशी अध्ययन केंद्र, ओसाका; अफ्रीकी-एशियाई भारत संस्थान, टोक्यो—इंटरमीडिएट।

डेनमार्क

कोवेनहावन कोके विश्वविद्यालय, डेनमार्क—स्नातक।

थाईलैंड

चेंगमई विश्वविद्यालय, चेंगमई—स्नातक।

दक्षिण अफ्रीका

डरबन बेस्ट विश्वविद्यालय, डरबन बेस्ट।

दक्षिण कोरिया

हाकूक विश्वविद्यालय, सियोल—स्नातकोत्तर।

नार्वे

ओस्लो विश्वविद्यालय, ओस्लो—स्नातक।

नीदरलैंड (हॉलैंड)

लेइडैन विश्वविद्यालय, उत्रेख्त-डॉक्टरेट; उत्रेख्त विश्वविद्यालय, उत्रेख्त—प्रारंभिक।

नेपाल

त्रिभुवन विश्वविद्यालय, काठमांडू—डॉक्टरेट।

पाकिस्तान

पंजाब विश्वविद्यालय-स्नातकोत्तर; कराची विश्वविद्यालय।

पोलैंड

वारसा विश्वविद्यालय, येगेलोनियम विश्वविद्यालय, क्रोकोर।

फ्रांस

सौरवान विश्वविद्यालय, पेरिस—डॉक्टरेट।

बलगारिया

सोफिया विश्वविद्यालय, सोफिया—डिप्लोमा।

बेल्जियम

घेंट विश्वविद्यालय—4 वर्षीय पाठ्यक्रम; लूयेन विश्वविद्यालय—4 वर्षीय स्नातक; ल्पैज विश्वविद्यालय—प्रारंभिक पाठ्यक्रम।

ब्रिटेन

कैंब्रिज विश्वविद्यालय—डॉक्टरेट; यार्क विश्वविद्यालय—स्नातकोत्तर; लंदन विश्वविद्यालय।

मैक्सिको

एल कोलेहियो दे मेहिको—प्रारंभिक।

यूगोस्लाविया

आजेब विश्वविद्यालय—प्रारंभिक; बेलग्रेड विश्वविद्यालय।

रूमानिया

बुखारेस्त विश्वविद्यालय, बुखारेस्त—स्नातकोत्तर।

श्रीलंका

विद्यालंकार विश्वविद्यालय, कोलंबो।

स्विट्जरलैंड

लावासाने विश्वविद्यालय, लावासाने—प्रारंभिक; न्यूश्तेल विश्वविद्यालय, न्यूश्तेल।

स्वीडन

स्टाकहोम विश्वविद्यालय, स्टाकहोम; उप्पसला विश्वविद्यालय, उप्पसला—प्रारंभिक।

सोवियत संघ

इंस्टीट्यूट ऑफ ओरिएंटल स्ट्डीज, मास्को-डॉक्टरेट; इंस्टीट्यूट ऑफ एशियन ऐंड अफ्रीकन स्टडीज, मॉस्को—डिप्लोमा; इंस्टीट्यूट ऑफ इंटरनेशनल रिलेशन, मॉस्को; लेनिनग्राद राज्य विश्वविद्यालय, लेनिनग्राद; ताशकंद राज्य विश्वविद्यालय, ताशकंद—डिप्लोमा; इंस्टीट्यूट ऑफ ओरिएंटल स्ट्डीज, लेनिनग्राद।

हंगरी

बुडापेस्ट विश्वविद्यालय, बुडापेस्ट; जेदेद विश्वविद्यालय, जेदेद।

विदेशी विद्वानों का योगदान

हिंदुस्तान में जब से अंग्रेजों के पाँव पड़े, उनके समक्ष संपर्क माध्यम के रूप में भाषा एक समस्या के रूप में प्रस्तुत हुई। अपने व्यापार की जड़ें स्थापित करने के लिए विदेशी व्यापारियों को लेन-देन के लिए हिंदी सीखना अपरिहार्य हो गया। हिंदी सीखने की इस जरूरत ने विदेशियों को इसकी ओर तेजी से आकृष्ट किया। विदेशी व्यापारियों में सर्वप्रथम जॉन केटेलर का नाम लिया जाता है, जिसकी मातृभाषा डच थी और उसने हिंदी सीखकर अपने देशवासियों के लिए डच भाषा में व्याकरण की पुस्तक तैयार की, यद्यपि इस हिंदी का स्वरूप सरल तथा बंबइया शैली का ही था। हिंदी की ओर अंग्रेज शासकों, कंपनी कर्मचारियों तथा मिशनरी पादरियों के आकृष्ट होने का एक कारण यह भी था कि भले ही फारसी उस समय की राज-काज की भाषा रही, किंतु सर्वसाधारण से संपर्क के लिए हिंदी तब भी एक अनन्य माध्यम थी। इस तथ्य को दृष्टिगत रखते हुए ही विदेशियों ने अपने प्रयास से हिंदी सीखी, पुस्तकें लिखीं, शब्दावलियाँ तैयार कीं तथा धार्मिक पुस्तकों का सृजन किया। ईसाई मिशनरी बैनजामिन शुल्जे जब 1719 ई. में मद्रास पहुँचा तो उसने भाषा की 'ग्रेमैटिका हिंदोस्तानिक' ही लिख डाली, जिसे हिंदी के आदि व्याकरण के रूप में स्मरण किया जाता है। मद्रास में ही पर्यटन के लिए पधारे हेरासिम लेवेडेफ ने भी एक व्याकरण की पुस्तक लिखी। सन् 1813 में जॉन शेक्सपियर ने 'ए ग्रामर ऑफ दि हिंदुस्तानी लैंग्वेज' लिखी, जो काफी लोकप्रिय हुई। जॉन शेक्सपियर ने हिंदुस्तानी अंग्रेजी कोश की रचना भी की है। 1827 में एक अन्य विद्वान् पादरी आदम ने 'हिंदी भाषा का

व्याकरण' शीर्षक से पुस्तक लिखी। इसके बाद रेवरेंड विलियम एथारिंगटन का नाम आता है, जिसने हिंदी में व्याकरण विषय पर 'भाषा भास्कर' पुस्तक लिखकर खासी प्रसिद्धि प्राप्त की। हिंदी व्याकरण लिखनेवालों में एस.एच. केलाग, एडविन ग्रीव्स, जॉन टी. प्लाट्स तथा गिल क्राइस्ट के नाम भी उल्लेखनीय हैं, जिन्होंने हिंदुस्तानी ग्रामर के बुनियादी सिद्धांतों को विवेचित किया है।

1783 ई. में भारत पधारे गिलक्राइस्ट ने 'इंगलिश हिंदुस्तानी डिक्शनरी' तथा भाषा व व्याकरण की छोटी-बड़ी बारह कृतियाँ लिखीं, जो इस क्षेत्र में काफी चर्चित भी हुईं। संस्कृत भाषा के विद्वानों में प्रोफेसर मोनियर विलियम का नाम सम्मान से लिया जाता है। उनका 'संस्कृत-अंग्रेजी कोश' कोश परंपरा में ख्यातिप्राप्त है। उन्होंने 'सरल हिंदी प्रवेशिका' (एन इजी इंट्रोडक्शन टु हिंदी) भी लिखी। सन् 1858 में भारत पधारे जॉन बीम्स ने प्रशासनिक पदों पर रहते हुए भारतीय भाषाओं का गहरा अध्ययन किया था तथा अनुभवों से समृद्ध व्याकरण और भाषा संबंधी एक ग्रंथ भी लिखा। कहा जाता है, भाषा विज्ञान जैसे रूखे विषय को उन्होंने रोचकता और पठनीयता प्रदान की। सिविल सेवा के ही एक अन्य सदस्य जॉर्ज अब्राहम ग्रियर्सन का नाम हिंदी की चर्चा से अलग नहीं किया जा सकता। भारतीय आर्य भाषाओं के अनुसंधान के लिए उन्होंने अथक परिश्रम किया। 'भारत का भाषा सर्वेक्षण' शीर्षक विशाल ग्रंथ अपने क्षेत्र का एक ऐसा अद्वितीय कार्य है, जो शायद बीसवीं शताब्दी में पहली बार ग्रियर्सन ने ही संभव कर दिखाया। बीस जिल्दों में प्रकाशित इस महाग्रंथ के अलावा ग्रियर्सन ने चंदबरदाई, जायसी, विद्यापति, तुलसी, जगनिक, बिहारी, कबीर, नाभादास आदि अनेक कवियों पर स्वतंत्र आलेख व पुस्तकें भी लिखी हैं। साहित्य के इतिहास के क्षेत्र में 'दि मॉडर्न वर्नाक्युलर लिटरेचर ऑफ हिंदुस्तान' एक मानक कृति मानी जाती है। भाषा विज्ञान के क्षेत्र में ही रूडाल्फ हार्नले के 'हिंदी धातु संग्रह' तथा रामचरितमानस' पर शोध प्रबंध लिखने वाले इटली के विद्वान् डॉ. एल.पी. टेस्सीटरी को विस्मृत नहीं किया जा सकता। इस संदर्भ में फोर्ट विलियम कॉलेज के अध्यापकों का योगदान भी अविस्मरणीय है। नागरी लिपि में मुद्रण युग का आरंभ भी विदेशियों के योगदान से ही संभव हो सका। आधुनिक युग में रूस के पी. वरान्निकोव, ए. बर्खुदारोव, डॉ. ए.पी. चैलिशेव, वी. चैर्निशेव तथा वी. ब्रेस्कोनी जैसे विद्वानों ने हिंदी के क्षेत्र में सराहनीय कार्य किए हैं। वरान्निकोव ने 'रामचरितमानस' का रूसी अनुवाद छंदबद्ध शैली में किया है। वी.आई. बालिन ने उपन्यासकार प्रेमचंद, नामक कृति का प्रणयन किया है। रूस में प्रेमचंद साहित्य

का सबसे ज्यादा अनुवाद हुआ है। उसके बाद प्रसाद, यशपाल, अश्क, रेणु, भीष्म साहनी आदि लेखकों को पढ़ा जाता है। इधर मैथिलीशरण गुप्त से लेकर धूमिल तक अनेक कवियों के अनुवाद भी सामने आए हैं। अमेरिकी विद्वानों में भी हिंदी और हिंदी की कृतियों में दिलचस्पी बढ़ी है। हिंदी के मध्यकालीन भक्तिकाव्य पर कई अमेरिकी भाषाविद् कार्य कर रहे हैं। हिंदी का पहला व्याकरण यहीं के विद्वान् सैमुअल कैलाग ने 1875 में लिखा था। इस क्षेत्र में जॉन.एस. हाले, केनेथ ब्रायंट भी सक्रिय हैं। हिंदी शिक्षण के क्षेत्र में फ्रैंकलिन साउथवर्थ, जेरल्ड केली, रिचर्ड हेरिस, राबर्ट स्वान, जेम्सस्टीन, रिचर्ड स्मिथ आदि अनेक विद्वान् संलग्न हैं। रोमानिया में भी संस्कृत के अध्ययन एवं अनुवाद की परंपरा रही है। यही कारण है कि रोमानियावासी 'महाभारत', 'रामायण', 'भगवद्गीता', 'शाकुंतलम' जैसी कृतियों से अपरिचित नहीं हैं। प्रेमचंद के 'गोदान' तथा रेणु के 'मैला आँचल' के अनुवाद रोमानियन भाषा में हो चुके हैं। प्रोफेसर चिचेरोने पोगीर्क ने रोमानियन विद्यार्थियों के लिए न केवल हिंदी पाठ्यपुस्तकें तैयार कीं, बल्कि 'हिंदी रोमानियन' शब्दकोश बनाने में भी सहायता की है। चेकोस्लोवाकिया का नाम स्मरण आते ही वहाँ के चेक हिंदी विद्वान् डॉ. ओदोलेन स्मेकल के कृतित्व का स्मरण हो उठता है। यहाँ आचार्य लेसनी ने प्राहा में प्राच्य भाषाओं के महाविद्यालय की स्थापना द्वितीय विश्वयुद्ध से पहले की थी, जहाँ संस्कृत, बांग्ला और हिंदी भाषाओं के अध्ययन की व्यवस्था थी। हिंदी शिक्षण के क्षेत्र में यहाँ ओताकार पेरतोल्द तथा वित्सेत्स पोरिज्कर के हिंदी भाषा संबंधी पाठ्यक्रम उल्लेखनीय हैं। इसके अलावा 'चेक हिंदी कोश' की रचना में डॉ. ओदोलेन स्मेकल ने स्वयं एक बड़ी भागीदारी निभाई है। उन्होंने 'गोदान' का भी अनुवाद किया है। लोककथाएँ, हिंदी वार्त्तालाप, हिंदी भाषा, हिंदी क्रियाएँ जैसी कृतियाँ भी लिखी हैं, उनकी हिंदी साहित्य में भी कई कृतियाँ हैं, जो भारत में बड़े चाव से पढ़ी व सराही जाती हैं। हॉलैंड के लायडन विश्वविद्यालय में सुप्रसिद्ध प्राध्यापक बहुभाषज्ञ हैनड्रिक कर्न ने भारतीय संस्कृति, भाषा और धर्म संबंधी अनेक ग्रंथों का संपादन किया है। यहीं के डॉ. जी.एच. स्खोक्कर को महाकवि केशवदास की 'रसिकप्रिया' पर टीका लिखने का श्रेय प्राप्त है। कैंब्रिज विश्वविद्यालय में प्रख्यात हिंदी विद्वान् डॉ. आर.एस. मैकग्रेगर ने ब्रिटेन में हिंदी के अध्ययन-अध्यापन का उत्साहकारी माहौल पैदा किया है। जर्मनी के तो कई विद्वानों को भारतीय वाङ्मय में स्मरण किया जाता है। कीथ द्वारा रचित नौ 'संस्कृति साहित्य का इतिहास' तथा सायण रचित 'वेद भाष्य के महत्त्व' से भला कौन अपरिचित होगा ? समकालीनी में

डॉ. लोठार लुत्से जैसे विद्वान् हैं, जिन्होंने अनेक कृतियाँ हिंदी में लिखी हैं। उन्हें हिंदी में बोलते देख कोई यह नहीं भाँप सकता कि वे जर्मन भाषी हैं। ऐसी ही शख्सियतों में नार्वे के डॉ. कुनुट क्रिस्टियान्सन हैं, जिन्हें हिंदी, संस्कृत, उर्दू, मलयालम, बँगला, नेपाली तथा फारसी आदि भाषाओं पर असाधारण अधिकार है। इटली में प्रो. मरिओला ओफक्रेदी ने मिलानो विश्वविद्यालय के लिए अलका सरावगी के उपन्यासों व कुँवर नारायण सहित अनेक हिंदी लेखकों की कृतियों का अनुवाद किया है। उन्होंने अपने यहाँ हिंदी का उत्कृष्ट पाठ्यक्रम निर्धारित कर रखा है। इसी तरह दानूता स्ताशिक भी पोलैंड में हिंदी के बेहतर वातावरण के निर्माण में अग्रणी हैं। पोलिश भाषा की ही विदुषी रेनाता चेकाल्स्का ने हिंदी की कई कृतियों का अनुवाद किया है। वे अशोक वाजपेयी की कविताओं की सुपरिचित अध्येता हैं।

विदेशी पत्र-पत्रिकाएँ

भाषा व साहित्य के प्रसार में पत्र-पत्रिकाओं की महती भूमिका होती है। अभिव्यक्ति की तेजस्विता अपना मंच तलाश लेती है। विदेशों में हिंदी की साख बनाए रखने में पत्रिकाओं की हिस्सेदारी अहमियत रखती है। भारत में ही लघु पत्रिकाओं के माध्यम से साहित्य की मानक कृतियाँ सामने आती रही हैं। साहित्यिक आंदोलनों के सूत्रपात में लघु पत्रिकाओं ने विशिष्ट भूमिका अदा की है। मॉरीशस भारतवंशियों का देश है। 1907 से ही यहाँ से हिंदी पत्रिकाएँ निकलने लगी थीं। 'हिंदुस्तानी' ने पत्रिकाओं के माध्यम से काफी ख्याति पाई है। उसने मॉरीशसवासियों को अपने धर्म, संस्कृति तथा अधिकारों के प्रति जाग्रत् किया। बाद में 'आर्य लोग', 'ओरिएंटल गजट', 'मॉरीशस पत्र', 'जागृति', 'समाजवाद', 'मजदूर', 'आर्योदय', 'कांग्रेस', 'नवजीवन' तथा 'जनता' आदि पत्रिकाएँ निकलीं। महात्मा गांधी संस्थान की ओर से प्रकाशित 'बसंत' मासिक पत्रिका अब त्रैमासिक हो गई हैं। इसके संपादक मॉरीशस के ख्यात हिंदी साहित्यकार अभिमन्यु अनंत हैं। आज अनेक पत्रिकाएँ आर्थिक संकट के कारण बंद भी हो गई हैं, तथापि मॉरीशस में अभिव्यक्ति की वाहक अनेक पत्रिकाओं का प्रकाशन अभी भी हो रहा है। सूरीनाम में वर्तमान पीढ़ी में हिंदी के प्रति गहरा लगाव है। यहाँ से 'शांतिदूत', 'धर्मप्रकाश', 'वैदिक संदेश' तथा 'भारत समाचार' आदि पत्रिकाओं के माध्यम से हिंदी विस्तार और प्रचार-प्रसार पाती रही है। इनमें से अनेक पत्रिकाएँ अब बंद हो चुकी हैं, तथापि 'भारत सरकार' नामक पत्रिका का भारतीय राजदूतावास से हिंदी, डच और अंग्रेजी में प्रकाशन हो रहा है।

फीजी में 'फीजी समाचार', 'जागृति', 'जय फौजी' और 'संदेश' जैसी पत्रिकाएँ हैं, जिनके माध्यम से स्वतंत्र लेखन को बल मिला है। जापान से निकलनेवाली पत्रिका 'ज्वालामुखी' (संपादक : योशिआकि सुजुकी) जापानी लोगों के लिए प्रकाशित एक अच्छी पत्रिका के रूप में देखी जाती है। नार्वे में ओसलो शहर से हिंदी की दो पत्रिकाएँ 'पहचान' और 'परिचय' नियमित रूप से प्रकाशित होती हैं। नार्वे सरकार इनके प्रकाशन के लिए वित्तीय सहायता भी देती है। गेटअप में ये पत्रिकाएँ भारतीय पत्रिकाओं की तुलना में कम नहीं प्रतीत होती। बर्मा में एक समय 'बर्मा समाचार', 'प्राची कलश', 'प्रवासी', 'नवजीवन', 'प्राची प्रकाश', 'जागृति' तथा 'आयुवक जागृति' जैसी पत्र-पत्रिकाओं का प्रकाशन होता रहा है, परंतु इनमें अधिकांश पत्र अब बंद हो चुके हैं। केवल 'ब्रह्म भूमि' (पं. रामप्रसाद वर्मा) का नियमित प्रकाशन हो रहा है। सिंगापुर से हाल ही में नेशनल यूनिवर्सिटी ऑफ सिंगापुर, सेंटर फॉर लैंग्वेज स्टडीज से 'सिंगापुर संगम' नामक हिंदी पत्रिका ऑनलाइन प्रकाशित हुई है, जो सिंगापुर से हिंदी की पहली पत्रिका है। यह त्रैमासिक पत्रिका एक पारिवारिक पत्रिका के रूप में प्रकाशित है। यहाँ रहनेवाले कवि, लेखक, रचनाकार अपनी रचनाओं से दुनिया को रू-ब-रू करवाते रहें, साथ ही आने वाली पीढ़ी इस पत्रिका में बढ़-चढ़कर हिस्सा ले तो हिंदी को सँजोए रखने की पहल को एक नई दिशा मिलेगी। इस उद्देश्य से इस पत्रिका का प्रकाशन किया गया है। संपादिका डॉ. संध्या सिंह का कहना है कि सिंगापुर में हिंदी बोलने व समझनेवालों का इतिहास लंबा रहा है। यहाँ का 'लिटिल इंडिया' शायद छोटा भारत ही है। यह पत्रिका इस छोटे भारत को विश्व ग्राम तक पहुँचाने की छोटी सी कोशिश है।

यद्यपि विदेश में हिंदी पत्रकारिता की मौजूदा स्थिति बेहतर नहीं है, तथापि आशा की जानी चाहिए कि भविष्य में विश्व के देश हिंदी के महत्त्व को नजरअंदाज नहीं कर सकेंगे तथा हिंदी के प्रचार-प्रसार के लिए आगे आएँगे व सर्जनात्मक लेखन के विकास के लिए पत्र-पत्रिकाएँ फिर से निकलना आरंभ होंगी।

दूतावासों द्वारा हिंदी प्रचार

दौत्यकर्म सांस्कृतिक सूचनाओं के आदान-प्रदान का माध्यम है। किसी देश को संस्कृति, भाषा एवं कलात्मक गतिविधियों का विदेशों में प्रचार-प्रसार दूतावासों का दायित्व है। विदेश स्थित भारत के दूतावासों द्वारा हिंदी के प्रचार हेतु काफी प्रयत्न किए गए हैं। सर्वप्रथम दूतावासों के आंतरिक कार्यों में ही हिंदी के प्रयोग को बढ़ावा

दिया जाता है। राजदूतों से यह भी अनुरोध किए गए हैं कि वे राज्याध्यक्षों के सम्मुख अपने परिचय-पत्र प्रस्तुत करते समय यथासंभव हिंदी में बोलें तथा हमारे कुछ राजदूतों ने ऐसा किया भी है। दूतावासों में हिंदी में यांत्रिक उपकरणों की सुविधा भी बढ़ाई जा रही है, ताकि वे हर दृष्टि से सक्षम होकर राजभाषा कार्यान्वयन के लक्ष्य की प्राप्ति सुनिश्चित कर सकें। कई दूतावासों/उच्चायोगों के सहयोग से हिंदी शिक्षण हेतु कक्षाएँ भी आयोजित की जाती हैं। हिंदी के सम्यक विकास के लिए दूतावासों द्वारा प्रतिमाह भारत की प्रमुख पत्र-पत्रिकाएँ विभिन्न धार्मिक, सांस्कृतिक संस्थाओं को तथा हिंदी विद्यालयों को उपलब्ध कराई जाती हैं। विदेश स्थित दूतावासों एवं उच्चायोगों में हिंदी तथा भारतीय भाषाओं की पुस्तकों के पठन-पाठन की व्यवस्था भी सुलभ होती है, जहाँ हिंदी व भारतीय भाषाओं में दिलचस्पी रखनेवाले व्यक्ति इन्हें पढ़ सकते हैं। सूरीनाम, फीजी, मॉरीशस आदि देशों में भारतीय दूतावास हिंदी के प्रचार-प्रसार में तन्मयता से सक्रिय हैं। फीजी में भारतीय हाई कमीशन के पास एक अच्छा पुस्तकालय है, जहाँ हिंदी की पुस्तकें पर्याप्त संख्या में उपलब्ध हैं। उच्चायोग की यहाँ की कई हिंदी संस्थाओं की स्थापना में भी प्रमुख भूमिका रही है। सूरीनाम, फीजी तथा अन्य कई देशों में भारतीय सांस्कृतिक केंद्रों की स्थापना के बाद हिंदी के प्रचार को और भी बल मिला है। 2001 के आस-पास सूरीनाम दूतावास में अपनी नियुक्ति के साथ ही पुष्पिता अवस्थी ने सूरीनाम पर अनेक पुस्तकें कविता सूरीनाम, कथा सूरीनाम, सूरीनाम लिखीं, जिससे वहाँ हिंदी में लेखन सहित अन्य गतिविधियाँ उद्घाटित हुईं। वहाँ के कुछ कवियों की कविताएँ भी उन्होंने संपादित कीं। समय-समय पर कवि-सम्मेलन, मुशायरे, शामे गजल, साहित्य और सांस्कृतिक संध्याओं के आयोजन इन्हीं केंद्रों के जरिए संपन्न होते हैं। नीदरलैंड्स में रहते हुए पुष्पिता अवस्थी ने नीदरलैंड पर भी एक सुंदर विनिबंध लिखा है, जिससे प्रवासी भाषा व संस्कृति के सूत्रों को समझने में मदद मिलती है। हिंदी के पठन-पाठन के लिए भी उच्चायोगों के जरिए प्रतिवर्ष विदेशों से छात्र हिंदी पढ़ने के लिए भारत आते हैं। केंद्रीय हिंदी संस्थान, आगरा एवं नई दिल्ली में कितने ही देशों के छात्र हिंदी के अध्ययन में संलग्न देखे जा सकते हैं। केंद्रीय हिंदी संस्थान ने प्रवासी हिंदी साहित्य के संवर्धन की दिशा में भी काफी काम किया है। प्रेमचंद विशेषज्ञ डॉ. कमल किशोर गोयनका के नेतृत्व एवं संपादन में इस संबंध में अनेक पुस्तकों एवं संदर्भ साहित्य का प्रकाशन किया गया है। इसके अलावा केंद्रीय हिंदी निदेशालय विदेशी छात्रों को हिंदी सिखाने हेतु पत्राचार पाठ्यक्रम भी चलाता है, जो काफी लोकप्रिय हुआ है। यद्यपि

हिंदी और भारतीय संस्कृति के प्रसार में राजदूतावासों/उच्चायोगों की भूमिका है तथा वे अपने स्तर पर प्रयत्नशील हैं, परंतु यही काफी नहीं है। इतिहास के पन्ने पर अभी भी यह उदाहरण दर्ज है कि एक भारतीय राजदूत ने रूस में जब कार्यभार सँभालते वक्त अपना परिचय-पत्र अंग्रेजी में प्रस्तुत किया और अंग्रेजी में ही अपना वक्तव्य दिया तो तत्कालीन राज्याध्यक्ष ने राजदूत से यह सवाल किया था कि क्या भारत की अपनी कोई भाषा नहीं है? जब तक ऐसी स्थितियों की पुनरावृत्ति बंद नहीं होती, ऐसे सवालों का कोई भी संतोषजनक उत्तर नहीं दिया जा सकता।

विश्व हिंदी सम्मेलन : प्रचार-प्रसार का अंतरराष्ट्रीय मंच

विश्व हिंदी सम्मेलनों ने देश-विदेश में हिंदी की प्रतिष्ठा बढ़ाई है। 1975 में पहले विश्व हिंदी सम्मेलन का आयोजन नागपुर में, दूसरे विश्व हिंदी सम्मेलन का आयोजन 1976 में मॉरीशस में तथा तीसरे विश्व हिंदी सम्मेलन का आयोजन 1983 में दिल्ली में तथा 10वें विश्व हिंदी सम्मेलन का आयोजन भारत में भोपाल में सितंबर 2015 में किया गया था। अब तक 11 विश्व हिंदी सम्मेलन आयोजित हो चुके हैं। 11वाँ विश्व हिंदी सम्मेलन मॉरीशस में 2018 में आयोजित किया गया है। राष्ट्रभाषा प्रचार समिति, वर्धा का इन आयोजनों में बड़ा हाथ है। इन सम्मेलनों में मॉरीशस, फीजी, रूस, पश्चिम जर्मनी, त्रिनिदाद, अमेरिका, थाइलैंड, जापान, कनाडा, चेकोस्लोवाकिया, श्रीलंका, गुयाना, सूरीनाम आदि देशों के प्रतिनिधि उपस्थित रहे हैं। सम्मेलन में अनेक अन्य प्रस्तावों के साथ जिस प्रमुख मुद्दे को प्राथमिकता से उठाया गया, वह था संयुक्त राष्ट्र संघ की आधिकारिक भाषा के रूप में हिंदी को मान्यता देने के लिए उठाए जानेवाले कदम। अन्य प्रस्ताव थे—दूतावासों के कर्मचारियों को हिंदी का पर्याप्त ज्ञान दिया जाना चाहिए, ताकि वे विदेशों में भारत की बेहतर छवि प्रदर्शित कर सकें। विदेशी अध्ययन केंद्रों को भारत से ऐसी पाठ्यपुस्तकें उपलब्ध कराई जाएँ, जिनसे भाषा ज्ञान के अलावा भारतीय संस्कृति और जन-जीवन की झलक भी मिले। विदेशों में हिंदी के सूचना केंद्र बनाए जाएँ, जो हिंदी के विभिन्न पक्षों पर प्रामाणिक जानकारी दे सकें। विदेशों में हिंदी के योग्य शिक्षक भेजे जाने की व्यवस्था हो। भारत में शिक्षा व दैनिक व्यवहार में हिंदी का व्यापक रूप से प्रयोग हो, ताकि स्वाभाविक रूप से विदेश में भी हिंदी का उपयुक्त वातावरण पैदा हो। मॉरीशस में हुआ सम्मेलन भारत से बाहर आयोजित पहला सम्मेलन था, जहाँ बड़ी संख्या में विश्व के अनेक देशों के हिंदी विद्वान् पधारे थे। दिल्ली व भोपाल का

सम्मेलन सर्वाधिक विराट् था। भारत की राजधानी दिल्ली व भोपाल के चौक-चौराहे कुछ दिनों के लिए पूरी तौर पर हिंदीमय हो उठे थे। इस बीच विश्व हिंदी सम्मेलनों की एक बड़ी उपलब्धि मॉरीशस में 'विश्व हिंदी सचिवालय' की स्थापना है, जो कि एक भव्य भवन एवं पुस्तकालय के साथ 2008 से काम करना शुरू कर चुका है।

हिंदी शब्दों की विश्वव्यापकता

हिंदी के विकास का सफर बहुआयामी है। भाषा वही विकास पाती है, जिसमें संग्रहण की क्षमता होती है। अंग्रेजी यदि आज समृद्ध भाषा के रूप में दिखाई पड़ती है तो इसका कारण यह है कि इसने लैटिन, ग्रीक और अन्य भाषाओं से अपने शब्द-भंडार को बढ़ाया है। अंग्रेजी साहित्यकारों की कृतियों में अनेक विदेशी शब्द मिलते हैं। हिंदी या अन्य भारतीय भाषाओं के साथ अभी जो समस्या है, वह यह कि किसी भी भाषा में दूसरी भाषाओं के शब्द लेखन प्रवाह या बोलचाल में आ जाते हैं तो भाषा के शुद्ध प्रयोग के हिमायतियों के लिए यह असह्य हो उठता है। हिंदी के शुद्ध प्रयोग के समर्थक इसी बद्धमूल धारणा के चलते हिंदी में छिटके-बिखरे उर्दू, फारसी, अंग्रेजी और अन्य भाषाओं के आम-फहम शब्दों के प्रयोग का भी विरोध करते हैं। थोड़ी सी ठीक भाषा बोलने पर लोग कहने लगते हैं, "आप तो 'शुद्ध हिंदी' बोल रहे हैं।" अंग्रेजी बोलने पर कोई यह नहीं कहता कि आप शुद्ध अंग्रेजी बोल रहे हैं, जबकि यह पाया गया है कि अंग्रेजी में विदेशी शब्दों की संख्या लगभग 80 प्रतिशत है, जिनमें स्कैंडेनेवियन, फ्रैंच और लैटिन भाषाओं के शब्दों की संख्या सर्वाधिक है। इस संदर्भ में हम हिंदी शब्दों की आवश्यकता पर विचार करें तो पाते हैं कि एशियाई भाषाओं में भारतीय भाषाओं तथा विशेषकर हिंदी शब्दों की संख्या सर्वाधिक है, क्योंकि हिंदी केवल भारत की ही नहीं, बल्कि दक्षिण-पूर्व एशिया, पश्चिमी एशिया, उत्तर-पूर्व अफ्रीका के व्यापारिक केंद्रों की सार्वभामिक भाषा रही है तथा अंग्रेजी भाषियों के लिए ग्राह्य भी रही है। एक अनुमान के मुताबिक ऑक्सफोर्ड डिक्शनरी में हिंदी भाषा के मिलनेवाले शब्दों की संख्या लगभग तीन हजार है। इन शब्दों का समावेशन अंग्रेजी शब्द रचना और भाषा विज्ञान की अपनी विशिष्ट व्यवस्था के अनुसार हुआ है। उदाहरण के लिए हिंदी और अंग्रेजी में प्रयुक्त अल्मारी (Almirah) और तूफान (Typhoon) शब्द क्रमशः पुर्तगाली और अरबी भाषाओं के हैं। अंग्रेजी का 'Near' शब्द अवधी और भोजपुरी में प्रचलित 'नियर' शब्द से मिलता-जुलता है। इनके अर्थ में समानता संयोग मात्र है। परंतु बनियान, डाक, पैसा, तांगा, बरामदा जैसे

शब्द हिंदी से अंग्रेजी में आगत हैं।

शब्दों के आदान-प्रदान में व्यापारिक संपर्कों की भी खासी भूमिका रही है। ईरान, यूरोप, अरब, चीन तथा दक्षिण-पूर्व एशिया के देशों से भारत का व्यापारिक संबंध बहुत पुराना रहा है। कहते हैं अरबों के उदय से पहले व्यापार के समुद्री मार्गों पर भारतीयों का एकाधिकार था। वे नावों में सामान लादकर इन देशों में जाते थे तथा अनेक जगहों पर बस भी जाते थे। इनके जरिए हिंदी व भारतीय बोलचाल के शब्द भी उपर्युक्त देशों तक फैले। यहाँ आए यात्रियों तथा लेखकों हेरोडोटस, मेगस्थनीज, प्लिनी आदि ने भारत के बारे में काफी कुछ लिखा है। उनके आलेखों में अनेक भारतीय तथा बोलचाल के शब्द, पदार्थों के नाम इत्यादि प्रयुक्त हुए हैं। इनके माध्यम से भारतीय शब्द ग्रीक, लैटिन, अंग्रेजी तथा यूरोप की अन्य भाषाओं में पहुँचे हैं। अरबों ने भारत पर समुद्री हमले किए तथा पश्चिमी तट पर बस्तियाँ बसाईं और हिंद महासागर का सारा व्यापार अपने हाथों में केंद्रित कर लिया। इस तरह व्यापार के साथ-साथ वे भारतीय समाज में व्यवहृत शब्दों के प्रसारक भी बने। भार, बनिया, बाजार, बैंगन, जोगी, खिचड़ी, काजी, किमखाब आदि शब्द अरबों ने ही दक्षिण-पूर्व एशिया तथा यूरोप के देशों में फैलाए। पुर्तगालियों के भी यहाँ व्यापार के लिए पहुँचने का परिणाम यह हुआ कि यहाँ हिंदी मिश्रित 'इंडोपुर्तगीज' बोली का विकास हुआ। इस बोली के माध्यम से पालकी, मंत्री, मानसून, तूफान, कढ़ी, छाप, कंघी, नवाब तथा खोपड़ा आदि अनेक शब्द यूरोप की भाषाओं में पहुँचे। भारत में ईस्ट इंडिया कंपनी की स्थापना के साथ ही अंग्रेजी के पाँव जमने लगे थे। कंपनी अधिकारियों के भारतीय माहौल में रहने का प्रभाव यह पड़ा कि वे इंग्लैंड के प्रधानमंत्री एडमंड वर्क को जो भी भारत विषयक पत्र लिखते थे, उसमें भारतीय शब्दों का बाहुल्य होता था। एक बार तो ऐसे किसी पत्र को प्रधानमंत्री ने यह कहकर पटक दिया था कि इसमें भारतीय शब्दों के बाहुल्य के कारण यह संसद् सदस्यों के लिए बोधगम्य नहीं है। चूँकि अंग्रेजी का ध्येय सत्ता पर काबिज रहने के साथ भारत के व्यापारिक स्रोतों पर भी अधिकार बनाए रखना था, अतः व्यापार संबंधी शब्दावली का अंग्रेजी में प्रचुर संख्या में समावेश हुआ।

इन शब्दों में छींट (chint), पंच (chint), खाट (Cot), बँगला (Bunglow), धोती (Dhoti), पगड़ी (Puggaree), घी (Ghee), मसक (Mussuck), डोली (Doolie), करोड़ (Crore), लाख (lac-lakh), पैसा (Pice), चौकी (Chowky), कच्चा (Kutcha), पक्का (Pucka),

दरबार (Durbar), कचहरी (Cutcherry), घाट (Ghat) आदि प्रमुख हैं। अंग्रेजों की राजनीतिक गतिविधियाँ भारत में बढ़ने के साथ अंग्रेजी में हिंदी के राजनीतिक, प्रशासनिक तथा सेना संबंधी शब्दों की संख्या बढ़ती गई। अंग्रेजों के पूर्व चूँकि यहाँ मुगल शासक सत्ता में थे, अतः अंग्रेजी में फारसी, अरबी के शब्द भी बहुतायत में शामिल हुए। जैसे सुलतान (Sultan), हाकिम (Hakim), हमाम (Hammam), रिसालदार (Ressaldar), निजाम (Nizam), मुंशी (Moonshee), बाबू (Baboo), जूट (Jute), जंगल (Jungle), डकैत (Dacoit), ठग (Thug), लूट (loot), पायजामा (Pyjama), सिपाही (Sepoy), चटनी (Chutney), चिक (Chik), जनाना (Zenana), परदा (Purdah), कारवाँ (Karwan), मिर्जा (Mirza), कहवा (Coffee) आदि।

भारत में अंग्रेजी राज की स्थापना के बाद अंग्रेजों का ध्यान इस देश की सांस्कृतिक संपदा, धर्म, दर्शन व साहित्य की ओर गया। इस दिशा में अनेक यूरोपीय विद्वानों विलियम जोंस, गेटे, श्लेगल, रुडोल्फ राथ, मैक्समूलर, मैकडॉनल, विल्सन तथा मोनियर विलियम्स आदि ने महत्त्वपूर्ण कार्य किए हैं। जर्मन विद्वान् मैक्समूलर की 'इंडिया व्हाट कैन इट टीच अस' कृति की सराहना आज भी की जाती है। अंग्रेजी में हुए आध्यात्मिक अनुसंधानों के कारण आत्मा, अवतार, देव, असुर, अविद्या, भक्ति, निर्वाण, स्तूप, मंत्र, तंत्र, योग, माया, कर्म, स्वास्तिक, वेद, बुद्ध, शंख, मठ, तीर्थ, यज्ञोपवीत आदि शब्द ज्यों-के-त्यों अंग्रेजी में लिये गए। आगे चलकर भारतीय स्वतंत्रता के लिए चलाए गए आंदोलन के दौरान स्वराज, सत्याग्रह, स्वदेशी, गांधीवाद, खद्दर, हड़ताल, धरना, जिंदाबाद, अहिंसा जैसे शब्द अंग्रेजी में अपनाए गए। अंग्रेजी में हिंदी के शब्द कई स्रोतों से पहुँचे हैं। इनकी संख्या हजारों में है। आज इन शब्दों के मूल स्रोतों का निश्चित रूप से पता लगा पाना भी कठिन है। परंतु प्रचलन के लिहाज से इनमें से कम शब्द ही अंग्रेजी की स्थायी शब्दावली का अंग बन सके हैं। ज्यादातर एक विशिष्ट कालावधि के बाद प्रचलन में नहीं रहे। तो भी हिंदी, फारसी, अरबी व अन्य भाषाओं से हिंदी तथा तदनंतर अंग्रेजी आगत में शब्दों की संख्या काफी है, जिन्हें अंतरराष्ट्रीय स्तर पर प्रयोग किया जाता है।

संयुक्त राष्ट्र संघ में हिंदी

हिंदी के इस विश्वव्यापी फलक के बावजूद यह संयुक्त राष्ट्र संघ की भाषा नहीं है। 1947 में विश्व शांति बनाए रखने के उद्देश्य से स्थापित संयुक्त राष्ट्र संघ

की संप्रति छह भाषाएँ हैं। फ्रांसीसी, अंग्रेजी, स्पानी, रूसी, चीनी तथा अरबी। इस भाषाओं में हिंदी के शामिल न होने का कारण चाहे जो हो, परंतु यह स्पष्ट तौर पर विश्व की तीसरी सर्वाधिक बोली जानेवाली भाषा की उपेक्षा है। जो भाषाएँ यहाँ सम्मिलित हैं, उनमें या तो उनके बोलनेवालों की संख्या अधिक है या वे किसी महाशक्ति की भाषाएँ हैं। हिंदी को संयुक्त राष्ट्र संघ के मंच पर लाने की कोशिशें एकाधिक बार हुई हैं, परंतु किसी दृढ़ इच्छा के अभाव में यह मुहिम सफल नहीं हुई है। हिंदुस्तान की गुटनिरपेक्ष देशों के मध्य एक अग्रणी भूमिका रही है तथा दुनिया के विकासशील देशों के मध्य भारत की आवाज अलग से पहचानी जाती है। अत: संयुक्त राष्ट्र संघ के मंच पर विश्व के इस सबसे बड़े लोकतंत्र की राष्ट्रभाषा की उपेक्षा नहीं होनी चाहिए।

बेहतर भविष्य की ओर

विश्व में हिंदी की वर्तमान स्थिति यह दरशाती है कि यह भाषा भारत के ही निवासियों की न होकर उन हजारों-लाखों प्रवासी भारतीयों एवं विदेशियों की भी है, जो किसी-न-किसी उद्‌देश्य से इसे व्यवहार में लाते हैं। परंतु एक सशक्त विश्व भाषा के रूप में हिंदी के विस्तार की परिकल्पना तभी साकार होगी, जब इसका सम्मान स्वयं भारतभूमि पर होगा; जब भारत के सभी प्रदेश अंग्रेजी को इसके हितों के आड़े नहीं आने देंगे तथा अपनी राज्य भाषाओं को इसकी सहोदरा मानते हुए दोनों के सम्यक विकास के लिए प्रयत्नशीन होंगे। यह संभव हो सकता है, यदि अंग्रेजी हटाने के लिए सभी भारतीय, सभी प्रदेश एकजुट होकर आगे आएँ तथा अंतरराष्ट्रीय मंचों पर भारतीय संसद् के गौरव की रक्षा करते हुए संसद्-सदस्य तथा राजनयिक हिंदी में ही संभाषण करें। देश की 80 करोड़ आबादी का प्रतिनिधित्व करने वाले राजनीतिज्ञों को यह समझना ही होगा कि जब तक शिक्षा व्यवस्था व शासन तंत्र से अंग्रेजी केंचुल को उतारकर फेंका नहीं जाता तथा भारतीय भाषाओं व हिंदी को उनके गौरव के साथ उभरने नहीं दिया जाता, समाजवाद का स्वप्न एक उबाऊ नारे की तरह अप्रासंगिक रहेगा। हिंदी को दुनिया के देशों में मान-सम्मान दिलाने के लिए एक बार भारतीयों को इस यक्ष प्रश्न का उत्तर देना ही होगा कि आखिर किस राष्ट्रवाद के स्वप्न की आकांक्षा उन्हें अंग्रेजी उपनिवेशवाद की ओर पुन: ढकेल रही है ?

□

हिंदी की कठिनाई, भाषा की नहीं

कठिन हिंदी बनाम सरल हिंदी का प्रश्न कोई नया नहीं है। पिछले दशकों में यह सवाल सभा-संगोष्ठियों में बार-बार उठाया जाता रहा है। हिंदी की एक व्यावसायिक पत्रिका भी एक समय अपने पन्नों पर कठिन हिंदी-गद्य के नमूनों को 'यह किस देश-प्रदेश की भाषा है?' शीर्षक के तहत सामने लाती रही है। हिंदी की दुरूहता को लेकर सवाल उठानेवालों की आज भी कमी नहीं है। हिंदी को दुरूह बताकर अंग्रेजी का दामन पकड़े रहने वाली पीढ़ी को अंग्रेजी की कठिनाई उतना परेशान नहीं करती, जितनी हिंदी की पारिभाषिकी। परंतु हिंदी इसलिए कठिन नहीं है कि उसका भाषाशास्त्र, उसकी व्याकरणिक संरचना कठिन है, बल्कि इसलिए कि उसे सीखने-सिखाने की कोई सुनियोजित पद्धति हमारे यहाँ नहीं है। हिंदी के लिए लोग ट्यूशनें नहीं करते। 'यह तो मातृभाषा है, अत: सीखने की भला क्या जरूरत?'—इस धारणा के चलते ही हिंदी-शिक्षण पर प्रारंभ से ही बल नहीं दिया जाता, जिससे व्यक्ति की हिंदी की भाषिक नींव इतनी कमजोर हो जाती है कि वह आगे चलकर सामासिक पदावलियों, पारिभाषिकों को आत्मसात् नहीं कर पाता। आज भी लोग प्रयत्नपूर्वक जितना समय अंग्रेजी सीखने में व्यय करते हैं, उससे अल्प समय में वे हिंदी सुगमता से सीख सकते हैं। किंतु जिस हिंदी को उच्च भू-वर्ग में महज बंबईया फिल्मों, चतुर्थ श्रेणी कार्मिकों अथवा बहिनजियों की भाषा के रूप में ही देखा-समझा जाता रहा हो, उसे सीखने के लिए समय कौन जाया करे? वह तो बिना प्रयास ही सीखी जा सकने वाली भाषा मान ली गई है। इस गलतफहमी का ही यह नतीजा है कि एक तरफ तो इस ढुल-मुल शिक्षा-तंत्र में अंग्रेजी जैसी विदेशी भाषा को माध्यम के रूप में अपनाया जा रहा है, दूसरी तरफ सरकारी स्तर पर हिंदी के प्रयोग की गगनचुंबी अपेक्षाएँ की जा रही हैं। शिक्षा और शासन तंत्र के बीच विद्यमान इस फासले के चलते ही भारत जैसे बहुभाषी देश में हिंदी के

शिक्षण-प्रशिक्षण को योजनाबद्ध ढंग से क्रियान्वित नहीं किया गया, बल्कि हिंदी के क्रियान्वयन से जुड़ी सरकारी संस्थाओं पर हिंदी शिक्षण का दायित्व भी सौंपकर इस कार्य की इतिश्री मान ली गई। यही वजह है कि न तो देश में एकरूप मानक हिंदी का विकास हो सका और न ही हम हिंदी में ऐसी कार्यक्षम पीढ़ी ही पैदा कर सके, जो अपने बलबूते सरकारी कामकाज का दक्षतापूर्वक निष्पादन कर सकती। लिहाजा आज भी देश में हिंदी के पठन-पाठन के प्रति कोई खास दिलचस्पी नहीं दिखाई देती, जिससे कि सर्वसाधारण में एक भाषिक जागृति पैदा हो।

जहाँ हम 'कठिन हिंदी बनाम सरल हिंदी' का सवाल उठाते हैं, वहाँ हमें यह भी देखना चाहिए कि क्या यह कठिनाई सिर्फ हिंदी के साथ ही है या अन्य भाषाओं के साथ भी है? मेरे मत से कोई भी भाषा न तो सरल होती है और न कठिन। वह अभ्यास से सरल होती है और व्यवहार न करने से कठिन प्रतीत होती है। एक भाषा के कई रूप होते हैं—बोलचाल की भाषा, बाजार की भाषा तथा कार्यालयीन एवं ज्ञान-विज्ञान की भाषा। जहाँ तक हिंदी का प्रश्न है, बोलचाल की भाषा सरल व सहज लगती है, किंतु यह बोलियों के प्रभाव से संपृक्त होती है। मसलन, भोजपुर क्षेत्र में भोजपुरी, अवध में अवधी, ब्रज क्षेत्र में ब्रज, बुंदेलखंड क्षेत्र में बुंदेलखंडी, बिहार में मैथिली, हरियाणा में हरियाणवी, राजस्थान में राजस्थानी तथा हिमाचल में हिमाचली बोली का वर्चस्व है। ये सभी हिंदी क्षेत्र हैं, किंतु यहाँ के शहरों तक में सर्वसाधारण की भाषा यहाँ की बोलियाँ हैं। यहाँ तक कि कार्यालयों तक में पारस्परिक बातचीत की भाषाएँ क्षेत्रीय बोलियाँ ही होती हैं। ये बोलियाँ दूसरी बोलियों के लोगों को बेशक कठिन लगें, किंतु अपने क्षेत्र में इन्हें लोग बखूबी समझते-बूझते हैं। यहाँ मुद्दा खड़ी बोली में लिखी और बरती जानेवाली हिंदी की क्लिष्टता का है। शायद हिंदी ही एक ऐसी भाषा है, जिसका इतनी बोलियों के साथ गहरा सरोकार है। कन्नड़, मलयालम, तमिल, तेलुगु या कि पंजाबी व बँगला में शायद इतनी बोलियाँ/उपबोलियाँ न होंगी। इन बोलियों की वजह से ही हिंदी में तमाम उच्चारण-भेद मिलते हैं। हिंदी का आजकल बाजार और अर्थव्यवस्था में भी प्रयोग बढ़ रहा है, इसलिए दूसरे शब्दों में वह बाजार की भी भाषा बन गई है। सरकारी कार्यालयों/बैंकों, उपक्रमों में इस्तेमाल की जानेवाली हिंदी का रूप व्यावसायिक है। आज की हिंदी पर बाजार का भी बेहद दबाव है, इसलिए हिंदी का प्रयोग बाजार की शक्तियों से भी परिचालित है। पत्रकारिता, जनसंचार, मीडिया, बैंकिंग तथा अर्थजगत्—इन समस्त क्षेत्रों में हिंदी के प्रयोग में आमूल-चूल बदलाव दिखाई देता है। भारतेंदु के जमाने से

अब तक की हिंदी की भाषिक यात्रा का विश्लेषण करें तो हम पाते हैं कि हिंदी ने जमाने के साथ-साथ कई छवियाँ बदली हैं और आज हिंदी जिस नई चाल में ढलती दिखाई पड़ती है, उस पर एक तरफ संस्कृतनिष्ठता का, तो दूसरी तरफ अंग्रेजियत का गहरा असर है। सरकारी कार्यालयों में शब्द-निर्मिति का आधार मूलत: संस्कृत तथा गौणत: अन्य भारतीय भाषाएँ हैं। किंतु कुल मिलाकर हिंदी की नई पारिभाषिकी पर संस्कृत की तत्सम पदावलियों का प्रभाव दृढ़तर है। 'हिंदी-हिंदुस्तानी' की तमाम हिमायत के बावजूद हिंदी को उस चाल में ढालने का प्रयत्न सरकारी स्तर पर नहीं हुआ। लिहाजा अपनी उर्वरता की जबरदस्त क्षमता के बावजूद तत्सम-न्यस्त हिंदी की पारिभाषिकी सुनने-समझने, लिखने तथा बोलने में कठिन अवश्य है, इसमें दो राय नहीं। दूसरी तरफ खुली अर्थव्यवस्था और मीडिया की संक्रामक छवि ने भी हिंदी को बेतरह अपने प्रभाव में लिया है, जिसके चलते अखबारों में वित्तीय क्षेत्र की खबरें बहुतेरे अंग्रेजी के शब्दों से भरी होती हैं। हम देखें तो यह व्याधि पहले कुछ नामावलियों तक ही सीमित थी। जैसे, बेनेट कोलमैन ऐंड कंपनी लिमिटेड ने अपने हिंदी दैनिक का नाम 'नवभारत टाइम्स' रखा, जिसकी तर्ज पर 'कुबेर टाइम्स', 'प्रयागराज टाइम्स', 'जेवीजी टाइम्स' इत्यादि पत्र-पत्रिकाएँ आईं। यह नाम केवल 'टाइम्स' के उपयुक्त हिंदी रूपांतर के अभाव के चलते नहीं दिया गया, बल्कि इसके पीछे 'टाइम्स' की अंग्रेजियत को बरकरार रखना है। जबकि 'द हिंदुस्तान टाइम्स' के हिंदी संस्करण 'हिंदुस्तान' के साथ ऐसी बात नहीं है। बाजार की शक्तियों का ही प्रभाव है कि आज वित्तीय संस्थानों, कंपनियों तथा बैंकों के नाम ज्यादातर अंग्रेजी में ही मिलते हैं; और अब यह व्याधि हिंदी की वाक्य-रचना, गद्य-रूपों तथा बोलचाल की भाषा तक व्याप्त हो गई है। आज एक अलग किस्म की अंग्रेजी मिश्रित हिंदी इलेक्ट्रॉनिक मीडिया की जबान पर इस कदर हावी है कि भाषा शुचिता के समर्थकों को इससे उकताहट होने लगी है। यह सच है कि हिंदी में अन्य भारतीय भाषाओं की तुलना में 'अनुकूलन' और 'समावेशन' की क्षमता अधिक है, फिर भी अनावश्यक रूप में हिंदी में तीव्रता से घुलते-मिलते अंग्रेजी के शब्द-संस्कार ने हिंदी की अपनी पहचान का संकट भी खड़ा कर दिया है। यद्यपि एक वर्ग इसे हिंदी का सरलीकरण मानता है, किंतु क्या इस तरह के सरलीकरण के प्रयोग अंग्रेजी में किए जा सकते हैं? शायद नहीं। हिंदी के गद्यरूपों अथवा बोलचाल में अंग्रेजी का इस हद तक समावेशन बिल्कुल गैरजरूरी है कि वह 'हिंग्रेजी' लगने लगे।

आखिर फिर हिंदी की अपनी कठिनाई क्या है? क्या वह वाकई कठिन है या

कठिन बताई जा रही है? क्या हिंदी के पारिभाषिकों को सरल बनाने का कोई उपाय है? हिंदी की पहली विशेषता यह है कि इसे जिस तरह बोला जाता है, उसी तरह लिखा जाता है। बोलने और लिखने में हिंदी ही एक ऐसी भाषा है, जिसमें न्यूनतम अंतर पाया जाता है। एक कवि ने कहा है, "जिस तरह हम बोलते हैं, उस तरह तू लिख।" इसकी ध्वनियों का सर्वथा शुद्ध अंकन किया जा सकता है। यह बात अलग है कि स्थानीय प्रभावों से ग्रस्त उच्चारण के आधार पर लेखन प्रदूषित हो सकता है। जैसे भाउचर (वाउचर), वेक्ति (व्यक्ति) आदि। लेकिन बोलनेवाला यदि हिंदी के लेखन रूप से परिचित है तो वह बोलचाल की भिन्नता के बावजूद सही लिखेगा। हिंदी की वर्णमाला में व्यंजन और स्वर-ध्वनियों की इतनी व्यापकता है कि हिंदी ही क्यों, भारतीय सहित विदेशी भाषाओं के शब्दों/पदावलियों तक के सर्वोत्तम उच्चारण किए जा सकते हैं। हिंदी की दूसरी विशेषता यह है कि इसके शब्द-निर्माण का मुख्यत: आधार संस्कृत है, जो कि सभी भारतीय भाषाओं के मूल में कमोबेश निहित है। असमी, बांग्ला, उड़िया, हिंदी, पंजाबी, गुजराती और मराठी इन सब भाषाओं का मूल स्रोत या गोत्र एक ही है—संस्कृत। ये सभी भाषाएँ, संस्कृत, प्राकृत और अपभ्रंश की द्रविड़ परिवार की भाषाओं तमिल, तेलुगु, कन्नड़, मलयालम में तमिल को छोड़कर शेष भाषाओं में संस्कृत के शब्द पचास प्रतिशत तक हैं तथा तमिल में भी संस्कृत शब्दों की बहुतायत है। इस तरह जिस भाषा बहुल देश की भाषाओं के विन्यास में संस्कृत की भागीदारी लगभग समान हो, वहाँ एक बड़े भूभाग में बोली, लिखी और समझी जानेवाली तथा राष्ट्रभाषा पद की अधिकारिणी हिंदी सामान्यत: सभी लोगों के लिए न्यूनाधिक समझने योग्य तो होगी ही। हाल के वर्षों में हिंदी के प्रयोग और प्रचलन का दायरा हिंदी फिल्मों तथा पर्यटन-विकास के चलते और भी बढ़ा है। हिंदी की वाक्य रचना में सर्वनाम, कारक और विभक्तियाँ इतनी सुनिश्चित हैं कि इनके उचित अभ्यास के बाद दोषपूर्ण प्रयोग की संभावनाएँ नगण्य ही होती हैं। आज अंग्रेजी में पूरी वयस्कता के बावजूद 'प्रिप्रोजीशंस' के उचित स्थापन में अंग्रेजीदाँ लोग भी चक्कर खा जाते हैं तथा वे निर्भांत रूप से इनके निर्दोष प्रयोग का दावा नहीं कर सकते। यह बात हिंदी में नहीं है।

हिंदी के क्रियापदों में भी सरलता है। प्राय: 'होना', 'करना' और 'बनाना' जैसी सहायक क्रियाओं की मदद से हिंदी के अधिकांश क्रियापदों का हम प्रयोग कर सकते हैं। क्या ऐसा प्रयोग अंग्रेजी में संभव की सूची नहीं याद करनी पड़ती? प्राय: हम एक ही विशेषण से 'सुपरलेटिव' रूपों तक का कार्य चला लेते हैं। जहाँ तक

वाक्य-रचना का प्रश्न है, हिंदी में कर्ता, कर्म तथा क्रिया का क्रमानुसार प्रयोग मान्य है, किंतु अंग्रेजी में जिस हद तक 'डू नॉट', 'डज नॉट', 'डिड नॉट', 'हैव टू', 'विल नॉट', 'वुड नॉट', 'नाइदर', 'नार', 'नो', 'नॉट', 'फार', 'सिंस', 'शैल', 'विल' तथा 'डायरेक्ट' और 'इनडायरेक्ट' नैरेशन के प्रयोग व्यवहार की अपनी बंदिशें हैं, वे हिंदी में प्राय: नहीं हैं। हमने हिंदी की सरलता की तुलना अंग्रेजी से इसलिए की है कि हिंदी के रास्ते में अंग्रेजी ही बाधक है। अंग्रेजी में इतने सारे प्राणायाम के बाद भी भारतीयों के लिए इस भाषा में सर्जनात्मक दक्षता पा सकना और वह भी ब्रिटिश और अमेरिकी मानकों के अनुसार बेहद कठिन है। जबकि हिंदी में थोड़े से प्रयास से ही हम सहज वाक्य-रचना कर सकते हैं। हिंदी की वाक्य-रचना में जो थोड़ी-बहुत कठिनाई दिखाई देती है, वह हैं 'लिंग-निर्धारण' की। किंतु यह समस्या केवल हिंदी की नहीं है, संस्कृत, अरबी, फारसी, अंग्रेजी, फ्रेंच, मराठी सभी की है। अंग्रेजी में भी लिंग-निर्धारण की समस्या है। अंग्रेजी में पुल्लिंग, स्त्रीलिंग, नपुंसकलिंग और उभयलिंग—चार प्रकार के लिंग निर्धारण हैं। इसके बदले हिंदी में केवल दो लिंग और दो वचन ही मान्य हैं, जबकि इसकी आधार-भाषा संस्कृत में तीन लिंगों, तीन वचनों का प्रावधान है। अंग्रेजी में जहाँ सर्वनामों में भी लिंग निर्धारण होता है, हिंदी के सर्वनामों में लिंग-भेद नहीं होता, जैसे—वह खाता है, वह खाती है। जबकि अंग्रेजी में पहले 'वह' के लिए 'ही' तथा दूसरे 'वह' के लिए 'शी' लिखना अनिवार्य है। किसी भी भाषा का अपना व्यावहारिक, व्याकरणिक ढाँचा होता है। कहीं लिंग-निर्धारण सरल है तो कहीं कठिन। कहीं कारक-निर्धारण कठिन है तो कहीं सरल। हिंदी में विशेषणों, क्रियाओं के साथ लिंग निर्धारण की व्यवस्था है, किंतु जैसा कि ऊपर कह आया हूँ, अंग्रेजी में विशेषणों की कंपरेटिव-सुपरलेटिव श्रेणियाँ कम उलझन में नहीं डालतीं। अंग्रेजी क्रियाओं में लिंग-भेद भले नहीं हो, क्रियाओं का 'एकवचन' तथा 'बहुवचन' के अनुसार प्रयोग हो अपरिहार्य है। तो निष्कर्ष यह निकलता है कि हर भाषा में व्याकरणिक नियमों की बंदिशें हैं, जिनका व्यवहार भाषा की शुद्धता के लिए जरूरी है।

हिंदी की जो सबसे बड़ी कठिनाई है, वह है इसकी पारिभाषिकी। बैंकिंग, वित्त, वाणिज्य, शेयर-बाजार, साहित्य, आयुर्वेद, अभियांत्रिकी, चिकित्साशास्त्र, गणित, रसायनशास्त्र, भौतिकी इत्यादि अन्याय नव ज्ञान-विज्ञान के क्षेत्रों की शब्दावलियाँ—जिन्हें हमने ज्यादातर अंग्रेजी के हिंदी रूपांतरों के रूप में अपनाया है, उनमें संस्कृतनिष्ठता के चलते जटिलता का आभास होता है। लेकिन मैं कहूँ कि यह जटिलता कहाँ नहीं है ? क्या अंग्रेजी में भी जो शब्द लैटिन या फ्रेंच की मूल धारा

से आए हैं, वे सरल हैं? नहीं। तब फिर हम हिंदी में संस्कृत से आए या बने शब्दों को सरलीकृत कैसे कर सकते हैं? कहना न होगा कि हिंदी अपने स्वभाव से ही सरलता की ओर अग्रसर भाषा है, लेकिन जहाँ पर पारिभाषिकता की बंदिशें होंगी, वहाँ हम उनके उन रूपों को एक सीमा से आगे सरलीकृत नहीं कर सकते। मेरे एक मित्र 'हाइपोथिकेशन' का उदाहरण देते हैं। वे कहते हैं 'हाइपोथिकेशन' का अर्थ है दृष्टिबंधक। अब जिन्हें इसके और सरलीकरण की दरकार हो, क्या उनके लिए 'दृष्टि' को 'नजर' और बंधक को 'बंदी' का पर्याय मान 'नजरबंदी' रूप दिया जा सकता है? नहीं। क्योंकि ऐसा करते ही मूल शब्द अपना अर्थ खो देता है। इसलिए पारिभाषिकी की कठिनाई के बावजूद जब तक हमें किसी अन्य भारतीय भाषा में या कि अरबी-फारसी में या कि 'अनुकूलन' के जरिए उचित स्थानापन्न न मिले, तब तक हमें उसके तदवत् रूप को ही स्वीकार करना चाहिए। विधिक प्राक्कथनों के लिए तो यह बात और भी ध्यातव्य है। इसलिए हमें भाषा के रूप को सरल बनाने के लिए जो काम करने चाहिए, वे हैं—क्रियापदों को आसान बनाना, सम्मिश्र वाक्यों की जगह छोटे-छोटे सारगर्भित वाक्यों का गठन। अंग्रेजी, अरबी, फारसी के बहुप्रचलित शब्दों का इस्तेमाल व अनुकूलन कर हिंदी को एक प्रवाहपूर्ण भाषा का स्वरूप देना। धार्मिक, कल्याणपरक एवं नीतिकथाओं में दिलचस्पी रखनेवाले लोग जानते होंगे कि गोरखपुर से निकलनेवाली 'कल्याण' पत्रिका से उस दौर के लाखों लोगों ने हिंदी सीखी थी तथा 'चंद्रकांता' व 'चंद्रकांता संतति' जैसे जासूसी उपन्यासों के रसास्वादन के लिए भी लाखों लोगों ने हिंदी पढ़ी। अपने शुरुआती दौर में उर्दू में लिखनेवाले धनपत राय भी व्यापक हिंदी भाषी समुदाय से जुड़ने के लिए 'प्रेमचंद' के रूप में हिंदी में उतरे और अपने उपन्यासों व कहानियों से उन्होंने अवध की बोली की जो मिठास भरी, उसने उन्हें 'उपन्यास सम्राट' के शिखर पद तक पहुँचा दिया। अमीर खुसरो, रहीम, जायसी, कबीर, तुलसी, भारतेंदु हरिशचंद्र, प्रेमचंद तथा उर्दू शायरी में मीर आज इसीलिए अमर हैं कि उन्होंने भाषा को शास्त्रीयता की गिरफ्त से बाहर निकाला और उसे आमजन के लिए आसान बनाने की कोशिशें कीं। मीर ने लिखा—'बात मुझसे रेख्ते में न कर, यह हमारी जबान है प्यारे।'

एक बार बनारस में मुझे इटली विश्वविद्यालय में हिंदी की प्रोफेसर मरिओला ओफ्फ्रेदी से बातचीत का मौका मिला। हिंदी पर उनके प्रवाहपूर्ण अधिकार को देख मैं चकित था। हिंदी पत्र-पत्रिकाओं के पठन-पाठन पर बातचीत में उन्होंने कहा कि यहाँ की साहित्यिक पत्रिकाओं की जो भाषा है, विशेषकर समीक्षा-आलोचना की

भाषा, वह बहुत मुश्किल है, जबकि अंग्रेजी में समीक्षा की भाषा आसान है। यह और बात है कि अंग्रेजी में रचनात्मक कृतियों की भाषा मुश्किल है। उनका कहना था कि समीक्षा की भाषा इतालवी में भी मुश्किल है और हिंदी में तो बहुत मुश्किल है। ध्यातव्य है कि यह कथन हिंदी पर असाधारण अधिकार रखनेवाली एक विदेशी महिला का है। लेकिन मेरा यह मानना है कि हर भाषा में बोलचाल, कामकाजी तथा शैक्षिक-साहित्यिक भाषा के बीच फासला है। बोलचाल की भाषा से हम हिंदी अथवा अंग्रेजी किसी भी भाषा की पारिभाषिकी का काम नहीं चला सकते। जहाँ तक साहित्य-समीक्षा तथा शैक्षिक हिंदी की दुरूहता और स्तरीयता का सवाल है, ऐसी स्थिति कमोबेश हर भाषा में है। किंतु यह कम आश्वस्तिकारी बात नहीं है कि हिंदी के रचनात्मक साहित्य-उपन्यास, कथा-साहित्य, संस्मरण, व्यंग्य, रिपोर्ताज, फीचर आदि गद्य रूपों की भाषा सरल है। आज की कविता की भाषा सरल ही है। वह कठिन इसलिए लगती है कि उसकी इमेजरी, उसका भावबोध तथा कवि-दृष्टि पाठक के विशेष पाठकीय स्तर की माँग करती है।

हिंदी की तत्समनिष्ठता को लेकर इस पर क्लिष्टता के आरोप लगाए जाने की बात नई नहीं है। डॉ. रघुवीर, जिन्होंने हिंदी शब्द-निर्मिति की दिशा में उल्लेखनीय कार्य किया, उनके नाम पर हिंदी के अनेक हास्यास्पद पर्यायों को सामने रखकर लोग भले ही हिंदी की खिल्ली उड़ाते नजर आते हों, किंतु जिस हिंदी का शाब्दिक आधार अभी केवल अंग्रेजी में उपलब्ध शब्द-संपदा के अनुवाद पर टिका हो, उसके प्रयोग-प्रचलन में आने तथा ग्राह्य होने में समय तो लगेगा ही। सवाल केवल 'देश', 'प्रजातंत्र' तथा 'समाचार' जैसे शब्दों को 'मुल्क', 'जम्हूरियत' तथा 'खबर' में बदल देने का नहीं है। क्योंकि ऐसे आम-फहम शब्द तो हिंदी के व्यापक शब्दकोश में पहले से ही भारी संख्या में हैं, बल्कि यह देखने का भी है कि देश, प्रजातंत्र तथा समाचार जैसे शब्द अपने आप में ही इतने सरल हैं कि इनके स्थानापन्न की जरूरत की क्या है ? इसके अलावा प्रलेख, पुनर्भुगतान, प्रति-परीक्षा, शपथपत्र, पात्रता, पहचान, याचिका जैसे शब्दों के लिए भी पहले से ही दस्तावेज, अदायगी, जिरह, हलफनामा, हकदारी, शिनाख्त तथा अर्जी जैसे शब्द प्रचलित हैं और इसके लिए हिंदीवालों की कोई जिद कभी नहीं रही है कि ऐसे शब्दों की जगह कठिन हिंदी शब्दों का प्रयोग ही किया जाए। जो लोग हिंदी में प्रचलित और अब आम-फहम ही चल परिवहन, संग्रहण, सावधि, प्रलेखीकरण, कार्यान्वयन, परिव्यय, समाशोधन, उपक्रम, आस्ति तथा दृष्टिबंधक जैसे शब्दों को ट्रांसपोर्ट, मोबिलाइजेशन, फिक्स्ड, डाक्यूमेंटेशन,

इम्प्लीमेंटेशन, आउटले, क्लियरिंग, अंडरटेकिंग, एसेट तथा हाइपोथिकेशन, के रूप में ही चलाते रहने के हिमायती हैं, वे बेशक बाहर से अंग्रेजी शब्दों के सरल प्रतिरूपों के हिमायती हों, किंतु उसके लिए वे अपनी ओर से नए पारिभाषिकों को सीखने-प्रयोग करने की कोई तकलीफ नहीं उठाना चाहते। ऐसा वर्ग ही आगे चलकर कहता है कि ऐसी हिंदी (बनाम हिंग्रेजी) से तो अंग्रेजी का प्रयोग ही अच्छा है, चाहे अंग्रेजी के मसौदे को क्लिष्ट एवं अग्राह्य बनाने के लिए उसे शब्दकोश का ही सहारा क्यों न लेना पड़े! इसके लिए वे प्रस्तुत रहेंगे, क्योंकि इससे उनकी भाषा की धाक जमती है। और राष्ट्रकवि दिनकर के शब्दों में कहें तो ऐसा समुदाय ही यह सोचता है कि 'हमारे चिंतन की सूक्ष्मता इतनी सूक्ष्म है कि वह महारानी एलिजाबेथ की भाषा के सिवा और किसी भाषा में लिखी ही नहीं जा सकती।'

डॉ. नगेंद्र कहा करते थे भाषा की सरलता एक सापेक्षिक गुण है, जो प्रसंग, वक्ता, बोधक्य आदि पर आश्रित है। मंतव्य यह कि जैसा प्रसंग-वैसी भाषा। चिंतन यदि सूक्ष्म और जटिल होगा तो भाषा का स्वरूप भी जटिल होगा। हर व्यक्ति की भाषा, वक्तृत्व तथा विषय पर अपनी पकड़ होती है। उसके लेखन-संभाषण में भाषा का संप्रेषित रूप उसके भाषिक व्यक्तित्व का ही अंश होता है। यह माना जाता है कि भाषा की जटिलता विचार की जटिलता की छाया है। किंतु विचारक में यह क्षमता होनी चाहिए कि वह यथाशक्य विचार और चिंतन की सूक्ष्मता व जटिलता को आसान भाषा के जरिए व्यक्त करे। कबीर के पद सरल हैं और जटिल भी। सरल इतने हैं कि गाँव-गिराँव घूमते जोगी-फकीर भी खंझडी पर मस्ती के साथ उनके निर्गुनिया पद, दोहे आदि गाते नजर आते हैं तथा कठिन इतने कि बड़े-बड़े भाषा-साधक, कवि-मनीषी उनके तत्त्व-ज्ञान, निर्गुण-ब्रह्म के अवधारण में उलझकर रह जाएँ। कबीर तो पढ़े-लिखे नहीं थे, फिर उनके पदों की व्याख्या इतनी दुष्कर क्यों है? इसलिए कि उनकी भाषा कठिन नहीं है, उनका चिंतन प्रगाढ़ है। चिंतन को समझ लें तो भाषा की कठिनाई अपने आप दूर हो जाती है। हिंदी की कठिनाई भी मूलतः भाषा की कठिनाई नहीं, चिंतन को, विचार को, विषय को, शास्त्र को ठीक से न समझ पाने की कठिनाई है। और यही कठिनाई आज अंग्रेजी से किए गए हिंदी अनुवादों में दिखाई देती है।

हिंदी और अंग्रेजी का रिश्ता बहुत पुराना है। यह केवल एक भाषा का दूसरी भाषा के साथ बननेवाला स्वाभाविक रिश्ता नहीं है, बल्कि इसके पीछे ब्रिटिश साम्राज्यवाद की गहरी जड़ें हैं। कहा जाता है कि अंग्रेजों ने हमारे देश पर आधिपत्य

जमाने के लिए ही हुक्का पीना सीखा, हिंदुस्तानी रखैलें रखीं तथा भारतीय भाषाओं के व्यवस्थित प्रशिक्षण के लिए फोर्ट विलियम कॉलेज की नींव रखीं। हम गर्व से भले कहें कि अंग्रेजों की दिलचस्पी भारत में, भारतीय भाषाओं के विकास में रही है, किंतु सच्चाई यह है कि उन्होंने यदि भारतीय भाषाओं के व्याकरण लिखे, शब्दकोश बनाए, भाषा-शिक्षण की पुस्तकें तैयार कीं, तो इसलिए कि ईस्ट इंडिया कंपनी के कारिंदे, सिपहसालार बेहतर शासन चलाने के लिए भारतीय भाषाएँ सीख सकें। उन्होंने रेलें चलाईं तो इसलिए कि भारत का सस्ता माल या कि उत्पाद यूरोप के देशों में ले जाकर मुनाफे पर बेच सकें। उन्होंने भाषा सर्वेक्षण कराए तो इसलिए कि वे हिंदी और अन्य देशी भाषाओं की ताकत का आकलन कर सकें। ग्रियर्सन का खुद का मानना था कि 'हिंदी भाषा के पास देशज शब्दों का विशाल भंडार है और सूक्ष्म विचार व्यक्त करने के लिए सम्यक् शब्दतंत्र। हिंदी का शब्दभंडार और अभिव्यंजना शक्ति किसी मायने में अंग्रेजी से कम नहीं है।' और आज आजादी के पचास वर्ष बाद भी भारतीयों द्वारा भारतीय भाषाओं का ऐसा कोई देशव्यापी सर्वेक्षण नहीं कराया गया, जिससे यह पता चलता कि हिंदी की शक्ति और श्रीवृद्धि कितनी हुई, अन्य भारतीय भाषाओं के प्रसार की क्या स्थिति है तथा अंग्रेजी हमारी व्यवस्था में किस हद तक सेंध लगा चुकी है ? ऐसा शायद इसलिए कि हमारे भीतर औपनिवेशिकता का रक्त अभी भी बह रहा है और हमें अपनी भाषा की, राष्ट्र की कतई चिंता नहीं है।

हम हिंदी को सरल बनाने की बात सोचते हैं, किंतु उपनिवेशवाद की छाया में पली-पुसी पीढ़ी हिंदी का विरोध करती है। सरकारी कामकाज में प्रयोग की बाध्यता के बावजूद अनेक प्रांतों में अव्वल तो हिंदी की स्वीकार्यता ही नहीं है और यदि है भी तो वह ज्यादातर साइनबोर्डों, पत्रशीर्षों, मुहरों तथा अधकचरे अनुवाद प्रस्तुत किए जा रहे हैं, उससे हिंदी की स्थिति और भी हास्यापद होती गई है।

एक बैंक की सेवा नियमावली का अवलोकन करते हुए मेरी दृष्टि उसके अनूदित पाठ पर गई। मैंने पाया कि वहाँ Confirmation को 'पुष्टीकरण', Termination को 'पर्यवसान', Conveyance को 'प्रवहण', Transfer को 'अंतरण', Terminal Benefits, 'सेवांत प्रसुविधाएँ', Joining Time को 'पद ग्रहण काल', Payable को 'संदेय' तथा Closing Allowance को 'संवरण भत्ता' लिखा गया है। यदि ध्यान से देखें तो एक प्रशासनिक सेवा नियमावली में ऐसे अनुवाद कितने अव्यावहारिक एवं दुरूह लगते हैं! तथा अलग से कोई 'पर्यवसान' या कि 'प्रवहण' कहे तो हम कतई अनुमान भी न लगा पाएँगे कि ये

Termination और Conveyance के ही प्रतिरूप हैं! क्या इन्हें 'स्थायीकरण', 'सेवा समाप्ति', 'वाहन', 'स्थानांतरण', 'सेवानिवृत्ति लाभ', 'कार्य ग्रहण अवधि', 'देय' तथा 'लेखाबंदी भत्ता' लिखा जाता तो बेहतर होता? किंतु 'मक्षिका स्थाने मक्षिका' अनुवाद की यही सद्‌गति होती है। अन्यथा, आज से नहीं, सैकड़ों वर्षों से अनुवाद होता आया है। यथा, हिंदी में ही शेक्सपीयर के नाटकों के रांगेय राधव कृत अनुवाद, बँगला उपन्यासों के हिंदी अनुवाद, जान गाल्सवर्दी की पुस्तक 'स्ट्राइफ' का प्रेमचंद कृत अनुवाद, रूस के लेखकों गोर्की, तोल्सतोय, पुश्किन, दास्तोव्स्की आदि के अनुवाद, हेनरी जेम्स के उपन्यास 'द पोर्ट्रेट ऑफ ए लेडी' का मोहन राकेश कृत अनुवाद 'एक औरत का चेहरा', डोमनिक लेपिएर की विश्वचर्चित कृति 'द सिटी ऑफ ज्वाय' का मोहिनी राव कृत अनुवाद, पंडित नेहरू की आत्मकथा का हरिभाऊ उपाध्याय कृत अनुवाद 'मेरी कहानी' तथा सीमोन द बोउआर की 'द सेकेंड सेक्स' का प्रभा खेतान द्वारा किया गया अनुवाद 'स्त्री : उपेक्षिता'। इन अनुवादों के अलावा बीसवीं शताब्दी की शुरुआत में ही प्रख्यात विकासवादी जीव वैज्ञानिक हैकल की मानक कृति 'दि रिडिल ऑफ दि यूनिवर्स' का आचार्य रामचंद्र शुक्ल ने 'विश्व प्रपंच' शीर्षक से हिंदी में जो अनुवाद किया, वह भाषा की रवानगी और बोधगम्यता के कारण आज भी एक आदर्श प्रयास के रूप में स्मरणीय हैं, और यह काम आचार्य शुक्ल ने तब अंजाम दिया, जब न तो केंद्र सरकार और न विभिन्न राज्य सरकारों द्वारा पारिभाषिक शब्दावलियों के निर्माण के लिए आयोगों, संस्थानों, समितियों आदि का गठन हुआ था, न ही पारिभाषिक शब्दकोश निर्मित हुए थे। सच पूछिए तो हैकल की उस कालजयी कृति के महत्त्व को समझकर हिंदी में उसके अनुवाद के प्रकाशन के बाद ही अनेक अग्रगण्य यूरोपीय भाषाओं में उसका अनुवाद सामने आया। कृति के शीर्षक के ही अनुवाद को देखें तो 'दि रिडिल्स' के अनुवाद के लिए 'पहेलियाँ' या 'प्रहेलिकाएँ' जैसा शब्द न रखकर आचार्य शुक्ल ने भारतीय दर्शन में बहुधा प्रयुक्त 'प्रपंच' शब्द का इस्तेमाल कर 'विश्व प्रपंच' इस शब्द युग्म को यथातथ अनुवाद की कोटि में रखते हुए भी भारतीय विचार-सरणि की आधार-भित्ति पर स्थित किया।

इन अनुवादों को पढ़ने वाले हिंदी समाज को कभी भाषा की कठिनाई का वैसा बोध नहीं हुआ, जितना आज के कार्यालयीन साहित्य के अनुवाद की भाषा को लेकर कठिनाई महसूस की जा रही है। स्पष्ट है कि इसके लिए केवल अनुवादक ही दोषी नहीं है, वह पूरी पृष्ठभूमि दोषी है, जिसके तहत यह मान लिया गया है कि मौलिक

प्रयत्नों के बदले अनुवाद के जरिए हिंदी को बढ़ावा दिया जाए। हमारे देश में जहाँ की भाषा हिंदी है, दूरदर्शन व आकाशवाणी के समाचारों तक में पहले अंग्रेजी पाठ तैयार होता है, फिर हिंदी में उसका अनुवाद किया जाता है। ऐसी स्थिति में हिंदी में मौलिकता कैसे पैदा हो सकती है? और जो भाषा मौलिक रूप में व्यक्त नहीं होती वह सर्वथा सरल भी नहीं होती। भाषा सीखने के बारे में आलोचक रामविलास शर्मा कहते हैं, "जनता की तरफ कान लगाए रखो, लोगों से मिलते-जुलते रहो और उनकी बातें सीखो और जो तुम्हारे यहाँ बहुत अच्छे लेखक हों, उनसे सीखो कि उन्होंने भाषा का कैसा व्यवहार किया है!" वे इस बारे में तोल्सतोय का उदाहरण देते हैं। तोल्सतोय जब पचहत्तर साल के थे, उनके उपन्यासों का दुनिया भर की बड़ी-बड़ी भाषाओं में अनुवाद हो चुका था, तब एक बार वह गाँव में अपनी डायरी लेकर कुछ लिख रहे थे व घूम रहे थे। मास्को के कुछ छात्र उनसे भेंट करने आए तो घर में पता चला कि वे गाँव गए हैं। वे ढूँढ़ते-ढूँढ़ते गाँव पहुँचे और उन्होंने तोल्सतोय से पूछा कि आप इन किसानों के बीच क्या कर रहे हैं? तोल्सतोय ने कहा, "मैं रूसी भाषा सीख रहा हूँ।" जो व्यक्ति पचहत्तर वर्ष की उम्र में अपनी भाषा की लोक व्यवहृत गहराइयाँ सीख सकता है, उससे हमें सीखना चाहिए। आज स्थिति यह है कि कोई भी व्यक्ति जनता से सीखना नहीं चाहता। अच्छे लेखकों को पढ़ता नहीं, सड़कछाप हिंदी में लिखे उपन्यास और घटिया अंग्रेजी पॉकेट बुक्स पढ़ता है तो उसे अच्छी हिंदी कैसे आएगी? हम किसी की अच्छी भाषा, अच्छे भाषण को पढ़-देख चमत्कृत हो उठते हैं कि ऐसी भाषा तो हमारे लिए जैसे नई है और जिसे हम रोज सुनते हैं, उस पर ध्यान नहीं देते। हाट-बाजार में, गली-कूचों में, खेत-खलिहानों में, दुकानदारों, आढ़तियों, मिस्त्रियों के बीच नित नई भाषा जन्म ले रही है और हम भाषा के इस बिखरे साम्राज्य से अनजान हैं; क्योंकि हम सीखना नहीं चाहते।

अच्छी भाषा मात्र व्याकरण पढ़ने से नहीं आती, हिंदी में रचे गए सत् साहित्य को पढ़ने से आती है। आज समाज में ही हिंदी साहित्य के प्रति उपेक्षा का भाव है तो उसे हिंदी का ज्ञान कैसे हो? क्योंकि उसमें तो हिंदी सीखने-पढ़ने की प्रवृत्ति ही नहीं है— बिना भीतरी ललक के, उत्सुकता के वह हिंदी का ज्ञान पाना चाहता है। आज हिंदी से जीविकाबद्ध लोगों की हिंदी पर ही दृष्टिपात करें तो उनमें से अधिकांश के हिंदी से भाषा की विरासत का बोध होता है। ऐसी हिंदी जिस पर अनुवाद की यांत्रिक छाया विद्यमान होती है, बाणभट्ट के उस बेटे की याद दिलाती है, जो अनुवाद-निपुण तो है, परंतु भाषा-निपुण नहीं। उसकी भाषा में मौलिकता का, दृष्टि का, प्रस्तुतीकरण

का नयापन नहीं है। दूसरे शब्दों में, वह साहित्य-संस्कार से मार्जित नहीं है और तब ही उसके कंठ से 'शुष्कं वृक्षं तिष्ठत्यग्रे' जैसा शुष्क अनुवाद फूटता है। वह चाहकर भी अपने दूसरे भाई की कला-चेतन और साहित्यिक दृष्टि से सँवलित भाषा तक नहीं पहुँच पाता, जो इसी पदावली को 'नीरस तरुरिह विलसति पुरतः' कहकर बाणभट्ट को अपने कवि-व्यक्तित्व से आश्वस्त कर देता है। आज मीडिया के दृश्य-संजाल पर जिस तरह की मीडियाकर हिंदी का वर्चस्व है, वही हमारे समाज के हिंदी-ज्ञान का आदि स्रोत होकर रह गया है। हमारा समाज टीवी, वीडियो, इंटरनेट तथा केबल नेटवर्क के इर्द-गिर्द सिमटकर आज एक ऐसे अंत:पुर में रम गया है, जैसे ज्ञान के अनंत द्वार इन्हीं स्रोतों से खुलते हों। हम अंग्रेजी की ही बात करें तो क्या अंग्रेजी कविता की अच्छी समझ के लिए शैली, कीट्स, बायरन, ग्रे और इलियट को पढ़ना जरूरी नहीं है, क्या अच्छे और पैने अंग्रेजी गद्य के लिए शेक्सपियर, बर्नार्ड शॉ, आर्थर मिलर, हेमिंग्वे, गाल्सवर्दी, चार्ल्स डिकेंस, कैथरिन मैंसफील्ड जैसे लेखकों को पढ़ना अनिवार्य नहीं? निस्संदेह, अनिवार्य है। हिंदी ज्ञान के लिए हिंदी साहित्य के पठन-पाठन का वातावरण बनना जरूरी है। हिंदी में नित्यप्रति विकसित हो रही पारिभाषिकी की समझ के लिए भी संबंधित शास्त्र की समझ अनिवार्य है। पिछले वर्षों में हिंदी पत्र-पत्रिकाएँ साप्ताहिक हिंदुस्तान, संडे मेल, वामा, सारिका, दिनमान, दिनमान टाइम्स, धर्मयुग, पराग तथा रविवार आदि एक-एक कर जिस तरह काल-कवलित हुई हैं, उसकी वजह केवल हिंदी की घटती रीडरशिप ही नहीं है, बल्कि पूँजीवादी घरानों का हिंदी पत्रकारिता के रसूख एवं स्तर को लगातार नीचे गिराना भी रहा है, क्योंकि विज्ञापन कमाने में हिंदी पत्रिकाओं की स्थिति आज भी दोयम दरजे की ही है। लिहाजा बाजार अंग्रेजी की पत्रिकाओं से अंटा पड़ा है। किंतु हमें हिंदी की इस दुर्दशा पर भी उदास होने का कोई हक नहीं है, क्योंकि आज हिंदी की जो सर्जनात्मक पत्रिकाएँ निकल रही हैं, उन्हीं का पठन-पाठन हिंदी क्षेत्रों में कितना है? ऐसे हिंदी जन कितने हैं, जो पहल, वसुधा, दस्तावेज, समकालीन भारतीय साहित्य, पूर्वग्रह, साक्षात्कार आदि पत्रिकाओं के सर्जनात्मक योगदान से परिचित हैं? क्या इन्हें पढ़ना-जानना सिर्फ साहित्यिक जनों का कर्तव्य है? क्या हिंदी के अध्ययन-अध्यापन एवं जीविकोपार्जन से जुड़ी नई पीढ़ी इन पत्रिकाओं में आकार ले रहे हिंदी के नए स्वरूप से परिचित हैं? शायद नहीं और सुदूर कस्बों में तो इन पत्रिकाओं की कोई आहट भी सुनाई नहीं देती, क्योंकि इनके पास विक्रय का कोई मजबूत तंत्र नहीं है, और न ही आज के उपभोक्ता समाज में इन्हें पढ़ने की दिलचस्पी ही। और

तो और, लाखों-करोड़ों का अनुदान पचानेवाले महाविद्यालयों एवं विश्वविद्यालयों के पुस्तकालयों तक में ऐसी पत्रिकाएँ देखने को नहीं मिलती, तो फिर अच्छी हिंदी समाज में कैसे आएँगी ?

हिंदी की पारिभाषिकी के अपने कोई 'बैरियर्स' नहीं हैं। उनके अन्य विकल्पों के लिए हिंदी के द्वार हमेशा खुले हैं। कठिन पारिभाषिकों को जहाँ तक सरल और संप्रेषणीय बनाया जा सके, बनाया जाना चाहिए। हमें यह नहीं भूलना चाहिए कि जो तरक्की अंग्रेजी ने दो सौ वर्षों में की है, वह हिंदी महज दो-तीन दशकों में नहीं कर सकती, क्योंकि उसकी राह में अंग्रेजी ही नहीं, अंग्रेजी मानसिकता की गहरी किलेबंदी है। अंग्रेजी की सरलता की हाँक लगानेवाले भी जानते हैं कि जीव विज्ञान, भौतिकी, रसायन शास्त्र और आयुर्विज्ञान आदि विषयों की पारिभाषिकी भी कोई सरल नहीं है, वह गहन अभ्यास से ही ग्राह्य है। रोजी-रोटी से नाभिनालबद्ध होने के चलते उसके काठिन्य को भी लोग पचा लेते हैं, किंतु हिंदी की थोड़ी सी भी कठिनाई उन्हें रास नहीं आती। जो लोग हिंदी की पारिभाषिकी की कठिनाई का सवाल खड़ा करते हैं, उन्हें यह जानना चाहिए कि आज की खुली अर्थव्यवस्था में, जबकि भारत में एक नया विश्व-बाजार पैदा हो रहा है, यद्यपि यह अंग्रेजी के वर्चस्व का नया दौर है, तथापि उपभोक्तावाद के विकास और अपने-अपने उत्पादों का बाजार प्रशस्त करने के लिए बहुराष्ट्रीय कंपनियाँ भी हिंदी के लुभावने विज्ञापनों के साथ भी मीडिया के दृश्य पटल पर छा चुकी हैं। एक नई हिंदी बन रही है। एक नया भाषा-समाज विकसित हो रहा है। किंतु कंप्यूटरीकरण के क्षेत्र में हिंदी का प्रवेश अभी भी घुसपैठिए सा ही है, जिससे हिंदी के रास्ते में रुकावट पैदा हुई है। भू-बाजारीकरण की शक्तियाँ भी हिंदी की पक्षधर नहीं हैं। यही समय है, जब हिंदी को अधिक वरीयता तथा समर्थन मिलना चाहिए और यह काम केवल हिंदी अधिकारियों एवं हिंदी के आचार्यों का नहीं है, बल्कि भारत के नागरिकों, हिंदी-अहिंदीभाषी समस्त जनता का है, जिससे वास्तविक अर्थों में वह साहित्य, कला, विज्ञान, प्रौद्योगिकी, तेजी से बदलते सूचना समाज और खुले बाजार की अर्थव्यवस्था में अपना हस्तक्षेप कायम रख सकें। यह तभी संभव है जब हिंदी के कम प्रचलित और दुरूह से लगते पारिभाषिकों को भी प्रयोग में लाकर ग्राह्य एवं सर्वसमावेशी बनाया जाए। इसके लिए हिंदी के अधिकारियों और अध्यापकों से ज्यादा हिंदी के कार्यकर्ताओं की जरूरत है।

□

हिंदी, प्रचार और प्रकाशन

हिंदी ही क्या, सभी भाषाओं के अस्तित्व का प्रकाशनों से गहरा रिश्ता है। छापेखानों का ईजाद न हुआ होता तो आज हजारों भाषाओं के लाखों ग्रंथ हमारे पास न होते। एक वक्त था हमारे वाङ्मय वाचिक परंपरा में ही थे। उपनिषद्, आरण्यक, वेद, पुराण सब स्मृति के सहारे हजारों वर्ष सुरक्षित रहे और जब छापेखानों और कागज का ईजाद हुआ तो वे पुस्तक की शक्ल में आ सके। देवनागरी लिपि की विकास-यात्रा भी कुछ ऐसी ही है। हम पुरातत्त्व संग्रहालयों में जाकर देखें तो अपने ऐतिहासिक समय में बोलने-लिखने की सुविधा के लिए ईजाद लिपियाँ पत्थरों पर उत्कीर्ण कर सुरक्षित की गईं। कालांतर में उनमें शोध अनुसंधान होते रहे और आज सदियों की सुदीर्घ यात्रा तय कर देवनागरी अपने भव्य रूप में हमारे समक्ष है। राजाओं के जमाने में उनकी प्रशस्ति में लेख उत्कीर्ण हुआ करते थे, जो आज भी पुरातात्त्विक खुदाइयों के बाद प्राप्त शिलालेखों में दृष्टिगत होते हैं। इस तरह प्रकाशनों का इतिहास बहुत पुराना है। आज भी कहीं-कहीं पुरानी पुस्तकों की दुकानों पर देखें तो किसी पुराने जमाने में कोई किताब लाहौर के किसी प्रेस से मुद्रित मिल जाएगी। लाला लाजपत राय का 'दु:खी भारत' हो या आचार्य चतुरसेन का 'सचित्र हिंदी साहित्य का इतिहास', ये पुस्तकें कभी लाहौर के प्रेस से ही छपीं। मुंशी नवलकिशोर प्रेस से छपी किताबों का तो अपना एक भव्य अतीत ही है, तथापि प्रकाशनों की सुविधा के अभाव में आज भी तमाम लाइब्रेरियों में पांडुलिपियाँ देखी जा सकती हैं, जिनमें विभिन्न भाषाओं का ज्ञान-विज्ञान, साहित्य-सृजन मौजूद है।

पर यह कहने में हिचक नहीं कि सदियों की यात्रा करते हुए आज हिंदी प्रकाशन एक सुदृढ़ स्थिति में है। अब पहले के गेली प्रूफ और टाइप केस वाला जमाना नहीं रहा, जब मैटर हाथ से अक्षरों के केस से एक-एक अक्षर और मात्रा जोड़कर गेलियाँ बनानी पड़ती थीं और प्रूफ शोधन में यदि जरा भी परिवर्तन होता था तो पूरे मैटर को

चलाना पड़ जाता था। पर उस वक्त के ग्रंथ अपनी शुद्धता और स्तरीयता में बेजोड़ हैं। इस तरह हिंदी की विकास-यात्रा में प्रकाशनों का महत्त्वपूर्ण योगदान है; बल्कि कहा जाए कि प्रकाशन की प्रगति-यात्रा हिंदी की प्रगति-यात्रा भी है। आज डीटीपी, कंप्यूटरीकृत कंपोजिंग और डिजिटल मुद्रण से हिंदी प्रकाशनों में क्रांति आ गई है। पत्र-पत्रिकाओं के प्रकाशन में भी इससे त्वरा आई है। पेजमेकर, क्वार्क, इनडिजाइन जैसे आधुनिक सॉफ्टवेयर ने प्रकाशनों की साज-सज्जा ही बदल दी है। अब सीधे डिजिटल मुद्रण से मिनटों में हजारों प्रतियाँ मुद्रित हो सकती हैं।

एक अनुमान के अनुसार हिंदी में हर साल लाखों किताबें प्रकाशित होती हैं। इनमें विभिन्न ज्ञान-विज्ञान, अनुशासनों, विषयों व साहित्य की विविध विधाओं की पुस्तकें शामिल हैं। विश्व पुस्तक मेले में हिंदी के प्रकाशक दूर-दूर से शिरकत करने आते हैं। हर साल लगने वाले विश्व पुस्तक मेले व नेशनल बुक ट्रस्ट द्वारा देश में तमाम जगहों पर साल भर लगाए जानेवाले क्षेत्रीय मेलों ने हिंदी पुस्तकों की पहुँच आसान की है। जहाँ पहले पुस्तकें बड़े शहरों में उपलब्ध हुआ करती थीं, वे अब मेले-ठेलों के माध्यम से छोटे-छोटे शहरों तक में मिल जाती हैं। पहले इलाहाबाद, वाराणसी, पटना, आगरा, लखनऊ, जयपुर, भोपाल प्रकाशन के केंद्र हुआ करते थे। अब यह संजाल अन्य नगरों में भी फैला है। प्रकाशन प्रविधि के आसान होने से मुद्रण का कारोबार पूरे उत्तर भारत में फैल चुका है।

प्रकाशन केंद्रों का नेटवर्क

इलाहाबाद में पहले सबसे बड़ा प्रकाशन लोकभारती प्रकाशन ही हुआ करता था, बाद में किताब महल, भारती भंडार, साहित्य भंडार जैसे कई प्रकाशन आगे आए। लीडर प्रेस अपने जमाने का ख्यात मुद्रणालय माना जाता रहा है। हिंदी साहित्य सम्मेलन तो हिंदी के शिक्षण का केंद्र और हिंदी की मूल्यवान पुस्तकों का प्रख्यात प्रकाशन गृह है ही। यहाँ से रचनाकारों को प्रदान किए जानेवाले 'मंगलाप्रसाद पारितोषिक' एवं 'सेकसरिया महिला पारितोषिक' की काफी प्रतिष्ठा रही है। 'प्रेमघन सर्वस्व' तथा अन्य महत्त्वपूर्ण संचयन यहाँ से प्रकाशित हुए हैं। हिंदी के निर्माण में योगदान देनेवाली तमाम पुस्तकें यहीं से प्रकाशित हुईं। हिंदुस्तानी एकेडमी ने भी तमाम अच्छी किताबें छापी हैं। यहीं एक जमाने में परिमल प्रकाशन हुआ करता था, जहाँ से प्रगतिशील कवियों में अग्रणी केदारनाथ अग्रवाल की लगभग सारी रचनाएँ प्रकाशित हुईं। अपने जीते-जी उन्होंने अपनी पुस्तकों के प्रकाशन के लिए दिल्ली का मुँह नहीं

देखा। अनामिका प्रकाशन भी अरसे से हिंदी पुस्तकों के प्रकाशन में सक्रिय है। अब अंजुमन तथा ऐसे और कई नए प्रकाशन सामने आए हैं, जो हिंदी की विभिन्न विधाओं की पुस्तकों का प्रकाशन कर रहे हैं।

वाराणसी प्रकाशन की दृष्टि से एक सस्ता केंद्र माना जाता रहा है। संस्कृत के प्रकाशनों का तो यह केंद्र है ही। हिंदी प्रचारक संस्थान, पिशाचमोचन और विश्वविद्यालय प्रकाशन चौक का पुस्तक संसार बहुत बड़ा है, जहाँ हिंदी की पुस्तकों का एक विशाल भंडार उपलब्ध है। हिंदी प्रचारक ने तो बहुत से कालजयी रचनाकारों के रचना समग्र यहाँ से कम मूल्य पर प्रकाशित किए हैं। विश्वविद्यालय प्रकाशन से भी हिंदी पुस्तकें प्रकाशित होती हैं। यहीं काशी नागरी प्रचारिणी सभा है, जिसने बहुत महत्त्वपूर्ण पुस्तकें छापी हैं। रामचंद्र शुक्ल का ख्यात 'हिंदी साहित्य का इतिहास' यहीं से छपा है। कोशों की दिशा में भी इसने बहुत योगदान किया है। ग्यारह खंडों का 'हिंदी शब्द सागर' यहीं से प्रकाशित हुआ है। ज्ञानमंडल लिमिटेड, वाराणसी का 'बृहत् हिंदीकोश' हिंदी की एक उपलब्धि है। चौखंभा प्रकाशन केंद्र हालाँकि संस्कृत वाङ्मय केंद्रित प्रकाशन है, फिर भी अनेक संस्कृत ग्रंथों के हिंदी अनुवाद यहाँ से प्रकाशित हैं।

लखनऊ में मुंशी नवल किशोर प्रेस के अलावा गंगा पुस्तक माला की प्रकाशन जगत् में एक साख रही है। विकीपीडिया के अनुसार 1836 में अलीगढ़ में जन्मे नवल किशोर 1858 में 22 साल की उम्र में लखनऊ आ गए थे और आते ही उन्होंने नवल किशोर प्रेस स्थापित किया। देखते-ही-देखते इस प्रेस की ख्याति इतनी बढ़ी कि इसे पेरिस के एलपाइन प्रेस के बाद दूसरा दर्जा दिया जाने लगा। सभी मजहब की पुस्तकों और एक से बढ़कर एक साहित्यकारों की कृतियों को इस प्रेस ने छापा। कुल प्रकाशन का 65 प्रतिशत उर्दू, अरबी और फारसी तथा शेष संस्कृत, हिंदी, बंगाली, गुरुमुखी, मराठी, पश्तो और अंग्रेजी में है। पूरी दुनिया के बड़े-बड़े पुस्तकालयों में उनके यहाँ की किताबें मिल जाती हैं। जापान में मुंशी नवल किशोर के नाम का पुस्तकालय है तो जर्मनी के हाइडिलबर्ग और अमेरिका के हार्वर्ड विश्वविद्यालय में उनकी प्रकाशित सामग्री के विशेष कक्ष हैं। गंगा पुस्तक माला में तो एक समय महाकवि निराला काम करते थे। यहीं से उनकी 'परिमल', 'अप्सरा', 'कुल्ली भाट', 'प्रबंध पद्म' जैसी पुस्तकें प्रकाशित हुईं। उन्होंने सामान्य पाठकों के लिए 'संक्षिप्त महाभारत' लिखी, जो काफी लोकप्रिय हुई। यहाँ स्थापित उत्तर प्रदेश हिंदी संस्थान के अपने बहुत से प्रकाशन हैं, जो पाठकों में बहुत लोकप्रिय हुए। यहीं से प्रकाशित मुहम्मद मुस्तफा

मद्दाह की 'उर्दू-हिंदी डिक्शनरी' के जोड़ का कोई कोश अभी तक नहीं आ पाया है। भारतीय दर्शन, राजनीति, साहित्येतिहास आदि विषयों पर कई मानक पुस्तकें यहाँ से प्रकाशित हैं। किंतु एकमात्र विक्रय केंद्र होने के नाते यहाँ की पुस्तकों की उपलब्धता भी सरल नहीं है। यही हाल पटना का है। वहाँ बिहार राष्ट्रभाषा परिषद् व बिहार हिंदी ग्रंथ अकादमी के प्रकाशन भी मानक किस्म के हैं, किंतु यहाँ भी प्रकाशन की गति धीरे-धीरे मंद पड़ती गई। भोपाल में साहित्य अकादमी एवं मध्यप्रदेश संस्कृति परिषद् व म.प्र. हिंदी ग्रंथ अकादमी ने बहुत सी पुस्तकें प्रकाशित की हैं। भारत भवन ने भी। किंतु 'भिन्न रुचिर्हिलोक:'। अपनी रुचियों के अनुरूप प्रकाशन के कारण पुस्तकें लोक के बीच वह समादर नहीं प्राप्त कर सकीं। उनके पीछे वह पेशेवर दृष्टि नहीं दिखती, जो निजी प्रकाशनों के यहाँ अपनाई जाती है।

गोरखपुर और गीता प्रेस जैसे एक-दूसरे के पर्याय बन गए हैं। गीता प्रेस विश्व की सर्वाधिक हिंदू धार्मिक पुस्तकें प्रकाशित करनेवाली संस्था है। यह गोरखपुर शहर के शेखपुर इलाके की एक इमारत में संचालित है। यहाँ लगभग 200 कर्मचारी काम करते हैं। विशुद्ध आध्यात्मिक संस्था गीता प्रेस को देश-दुनिया में हिंदी, संस्कृत और अन्य भारतीय भाषाओं में प्रकाशित धार्मिक पुस्तकों, ग्रंथों और पत्र-पत्रिकाओं के साथ-साथ घर-घर में 'रामचरितमानस' और 'भगवद्गीता' को पहुँचाने का श्रेय जाता है। गीता प्रेस की पुस्तकों की बिक्री तमाम निजी थोक दुकानों के अलावा हजारों पुस्तक विक्रेताओं और विभिन्न प्रमुख रेलवे स्टेशनों पर बने गीता प्रेस के बुक स्टॉलों के जरिए की जाती है।

कहा जाता है, गीता प्रेस से प्रकाशित 'कल्याण' पत्रिका पढ़ने के लिए लाखों लोगों ने हिंदी सीखी या यह कहें कि लाखों लोगों ने 'कल्याण' पत्रिका पढ़कर हिंदी को परिमार्जित किया। गाँव-गाँव में इसके ग्राहक होते थे। बहुत अल्पमूल्य प्रकाशन के कारण यहाँ से प्रकाशित 'रामचरितमानस' के अनेक संस्करण व अन्य धार्मिक पुस्तकें तथा लोकोपयोगी, बच्चों व किशोरों के लिए सत्साहित्य बहुत ही चाव से पढ़ा जाता है। यहाँ पुस्तकें आज भी लाखों की संख्या में छपती हैं तथा देश-देशांतर में बिकती हैं। किसी भी रेलवे स्टेशन पर चले जाइए, एच. व्हीलर के अलावा गीता प्रेस की अपनी दुकानें हैं, सर्वोदयी स्टाल हैं, जहाँ ऐसी धार्मिक सांस्कृतिक रुचि की पुस्तकें आसानी से क्रय की जा सकती हैं। एक सार्वजनिक वक्तव्य में हिंदी के समालोचक व साहित्य अकादमी के अध्यक्ष विश्वनाथ प्रसाद तिवारी यह स्वीकार करते हुए कहते हैं, "दुनिया में हमारी पहचान का यह सबसे बड़ा प्रतीक चिह्न है। लंदन पुस्तक मेले में

पॉपुलर राइटिंग पर आयोजित सत्र में चेतन भगत आदि लोकप्रिय लेखकों के साथ मुझे भी बोलना था। बेस्ट सेलर्स का जिक्र और उसकी एक लाख प्रति बिकने की चर्चाओं के बीच जब मैंने कहा, मैं उस शहर से आता हूँ, जहाँ के एक मासिक 'कल्याण' के स्थायी ग्राहकों की संख्या इससे दो गुना है तो वहाँ उपस्थित श्रोता समुदाय ने करतल ध्वनि से इसका स्वागत किया।"

इन साहित्यिक सांस्कृतिक नगरों में स्थापित ये प्रकाशन केंद्र बीच में तनिक शिथिल पड़े थे, पर अब पुनः प्रकाशन के आसान तंत्र के कारण ये केंद्र नए सिरे से सक्रिय हो रहे हैं। जयपुर में नेशनल पब्लिशिंग हाउस की एक शाखा पहले से ही कार्यरत है। पंचशील प्रकाशन भी हिंदी का एक मानक प्रकाशन केंद्र रहा है। इधर कुछ और प्रकाशक सामने आए हैं। बिल्कुल नए प्रकाशन गृहों में बोधि प्रकाशन ने गए पाँच छह सालों में लगभग एक हजार टाइटिल्स छापे हैं तथा हिंदी के नए-से-नए लेखकों को प्रकाशन की सुविधा उपलब्ध कराई है। उदयपुर में संघी प्रकाशन ने कुछ अच्छी पुस्तकें छापी हैं। इस तरह जयपुर व उदयपुर में अनेक प्रकाशन केंद्र काम कर रहे हैं। उदयपुर में राजस्थान साहित्य अकादमी के होने के नाते यहाँ पर पुस्तकों के प्रकाशन का एक वातावरण सहज ही बना। 'मधुमती' जैसी सुसाहित्यिक पत्रिका यहीं से प्रकाशित होती है।

पर धीरे-धीरे प्रकाशन व साहित्य के ये केंद्र सिमटते जा रहे हैं। प्रकाशन की सत्ता देश की राजधानी दिल्ली में केंद्रित होती जा रही है। देश की राजधानी में इसके होने की एक वजह शायद यह है कि पुस्तकों की खरीद और उसके निस्तारण में यहाँ होने से बहुत सहूलियत मिलती है। हिंदी के बड़े प्रकाशन गृह यहीं स्थापित हैं, जहाँ से देश-विदेश के विक्रय केंद्रों पर पुस्तकें जाती और बिकती हैं। हिंद पॉकेट बुक्स, राजकमल प्रकाशन, वाणी प्रकाशन, प्रभात प्रकाशन, आत्माराम ऐंड संस, राजपाल ऐंड संस, किताबघर प्रकाशन, सामयिक प्रकाशन, नेशनल पब्लिशिंग हाउस, प्रकाशन संस्थान, राधाकृष्ण प्रकाशन, हिंदयुग्म प्रकाशन, ग्रंथ शिल्पी और पूर्वोदय प्रकाशन जैसे संस्थान यहाँ हैं। इसके अलावा साहित्य अकादमी, नेशनल बुक ट्रस्ट, प्रकाशन विभाग, भारत सरकार के लोकप्रिय प्रकाशन संस्थान हैं, जहाँ अन्य गतिविधियों के साथ पुस्तकों के प्रकाशन एवं विक्रय वितरण की बेहतर व्यवस्थाएँ हैं। भारतीय ज्ञानपीठ निजी प्रतिष्ठानों में एक बड़ा प्रकाशन केंद्र है, जिसके प्रकाशनों की अपनी प्रतिष्ठा है। हिंदी व अन्य भारतीय भाषाओं की अनेक मानक कृतियों का प्रकाशन यहाँ से हुआ है। शब्दकोश, पारिभाषिक कोश व तकनीकी कोशों के दो अग्रणी प्रकाशन

केंद्र केंद्रीय हिंदी निदेशालय व वैज्ञानिक तकनीकी शब्दावली आयोग हैं। यहाँ कृषि, आयुर्विज्ञान, वाणिज्य, मानविकी शब्दावली के अलावा भारतीय भाषा कोश, तत्सम शब्दकोश एवं कुछ द्विभाषी कोशों आदि का प्रकाशन किया गया है, किंतु बहुत सुचारु विक्रय व्यवस्था न होने के कारण ये कोश जनता के बीच लोकप्रिय नहीं हो पाए हैं।

प्रकाशनों से बदलता हिंदी का पर्यावरण

किसी भी भाषा का विकास एवं उसका प्रसार उसके प्रकाशनों से संभव होता है। यों तो हमारे देश में बहुत सी भाषाएँ और बोलियाँ हैं। क्षेत्रीय भाषाओं और राज्यों की भाषाओं में भी प्रभूत साहित्य विद्यमान है। हिंदुस्तान जैसे बहुभाषी देश में हम क्षेत्रीय भाषाओं की उपेक्षा नहीं कर सकते। न केवल राष्ट्रभाषा होने के नाते बल्कि संविधान में इसे राजभाषा का दर्जा दिए जाने के कारण हिंदी के विकास एवं प्रसार में सरकार का पूरा समर्थन और सहयोग हासिल है। हिंदी लिखने-पढ़नेवालों की संख्या भी सर्वाधिक है। हिंदी प्रकाशनों से देश भर के हिंदी प्रेमी, पाठक व लेखक जुड़ते हैं। इनसे एक अच्छा माहौल निर्मित होता है। हिंदी प्रकाशनों ने देश-दुनिया के हिंदी लेखकों को जोड़ने का प्रयास किया है। आज सोशल मीडिया के प्रसार के कारण हिंदी में आई नई-से-नई किताबों की सूचना पल भर में विश्व-भर में फैल जाती है। प्रकाशनों के अपने प्रसार मंच भी हैं, अपनी पत्रिकाएँ हैं, अपने सूची-पत्र हैं, अपने संसाधन हैं। आए दिन होनेवाले लोकार्पणों, विचार-विमर्श, आलोचना-जिरह के कारण भी हिंदी प्रकाशनों को फैलने में मदद मिलती है।

आज से चार दशक पहले जहाँ किसी प्रतिष्ठित लेखक की किताब भी उसकी लेखकीय गुणवत्ता और स्तरीयता के कारण छपती थी और युवा लेखकों को अपनी पहली कृति के प्रकाशन के लिए सालों इंतजार करना होता था, आज प्रकाशन उनके लिए सरल हो गया है। अनेक प्रकाशन दिनोदिन सामने आ रहे हैं तथा लेखक खुद भी आवश्यकतानुसार अपने प्रकाशन गृह स्थापित कर रहे हैं। देश भर के हिंदी प्रकाशनों की गणना की जाए तो यह संख्या हजारों में होगी। हिंदी प्रकाशनों ने पिछले वर्षों में पाठकों के लिए पेपरबैक्स की योजनाएँ चलाई हैं। वे जहाँ पुस्तकालयों को ध्यान में रखकर हार्डबाउंड पुस्तकें छापते हैं, आम पाठकों के लिए अल्पमोली पुस्तकें भी प्रकाशित कर रहे हैं तथा खरीद की पाठकोपयोगी योजनाएँ चला रहे हैं।

यह अलग बात है कि हिंदी के प्रकाशक प्रारंभ के वर्षों में पाठकों को ध्यान में रखकर पुस्तकों का मूल्य-निर्धारण किया करते थे, बाद में वे पुस्तकालयों को ध्यान

में रखकर करने लगे, जिसमें कमीशन, छूट, दौड़धूप इत्यादि का आनुमानिक व्यय भी जोड़ लिया जाता रहा है। इससे किताबें बहुत महँगी होती गईं। अब ये प्रकाशक पुनः सरकारी खरीद में हाथ तंग होने के कारण पेपरबैक्स की ओर लौट रहे हैं, जिससे इन्हें आम पाठक मिल सकें। बांगला में यह काम बहुत पहले से होता आ रहा है। बांगला की पुस्तकें आज भी बहुत सस्ते दरों पर मिल जाती हैं। सौ रुपए में तीन पुस्तकें आज भी वहाँ मिल सकती हैं। ऐसा इसलिए कि वहाँ पर पुस्तकों के प्रति आम जनता में लगाव है और प्रकाशकों के सम्मुख सरकारी खरीद का कोई प्रलोभन नहीं है। हिंदी को राजभाषा होने के नाते, जो सहयोग पुस्तकालयों व सरकारी बजट का मिलता है, उसके कारण यहाँ पुस्तकों की खरीद भी एक कारोबार बन चुका है। अब प्रकाशक हिंदी में पेपरबैक्स की ओर लौटे हैं। उनकी पुस्तकें ऑनलाइन विक्रय केंद्रों से बिक रही हैं।

हिंदी में कुछ वर्ष पहले कुछ विदेशी प्रकाशनों पेंग्विन बुक्स, हार्पर कालिन्स या मैकमिलन पब्लिशर्स ने जब अपनी इकाइयाँ यहाँ स्थापित कीं तो यह धारणा बनी कि इनके आने से हिंदी का पुस्तक परिदृश्य बिल्कुल बदल जाएगा। इनकी पहुँच व्यापक पाठक वर्ग तक होगी। किंतु ऐसा नहीं हुआ। प्रकाशन की कुछ आम समस्याएँ उनके सम्मुख भी हैं। ये प्रकाशन भी हिंदी के पाठकवर्ग की मानसिकता के दुर्ग को भेद नहीं सके। मैकमिलन पब्लिशर्स ने भी एक वक्त अपना हिंदी सेक्शन आरंभ किया तथा आलोचना, विमर्श, इतिहास व सामाजिक विषयों पर स्तरीय पुस्तकें प्रकाशित कीं, पर जल्दी ही उन्हें अपना यह कारोबार समेटना पड़ा। पुस्तक खरीद की मंदी का यह असर पेंग्विन व हार्पर कालिन्स पर भी पड़ा है। हालाँकि हिंदी के लेखकों को हिंदी प्रकाशकों की तुलना में कहीं ज्यादा रॉयल्टी की पेशकश से हिंदी लेखकों का समर्थन तो इन्होंने हासिल किया, पर चयन व कंटेंट में अपरिपक्वता व मौलिक काम की उपेक्षा से इनके खाते में ऐसी पुस्तकें कम जुड़ सकीं, जो हिंदी के प्रकाशन परिदृश्य की नियति बदल सकतीं। हार्पर कालिन्स की मीनाक्षी ठाकुर यह महसूस करती हैं कि हिंदी के प्रकाशन की फेसलिफ्ट की आज बेहद जरूरत है। उनका कहना है कि हम हिंदी के पाठक को उसकी जेब के अनुरूप ऐसी किताबें दें, जिनकी उसे जरूरत है तथा अब तक उस तरह की किताबें उसे नहीं मिल पा रही हैं। हालाँकि पेंग्विन और हार्पर कालिन्स दोनों का रुझान मुख्यत: हिंदी व भारतीय भाषाओं से बेहतरीन अनुवाद पर केंद्रित है तथा कुछ लेखकों की रचनाओं के चयन पर आधारित भी, पर अभी तक इन दोनों प्रकाशनों का कोई मजबूत आधार निर्मित नहीं हो पाया है, जो हिंदी के बड़े प्रकाशकों को

चुनौती दे सके और उनके विकल्प के रूप में हिंदी के प्रकाशन के पर्यावरण को प्रभावित कर सके।

प्रकाशक-लेखक संबंध

लेखकों का प्रकाशकों से एक अन्योन्याश्रित संबंध रहा है। आदिकाल से बड़े-बड़े लेखक प्रकाशनों से जुड़े रहे हैं। शीला संधू के जमाने में राजकमल प्रकाशन से पंत से लेकर भगवतीचरण वर्मा, बच्चन, मोहन राकेश और नामवर सिंह जैसे दिग्गज लेखक जुड़े। यह शीला संधू का चुंबकीय व्यक्तित्व ही था कि हिंदी के संभवत: इस देश के सभी बड़े लेखक राजकमल से जुड़े रहे हैं। यहाँ से प्रकाशित होनेवाली आलोचना-समीक्षा की गंभीर पत्रिका 'आलोचना' ने हिंदी आलोचना की नींव रखी। यहाँ आए दिन बड़े लेखकों की बैठकियाँ हुआ करती थीं। लेखकों के मिलने के ये प्रतिष्ठित अड्डे भी हुआ करते थे। राजपाल ऐंड संस उस वक्त का एक नामी प्रकाशन केंद्र हुआ करता था। विश्वनाथजी की अपनी लगन के कारण अमृतलाल नागर व बच्चनजी की लगभग सारी रचनाएँ यहाँ से छपीं। अब राजपाल एंड संस मीरा जौहरी के हाथों में है, जो प्रकाशन को लोक रुचि के विषयों से जोड़ रही हैं। इलाहाबाद अपने समय में देश की साहित्यिक गतिविधियों का केंद्र हुआ करता था, जिसके कारण यहाँ स्थापित लोकभारती प्रकाशन से पंत, महादेवी, निराला, यशपाल, शिवानी, इलाचंद जोशी, भैरवप्रसाद गुप्त, रामकुमार वर्मा आदि बड़े लेखकों की कृतियाँ छपीं। नेशनल पब्लिशिंग हाउस की साख भी उस वक्त ऐसी थी कि अज्ञेय, डॉ नगेंद्र, विजयेंद्र स्नातक, शिवप्रसाद सिंह आदि की सारी रचनाएँ लगभग यहीं से प्रकाशित हुईं। आत्माराम ऐंड संस ने नीरज, रामावतार त्यागी जैसे कवियों की रचनाएँ छापीं। रांगेय राघव के पहले पहल किए गए शेक्सपियर की रचनाओं, नाटकों के अनुवाद छापने का श्रेय राजपाल ऐंड संस को जाता है। हिंदी संसार पहली बार इन अनुवादों के जरिए शेक्सपियर के नाटकों से सुपरिचित हुआ। पूर्वोदय प्रकाशन की स्थापना तो जैनेंद्र कुमार ने स्वयं के प्रकाशन के लिए की; जैसे सरस्वती प्रकाशन की स्थापना मुंशी प्रेमचंद ने अपनी कृतियों के लिए की थी।

कहने का आशय यह कि केवल प्रकाशन की सुविधा के लिए नहीं, तब लेखकों का प्रकाशकों के साथ गहरा और आत्मीय नाता था। बड़ा-से-बड़ा लेखक इन प्रकाशन गृहों में आता था। प्रकाशकों की अपनी रुचि साहित्य में होती थी, वे लेखकों और कवियों की अहमियत को समझते थे। आज के उम्रदराज प्रकाशकों

से मिलें तो वे अपने वक्त के तमाम बड़े लेखकों के नायाब संस्मरण आपको सुना सकते हैं। लेखकों का कद बड़ा हुआ करता था। तब रॉयल्टी के इतने बड़े झगड़े नहीं हुआ करते थे। लेखकों का जब मन हुआ, प्रकाशकों के यहाँ गए और कुछ-न-कुछ रॉयल्टी के खाते से ले आए। जबकि आज रॉयल्टी के झगड़े ज्यादा बढ़े हैं। कितने प्रकाशनों में रॉयल्टी देने की कोई परंपरा ही नहीं है। अनुबंध करने की कोई परंपरा ही नहीं है। अनुबंध भी हुआ है तो बिक्री व रॉयल्टी का कोई हिसाब नहीं बनता। नंबर दो में बिक्री दिखाने से रॉयल्टी न देनी पड़े, कुछ अपवादों को छोड़कर, इसकी हिकमत में प्रकाशक लगे रहते हैं। कागज, छपाई, कवर, बाइंडिंग सारे मदों में वे पैसा देते हैं, पर रॉयल्टी का 10 या 15 फीसदी रकम इनके लिए भारी पड़ जाती है, और रॉयल्टी स्वीकार्य भी है तो हर साल इसका नियमित हिसाब होता हो, ऐसे प्रकाशन उँगलियों पर गिने जा सकते हैं। इससे लेखकों-प्रकाशकों के संबंधों में खटास आई है। ऐसे एकाधिक उदाहरणों में लेखकों ने अपनी कृतियों को प्रकाशकों से वापस भी लिया है। अपने एक इंटरव्यू में पेंग्विन के साथ मिलकर काम करनेवाले प्रकाशन 'यात्रा बुक्स' की नीता गुप्ता का कहना है, "हिंदी के कुछ बड़े प्रकाशकों के पास जिस तरह के लेखक हैं, जिस तरह की किताबें हैं, मार्केट में उनकी जो स्थिति है, इन सब बातों के लिए मेरे पास उनके लिए ढेर सारी तारीफ है, लेकिन लेखकों के साथ उनके जिस तरह के संबंध हैं, जो सुनने में आते हैं, वे मेरे लिए चिंता के विषय हैं। उनके बारे में जो मेरी समझ बनी है, उसके आधार पर मेरा शुरू से उद्द्देश्य यह रहा है कि लेखकों के साथ हमारे प्रकाशन का संबंध पारदर्शी हो और हम लेखकों को पर्याप्त सम्मान और सहयोग दें।"

हिंदी प्रकाशनों की राह में बाधाएँ

हिंदी प्रकाशनों का नेटवर्क चाहे देश भर में जितना व्याप्त हो, इसके सामने बाधाएँ कम नहीं हैं। एक समय जब मुद्रण की सुविधाएँ जटिल थीं, पुस्तक के संस्करण पाँच हजार, तीन हजार व न्यूनतम ग्यारह सौ तक के हुआ करते थे। पर आज एक पुस्तक के पहले संस्करण की प्रतियाँ ही 300 या अधिकतम 500 की संख्या में छापी जाती हैं। कागज, बाइंडिंग, मुद्रण लागत बढ़ने और साक्षरता के प्रसार के बावजूद अंग्रेजी के प्रति बढ़ते क्रेज के कारण कम संख्या में पुस्तकें छापी जाती हैं। हिंदी भाषी विराट् जनसंख्या के बावजूद हमारे देश में किसी लोकप्रिय लेखक की तीन सौ प्रतियों को बेचने में साल लग जाता है। इसलिए प्रकाशक भी 1000

प्रतियाँ छापकर अपना गोदाम नहीं भरना चाहते। वे पहले तीन सौ छापते हैं। बाद में आवश्यकता पड़ने पर जितनी प्रतियाँ चाहें, रातोरात छाप सकते हैं। पर इससे रॉयल्टी में घपले की संभावनाएँ भी बढ़ गई हैं। खुदा न खास्ता कोई किताब लोकप्रिय हुई तो उसके अन्य जितने संस्करण दुबारा छपते हैं, प्रकाशक प्राय: उनकी जानकारी लेखक को देते ही नहीं और पहले संस्करण की छापी पुस्तकों की रॉयल्टी देकर ही अपने कर्तव्य की इतिश्री कर लेते हैं।

यह सच्चाई है कि समाज में अंग्रेजी का चलन बढ़ा है। अंग्रेजी की गिटपिट से व्यक्तित्व को चार चाँद जो लग जाते हैं। अकेले अंग्रेजी सिखानेवाली जितनी पुस्तकें साल भर में छपती हैं, हिंदी सीखने-सिखाने की उतनी पुस्तकें अब तक नहीं छपी होंगी। एक जमाने में रैपिडेक्स इंग्लिश स्पीकिंग कोर्स की लाखों पुस्तकें इसी हिंदी समाज में बेची गईं, जो हिंदी के हीनताबोध का मारा था। प्रबंधन-गुरुओं ने भी विपणन व मार्केटिंग के लिए हिंदी के बदले अंग्रेजी को मुफीद पाया है। इसलिए अंग्रेजी सीखने-सिखानेवालों की तादाद बढ़ी है। अंग्रेजी शिक्षा-दीक्षा का ही असर है कि अब ज्यादा-से-ज्यादा विद्यार्थी बी.टेक., एम.टेक., एम.बी.ए., मेडिकल व इंजीनियरिंग के अन्य अनुशासनों में जाना पसंद करते हैं, अंग्रेजी भाषा व साहित्य के प्रति ललक तो शेष है, पर मानविकी के अन्य विषयों के प्रति छात्रों का रुझान कम हुआ है। हिंदी व संस्कृत में वही लोग जाते हैं, जिन्हें अन्य विषयों अनुशासनों में दाखिला नहीं मिलता। लिहाजा आज हिंदी में मीडियाकर, लेखकों, छात्रों, अध्यापकों की संख्या बढ़ रही है। इस मीडियाक्रिटी का प्रभाव हिंदी लेखन पर भी पड़ा है। लिहाजा जो भूमंडलीकरण का मतलब नहीं समझते, वे भूमंडलीकरण पर किताबें लिख रहे हैं। जो आधुनिकता, उत्तर आधुनिकता का ठीक से आशय नहीं समझते, वे इस विषय के विशेषज्ञ बन बैठे हैं। जो लोग ठीक से अर्थशास्त्र या अर्थतंत्र नहीं समझते, वे उदारीकरण, खुले बाजार की व्याख्या करते हैं तो हालत नीम-हकीम खतरे जान वाली ही होती है। जो इतिहास ठीक से नहीं जानता, ऐसे अनेक हिंदी के अध्यापक लेखक इतिहास के हवाले से बातें करते मिल जाएँगे। जिन्होंने एक दिन भी किसी इलेक्ट्रानिक या प्रिंट मीडिया में काम नहीं किया, प्रकाशन या प्रसारण का अ ब स नहीं समझते, वे मीडियाविद् माने जाते हैं। जिन्होंने जीवन में एक ढंग का निजी या व्यावसायिक पत्र नहीं लिखा, वे हिंदी के अध्यापक होने के नाते व्यावसायिक या फंक्शनल हिंदी के प्रेरणापुरुष बन जाते हैं। हिंदी में दोयम और तीसरे दरजे के विद्यार्थियों के बढ़ते वर्चस्व के चलते हिंदी का लेखन प्रभावित हुआ है। ऐसे लोग किताबें लिखेंगे, कविता और कहानियाँ लिखेंगे तो

भला कौन खरीदेगा ? अब हर कोई बच्चन, निराला, प्रेमचंद और शिवानी तो है नहीं।

कुछ अपवादों को छोड़ दें तो मानना होगा कि दिनोदिन पुस्तकों की स्तरीयता घटी है। इस घटते स्तर ने भी हिंदी के पाठकों-रसिकों का दिल दुखाया है। यही वजह है कि समाज में चेतन भगत जैसे लेखकों की धूम है। गुलशन नंदा, कर्नल रंजीत लाखों की संख्या में पढ़े जाते हैं, जबकि सीरियस-से-सीरियस लेखकों की किताबें धूल फाँकती रहती हैं। हास्य-व्यंग्य सेहत के लिए एक जरूरी विधा है, पर इस विधा में अच्छे लेखकों की आज कमी दिखती है। पहले श्रीलाल शुक्ल, हरिशंकर परसाई और शरद जोशी हुआ करते थे। आज ज्ञान चतुर्वेदी को छोड़कर व्यंग्य के स्तरीय लेखकों का टोटा है। जो हैं उनके व्यंग्य को पढ़कर तरस आता है। शुद्ध हास्य का भी जो तत्त्व कभी काका हाथरसी, गोपाल प्रसाद व्यास, बेधड़क बनारसी या रमई काका इत्यादि में दिखता था, वह आज अशोक चक्रधर जैसे कुछ चुनिंदा लेखकों, कवियों तक आकर सिमट गया है। आज के हास्य-पुरोधा चुटकुलों का कोलाज तो बना लेते हैं, लेकिन उनके पास साहित्यिक प्रत्युत्पन्नमति बहुत क्षीण हुआ करती है।

एक और दुखद बात यह है कि पता नहीं, किन सीमाओं के कारण यह मान लिया गया है कि हिंदी तो भृत्यवर्ग की भाषा है या मनोरंजन की भाषा है! ज्ञान-विज्ञान की बातें हिंदी में की ही नहीं जा सकतीं। इस मिथ को तोड़ने का यत्न इधर प्रकाशकों ने किया है, जिन्होंने हिंदी की कविता, कहानी, उपन्यास के अलावा कथेत्तर गद्य व सामाजिक, आर्थिक विषयों पर पुस्तकों के प्रकाशन का बीड़ा उठाया है। पर जैसा कि पहले कह चुका हूँ, चूँकि भाषाओं व मानविकी के विषयों के अध्ययन में प्राय: समाज के दोयम दरजे के छात्र ही आ रहे हैं तो उनके द्वारा सृजित किताबों का स्तर भी वैसा ही होता है और जो किताबें इन विषयों पर आ रही हैं, वे ज्यादातर हिंदी में अनूदित या संसाधित हैं। अंग्रेजी में छपी पुस्तकों संदर्भों के सहारे लिखी गई पुस्तकें हैं वे। इस मामले में इस दुनिया में बौद्धिक गुणवत्ता की कमी है, वह आज भी है और जब तक अच्छे छात्रों का रुझान भाषाओं व मानविकी की ओर नहीं होता, यह स्थिति बनी रहनेवाली है।

इसका परिणाम यह हुआ है कि आज दिल्ली या अन्य बड़े नगरों में अंग्रेजी की पुस्तकों का बोलबाला है। अपने प्रकाशन ब्रांड के लिए ख्यात पेंग्विन बुक्स और हार्पर कालिन्स तक हिंदी के प्रकाशन की दुनिया में आ गए हैं। वे हिंदी में बेस्टसेलर की नई कसौटियों के साथ आ रहे हैं, पर उनके विषय चयन में जो गुणवत्ता होनी चाहिए, वह नहीं दिखाई देती। इससे लाख बेहतर यहीं का हिंद पॉकेट बुक्स प्रकाशन संस्थान है,

जिसने आज से दशकों पहले पेपरबैक में पुस्तकें प्रकाशित करने का संकल्प लिया, जो आज तक बरकरार है। हिंद पॉकेट बुक्स के वितरण का अपना बड़ा नेटवर्क मौजूद है। पर भले ही भारत में पेंग्विन और अन्य विदेशी ब्रांड के प्रकाशनों ने हिंदी प्रकाशनों की दिशा में भी कदम बढ़ाए हों, पर हिंदी को जो लाभ इससे मिलना चाहिए था, वह नहीं मिला है। आज दिल्ली के फुटपाथों या दरियागंज, लालकिले के इर्द-गिर्द बिकनेवाली पुस्तकों पर गौर करें तो अंग्रेजी की पॉकेट बुक्स की भरमार दिखती है। इन्हें विक्रेता किलो के भाव खरीदते हैं और रियायती दरों पर पाठकों को बेचते हैं। कई दुकानों में तो खरीदार भी इन्हें किलों के भाव खरीद सकते हैं, बिल्कुल उपभोक्ता सामान की तरह। ये फुटपथिया दुकानें हिंदी के हालात का बयान करती हैं। ऐसा क्यों नहीं हो सकता कि हिंदी में ऐसी सस्ती और स्तरीय पुस्तकें बिकनी शुरू हों, ताकि लोग इन्हें आसानी से खरीद सकें! दरियागंज जहाँ हिंदी प्रकाशनों की तादाद सबसे ज्यादा है, उनकी पुस्तकें भी इन फुटपाथों तक नहीं आ पातीं। सरकार की नीति हिंदी पुस्तकों को बढ़ावा देने की जरूर है, पर हिंदी की पुस्तकों में अधिकांश ऐसी हैं, जिनके छपने का मकसद समझ में नहीं आता। आज कवियों की भरमार ज्यादा दिखती है, पर एक भी कविता सुनाकर जनता का दिल जीतने की कुव्वत कम कवियों में दिखती है। लिहाजा मुक्तिबोधीय मुद्रा बनाए कवियों के समूह बेशक हों, पर जनता के आगे वे विफल नजर आते हैं। कहाँ गए वे दिन जब कवि सम्मेलनों में रात-रात भर लोग बच्चन, नीरज, रूप नारायण त्रिपाठी, किशन सरोज, रमानाथ अवस्थी, नरेंद्र शर्मा, भवानी प्रसाद मिश्र को सुना करते थे? दूर-दूर से लोग इन्हें सुनने जाया करते थे। इन मंचों पर ओज के कवि होते थे तो वीर रस के भी, श्रृंगार के भी और हास्य-व्यंग्य के भी। आज भी कवि सम्मेलन होते हैं पर इनमें फूहड़ हास्य ही परोसा जाता है। जो हास्य-व्यंग्य तिलमिला दे, ऐसा लिखनेवाले लोग कम हैं। ज्यादातर सम्मेलनों के अब ठेके होने लगे हैं, जिन्हें रात भर चलानेवाले कवि अपनी मरजी से चलाते हैं। वे अपनी रुचियों के कवियों को बुलाते हैं। इनमें गीतकारों, कवियों, हास्य-व्यंग्य कवियों और ओज व वीर रस के कवियों का कोई संतुलन नहीं दिखता। गंभीर कवियों ने मंच पर जाना छोड़ दिया है पर उनकी तकलीफ यही है कि इन लोगों ने मंच हथिया लिया है। धीरे-धीरे वाचिक कविता का बोलबाला जरूर बढ़ा है, पर गंभीर कवियों ने अपने को वाचिक कविता के लिए अनुकूलित नहीं किया कि उनके अमृत वचन लोगों तक पहुँच पाएँ। इसकी भरपाई कुछ सोशल मीडिया ने जरूर की है, पर यहाँ भी वह समाज सीमित ही है, जो गंभीरता का गुणग्राही हो।

हिंदी में पाठ्य सामग्री

हिंदी की इतनी बड़ी और व्यापक प्रकाशनों की दुनिया में विधाओं का वैविध्य तो नजर आता है, किंतु प्रयोजनमूलक हिंदी और विभिन्न अनुशासनों विषयों के पाठ्यक्रम की पुस्तकों के प्रणयन और प्रकाशन की दिशा में बहुधा कम काम हुआ है। राज्य शिक्षा अनुसंधान एवं प्रशिक्षण परिषद् ने विभिन्न राज्यों के स्तर पर पाठ्यक्रमों का निर्माण किया है, पर वे कितना उपयोगी हो सकेंगे, यह कहना कठिन है। जब आज हिंदी विश्व मंचों पर गूँज रही है, 10वें विश्व हिंदी सम्मेलन के हम मेजबान देश थे, इस मुद्दे पर विचार करना समीचीन होगा कि हम हिंदी को पाठ्यक्रमों में अब तक कितनी जगह दे पाए हैं और स्नातक-परास्नातक पाठ्यक्रमों में हिंदी किस रूप में अपनाई जा रही है?

होना यह चाहिए था कि केंद्रीय हिंदी निदेशालय और वैज्ञानिक तकनीकी शब्दावली आयोग इस दिशा में पहल करते, जो शब्दावलियों व कोशों के प्रणेता भी हैं, किंतु वे इस दिशा को कोई ठोस प्रयास नहीं कर सके। एनसीईआरटी ने स्कूल स्तर पर अवश्य हिंदी में पाठ्यक्रमों का निर्माण किया है, किंतु प्लस टू के बाद स्नातक एवं परास्नातक कक्षाओं के लिए विभिन्न विषयों के पाठ्यक्रमों का हिंदी में लगभग अभाव दिखता है। विभिन्न विश्वविद्यालयों के अपने प्रकाशन केंद्र भी हैं, किंतु उनके स्तर पर भी ऐसे प्रयास बहुत फलीभूत हुए हों, ऐसा नहीं लगता। दिल्ली विश्वविद्यालय में स्थापित हिंदी माध्यम कार्यान्वय निदेशालय ने मानविकी, समाज विज्ञान एवं अन्य अनुशासनों की पुस्तकें प्रकाशित की हैं। आज भी विज्ञान, कृषि, आयुर्विज्ञान, इंजीनिरिंग, जैव टेक्नोलॉजी, चिकित्सकीय पाठ्यक्रमों, प्रबंधन व मानविकी के विषयों की शब्दावलियाँ तो बनाई गईं, किंतु इनमें स्तरीय पाठ्यपुस्तकों का अभाव है। इन शब्दावलियों का भी उचित उपयोग होता हुआ नहीं दिखता। इस तरह जो पीढ़ी सीबीएसई या राज्य स्तरीय पाठ्यक्रमों के आधार पर हिंदी माध्यम से पढ़कर निकलती है, उसे भी विवशत: आगे चलकर अंग्रेजी माध्यम से पढ़ाई करनी होती है। उस स्तर पर हिंदी से अंग्रेजी में स्विचओवर करने में छात्रों को बेहद कठिनाई का सामना करना पड़ता है।

यह विडंबना ही है कि आजादी के सात दशक व्यतीत हो जाने के बाद और देश में राजभाषा नियम के 1976 में प्रभावी होने के बावजूद अब तक हम उच्चस्तरीय कक्षाओं के लिए पाठ्यक्रमों का बंदोबस्त नहीं कर पाए हैं। हिंदी प्रकाशनों के समक्ष यह बड़ा संकट है और चुनौती भी कि बुनियादी संसाधनों, पारिभाषिकी एवं पाठ्य

सामग्री के अभाव में छात्रों का एक बड़ा वर्ग आगे चलकर हिंदी से विमुख होता जाता है, क्योंकि आगे चलकर व्यावसायिक क्षेत्र में हिंदी की एक भाषा के स्तर पर कोई सार्थक उपयोगिता नजर नहीं आती। सरकार के करोड़ों रुपए के परिव्यय पर पलने-पुसने वाली राजभाषा में हमारा बल सरकारी कामकाज हिंदी में निपटाने पर तो होता है, किंतु स्नातक एवं स्नातकोत्तर तथा व्यावसायिक पाठ्यक्रमों के स्तर पर हिंदी में शिक्षण-प्रशिक्षण का कार्य हो, इस ओर नहीं। अत: हिंदी के प्रयोग को लेकर उच्च शिक्षित वर्ग की ओर से वह समर्थन और सहयोग नहीं मिलता, जिसकी हम आशा करते हैं।

आज इ-बुक्स का दौर है। मोबाइल और टैबलेट पर साहित्य उपलब्ध कराने की चुनौती है। कुछ प्रकाशनों ने इस दिशा में पहल की है। पुस्तकों के विक्रय का ऑनलाइन कारोबार बढ़ा है। आधुनिक पीढ़ी के युवाओं में पढ़ने की ललक तो है पर उसे जगानेवाला चाहिए। उनकी बौद्धिक भूख को समझनेवाला चाहिए। कुछ नए प्रकाशक इसके लिए उद्यम कर रहे हैं। वे प्रबंधन और इंजीनियरिंग परिसरों में पढ़नेवाले छात्रों के लिए नए मिजाज का साहित्य ला रहे हैं। लिहाजा आज के लेखन की भाषा, आबोहवा और बोली-बानी भी बदल रही है। वह शुद्धतावादी नहीं है, हिंगलिश की आबोहवा में पलनेवाली पीढ़ी की अपनी भाषा है। देशभर के भौगोलिक परिवेश में हिंदी का चेहरा-मोहरा हर जगह कुछ अलग सा दिखता है, पर है वह हिंदी ही। हिंदी की अलख जगाने और पुरानी-से-पुरानी और नई-से-नई पीढ़ी तक हिंदी की लोकप्रियता कायम रखने के लिए अब तक का जो वातावरण हिंदी प्रकाशनों ने निर्मित किया है, उसे एक सक्रिय और रचनात्मक धक्के की जरूरत है। हिंग्लिश और शुद्ध हिंदी के बीच के राग-द्वेष से बचते हुए हमें इस बात की आश्वस्ति रखनी होगी कि जिस तरह इंग्लैंड की सीमाओं से बाहर निकलकर अंग्रेजी भी वैसी अंग्रेजी नहीं रही, उसी तरह हिंदी के गोमुख से निकलकर आम जनता के संपर्क में आनेवाली तमाम उच्चारणगत विविधताओं के बीच यह प्रवाहमयी भाषा बहते नीर की तरह हमारे होंठों पर सुशोभित है। उसके लहजे में पूरा हिंदुस्तान बोलता है। गांधी ने हिंदी को हिंदुस्तानी लहजे से जोड़ा था, पर यह लहजा भी सबको स्वीकार नहीं हुआ। हिंदी को राजभाषा तो बनाया गया, पर आज भी उसका कद अंग्रेजी से कमतर है। आज भी कुछ साल पहले हिंदी के एक ख्यात कवि ज्ञानेंद्रपति का यह कथन हमें इस खेद से भर देता है कि 'हिंदी की गाय को दुहने वाले ज्यादा हैं, खिलाने वाले कम।'

□

गांधी, हिंदी और हिंदुस्तानी

दो अक्तूबर गांधी को याद करने का दिन होता है। एक ऐसा व्यक्तित्व जिसने पराधीनता की बेड़ियाँ अपने अपरिग्रह, अहिंसा के बल पर तोड़ डालीं, उसे याद करने का दिन होता है यह। पर आजादी के इतने बरस बाद लगता है हमने कुछ रस्मोरिवाज सीख लिये हैं। एक दिन की याद और बाकी दिन उसे भूल जाने की जिद। इसी विस्मृति के गर्भ में हमारे तेजस्वी तपस्वी नेता खो गए हैं। हम उन्हें एक खास प्रसंग में याद करते हैं और अपने आचरण पर उसके व्यक्तित्व की जरा-सी रोशनी तक नहीं पड़ने देते। हम हर सितंबर में हिंदी को याद करते हैं, उसके लिए प्रोत्साहन योजनाएँ चलाते हैं, हिंदी के प्रयोग किए जाने का आग्रह करते हैं। सारी भारत सरकार की मशीनरी हिंदी को लागू करने में लगी है, किंतु क्या हिंदी हमारे आचरण, बात, व्यवहार, कामकाज की भाषा बन सकी? जाहिर है कि नहीं। जिस भाषा ने स्वराज्य दिलाने में मदद की, पराधीनता की बेड़ियाँ तोड़ने में अहम भूमिका निभाई, वही आज औपनिवेशिक गुलामी में जकड़ी है।

अभी 2018 में मॉरीशस में 11वें विश्व हिंदी सम्मेलन का आयोजन किया गया। पिछले सम्मेलनों में लिये गए निर्णयों पर अमल की दिशा में काम आगे बढ़ा है। भोपाल में हुए सम्मेलन के निर्णयों पर एक 320 पृष्ठों की पुस्तक अशोक चक्रधर के संपादन में प्रकाशित हुई, जिसमें यह देखा जा सकता है कि विभिन्न सत्रों, मंत्रालयों, विभागों के स्तर पर लिये गए निर्णयों पर क्या कारवाई हुई। पहले कहा जाता था, हिंदी नई तकनीक के मामले में पीछे है, अंग्रेजी के प्रसार में यूनीकोड सहायक है। अब जब हिंदी में यूनीकोड आ गया, स्पीच टू टेक्स्ट, टेक्स्ट टू स्पीच, अनुवाद आदि के सॉफ्टवेयर व अप्लीकेशंस ईजाद हो गए, तो फिर भी हिंदी की राह में बाधाएँ हैं। सारे सरकारी विभाग आँकड़ों के बलबूते हिंदी के साम्राज्य के विस्तार का आकलन करते हैं। संसदीय राजभाषा समिति की सैकड़ों पृष्ठों की प्रश्नावली

के उलझाने वाले सवालों के बावजूद हिंदी में सरकारी कामकाज कितना हो रहा है, इसका ठीक-ठीक अंदाजा लगाना संभव नहीं हो पाता।

आजादी के बाद हिंदी के अध्ययन-अध्यापन का मार्ग प्रशस्त हुआ है। सूचना एवं प्रौद्योगिकी ने हिंदी की राहें सरल की हैं। हिंदी फॉण्टों की पर्याप्त सुलभता हुई है। हिंदी में इ-बुक्स का प्रकाशन सुलभ हुआ है। इ-लर्निंग प्लेटफॉर्म पर 'लीला' जैसे पाठ्यक्रमों से हिंदी सिखाने की सुविधा है। विदेशियों के लिए एक 'निकष' पाठ्यक्रम तैयार हो रहा है। सीडैक, एनआईसी द्वारा हिंदी सर्च इंजन तैयार किए जाने का काम चल रहा है। कोर बैंकिंग प्रणालियों में हिंदी में भी डाटा फीडिंग हो व उसके आउटपुट हिंदी में ग्राहकों को सुलभ हों, उसके लिए तैयारियाँ चल रही हैं। सरकार समेकित रूप से हिंदी के बहुव्यापी प्रसार के लिए 'हिंदी प्रौद्यौगिकी संसाधन केंद्र' की स्थापना कर चुकी है, जिसे स्वायत्तशासी संस्था के रूप में विकसित करने की माँग भी हो रही है, ताकि विभिन्न मंत्रालयों, ज्ञान-विज्ञान के संसाधनों-स्रोतों से तालमेल कर यह संस्थान हिंदी के एक विस्तृत प्लेटफॉर्म में बदल सके, जहाँ अन्य अनेक संकल्पित परियोजनाओं को मूर्त रूप दिया जा सके। पर जैसा कि अशोक चक्रधर की कविता है : 'अनुपालन को प्यासी बैठी/जाने कितनी अनुशंसाएँ/आड़े आती हैं शंकाएँ/पीड़ित करती आशंकाएँ।'

यह दौर जहाँ हिंदी में नवाचार का है, वहीं आशंकाओं का भी कम नहीं है। हमारी सदिच्छा कहीं-न-कहीं निर्बल है कि वह 'हिंदी-हिंदी' चिल्लाती जरूर है, पर न तो हिंदी में रोजगार का अवसर मुहैया होता है, न हिंदी में काम करने की स्वाभाविक इच्छा हिंदुस्तानियों में जागती है। एक वक्त था जब हिंदी की पत्रकारिता ने अंग्रेजों के दाँत खट्टे कर दिए तथा 'उदंत मार्तंड' से लेकर आजादी के दौर तक की पत्रकारिता ने देशवासियों में अपनी भाषा और भाषाओं के प्रति स्वाभिमान भरा; गांधी, लोहिया, विनोबा भावे, गणेश शंकर विद्यार्थी, माखनलाल चतुर्वेदी जैसे महामानव हिंदी के साथ खड़े हुए, वहीं आज आजादी के बाद साठ के दौर में कवियों-लेखकों के मन में मोहभंग हुआ। धूमिल पूछ रहे थे, 'आजादी क्या तीन थके हुए रंगों का नाम है, जिसे एक पहिया ढोता है या इसका कोई और मतलब होता है', उसी तरह आज हिंदी ऊपरी सतह पर तो फूल-फल रही है, पर आंतरिक कार्य-व्यवहार में वह अछूत बनी हुई है। ऐसे में मुझे कवि ज्ञानेंद्रपति का कहा ध्यान में आता है कि 'हिंदी की गाय को दुहने वाले ज्यादा हैं, खिलाने वाले कम।'

दुनिया के तमाम देशों में उनकी अपनी भाषाओं में पढ़ाई होती है। हिंदुस्तान

में भी अनेक प्रदेशों में हिंदी व प्रांतीय भाषा में बुनियादी शिक्षा दी जाती है। किंतु उच्च तालीम के लिए हिंदी व भारतीय भाषाओं का विशेष स्थान नहीं है। लिहाजा येन-केन-प्रकारेण हिंदी या प्रांतीय भाषा बच्चे सीख तो लेते हैं, किंतु बाद में अंग्रेजी में स्विचओवर करने पर वे पर्याप्त कठिनाई महसूस करते हैं। यही वजह है कि जब उच्च शिक्षा अंग्रेजी में सुलभ हो तो कौन हिंदी सीखने में वक्त जाया करेगा? हिंदी घरों में जितनी बोली-समझी जाती है, वह पर्याप्त है। इसी देश में अनेक अवसरों पर वक्ता यह कहते देखे ही जाते हैं कि 'मैं हिंदी में उतना ज्ञान नहीं रखता, सो अंग्रेजी में बोल रहा हूँ।' सच कहा जाए तो वे अंग्रेजी में भी केवल संभाषण कला तक ही दक्षता रखते हैं, भाषा को गहराई से समझने के लिए वे न तो हिंदी में प्रयत्न करते हैं, न अंग्रेजी में। एक बार महात्मा गांधी काशी हिंदू विश्वविद्यालय गए। वहाँ शिवप्रसाद गुपत के घर से लौटते हुए उन्होंने विश्वविद्यालय के प्रवेश द्वार पर नागरी लिपि में हिंदू विश्वविद्यालय अत्यंत छोटे हरफों में लिखा देखा, जो कि ऐनक लगाकर भी नहीं पढ़ा जाता था, जबकि अंग्रेजी में बनारस हिंदू यूनिवर्सिटी ने तीन-चौथाई जगह घेर रखी थी। वहाँ उन्होंने पाया कि आंध्र प्रदेश में ढाई सौ विद्यार्थी हैं, जो तेलुगु जानते हैं। वे लिखते हैं, 'अगर ईश्वर उन्हें सद्‌बुद्धि दे तो वे कह सकते हैं कि प्रबंध कर दीजिए? और अगर वे मेरी अक्ल से काम लें, तब तो उन्हें कहना चाहिए कि हम हिंदुस्तानी हैं, चुनांचे हमें ऐसी जबान में पढ़ाइए, जो सारे हिंदुस्तान में समझी जा सके और ऐसी जबान तो हिंदुस्तानी ही हो सकती है।'

यह थी महात्मा गांधी की सीख! अफ्रीका से लौटकर वे भारत की समस्याओं में घिर गए थे। जगह-जगह बैठकें, आंदोलन, सम्मेलन, सभाएँ, सब जगह वे प्राय: हिंदुस्तानी में बोलते थे ताकि वह जन सामान्य की समझ में आ सके। अपने प्रवचनों में वे अनेक बार हिंदी के प्रयोग पर बल दिया करते थे। हिंदुस्तानी अपनाने पर कई जगह उन्होंने बातें कही हैं। गांधी का जीवन ही संदेश था। गांधी अंत तक हिंदुस्तानी व खादी के समर्थक बने रहे। वे उस उर्दू का समर्थन नहीं करते थे, जिसमें ठूँस-ठूँस कर अरबी व फारसी के शब्द डाले गए हों। जबकि हिंदुस्तानी के साथ ऐसा नहीं है। गांधी अपने प्रवचन हिंदी में ही दिया करते थे। उन्हें आम जनता की पसंद मालूम थी, इसलिए भाषा की कठिनाई नहीं महसूस होती थी। एक प्रवचन में गांधी ने हिंदुस्तानी की हिमायत में यह बात कही कि 'हमारे यहाँ हिंदी और उर्दू ये दो भाषाएँ हैं, जो हिंदुस्तान में बनीं और हिंदुस्तानियों द्वारा बनाई गई हैं। उनका व्याकरण भी एक ही रहा है। इन दोनों को मिलाकर मैंने हिंदुस्तानी चलाई। इस भाषा को करोड़ों

लोग बोलते हैं। यह एक ऐसी सामान्य भाषा है, जिसे हिंदू और मुसलमान दोनों समझते हैं। यदि आप संस्कृतमय हिंदी बोलें या अरबी-फारसी के शब्दों से भरी हुई उर्दू बोलें, जैसा कि प्रो. अब्दुल बारी बोलते थे, तो बहुत कम लोग उसे समझेंगे। तो क्या हम द्राविड़स्तान की चारों भाषाओं का अनादर कर दें? मेरा मतलब यह है कि वे मातृभाषा के तौर पर अपनी-अपनी प्रांतीय भाषा को रख सकते हैं, मगर राष्ट्रभाषा के नाते हिंदुस्तानी को जरूर सीख लें।'

गांधी कहते थे, "मेरी हिंदी तो अजीब प्रकार की है। मेरी हिंदी वह नहीं है, जो साक्षर बोलते हैं। मैं तो टूटी-फूटी हिंदी बोलता हूँ। मगर आप समझ लेते हैं। मैंने तुलसीदास पढ़ लिया है, पर मैं हिंदी में साक्षर नहीं हुआ हूँ। उर्दू में भी साक्षर नहीं बना हूँ, क्योंकि मेरे पास उतना वक्त नहीं है।" वे कहते थे, "न मुझे हिंदी चाहिए, न उर्दू। मुझे गंगा-जमुना का संगम चाहिए। अगर मैं अकेला रहूँगा तो भी यही कहूँगा कि मैं तो हिंदुस्तानी को ही राष्ट्रभाषा मानता हूँ।" गांधी जब बच्चों को टाई लगाए अंग्रेजी की तालीम के लिए जाते देखते तो उन्हें इस बात का कष्ट होता कि कैसे ऐसे मासूमों को एक ऐसी भाषा का गुलाम बनाया जा रहा है, जो विदेशी है और जिससे मुक्ति के लिए लंबे अरसे तक अंग्रेजी शासन से संघर्ष किया गया है।

पिछले वर्षों में उच्च भारतीय प्रशासनिक सेवाओं में हिंदी व भारतीय भाषाओं में प्रश्नपत्र देने की माँग को लेकर अनेक आंदोलन किए गए हैं। 1968 के संकल्प को लागू करने की माँग दोहराई गई है, किंतु अभी तक हिंदी को विभिन्न भारतीय सेवाओं में वह तरजीह नहीं दी गई, जिसकी वह हकदार है। लिहाजा कोठारी आयोग, सतीश चंद्रा समिति, डॉ. वाई.के. अलघ समिति, एस.के. खन्ना समिति एवं निगवेकर समिति के गठित होने व उनकी रिपोर्टों के आने के बाद शिक्षा प्रणाली व प्रशासनिक सेवाओं में हिंदी व भारतीय भाषाओं को जो जगह मिलनी चाहिए थी, वह नहीं मिली। सीसैट-विवाद न्याय प्रक्रिया के अधीन है तथा भारतीय भाषाओं सहित हिंदी के प्रति सरकार की सहानुभूति रहते हुए भी उपेक्षा ही नजर आती है। लिहाजा भारत, जो गाँवों का देश है, देश की अधिकांश जनता हिंदी या भारतीय भाषा जानती-समझती है, उसमें वह नौकरी के लिए स्वीकार्य नहीं होती। उन्हें अपनी मातृभाषा व हिंदी के अलावा अंग्रेजी में दक्षता हासिल करनी होती है, जो कि आज की शिक्षा प्रणाली में संभव नहीं है। न तो अंग्रेजी के इतने अच्छे शिक्षक समाज में हैं, न ग्रामीण विद्यार्थियों के सामर्थ्य में हैं कि वे शहर या महानगर जाकर विषय ज्ञान के अलावा अंग्रेजी में कुशलता हासिल कर सकें। इस तरह भारत जैसे

लोकतंत्र में शासन, प्रशासन व नौकरियाँ अब केवल उन लोगों के लिए हैं, जो अंग्रेजी बोलने-लिखने में दक्षता रखते हैं तथा विषय का सम्यक् ज्ञान न होने के बावजूद ऊँचे ओहदों पर तैनात हैं।

गांधी को हम जब याद करते हैं तो ब्रिटिश दासता से मुक्त कराने के साथ-साथ हिंदी व हिंदुस्तानी के अग्रदूत के रूप में भी याद करते हैं। पर यह तो आजादी के दौर में ही स्पष्ट हो गया था कि हिंदी अंग्रेजों को उखाड़ फेंकने के लिए व देशभक्ति जगाने का एक माध्यम तो है पर 'नेहरूवियन मॉडल' में हिंदी फिट नहीं बैठती। लिहाजा गांधी का स्वराज्य जिस तरह कुटीर उद्योगों व ग्रामीणों के हक में था, नेहरू का स्वराज्य मशीनीकरण व कल-कारखानों के जरिए व्यापक उत्पादन के हक में अर्थात् उद्योगपतियों के हक में था। यही वजह है कि हिंदुस्तान में न हिंदी पनप पाई, न स्वराज्य का सच्चा सपना साकार हो पाया। आज गांधी के सपनों के भारत में भला कौन लौटना चाहता है ? कौन है, जो करघे के युग में लौटे, उस भाषा के हक में लौटे, जो उनकी समझ में गँवार पैदा करती है। आज नेहरू के सपनों का भारत भी अप्रासंगिक हो रहा है। जिस तरह की डिजिटल दुनिया बन रही है, भारत जैसे देश मल्टीनेशनल्स के कारोबार का माध्यम बन रहे हैं, बाजार के अनुरूप भाषा भी ढल रही है। आज की पीढ़ी हिंदुस्तानी के बदले जिस खिचड़ी व हिंगलिश के प्रयोग की अभ्यस्त हो रही है, उससे न गांधी के मूल्य प्रासंगिक रहने वाले हैं, न हिंदी की महिमा सुरक्षित रहनेवाली है। जिस सामासिक संस्कृति के विकास के लिए हिंदी को एक टूल के रूप में अग्रसर किया गया, आज वही हिंदी सवालों के घेरे में है। वह अंग्रेजी की तरह कमाऊ भाषा नहीं है, इसलिए वह लाख भारतीय संस्कृति का पोषण करती हो, उदर पोषण में वह असमर्थ है। जरूरत है गांधी की प्रासंगिकता को फिर से प्रामाणिक बनाने और हिंदुस्तानी को आम जबान में ढालने की, जिससे विश्व में धर्मगुरु व सांस्कृतिक गुरु का दर्जा रखने वाला भारत हिंदुस्तानी संस्कृति का केंद्र बना रह सके।

□

हिंदी, हिंदुस्तानी और भारतीय संस्कृति

इसमें संशय नहीं कि हम पर अंग्रेजों का राज रहा, मुगलों का राज रहा, जिसके फलस्वरूप भारत में अंग्रेजी और उर्दू का बोलबाला बढ़ा। हम औपनिवेशिकता के अधीन थे, इसलिए हम पर शासकों की भाषाएँ थोपी गईं। किंतु कोई देश अपनी पहचान, अपनी संस्कृति और सभ्यता की पहचान अपनी भाषा या भाषाओं के जरिए ही रख सकता है। भारत एक बहुभाषी देश है, जहाँ संविधान की आठवीं अनुसूची की 22 राष्ट्रभाषाओं के अलावा भी कई भाषाएँ हैं, तमाम समृद्ध बोलियाँ हैं, जिन्हें बोली न कहकर भाषा ही कहा गया। वे सब मिलकर भारतीयता के हक में एक बड़े प्रभामंडल का निर्माण करती हैं। जैसे बिना अभिव्यक्ति के व्यक्ति मूक है, वैसे ही बिना अपनी भाषा या भाषाओं के कोई भी देश गूंगा है। फर्ज कीजिए भारत के हिंदी भाषी प्रदेशों में सब जगह अंग्रेजी फैल जाए, सब अंग्रेजी बोलते मिलें, गाँव, कस्बे, शहर सब जगह केवल अंग्रेजी हो; तो यह देखकर क्या किसी भारत का आभास होगा? क्या इससे भारतीय संस्कृति का अहसास होगा? नहीं। इससे धीरे-धीरे भारतीयता और भारतीय संस्कृति के विलोपन का अहसास होगा।

कहना न होगा कि महात्मा गांधी हिंदी और हिंदुस्तानी के समर्थक थे। सर सुंदरलाल ने भी हिंदुस्तानी को बढ़ावा देने का काम किया। गांधी मुसलमानों के रहन-सहन, उनकी स्वीकार्यता को लेकर उदार थे, अपने प्रवचनों, अपनी बातचीत में वे हिंदुओं और मुसलमानों में एकता देखना चाहते थे। कहीं मुसलमानों को तंग किया जा रहा हो या हिंदुओं को सताया जा रहा हो तो इसके प्रति उनके मन में करुणा उपजती थी। वे दोनों कौमों को समझाने का यत्न जीवन भर करते रहे। उर्दू भी मुगल शासन के दौरान फूली-फली किंतु हिंदुस्तानी के विकास में उर्दू का भी अपना योगदान है, वे इस बात को नहीं भूलते थे। वे जानते थे कि उर्दू, जो हिंदी में सदियों से घुली-मिली है, उसे आत्मसात् किया जाए और एक ऐसी भाषा

विकसित की जाए, जिससे आम आदमी उसे समझ सके, उसे बरत सके। गांधीजी खुद गुजराती थी, अंग्रेजी माध्यम से उच्च तालीम ली, किंतु बरसों अफ्रीका में काम करने व बैरिस्टरी करने के बावजूद उनके अंत:करण में हिंदी, हिंदुस्तानी व भारतीयता के प्रति एक खास लगाव था। उन्होंने अपनी पेशेवर जिंदगी में कोट, बूट, सूट, टाई सब अपनाईं, पर अंत में धोती-लँगोटी में अपना कायांतरण कर भारत के प्रबुद्ध लोगों के साथ आम आदमी को यह सीख दी कि भारत यही है। धोती और लँगोटीवाला देश! अपने इसी वेशभूषा में वे विश्वभर में जाने-पहचाने गए। गांधी केवल सादगी की मिसाल न थे, वे एक ऐसी जिद की मिसाल भी थे कि जो ठान लिया, वह किया। आज हड़तालें होती हैं, सत्ता बदलने के लिए, कुरसी हथियाने के लिए। गांधी ने सविनय अवज्ञा आंदोलन किया, सत्याग्रह किया, उपवास किया अंग्रेजों को भारत से बाहर का रास्ता दिखाने के लिए। और इसके लिए उन्होंने उन्हें अंग्रेजी की लाठी से नहीं, हिंदी और भारतीय भाषाओं की लाठी से खदेड़ा। उनकी इस मुहिम में देश के कोने-कोने के लोग और विदेशों में रह रहे भारतीय-भारतवंशी शामिल थे। आज विदेश में कहीं भी धोती और कुरता या बंडी पहनकर निकल जाइए, लोगों के जेहन में गांधी की तसवीर उभर उठती है। अपने इस देशी, स्वराजवादी चिंतन से गांधी विश्व में आइकॉन बन गए। उन्होंने भारत को विश्व में एक पहचान दिलाई।

आजादी की लड़ाई भी हमने हथियारों से नहीं लड़ी। हथियारों में हम अंग्रेजों के आगे कुछ न थे। हिंसा के मार्ग पर चलते हुए हम आजादी हासिल नहीं कर सकते थे। यद्यपि आजादी के समर्थक नेताओं में एक समुदाय ऐसा भी था, जो अंग्रेजों को सबक सिखाने के लिए हिंसक राह पर चलने, सैन्य आक्रमण करने की कारवाइयों को समर्थन देता था, पर गांधी की ऐसी शक्तियों से कभी नहीं पटी। वे अहिंसा को सबसे बड़ा हथियार मानते थे और हिंदुस्तानी को सबसे ज्यादा अभिव्यक्ति सक्षम भाषा। वे खादी को गरीबों का वस्त्र कहते थे। बाद में लोग कहने लगे, खादी वस्त्र नहीं, विचार है। दिल्ली के कनाट प्लेस में स्थित खादी ग्रामोद्योग भंडार में प्रवेश करते ही दाईं ओर बिल काउंटर पर देश के महान् नेताओं के विचार उनकी ही भाषा में लिखे हैं और यह खुशी की बात है कि एकाधिक नेताओं को छोड़कर सभी के विचार हिंदी में हैं।

हुकूमत की भाषा का अपना रोड रोलर होता है। अंग्रेजों ने यही किया। उनकी भाषा अंग्रेजी का रोडरोलर भारतीय भाषा-भाषियों पर चला, आज भी चल रहा है।

आज भी वह भारत की राजभाषा है, जिसे 1965 में खत्म हो जाना चाहिए था तथा हिंदी को उसकी जगह मिल जानी चाहिए थी। गांधी अंग्रेजी जानते थे और अच्छी जानते थे। पंडित जवाहरलाल नेहरू तो अंग्रेजी के ज्ञाता थे ही। पर इन दोनों नेताओं ने जनता को अकसर हिंदी में संबोधित किया। वे हिंदी का महत्त्व जानते थे; पर भारतीयों पर हुकूमत करनी है, जहाँ तमाम प्रदेश अहिंदीभाषी हैं तो महज हिंदी से हुकूमत नहीं की जा सकती, यह बात भी उन्हें मालूम थी। इसलिए हुकूमत में अंग्रेजी बरकरार रही। पर गांधी अंत तक हिंदुस्तानी व खादी के समर्थक बने रहे। वे उस उर्दू का समर्थन नहीं करते थे, जिसमें ठूँस-ठूँसकर अरबी व फारसी के शब्द डाले गए हों। जबकि हिंदुस्तानी के साथ ऐसा नहीं है। गांधी अपने प्रवचन हिंदी में ही दिया करते थे। उन्हें आम जनता की पसंद मालूम थी, इसलिए भाषा की कठिनाई नहीं महसूस होती थी। 18 अक्तूबर, 1947 को दिए अपने प्रवचन में उन्होंने पूछा था, "क्या अंग्रेजी हमारी राष्ट्रभाषा होने वाली है? बहुत साफ-साफ मैं कहना चाहता हूँ कि वह तो कभी हो ही नहीं सकती। इसमें पड़ने की कोशिश तक न करें। यदि करते हैं तो इसमें हमें हारना है।" (प्रार्थना प्रवचन, खंड 1, पृष्ठ 413) उनके इस विचार की जो भी फलश्रुति रही, पर इतना तय है कि 14 सितंबर, 1949 को जिस भाषा को संविधान में राजभाषा का दर्जा दिया गया, वह कोई एक सदी की भाषा नहीं, बल्कि वह तो सदियों की बोली जानेवाली भाषा रही है।

गांधी और हिंदुस्तानी

खड़ी बोली में लेखन का इतिहास भले एक-डेढ़ सदी पुराना हो, पर लेखन में हिंदुस्तानी लहजा सदियों पुराना है। सूरदास, कबीर, तुलसीदास, नानक, रैदास, मीरा ने जिस भाषा में लिखा, वह कोई संस्कृतनिष्ठ हिंदी नहीं, बल्कि आम लोगों की समझ में आने वाली हिंदी थी। यही वजह है कि सदियों पहले लिखे गए संत साहित्य का प्रसार पूरे देश में तब हुआ, जब संचार का आज जैसा कोई त्वरित साधन न था। इन संतों को यह समझ थी कि हिंदी-हिंदुस्तानी में लिखकर पूरे देश में पहुँचा जा सकता है, किसी अन्य भाषा में नहीं। एक प्रवचन में गांधी ने हिंदुस्तानी की हिमायत में यह बात कही कि 'हमारे यहाँ हिंदी और उर्दू ये दो भाषाएँ हैं, जो हिंदुस्तान में बनीं और हिंदुस्तानियों द्वारा बनाई गई हैं। उनका व्याकरण भी एक ही रहा है। इन दोनों को मिलाकर मैंने हिंदुस्तानी चलाई। इस भाषा को करोड़ों लोग बोलते हैं। यह एक ऐसी सामान्य भाषा है, जिसे हिंदू और मुसलमान दोनों समझते हैं। यदि आप

संस्कृतमय हिंदी बोलें या अरबी फारसी के शब्दों से भरी हुई उर्दू बोलें, जैसा कि प्रो. अब्दुल बारी बोलते थे तो बहुत कम लोग उसे समझेंगे। तो क्या हम द्राविड़स्तान की चारों भाषाओं का अनादर कर दें? मेरा मतलब यह है कि वे मातृभाषा के तौर पर अपनी-अपनी प्रांतीय भाषा को रख सकते हैं, मगर राष्ट्रभाषा के नाते हिंदुस्तानी को जरूर सीख लें।'

वे कहते थे, "यदि मैं अंग्रेजी में बोलना शुरू कर दूँ तो आपमें से बहुत कम लोग समझेंगे। 8-10 वर्ष परिश्रम करें, तब कहीं लँगड़ी अंग्रेजी हम सीख पाते हैं। इस तरह से तो सारा हिंदुस्तान पागल बन जाएगा। अतः अंग्रेजी हमारी राष्ट्रभाषा नहीं बन सकती। वह दुनिया की भाषा या व्यापार की भाषा रह सकती है, हालाँकि दुनिया की भाषा भी अभी तक कोई बाजाब्ता तय नहीं हुई है। हिंदुस्तान की भाषा तो हिंदुस्तानी ही रहने वाली है। इसमें मुझे कोई शक नहीं है। प्रांतीय भाषाएँ अपनी-अपनी जगह बनी रह सकती हैं, परंतु सबसे ज्यादा लोग जो भाषा बोलते हैं, वह हिंदुस्तानी ही है।" उन्होंने कहा था कि दक्षिण भारत के लोगों को हिंदुस्तानी सीख लेनी चाहिए। इन्हीं उद्देश्यों से उन्होंने 'हिंदुस्तानी प्रचार सभाओं' की स्थापनाएँ कराईं। आज पूरे देश में साधारण हिंदी कहीं भी बोली और समझी जाती है। तमिलनाडु के शहरों में भी लोग अब हिंदी के उतने विरोधी नहीं रहे, जितना वे हिंदी के राजभाषा बनने और राजभाषा नियम लागू किए जाने के दिनों में थे। गांधी हिंदी साहित्य सम्मेलन से भी जुड़े थे, पर वहाँ बोली जाने वाली उच्चस्तरीय हिंदी के वे समर्थक नहीं थे, इसलिए उससे निकल आए। लोग उन पर तंज करते कि कहाँ हिंदी के समर्थक हुआ करते थे, कहाँ यह हिंदुस्तानी? गांधी कहते थे, "मेरी हिंदी तो अजीब प्रकार की है। मेरी हिंदी वह नहीं है, जो साक्षर बोलते हैं। मैं तो टूटी-फूटी हिंदी बोलता हूँ। मगर आप समझ लेते हैं। मैंने तुलसीदास पढ़ लिया है, पर मैं हिंदी में साक्षर नहीं हुआ हूँ। उर्दू में भी साक्षर नहीं बना हूँ, क्योंकि मेरे पास उतना वक्त नहीं है।" वे कहते थे, "न मुझे हिंदी चाहिए, न उर्दू। मुझे गंगा-जमुना का संगम चाहिए। अगर मैं अकेला रहूँगा तो भी यही कहूँगा कि मैं तो हिंदुस्तानी को ही राष्ट्रभाषा मानता हूँ।" गांधी में यह बुनियादी समझ थी कि प्रांतों में प्रांतीय भाषाओं का प्रसार हो, पर देश में हिंदी-हिंदुस्तानी चले। आम नागरिकों की तरह वे यह जानते थे कि अंग्रेज भले चले जाएँ, अंग्रेजियत से हम मुक्त नहीं होने वाले। यही वजह है कि आज आजादी के दशकों बाद भी हिंदी के प्रचार-प्रसार के लिए जो संसाधन भारत सरकार दे रही है, उसका शतांश भी अंग्रेजी को मुहैया न कराने

के बावजूद अंग्रेजी तालीम के हर स्तर पर स्वीकार्य भाषा बनी हुई है। गांधीवादी चिंतक दिनकर जोशी ने क्षोभपूर्वक लिखा है कि 'तीन या चार वर्ष के छोटे-छोटे मासूमों को गले में फंदे के समान बँधी टाई लगाकर अंग्रेजी माध्यम के विद्यालयों में जाते हुए देखते हैं, तब लगता है हम स्वराज से अभी काफी दूर हैं।' (हिंद स्वराज, पृष्ठ 41) कैसी विडंबना है कि गांधी के देहावसान के 70 साल बाद भी हिंदी एक अनामंत्रित अतिथि की तरह संविधान द्वारा प्रदत्त तथाकथित उच्च आसन पर विराजमान होकर भी जन-जन का कंठहार नहीं बन पाई है!

संत कवियों की बानी

गांधी ने हिंदुस्तानी की ताकत संत कवियों को पढ़कर पहचानी थी कि कैसे देश भर में संत कवियों की पहुँच रही है। उत्तर-दक्षिण, पूर्व-पश्चिम हर तरफ संतों के संदेश पहुँच जाते थे। संतों के परिव्राजक स्वभाव की तरह हिंदी भी परिव्राजकों के पीछे-पीछे चलती रही है। यही वजह है कि यह हिंदी मीरा की जबान पर थी, तो सूरदास की जबान पर भी। नानक के पदों में यही हिंदी थी (चाहे वह गुरुमुखी में ही क्यों न हो) तो कबीर की साखी, सबद, रमैनी में भी यही हिंदी रही है। संत रविदास काशी के थे तो कबीर का भी काशी और मगहर से नाता था। तुलसी बाँदा के रहने वाले थे, तो मीरा राजस्थान की। सूरदास का नाता मथुरा से था, तो सुंदरदास का दौसा, राजस्थान से। दादू के शिष्य रज्जब भी राजस्थान के थे। नानक का रिश्ता लाहौर से था, तो मलूकदास का इलाहाबाद से। ये सभी संत 13वीं शताब्दी से लेकर 16वीं शताब्दी के बीच हुए तथा अपनी 'सधुक्कड़ी' भाषा में रचनाएँ लिखीं। पढ़े-लिखे कवियों के बीच आज भी निर्गुण-सगुण धारा के भक्त एवं संत कवियों की रचनाएँ जीवन की सच्ची सार्थकता का पाथेय हैं।

गांधी अपनी प्रार्थना सभाओं में सरल, सहज भाषा में लिखी प्रार्थनाएँ दुहराते थे। कभी सूरदास, कभी मीरा, कभी कबीर, कभी तुलसीदास, कभी मध्य प्रांत के संत तुकड़ो जी के भजन गाया करते। साधो मन का मान त्यागो, मो सम कौन कुटिल खल कामी, वैष्णव जन तो तेणे कहिए, हरि तुम हरो जन की पीर, इस तन-धन की कौन बड़ाई, सबसे ऊँची प्रेम सगाई, पानी में मीन पियासी रे, मोहिं सुन-सुन आवे हाँसी, किस्मत से राम मिला जिसको/उसने ये तीन जगह पाई/बिसर गई सब तात पराई/जब ते साधु संगत पाई/नहिं कोई बैरी बेगाना/सकल संग हमरी बन आई—जैसे भजन। हम जानते हैं कि सहज-सरल भाषा में लिखी गई प्रार्थनाओं

का अपना असर होता है। प्रार्थनाएँ मन की शुद्धि के लिए होती हैं। गांधी सरल चित्त मनुष्य थे, पर वे देश में रहने वाली हर कौम के प्रति सहिष्णु थे। विभाजन के दंश से गुजरते हिंदुस्तान में उनके विचारों की आलोचना भी होती थी, पर वे न केवल हिंदुओं के लिए बल्कि मुसलमानों, सिखों, ईसाइयों के हितों के प्रति भी चिंतित रहते थे। गांधीजी को दूर-दूर से तार संदेश आते थे। उन्हें पूरे देश की खबर रहती थी कि किस इलाके में क्या हो रहा है। हिंदू-मुसलमानों के बीच यदि कहीं कोई संघर्ष है तो उसे दूर करने की उन्हें चिंता रहती थी। किसी इलाके में यदि हिंदू धर्म के लोग कुछ गलत करते थे तो वे उन्हें भी समझाते थे। प्रार्थना प्रवचन इसके लिए उपयुक्त स्थल होता था। यहाँ दिया गया उनका संदेश दूर तक पहुँचता था। कहना यह कि वे अंग्रेजी जानते हुए भी लोगों से बातचीत हिंदी में किया करते थे। उनका समाधान हिंदी में सुझाते थे। हिंदी, हिंदुस्तानी के प्रति उनका नजरिया बहुत समावेशी था।

भाखा बहता नीर

आज से सदियों पहले कबीर ने कहा था, 'संस्कीरत है कूप जल, भाखा बहता नीर।' पर हिंदी के निबंधकार कुबेरनाथ राय कबीर की इस अवधारणा से सहमत नहीं थे। वे संस्कृत को कुएँ का जल कहे जाने के संकुचित दृष्टिकोण के खिलाफ थे। उन्होंने इस शीर्षक से एक पूरा निबंध ही लिखा है। कुबेरनाथ राय कहते हैं, "संस्कृत कूप जल मात्र नहीं। उसकी भूमिका विस्तृत और विशाल है। वह भाषा-नदी को जल से सनाथ करने वाला पावन मेघ है, वह परम पद का तुहिन बोध है, वह हिमालय के हृदय का 'ग्लेशियर' अर्थात् हिमवाह है। जब हिमवाह गलता है, तभी बहते नीर वाली नदी में जीवन-संचार होता है। जब उत्तर दिशा में तुषार पड़ती है तो वही राशिभूत होकर हिमवाह का रूप धारण करती है। जब हिमवाह पिघलता है, जो नदी जीवन पाती है, अन्यथा उसका रूपांतर मृत शैय्या में हो जाता है।" संस्कृत सारी भारतीय भाषाओं की जननी तो है, पर कुएँ की जल की तरह है। कुएँ का जल यानी जैसा पंडित वर्ग इस भाषा पर कब्जा जमाए रहा, इसे जनता में फूलने-फलने नहीं दिया। आसानी से अलभ्य। अप्राप्य, अग्राह्य। यों तो यह गौरव की बात है कि हमारे सारे आदिग्रंथ संस्कृत में हैं। वे जीवन की विविध आवश्यकताओं के लिए समय-समय पर लिखे गए, पर जनता में इसलिए संचरित नहीं हो सके कि वे संस्कृत में थे। पर संस्कृत वाङ्मय सहस्रबाहु है। ज्ञान-विज्ञान, धर्म-दर्शन और चिंतन तमाम सरणियों में प्रवाहित। यह और बात है कि संस्कृत में

संस्कारित न होने के कारण संस्कृत के इन वाग्गेयकारों के सृजन एवं चिंतन का लाभ भारत की जनता नहीं उठा सकी।

इसकी वजह यह कि भारत की साक्षरता का दर पहले बहुत ही कम रहा है, पढ़ने-पढ़ाने के साधन आम लोगों के पास नहीं थे। आज के जैसी व्यावसायिक दक्षता और भाषाई पठन-पाठन इतना सघन नहीं था, इसलिए हिंदुस्तानियों का आधा जीवन तो अंग्रेजी सीखने में गुजर जाता है, तब भी वे अंग्रेजी में वैसी दक्षता हासिल नहीं कर पाते, जैसी अंग्रेजी मुल्कों के नागरिक। इसी तरह हमारे आर्षग्रंथ संस्कृत में होने के कारण उनमें पैठ केवल संस्कृतज्ञों की रही है। उसे हमारे पंडित-पुरोहितों ने भी आम जनता से दूर रखा। हमारे समय के बड़े कवि तुलसीदास ने इसीलिए संस्कृतज्ञ होने के बावजूद संस्कृत जैसी सुसंस्कृत भाषा में न लिखकर अवधी बोली में लिखा, जो कि हिंदी की पोषक बोली है। कबीर की भाषा भी सुधक्कड़ी है। वे भोजपुरी अंचल में जनमे, पर भाषा बहुत ही साफ-सुथरी और सहज रखी, जिससे आम जनता को उनकी बात समझ में आ जाए। प्राय: कबीर ने अपने समय की खड़ी बोली में लिखा। भोजपुरी में भी नहीं; पर हाँ, उनकी भाषा को लोक बोलियों ने सींचा है। बोलियाँ हमारी संस्कृति का आईना हैं। अवधी बोली से अवध संस्कृति का प्रसार हुआ तो भोजपुरी, मगही, मैथिली आदि बोलियों/भाषाओं से भोजपुरी, मगही एवं मैथिली संस्कृति का प्रसार हुआ। ये बोलियाँ सच कहें तो हिंदी की प्राणवायु हैं। हमारी भारतीय संस्कृति की धड़कनें हैं। सही मायने में यही हमारी जनभाषाएँ हैं। लोक बोलियाँ हैं। पर विडंबना है कि जैसे तमाम अस्मिताएँ अपनी पहचान आधुनिकता के आच्छादन में लुप्त हो रही हैं, हमारी तमाम बोलियाँ व भाषाएँ भी लुप्त होने के कगार पर हैं।

कहना न होगा कि लोकगीत लोक संस्कृति के विधायक तत्त्व हैं। हमारे जीवन के सारे संस्कारों का लोक बोलियों से गहरा रिश्ता है। हम रामनरेश त्रिपाठी द्वारा संकलित 'ग्राम गीत' के सभी खंड देखें तो कैसे जन-जीवन के हर संस्कार, गतिविधि, यज्ञोपवीत, विवाह, विदाई, संतान जन्म, कटाई, रोपाई, निराई-गुड़ाई के लिए लोक-गीतकारों ने गीत रचे! यानी हमारे जीवन के प्रत्येक उत्सव में गीत-संगीत का अपना योगदान है। आज बिहार की शारदा सिन्हा गाती हैं तो उनके कंठ से भोजपुरी व बिहार की लोक भाषाओं व संस्कृतियों का परिचय मिलता है। उनके साथ पूरी भोजपुरी संस्कृति गाती है, मालिनी अवस्थी गाती हैं तो उनके साथ जैसे पूरा पूर्वी भारत गाता है, पूरी अवधी संस्कृति गाती है, पूरा लोक गाता है। इसलिए

हिंदी व उसकी बोलियों के माध्यम से न केवल हिंदी; बल्कि भारतीय संस्कृति, अर्थात्, हिंदुस्तानी संस्कृति का बोध होता है। 'भाखा बहता नीर' से जिस निर्मल प्रवाही भाषा का आशय लिया जाता है, आज वैसी निर्मलता नदियों के जल में कहाँ! अव्वल तो नदियों के प्रवाह अवरुद्ध लगते हैं, दूसरे, नदियों का जल भी कितना गंदला हो चुका है, जैसे हमारी भाषा मटमैली हो रही है। आज अंग्रेजी के मोह में हिंदी में आगत एक नई हिंगलिश का जन्म हो चुका है। हिंदीभाषी पढ़े-लिखे लोग भी शुद्ध हिंदी या हिंदुस्तानी बोलने में हिचक का अनुभव करते हैं।

प्रिंट मीडिया, इलेक्ट्रॉनिक मीडिया और आभासी सोशल मीडिया पर प्रयुक्त हिंदी को देखें तो एक मिली-जुली भाषाई संस्कृति का बोध होता है। मीडिया ने खिचड़ी भाषा ही सही, हिंदी बोलने का एक वातावरण तो तैयार किया है। पर प्रिंट मीडिया के कुछ अखबारों की खबरों को देखें तो वह भाषा को और सरल बनाने के चक्कर में उसमें अंग्रेजी के शब्द ज्यों-के-त्यों लिये जाने को प्रोत्साहित कर रहे हैं। विडंबना है कि अंग्रेजी भी दूसरी भाषाओं के शब्दों व दूसरी भाषाई संस्कृतियों के शब्द अपने में सहेजती है, पर अंग्रेजी व्याकरण और डिक्शन में गूँथकर। पर हिंदी में ऐसे शब्द ऊपरी सतह पर जल पर तेल की तरह तैरते नजर आते हैं और हिंदी की भाषाई संस्कृति को प्रदूषित करने का काम करते हैं।

भारतीय संस्कृति और हमारी बोलियाँ

कहना न होगा कि भारतीय संस्कृति अपनी बोलियों में सुरक्षित है। जब तक हम अपनी बोलियों से अपना रिश्ता बनाए रखेंगे, भारतीय संस्कृति, हिंदुस्तानी संस्कृति को कोई खतरा नहीं है। बिना लोक भाषाओं, बोलियों, लोक कथाओं, लोक गीतों व कहावतों के कोई भाषाई संस्कृति बनती है भला! इन लोकतत्त्वों व लोक वार्त्ताओं में हमारी भारतीय संस्कृति के गुणसूत्र छिपे हैं। लोक में अनेक मिथक भी अनुस्यूत हैं। इन्हीं मिथकों की देन है कि पेड़-पौधों, पशु-पक्षियों, सूरज, चाँद, सितारों और पंचतत्त्वों तक से एक आत्मीय रिश्ता है। ऐसा रिश्ता शायद प्रतिवेशी संस्कृतियों में न मिले। वेदों में प्रकृति के उपादानों की उपासना की गई है। उनके आह्वान के लिए मंत्र और सूक्त रचे गए हैं। लोक कथाओं में हमारे यहाँ पंचतंत्र हैं तो पौराणिक कहानियाँ भी। उपनिषद् भी ऐसी ही कथाओं का केंद्र हैं। इन कथाओं में आचरण की शुद्धता, नैतिकता, सत्य, असत्य, लाभ, लोभ, उदारता, सामूहिकता, सहिष्णुता का बखान किया गया है। हमारी संस्कृति के नायक

राम, कृष्ण, बुद्ध, नानक, रैदास, मीरा, नामदेव, याज्ञवल्क्य, शंकराचार्य, सावित्री, जाबाला आदि चरित्र हैं। इस तरह हमारे लोक व्यवहार, लोक कथाएँ, लोक वार्त्ताएँ, भारतीय संस्कृति के आधारभूत अंग हैं।

भूमंडलीकरण के चलते सबसे ज्यादा खतरा लोक संस्कृतियों को हुआ है। एक ग्लोबल और एकध्रुवीय संस्कृति इंटरनेट व सोशल माध्यमों से हमारी संस्कृति पर मँडरा रही है। वह हिंदुस्तानी संस्कृति, हिंदी भाषा व लोकभाषाओं के फैब्रिक को नष्ट कर रही है। हमारे यहाँ राम के चरित को लेकर कितनी भाषाओं में काव्य, महाकाव्य व आख्यान रचे गए हैं। विश्व के अनेक देशों में रामलीलाएँ मंचित की जाती हैं। रामलीलाएँ भारतीय संस्कृति का एक लोकनाट्य रूप है। जहाँ-जहाँ भारतवंशी हैं, वहाँ-वहाँ भारतीय भाषाओं प्रमुखतया हिंदी, भोजपुरी, अवधी, ब्रज, भारतीय पूजा पद्धतियों, व्रत, त्योहारों, रीति रिवाजों, लोक व्यवहारों का प्रचलन है। यहाँ से हमारे पुरखे अपनी स्मृतियों में धारण कर यहाँ के लोकगीत ले गए, भजन और संध्या, अर्चन नीराजन के लिए प्रविधियाँ अपनाईं, इसलिए कि इन प्रतीकों में ही हिंदुस्तानी संस्कृति के तत्त्व निहित हैं। इसलिए लोक भाषा ही वह बहता हुआ नीर है, जो जन-जन में व्याप्त है।

हम जानते हैं कि खड़ी बोली हिंदी पूरे देश में बोली व समझी जाती है तथा लोकभाषाओं का रिश्ता जनपदीय या प्रांतीय है। किंतु यदि राजभाषा देश के राजकीय गौरव का प्रतिनिधित्व करती है तो लोक भाषाएँ समग्र लोक का प्रतिनिधित्व करती हैं। यह अच्छी बात है कि कैरेबियाई देशों में हिंदुस्तानी संस्कृति तो पनपी पर हिंदी नहीं, कम-से-कम नागरी लिपि का व्यवहार अभी सफलतापूर्वक नहीं किया जा रहा है। फीजी में बोली जानेवाली भाषा को 'फीजी बात' कहते हैं तो दक्षिण अफ्रीका की हिंदी को 'नैताली'। सूरीनाम में जहाँ भोजपुरी व अवधी मिश्रित हिंदी बोली जाती है, उसे 'सरनामी' कहा जाता है, पर यह 'सरनामी हिंदी' रोमन लिपि में लिखी जाती है। यहाँ नागरी लिपि के प्रचार-प्रसार का अभियान तो चला, पर पूर्णत: सफल नहीं हो सका। हमारी लोक बोली में बोले जाने के बावजूद लिखित में रोमन लिपि से उस भारतीयता या हिंदुस्तानी भाव का बोध नहीं होता, जो नागरी लिपि में लिखी हिंदी या हिंदुस्तानी से होता है। सूरीनाम ही क्यों, जिन देशों में हिंदी या हिंदुस्तानी किसी भी रूप में बोलचाल में है, पर उसका कोई लिखित साहित्य नहीं है या वह पठन-पाठन में स्वीकार्य नहीं है, वहाँ हिंदी या हिंदुस्तानी के विकास में बाधाएँ हैं; क्योंकि भाषा हमारे विचारों की संवाहिका है। भाषा संस्कृति के

प्रसार की भी संवाहिका है। इस तरह संस्कृति से भाषा का नाभिनाल संबंध है। यही वजह है कि विदेशी विद्वानों मैक्समूलर, ग्रियर्सन, मैकग्रेगर, ए.बी.कीथ आदि ने, जिनकी रुचि हिंदुस्तान और उसकी संस्कृति को जानने-समझने की रही है, उन्होंने संस्कृत का विपुल अध्ययन किया, भारतीय भाषाओं के सर्वेक्षण कराए तथा संस्कृत साहित्य का इतिहास लिखकर यह सिद्ध किया कि संस्कृत भले ही एक कठिन व दुस्साध्य भाषा हो, भारतीय संस्कृति के धुनी विद्वानों के लिए यह कोई सीमा नहीं है। कुछ ऐतिहासिक भूल-चूक के कारण भले ही सूरीनाम जैसे देशों में रोमन लिपि में लिखी जाने वाली हिंदी को मान्यता मिली हो, पर आज विश्व भर के विश्वविद्यालयों में हिंदी का पठन-पाठन चल रहा है तथा भारत अपनी संस्कृति, सभ्यता, चिंतन व दर्शन के नाते पूरे विश्व के ध्यानाकर्षण का केंद्र बना हुआ है।

लोकगीतों में रची-बसी संस्कृति

भारतीय संस्कृति को रचने में लोकगीतों का बड़ा योगदान है। पूर्वी भारत में हिंदी में गाए जाने वाले लोकगीत से भारतीय समाज के भीतर की सांस्कृतिक संरचना समझ में आती है। इसी तरह अन्य अंचलों में उनकी अपनी बोलियों में संस्कार गीत गाए जाते हैं। बचपन में हम गाँव-घर में लोकगीत सुना करते थे। तब कैसेट या सीडी का जमाना नहीं था। न पेनड्राइव का। लाउडस्पीकर होते थे, जिन पर फिल्मी गीत बजते थे। अनेक संस्कारों पर गाए जानेवाले गीत। पर जो बात स्त्रियों के कंठ से गाए जानेवाले गीतों में थी, वह लाउडस्पीकर या सीडी पर सुनने में कहाँ है! बहनें, पड़ोसिनें मिलकर जो संस्कार गीत गातीं, विवाह, जन्मोत्सव, कलश, परछन, भीखी आदि के गीत, तो लगता कोई अनुष्ठान संपन्न हो रहा है। ये लोकगीत सोहर, कजरी, गारी, नटका आदि हमारे जन-जीवन से जुड़े हैं। लोकगीतों में लोकलुभावन तत्त्व होते हैं। आधुनिक-उत्तर आधुनिक होती दुनिया में आज भले ही इनका महत्त्व क्षीण हुआ हो तथा तीव्र जीवनशैली में सब कुछ इंस्टेंट फूड की तरह मौजूद हो, पर इनमें जीवन नहीं होता, संस्कृति की सुवास नहीं होती।

भारतीय संस्कृति आखिरकार लोक संस्कृति है, जिसमें किसान, मजदूर, कामगार सभी आते हैं। नीचे-ऊँचे तबके सभी वर्ग के लोग आते हैं। लोकगीत हमारी वाचिक परंपरा का हिस्सा हैं। यह परंपरा बाहर नहीं है। हमारे यहाँ जैसे श्रुतियाँ, वेद, आरण्यक, उपनिषद्, कथा सरित्सागर, पंचतंत्र आदि वाचिक परंपरा से होते हुए लिखित रूप में आए, वैसे ही लोकगीत, संस्कार गीत भी लाखों कंठों

से होते हुए यात्रा करते रहे। कालांतर में वाचिक तौर पर गाए जाने वाले गीतों का संचयन भी किया गया, जिसमें रामनरेश त्रिपाठी, देवेंद्र सत्यार्थी जैसे लोकसंस्कृति के अध्येताओं का योगदान अविस्मरणीय है। इन लोकगीतों में पुरुष वर्चस्व की छवियाँ मिलती हैं तो स्त्री की एक कारुणिक दुनिया भी। देखा जाए तो सच्चा स्त्री-विमर्श तो इन लोकगीतों में समाया हुआ है, जहाँ पुत्र जन्म पर सोहर तो गाए जाते हैं पर कन्या जन्म पर न तो गाने का विधान है, न किसी उत्सव के अनुष्ठान का। हाँ, इसके अपवाद भी हैं, जिनमें बेटी की कामना भी गीतों में मिलती है। एक गीत में कहा गया है, जब मुझे बेटी पैदा हुई तो जैसे चारों ओर अंधकार छा गया। यहाँ तक कि सास और ननद ने घर में दीया तक नहीं जलाया और पिता का मुख मुरझा गया। वहीं एक दूसरे गीत में स्त्री बेटे के साथ बेटी की कामना भी करती है—सोनवा त लेब सोहाग खातिर/ रुपवा सिंगार खातिर हो/ललना धियवा त लेबों धरम खातिर/ पूता धन संउपे खातिर हो। (लोकगीत और स्त्री, तद्‌भव, पृष्ठ-19) इन गीतों से पित्तृसत्ता भी उभर कर सामने आती है और स्त्री के उत्पीड़न के लिए सास और ननदों की भूमिका भी। सास बोलीं अड़पी ननद बोलीं तड़पी हो। परिवार की धुरी होकर भी स्त्री हाशिए पर रहती आई है।

जहाँ तमाम स्थलों पर स्त्री का एक दयनीय संसार व्यंजित है, वहीं गाँव-देहात की दुनिया में राम, सीता और कृष्ण लोकगीतों के नायक नजर आते हैं। जीवन के हर उत्सव के गीत लोक गीतकारों ने रचे हैं। कहीं राम का विवाह हो रहा है, कहीं कृष्ण मनिहारी बने साड़ी बेच रहे हैं तो कहीं ग्वालिनें दही बेचने निकली हैं। राधा-कृष्ण के मिलन के गीत रचे गए हैं तो सामान्य स्त्रियों के विरह गीत भी। परदेस गए पतियों के लिए विरह गीत गाए जाते हैं। कुछ गीतों में स्त्री का प्रतिरोध भी दिखता है। इसी तरह तमाम रीति-रिवाजों पर गाए जानेवाले गीत हैं, जिनका लोक जीवन के उत्सवों से रिश्ता है। चाहे वह छठ का त्योहार हो, होली-दीवाली का या जीउतिया का, ये लोकगीत संस्कारों में पगे हैं। इनकी भाषा पर मत जाइए, इनमें रचे-बसे भावों पर जाइए। इनमें भारतीय मन रचा-बसा है। हिंदी इसी भावजगत् की भाषा है। तभी तो एक निबंध में विद्यानिवास मिश्रजी कहते हैं, "मेरे लिए हिंदी भाषा नहीं, मन है, वह मन, जिसमें पपीहे की स्वाभिमानी चाह है। 'सुरसरि सम सब कर हित' होने की परबद्धता है, किसी और के लिए वह शहंशाह है या जिसके लिए कोई और बड़ा ऐश्वर्य नहीं है, जिसमें कबीर का फक्कड़पन है—'जो घर फूँकै आपना चलै हमारे साथ', जिसमें भारतेंदु की संयत लापरवाही है, 'दोनों जहाँ के ऐश को

खाक में मिलाया', जिसमें दद्दा की चुनौती है—राम को तुम ईश्वर नहीं कह सकते, तुम्हें रमना है, रमे रहो; जिसमें निराला के सीधी राह चलने का संकल्प है, जिसमें महादेवी की सामान्य से सामान्य प्राणी के लिए गहरी आत्मीयता है, जिसमें नवीन का 'अहि आलिंगित शिवत्व' है, जिसमें अज्ञेय के हारिल जैसा उड़ते-उड़ते गगन बन जाने की दुर्धर्ष आकांक्षा है, मैं ऐसे मन की तलाश करता हूँ, तो लगता है कि वह मन कहीं खो गया है।" (हिंदी और हम) क्या विडंबना है कि जो हिंदी कभी मानव मुक्ति के लिए संघर्ष की भाषा रही है, वह खुद उपनिवेशवाद, साम्राज्यवाद और बाजारवाद से मुक्ति के लिए छटपटा रही है!

कैरेबियाई देशों में हिंदी, हिंदुस्तानी और भारतीयता को बचाने में रामचरितमानस, श्रीमद्भगवत गीता, हनुमान चालीसा के साथ-साथ हिंदुस्तानी त्योहारों, रीति-रिवाजों का बड़ा योगदान है। यह और बात है कि इन देशों की प्रशासनिक कामकाज की भाषा भले ही अन्य हो, भारतवंशियों की अपनी बोलचाल की भाषा हिंदी ही है। तुलसी, कबीर, मीरा, रैदास, नानक की बानी के प्रति यहाँ सद्भाव है। इनके अपने पूजाघर हैं तो भारतीयता की प्रतीक तुलसी भी इनके घरों में देखी जा सकती है। इन देशों के दूतावासों के माध्यम से हिंदी का प्रचार-प्रसार किया जाता है, जिससे हिंदी, हिंदुस्तानी और भारतीयता के वातावरण के निर्माण में सहायता मिली है। यहाँ स्थापित आर्यसमाज, सनातन धर्म आदि संस्थाओं ने हिंदी व भारतीयता के विकास में अहम योगदान किया है। हिंदी व भारतीय भाषाओं ने औपनिवेशिकता से कड़ा संघर्ष किया है। जिस मुल्क में लंबे अरसे तक मुगलों का साम्राज्य रहा हो, जहाँ अंग्रेजों ने लंबे अरसे तक शासन किया हो, जहाँ ईस्ट इंडिया कंपनी के कारिंदे भारत को लूटने-खसोटने की व्यापारिक प्रविधियाँ ईजाद करने में संलग्न रहे हों, जहाँ भारतीयों को अंग्रेजी के मोह से इस हद तक बाँध दिया हो कि वे इसके प्रभामंडल से मुक्त न हो सकें, जहाँ भारतीय प्रतीकों, मिथकों, विश्वासों को ध्वस्त और नष्ट करने की कोशिशें की गई हों, वहाँ हिंदी, हिंदुस्तानी और भारतीयता को बचाए रखना ही सबसे बड़ा मिशन है। आज फिर भूमंडलीकरण, बाजारवाद के चलते भारतीय संस्कृति की संप्रभुता खतरे में है, ऐसी स्थिति में अपनी भाषाओं, अपनी संस्कृतियों, अपनी अस्मिताओं को बचाने की एक लंबी मुहिम की आवश्यकता है। हिंदी ने स्वतंत्रता संग्राम की लड़ाई लड़ी है। इसी भाषा में जीने-मरने की कसमें खाई गई हैं। सबसे ज्यादा स्वतंत्रता के गीत इसी भाषा में रचे गए हैं। इसलिए एक व्यापक भूभाग में बोली और बरती जानेवाली हिंदी यदि जन-जन के कंठों में विराजमान है

तो यह इस भाषा की अपनी ताकत है। इसे संतों, लोकगीतकारों, हिंदी फिल्मों, प्रिंट एवं इलेक्ट्रॉनिक मीडिया ने रचा है और आज सोशल मीडिया के मंच पर यह नई हिंदी के रूप में ढल रही है। पर जो तत्त्व इस सबके बावजूद अभी भी लुप्त नहीं हुआ है, वह है हिंदी का हिंदुस्तानी रूप। यानी भाषाई शुचिता के विपरीत विभिन्न सामासिक संस्कृतियों एवं तत्त्वों में घुल-मिलकर एक स्वीकार्य भाषा का स्वरूप हासिल कर लेने की योग्यता, जिसमें हिंदी में सर्वाधिक लचीलापन है। इसीलिए यह भारत की राजभाषा, राष्ट्रभाषा दोनों रूपों में तो समादृत है ही, अपनी लोक बोलियों के सहयोग से बोलचाल के सर्वस्वीकृत ढाँचे में ढलते हुए हिंदी में वह हिंदुस्तानी लहजा बरकरार है जिसे हर भारतवासी अपने-अपने तरीके, उच्चारण एवं भाषाई क्षमता के अनुरूप बोलता और व्यवहार में लाता है।

□

राष्ट्रगीत, राष्ट्रभाषा और राष्ट्रवाद

पंद्रह अगस्त भारत की आजादी के उत्सव का दिन होता है। देश को आजादी मिली, अपना संविधान मिला, आठवीं अनुसूची के अंतर्गत हमने अब तक 22 भाषाओं को अंगीकार किया है। हिंदी को देश की राजभाषा का दर्जा दिया। अपना राष्ट्रगीत और अपना राष्ट्रगान चुना। सभी देशवासियों से यह अपेक्षा भी की गई कि वे राष्ट्रगीत का सम्मान करें, राजभाषा हिंदी का सम्मान करें, राष्ट्रगान का सम्मान करें। एक दौर में जब देश नया-नया आजाद हुआ था, देशभक्ति की यह भावना स्वत: ही देशवासियों में थी, किंतु जैसे-जैसे देशभक्ति और राष्ट्रवाद एक पैकेज में तब्दील होता गया, वैसे-वैसे इस पर विवाद भी बढ़ते गए। आज न राष्ट्रभाषा के रूप में हिंदी का सम्मान है, न राष्ट्रगीत के रूप में वंदे मातरम् का। अंग्रेजियत में पले-पुसे 10 प्रतिशत हिंदुस्तानियों के लिए आज भी हिंदी मजदूरों की, अनपढ़ों की भाषा है। जब तक स्वेच्छा से गाने की बात थी, राष्ट्रगान के रूप में वंदे मातरम् से किसी सांप्रदायिकता या हिंदुत्व की गंध नहीं आती थी, पर जैसे-जैसे राष्ट्रप्रेम लोगों पर थोपा जाने लगा, वंदे मातरम् एक राष्ट्रगीत न होकर मजहबी विवाद में घिर गया। मुसलमानों ने इसे गाने से इनकार कर दिया। हाल में अमित शाह का कहना है कि केवल पहले दो अंतरे को राष्ट्रगीत के रूप में स्वीकार कर कांग्रेस ने एक समुदाय के तुष्टीकरण का काम किया है। उनका कहना है कि यदि कांग्रेस ने यह गलती नहीं की होती तो देश का विभाजन नहीं होता।

देशभक्ति का अर्थ आजादी के बाद से बदलता रहा है। कांग्रेस के लिए देशभक्ति का जो अर्थ है, दीगर पार्टियों के लिए वह अर्थ हो, यह जरूरी नहीं। देशभक्ति के इस प्रायोजित दौर में एक दल को यह लगा कि इसे राज्यों में गाना अनिवार्य कर दिया जाए, तो दूसरी ओर कांग्रेस व अन्य दलों के द्वारा शासित प्रदेशों में इसके गाने, न गाने पर छूट भी थी। तमाम देशवासियों को इस मुहिम

में राजनीतिक गंध समझ आने लगी और उनका कहना था कि इसका गाया जाना अनिवार्य नहीं किया जाए, बल्कि लोग स्वेच्छा से ही गाएँ। हाल के वर्षों में हमने देखा है कि हमारा राष्ट्रप्रेम–तुम्हारा राष्ट्रप्रेम का बिगुल ज्यादा बजाया गया है, सच्चे राष्ट्रप्रेम की राह पर चलनेवाले कम हुए हैं। लोगों का कहना था, कि सामान्यत: हर आदमी देशभक्त है, वह राष्ट्रगीत गाए या न गाए। कोई व्यक्ति केवल राष्ट्रगीत गाकर अपनी राष्ट्रभक्ति प्रमाणित नहीं कर सकता। वंदे मातरम् का विरोध हर बार केवल इस वजह से किया गया कि इसके गाने को मुसलमानों को भी अनिवार्य कर देने के फरमान जारी किए गए। ऐसी स्थिति में विरोध होना स्वाभाविक ही था।

कहना न होगा कि वंदे मातरम् को राष्ट्रगीत के रूप में स्वीकार करने में सामान्यत: किसी को कठिनाई न होती, यदि बीच में मुसलिम लीग, हिंदू महासभा और राष्ट्रीय स्वयंसेवक संघ इसमें कूद न पड़ते। याद रहे 1937 के कांग्रेस अधिवेशन में इसे लोकतांत्रिक गणराज्य भारत का राष्ट्रगीत कहा गया। 10 मार्च, 2008 को 'जनसत्ता' के संपादक प्रभाष जोशी ने संघ की राष्ट्रभक्ति पर प्रश्नचिह्न लगाते हुए एक लंबा लेख 'जनसत्ता' में लिखा तथा सिद्ध किया कि संघ का काम है हिंदू राष्ट्र के लिए मर मिटनेवाले स्वयंसेवकों का संगठन बनाना। उनके लिए आजादी के आंदोलन से ज्यादा महत्त्वपूर्ण स्वतंत्र हिंदू राष्ट्र के लिए संगठन बनाना व स्वयंसेवक तैयार करना रहा है। वे तथाकथित राष्ट्रवादियों की इस बात का भी विरोध करते हैं कि मुसलमानों को भी हिंदू संस्कृति को मानना होगा या वंदे मातरम् गाना होगा, नहीं तो यहाँ से जाना होगा।

क्या वंदे मातरम् धार्मिक प्रतीकों का स्तुतिगान है ?

हम जानते ही हैं कि बंकिमचंद्र चट्टोपाध्याय द्वारा संस्कृत–बांग्ला मिश्रित भाषा में 1876 में रचित इस गीत का प्रथम प्रकाशन सन् 1882 में उनके उपन्यास 'आनंदमठ' में शामिल गीत के रूप में हुआ था। इस उपन्यास में यह गीत भवानंद नाम के संन्यासी द्वारा गाया गया है, जिसकी धुन यदुनाथ भट्टाचार्य ने बनाई थी। सन् 2002 में बीबीसी द्वारा आयोजित एक अंतरराष्ट्रीय सर्वेक्षण में, जिसमें उस समय तक के सबसे मशहूर दस गीतों का चयन करने के लिए दुनिया भर से लगभग 7000 गीतों को चुना गया था और बीबीसी के अनुसार 155 देशों/द्वीप के लोगों ने इसमें मतदान किया था, उसमें 'वंदे मातरम्' शीर्ष के 10 गीतों में दूसरे स्थान पर था। बंकिमचंद्र को यह गीत रचने की प्रेरणा तब हुई, जब 'गॉड! सेव द क्वीन' गीत

गाया जाना अंग्रेजों ने अनिवार्य कर दिया। उस वक्त बंकिमचंद्र, जो एक सरकारी अधिकारी थे, उन्हें यह अपमानकारी लगा और उन्होंने वंदे मातरम् गीत की रचना की। पहले-पहल इसमें केवल दो पद थे, जो संस्कृत में थे। पर बाद में इन दो पदों में कुछ बांगला पद जोड़कर नए वंदे मातरम् की रचना की तथा अपने लिखे गए उपन्यास 'आनंदमठ' में जोड़ दिया, जो संन्यासी विद्रोह पर आधारित उपन्यास था। जाहिर है, यह मातृभूमि वंदना के रूप में लिखी गई थी, जो बाद के बांगला पदों के समायोजन ने दुर्गा, लक्ष्मी व सरस्वती की स्तुति में बदल गया।

इसी के साथ इस गीत की स्वीकार्यता पर प्रश्नचिह्न लगने लगे। आजादी के संघर्ष में इस गीत के दो पदों के आधार पर जब राष्ट्रगान चुनने का वक्त आया तो बंकिमचंद्र के इस गीत के स्थान पर कविवर रवींद्रनाथ टैगोर के राष्ट्रगान 'जन गण मन अधिनायक जय हो' को वरीयता दी गई। ऐसा इसलिए भी कि उपन्यास का हिस्सा बन जाने के बाद और उसमें दुर्गा की स्तुति जुड़ जाने के बाद यह मुसलमानों को क्यों ग्राह्य होती ? लिहाजा मुसलमानों ने इसका विरोध किया। इसलिए कहा जाए 'वंदे मातरम्' जब तक उपन्यास का हिस्सा न बना था, तब तक वह मातृभूमि वंदना के रूप में स्वीकार्य था, पर उपन्यास में संस्कृत और बांगला में लिखे 'वंदे मातरम्' की स्वीकार्यता इसलिए भी कम हुई, क्योंकि पहले दो पदों में यह मातृभूमि वंदना थी, बाद में एक धार्मिक-सांस्कृतिक वंदना में बदल गई।

विवादों में आनंदमठ भी

केवल यह गीत नहीं, 'आनंदमठ' भी विवादों में रहा है। इसलिए कि उसमें मुसलमानों को विदेशी एवं देशद्रोही के रूप में चित्रित किया गया है। इसलिए जो उपन्यास अपने बुनियादी कथ्य में मुसलमान विरोधी हो, दूसरे, उसमें बाद में दुर्गा स्तुति को जोड़ा गया हो, उसे भला मुसलमान क्यों मानेंगे और उसे राष्ट्रगीत के रूप में क्यों गाना पसंद करेंगे? हालाँकि इतिहासकार पणिक्कर का कहना है, "बंकिमचंद्र के साहित्य में मुसलिम शासकों के खिलाफ कुछ टिप्पणियों के आधार पर यह नहीं कहा जा सकता कि बंकिम मुसलिम विरोधी थे। 'आनंदमठ' एक साहित्यिक रचना है।" जबकि 'वंदे मातरम : अ बायोग्राफी ऑफ ए सांग' के लेखक सब्यसाची भट्टाचार्य का कहना है, 'यह एक साहित्यिक रचना के राजनीतिकरण की कहानी है। अलग-अलग पार्टियों ने इसकी नई-नई व्याख्याएँ अपनी सुविधानुसार कीं, जो बंकिमचंद्र और उनकी रचना की भावना से अलग हैं।"

इस गीत के विरोध की एक बुनियादी वजह यह भी है कि मुसलिम धर्म में किसी व्यक्ति या वस्तु की पूजा की मनाही है। इसलिए भी यह मुसलिमों पर थोपी नहीं जा सकती। यह मसला सर्वोच्च न्यायालय में भी उठाया गया, जिसमें कहा गया कि यह देश का राष्ट्रगीत भले हो, पर इसे गाने की अनिवार्यता नहीं होनी चाहिए। इसे न गाने के लिए किसी को दंडित नहीं किया जा सकता। न ही इसे गाने के लिए किसी को जबरदस्ती मजबूर किया जा सकता है। सब्यसाची भट्टाचार्य कहते हैं, "यह गीत मेरी और शायद उस पूरी पीढ़ी की संस्कृति का हिस्सा है, जिससे मैं हूँ। इसलिए व्यक्तिगत रूप से मेरे लिए यह एक सुंदर और प्रेरणादायक गीत है, खासकर पहले दो छंद। लेकिन अगर आप गीत के बाद के हिस्से की बात करेंगे तो यह सच है कि इसमें हिंदू धर्म के प्रतीकों की बात की गई है।" हालाँकि अरबिंद घोष ने इसका अनुवाद किया तो इसे 'बंगाल का राष्ट्रगीत' का टाइटल दिया और 'आनंदमठ' के अंग्रेजी अनुवादक नरेशचंद्र सेनगुप्ता का तो कहना था कि "यह जानकर दु:ख होता है कि बंकिम बांगला राष्ट्रवाद से इतने ग्रस्त थे कि उन्हें भारतीय राष्ट्रवाद की परवाह नहीं थी।"

वंदे मातरम् की लोकप्रियता

'वंदे मातरम्' की अपार लोकप्रियता का अपना इतिहास है। बंगाल के स्वाधीनता आंदोलन की रैलियों में इस गीत को जबरदस्त लोकप्रियता मिली। यहाँ तक कि ब्रिटिश सरकार इस पर प्रतिबंध लगाने की सोचने लगी। कांग्रेस के अधिवेशन में गुरुवर कवींद्र रवींद्र ने इसे गाकर सुनाया। अन्य कई अधिवेशनों में इसे गाया गया। देश पर मर मिटने वाले वीरों ने 'वंदे मातरम्' कहते हुए अपने प्राण त्यागे या फाँसी पर झूल गए। 14 अगस्त, 1947 की रात्रि में संविधान सभा की पहली बैठक का प्रारंभ 'वंदे मातरम्' के साथ और समापन 'जन गण मन…' के साथ हुआ। 1950 में 'वंदे मातरम्' राष्ट्रीय गीत और 'जन गण मन' राष्ट्रीय गान बना।

कहा जाता है कि खिलाफत आंदोलन के अधिवेशनों की शुरुआत 'वंदे मातरम्' से होती थी और तब अहमद अली, शौकत अली, जफर अली जैसे वरिष्ठ मुसलिम नेता इसके सम्मान में उठकर खड़े होते थे। बैरिस्टर जिन्ना पहले तो इसके सम्मान में खड़े न होने वालों को फटकार लगाते थे। 1905 में गांधीजी ने लिखा—"आज लाखों लोग एक बात के लिए एकत्र होकर 'वंदे मातरम्' गाते हैं। मेरे विचार से इसने हमारे राष्ट्रीय गीत का दर्जा हासिल कर लिया है। मुझे

यह पवित्र, भक्तिपरक और भावनात्मक गीत लगता है। कई अन्य राष्ट्रगीतों के विपरीत यह किसी अन्य राष्ट्र-राज्य की नकारात्मकताओं के बारे में शोर-शराबा नहीं करता।" 1936 में गांधीजी ने लिखा—"कवि ने हमारी मातृभूमि के लिए जो उनके सार्थक विशेषण प्रयुक्त किए हैं, वे एकदम अनुकूल हैं, इनका कोई सानी नहीं है।" मदनलाल ढींगरा, प्रफुल्ल चाकी, खुदीराम बोस, सूर्यसेन, रामप्रसाद बिस्मिल और अन्य बहुत से क्रांतिकारियों ने 'वंदे मातरम्' कहकर फाँसी के फँदे को चूमा। भगतसिंह अपने पिता को पत्र 'वंदे मातरम्' से अभिवादन कर लिखते थे। सुभाषचंद्र बोस की आजाद हिंद फौज ने इस गीत को अंगीकार किया और सिंगापुर रेडियो स्टेशन से इसका प्रसारण होता था। टैगोर, पं. पलुस्कर, दक्षिणरंजन सेन, दिलीप कुमार राय, पं. ओंकारनाथ ठाकुर, केशवराव भोले, विष्णुपंथ पागनिस, मास्टर कृष्णाव राव, वीडी अंभाईकर, तिमिर बरन भाचार्य, हेमंत कुमार, एम.एस. सुब्बालक्ष्मी, लता मंगेशकर और ए.आर. रहमान आदि ने इसे अलग-अलग रागों, काफी मिश्र खंभावती, बिलावल, बागेश्वरी, झिंझौटी, कर्नाटक शैली आदि रागों में गाकर इसे हर तरह से समृद्ध किया है।

वंदे मातरम् पर मद्रास हाईकोर्ट का फैसला

इस विवादी राष्ट्रगीत पर यों तो समय-समय पर बवाल होता रहा है, पर मद्रास हाईकोर्ट के इस फैसले के बाद भी विवाद एक बार फिर परवान चढ़ा कि राष्ट्रगीत 'वंदे मातरम्' सभी स्कूलों, कॉलेजों और शैक्षणिक संस्थानों में हफ्ते में एक दिन गाना होगा। इसके साथ ही सभी सरकारी और निजी दफ्तरों में महीने में एक दिन 'वंदे मातरम्' गाना ही होगा। इस पर जनसत्ता संपादक ने 'क्या वंदे मातरम् गीत राष्ट्रवाद की भेंट चढ़ गया?' शीर्षक लेख में यह बात उठाई कि क्योंकि यह राष्ट्रगीत है, इसलिए इसे राष्ट्र के हर नागरिक को गाना ही चाहिए, इस बात से शायद ही कोई विवेकशील सहमत होगा। आज जब राष्ट्रवादी शक्तियाँ फिर से सिर उठा रही हैं, कहीं गाय के नाम पर, कहीं राष्ट्रगीत गाने की अनिवार्यता के नाम पर किसी व्यक्ति की राष्ट्रभक्ति को कसौटी पर कसा जा रहा है, ऐसे में देश का माहौल विषाक्त हो रहा है। जब देश की आजादी के संघर्ष के स्मरण की बात होती है तो हम उन सारे कारकों को याद करते हैं, जिसके द्वारा आजादी की लड़ाई लड़ी गई या जिन्होंने आजादी की दीपशिखा को प्रज्वलित करने का काम किया। इनमें वे बहुतेरे राष्ट्रप्रेम के गीत भी शामिल हैं, जो राष्ट्रगीत भले नहीं बन सके पर

जिनकी देश की आजादी की आग को प्रज्वलित करने में कम भूमिका नहीं रही। ओम थानवी ने इसे गाने की अनिवार्यता पर सवाल उठाते हुए इस बात पर क्षोभ व्यक्त किया है कि हमने इसके विरोध की आँच में इसके साहित्यिक मूल्य पर ध्यान ही नहीं दिया। उनका कहना था कि वंदे मातरम कविता पहले है, राष्ट्रगीत बाद में। इसलिए ऐसा न हो कि राष्ट्रवाद की बहस में यह कविता भेंट चढ़ जाए। उन्होंने इसके बचाव को लेकर बहुत लंबी विवेचना के बाद पाया कि इसमें काव्य के साथ अनूठी सांगीतिकता भी है। यही वजह है कि इसे कई संगीतकारों ने विभिन्न रागों में संगीतबद्ध किया है।

जहाँ तक मुसलिम या अन्य संप्रदायों द्वारा इसके धार्मिक प्रतीकों के कारण विरोध का सवाल है, ओम थानवी का मानना है कि इसे धार्मिक प्रतीकों की रोशनी में ही पढ़ा जाए, कोई जरूरी नहीं है; क्योंकि धार्मिक प्रतीक हमेशा सांप्रदायिक नहीं होते, वे सांस्कृतिक भी होते हैं। और वे यह मानते हैं कि 'वंदे मातरम्' में किसी धर्म की नहीं, धरती की ही वंदना है। उनका कहना था कि जैसे एक हिंदू और गैर धार्मिक व्यक्ति होते हुए भी सूर, मीरा के भजन चाव से सुनते हैं, वैसे ही नातिया कव्वालियाँ भी। पर जहाँ वे इस गीत की खूबसूरती की बात कहते हैं, वहीं 'आनंदमठ' में बंकिम की संकीर्ण दृष्टि की आलोचना भी, जो अंग्रेजों का तो यशोगान करता है और मुसलमानों की खिल्ली उड़ाता है। उन्होंने 'आनंदमठ' के कई उद्धरणों के आधार पर इस नतीजे पर पहुँचे हैं कि यह न केवल मुसलिमों के प्रति अपनी दुर्भावना के कारण, बल्कि साहित्यिक दृष्टि से भी एक कमजोर उपन्यास है। उन्होंने राष्ट्रवाद या राष्ट्रप्रेम को ऐसे प्रतीकों, गीतों या राष्ट्रचिह्नों के माध्यम से किसी व्यक्ति या वर्ग पर थोपने की आलोचना भी की है। उन्होंने राष्ट्रगीत के साथ राष्ट्रीय प्रतीकों की भी राष्ट्रप्रेम की कसौटी पर कसने की आलोचना की है। भले ही भारत का राष्ट्रीय पक्षी मोर है, पर प्रदेशों में कोई और हो सकता है, पर सारे राज्य भारत का ही अविभाज्य हिंस्सा हैं, तो कहीं हम दूसरे राष्ट्रीय प्रतीकों की अवहेलना पर न उतर आएँ!

कहाँ गई राजभाषा और कहाँ गया राष्ट्रप्रेम ?

अब आइए राष्ट्रगीत से आगे बढ़ते हैं राष्ट्रभाषा पर। क्या वजह है कि जब देश में राष्ट्रप्रेम की आँधी चल रही है, राष्ट्रभाषा हिंदी की इतनी उपेक्षा क्यों है ? जो भी आदमी जरा रसूख वाला होता है, वह अंग्रेजी बोलता हुआ और अंग्रेजी

बोलकर हिंदीवालों को अपमानित-सा करता हुआ नजर आता है। क्या अंग्रेजी बोलने वालों के राष्ट्रप्रेम के आगे हिंदी प्रेमियों का राष्ट्रप्रेम मायने नहीं रखता? आज भी विद्यालयों में हिंदी बोलने पर दंड का प्रावधान है। क्या वजह है कि राष्ट्रवाद के उफनाते राग के बावजूद 1950 में संविधान के लागू होने के इतने दिनों बाद भी हिंदी देश की एकमात्र राजभाषा नहीं बन पाई और आज भी आठवीं अनुसूची में न होने के बावजूद अंग्रेजी देश की राजभाषा बनी हुई है? तथा यह भी सच है कि राजभाषा के संवैधानिक प्रावधानों के अनुसार जब तक देश में एक भी राज्य ऐसा है, जो हिंदी को राजभाषा नहीं मानता, तब तक हिंदी देश की एकमात्र राजभाषा नहीं हो सकती। आज धड़ल्ले से सरकारी कार्यालयों में अंग्रेजी में काम होता है, हिंदी दिवसों के नाम पर भव्य आयोजन होते हैं, पर हिंदी का नामलेवा आज वही है, जिसकी अंग्रेजी में हालत पतली है। यह न सोचिए कि आज सोशल मीडिया, इंटरनेट या फिल्मों के जरिए हिंदी का जो प्रचार-प्रसार हो रहा है, उसके पीछे किसी सरकारी मुहिम या संविधान के प्रावधानों अथवा सरकार के राष्ट्रवादी अभियायों की सफलता है, बल्कि यह खुला विश्व-बाजार और बाजारवाद का असर है और हिंदी भाषियों के बड़े समुदाय तक पहुँचने की एक भाषाई कोशिश का नतीजा है।

राष्ट्रीय ध्वज तिरंगे को ही ले लीजिए। यह राष्ट्र के स्वाभिमान का प्रतीक है, पर इस तिरंगे के प्रति ही कितनी आस्था नागरिकों में बची है? इसे एक रस्म की तरह सरकारी कार्यालयों व भवनों में फहराया जाता है, पर संविधान का हुकुम न हो तो शायद झंडे फहराने की रवायत कब की खत्म हो गई होती! हिंदी के एक क्रांतिकारी कवि धूमिल ने तो एक कविता ही इस पर लिख दी थी कि : 'आजादी क्या तीन थके हुए रंगों का नाम है/जिसे एक पहिया ढोता है या इसका कोई और मतलब होता है?'

आज जहाँ एक ओर एक राजनेता द्वारा यह कहा जा रहा है कि कि कांग्रेस मुसलिम तुष्टीकरण के लिए इस गीत के दो पदों को ही राष्ट्रगीत न मानती तो यह देश विभाजन का शिकार नहीं होता, तो एक बार फिर यह गीत जेरेबहस आ गया है कि अपने जन्म से ही विवादित इस गीत की बुनियादी विशिष्टताओं की आखिर अनदेखी क्यों हुई है और राष्ट्रप्रेम के नाम पर इसकी आज भी इतनी छीछालेदर क्यों की जा रही है? 'वंदे मातरम्' पर पुस्तक लिखने वाले सब्यसाची भट्टाचार्य का अध्ययन इस मामले में दिलचस्प है। वे कहते हैं कि ख्यात संस्कृतविद् हरप्रसाद शास्त्री का कहना है कि इसकी भाषा व्याकरण सम्मत नहीं है, जिस पर बंकिम

का कहना था, "यदि आप चाहें तो पढ़ें, नहीं तो इसे उठाकर फेंक दें।" भट्टाचार्य सवाल करते हैं कि बंकिम ने संस्कृत पदों के बीच में बांगला भाषा के पद क्यों रखे? आधुनिक बांगला भाषा के जनक ने संस्कृत का प्रयोग आखिर क्यों किया? यह अध्ययन का विषय है।

संस्कृत और बांगला के फ्यूजन की चर्चा करते हुए सब्यसाची कहते हैं कि हो सकता है यह संस्कृत व बांगला का सम्मिश्रण जयदेव के 'गीत गोविंद' से प्रेरित हो जहाँ क्लासिक संस्कृत के शैली-शिल्प की प्रगाढ़ता व रसमयता में प्रचलित बोलियों की मधुरता का योगदान माना जाता है। पर 'गीत गोविंद' में जहाँ छंद दुरुस्त हैं, वहीं इस गीत में छंद-शैथिल्य नजर आता है। यह भी संभव है कि बांगला भाषा के कोश की वृद्धि के लिए आधुनिक बांगला के निर्माता बंकिम का रुझान संस्कृत की ओर अग्रसर हुआ हो! जहाँ तक मातृभूमि की वंदना की बात है, वे कहते हैं कि काफी लोग अब मातृभूमि को एक मृत रूपक मानते हैं, जो अब लोगों को भावनात्मक रूप से देश के प्रति उद्वेलित नहीं करता। हालाँकि 1862 में माइकल मधुसूदन दत्त ने भी एक प्रसिद्ध कविता लिखी थी, 'टू द लैंड ऑफ बंगाल', जिसमें देश को माँ कहा गया है। एक प्रतीकात्मक नाटक 'भारतमाता' भी कोलकाता में 1873 में खेला जा चुका था। समकालीन बांगला कवि हेमचंद्र बनर्जी ने भी 'भारत जननी की जागृति' नामक कविता लिखी थी। इसलिए 1860 या 1870 में देश को मातृभूमि या भारतमाता कहना एक सामान्य चलन था। इसलिए सब्यसाची भट्टाचार्य का कहना है कि इससे इनकार नहीं किया जा सकता कि अधिकांश लोगों के लिए 'वंदे मातरम्' में मातृभूमि के बिंब में धार्मिक अंतर्वस्तु की अपनी कुछ बुनियादी अपील रही है, तथापि इस निष्कर्ष तक पहुँच जाना कि धार्मिक कट्टरपंथियों के लिए मातृभूमि एक व्यापक फ्रेंचाइज है, अप्रत्याशित लगता है। माँ के रूप में देश की नुमाइंदगी का विभिन्न लोगों के लिए विभिन्न अर्थ होता है, और यह बात उपेक्षणीय है कि विविधता इसमें कहीं बाधक है।

□

पराई मिट्टी में अपनी भाषा की क्यारी

साल 2014 के अगस्त माह में दक्षिण अफ्रीका जाना हुआ। साहित्य अकादमी और संस्कृति मंत्रालय की ओर से जोहान्सबर्ग में आजादी के बीस साल के उपलक्ष्य में मनाए जा रहे 'हिंदी साहित्य उत्सव' में शामिल होने पहुँची हम लेखकों की टोली में अशोक चक्रधर, प्रेम जनमेजय, प्रेमशंकर शुक्ल, डॉ. श्रीभगवान् सिंह, डॉ. शिवनारायण, नरेश सक्सेना व प्रो. रेवती रमण शामिल थे। जोहान्सबर्ग पहुँचते ही आर्यसमाज के सबसे बड़े केंद्र में स्वागत हुआ। कवि गोष्ठी भी आयोजित थी। सभी कवियों ने कविताओं से ही इस यात्रा के पहले अनुष्ठान का शुभारंभ किया। अपने देश के कवियों को सुनने के लिए हिंदी भाषियों का समूह उमड़ उठा था। स्वागत से रात भर की थकानदेह यात्रा जाती रही। हम उस रेलवे स्टेशन पीटरमेरिट्जबर्ग भी गए, जहाँ टिकट होने के बावजूद गांधीजी को अंग्रेजों ने प्रथम श्रेणी के कोच से उतार दिया था। रंगभेद के इस दंश को महसूस करते हुए हमने सोचा कि दक्षिण अफ्रीकियों ने कितने संघर्ष के बाद आजादी हासिल की है। मंडेला का लगभग पूरा जीवन ही जेल में कट गया। आजादी की इस तड़प को देखना हो तो अफ्रीकी कविताएँ इसकी गवाह हैं। बर्नाद बी दादेय, रैफेल आरमेटो, वोल सोयिंका, क्वेसी ब्रेव, लेनरी पीटर्स, डेनिस ब्रूटस जैसे कवियों ने अपने संघर्ष को कविताओं के जरिए विश्व भर में फैलाया है। दक्षिण अफ्रीका की धरती पर आकर मुझे 'अ बुक ऑफ अफ्रीकन वर्स' की याद हो आई, जो लखनऊ में कभी पढ़ी थी।

आज आजादी के बीस वर्ष हुए, दक्षिण अफ्रीका को आजादी के इस स्वाद को महसूस करते हुए। किताबों की जिस दुकान पर जाइए, नेल्सन मंडेला पर सैकड़ों किताबें मिलेंगी। आजादी के अप्रतिम नायक हैं वे। पर वहाँ लोग गांधी को भी हृदय से याद करते हैं, जिन्होंने रंगभेद के विरुद्ध अफ्रीकियों का साथ दिया। फीनिक्स आश्रम में जब अशोक चक्रधर ने वहाँ के कुछ बच्चों को भारतीय नोट

दिखाकर पूछा ये कौन हैं, तो बच्चे बोल उठे थे—गांधी। गांधी की यही पहचान पूरे विश्व में है।

हमारे कार्यक्रमों का एक बड़ा केंद्र रहा हिंदी शिक्षा संघ, डरबन, जिसकी कमान 2012 से हिंदी प्रेमी मालती रामबली के हाथ में है। पं. नरदेव वेदालंकार द्वारा स्थापित इस संस्था से शायद ही कोई हिंदी प्रेमी होगा, जो न जुड़ा हो। ये लोग अपने पुरखों से सीखी हिंदी अपनी नई पीढ़ी तक पहुँचा रहे हैं। हिंदी-हिंदीभाषी समाज तक पहुँचे, इसके लिए 'हिंदवाणी' रेडियो स्टेशन भी स्थापित किया है, जहाँ से मालती रामबली की बेटी आराधना एवं कपिल इसके प्रसारण कार्यक्रमों को नियमित चलाते हैं। याद है, जब एक दिन इस रेडियो स्टेशन पर मैंने अपने कुछ गीत पढ़े तो अगले दिन के आयोजन में एक सज्जन ने आकर कहा कि कल आपकी कविताएँ रेडियो पर सुनीं। सुनकर अच्छा लगा। अब तो समय हो चला है वहाँ से आए हुए, पर जो बात नहीं भूलती, वह है स्वच्छता; सड़कों पर एक चम्मच धूल तक नहीं। कहीं नालियाँ तक नहीं दिखतीं। दूसरे, हिंदी से अगाध प्रेम। 'नमस्ते' कहने का अंदाज। वह अहसास, जिसे हम अपने ही देश में रहते हुए भूल गए हैं। आइए विस्मृति और उपेक्षा के इस बियाबान से निकलें और हिंदी को दिल से अपनाएँ। हिंदी बेशक आज तकनीक के करघे पर परवान चढ़ रही हो, यह अभी भी दिल की जबान है, प्रेम का धागा है।

जोहान्सबर्ग : गुजराती समाज की राष्ट्रभाषा सेवा

दक्षिण अफ्रीका में भारतीयों के प्रयत्नों से हिंदी सीखने-सिखाने और हिंदी शिक्षण का क्या माहौल है, यह जानने जोहान्सबर्ग में मनाए जा रहे 'हिंदी साहित्य उत्सव' में शामिल होने पहुँची हम लेखकों की टोली 29 जुलाई, 2014 को 'दि यूनाइटेड पाटीदार सोसाइटी' द्वारा साल्विया स्ट्रीट, लनेजा (जिसकी एक शाखाा लिलियन रोड, फोड्र्सबर्ग, जोहान्सबर्ग में भी है) में संचालित स्कूल श्री भारत शारदा मंदिर देखने गई, जिसे गुजराती उद्यमियों का एक समूह चलाता है। परदेश में जाकर भारतवासी अपनी मातृभाषा और राष्ट्रभाषा न भूल जाएँ, यह सोचकर इस समूह ने अनेक गतिविधियों के साथ अपने विद्यालयों में यह बंदोबस्त किया है कि वहाँ बच्चे प्रारंभिक कक्षाओं से ही गुजराती और हिंदी भी सीख सकें। भगिनी समाज ने भी इस दिशा में अहम भूमिका निभाई है तथा समाज कल्याण की दिशा में लगी अनेक संस्थांओं के साथ मिलकर विभिन्न तबके के लोगों की सेवा-सहायता की है। भगिनी समाज की अध्यक्षा भारतीबेन डाया हैं। विद्यालय पहुँचते ही हमें

विद्यालय के निदेशक श्री शशिभाई डाया से मिलवाया गया। वे बहुत उत्साही व्याक्ति लगे, जिसका मिशन ही है दक्षिण अफ्रीका के भारतीय समाज में शैक्षिक जागृति लाना। वे सूरत, गुजरात के रहनेवाले हैं। औपचारिक वार्त्ता में उन्होंने बताया कि यहाँ अन्य विभिन्न विषयों के अध्ययन-अध्यापन के साथ-साथ बच्चों को शुरू से गुजराती व हिंदी भी सिखाई जाती है। उनका कहना था कि भारतीयों ने यहाँ बड़े-बड़े औद्योगिक व्यावसायिक यूनिटें स्थापित की हैं। वहाँ की अध्यापिकाओं ने जलपान की व्यवस्था की थी। नमकीन तो गुजरातियों का प्रसिद्ध है ही, पेय पदार्थों में जिंजर की कोल्ड ड्रिंक लोगों ने बेहद पसंद की। निदेशक शशिजी से मेरी भी कुछ बातें हुईं।

प्रो. अशोक चक्रधरजी ने इच्छा व्यक्त की कि वे हिंदी पढ़नेवाले बच्चों से मिलना चाहते हैं। उनसे संवाद करना चाहते हैं। फिर क्या था, अशोकजी की अगुआई और वरिष्ठ कवि नरेश सक्सेना के साथ हम एक हॉल में ले जाए गए, जहाँ छोटी कक्षाओं के बच्चे हमारा इंतजार कर रहे थे। बच्चों ने प्रेम से अभिवादन किया। लेखकों का परिचय अशोक चक्रधरजी ने बच्चों को दिया तथा कुछ बातें कीं। फिर नरेश सक्सेना जी ने बच्चों को संबोधित किया। कुछ कविताएँ भी सुनाईं। नरेशजी में बच्चों के प्रति एक गजब का सम्मोहन है। एक कवि सम्मेलन में अपनी एक छोटी सी कविता 'शिशु' सुनाकर उन्होंने कविता प्रेमियों का दिल जीत लिया था। यह कविता उनके संग्रह में है। 'शिशु लोरी के शब्द नहीं/संगीत समझता है/बाद में समझेगा भाषा/अभी वह अर्थ समझता है। वेद-कुरान-पुरान तुम्हारे व्यर्थ समझता है/अभी वह अर्थ समझता है/बाद में समझेगा भाषा/उसी से है जो है आशा।' बच्चे प्रसन्न थे। प्रेम जनमेजयजी ने भी यहाँ कुछ बच्चों को भारतीय रुपए दिए और पूछा इस पर किसका चित्र छपा है? बच्चों ने कहा, गांधीजी का। बच्चे गांधी से परिचित थे। बच्चे नोट पाकर गद्गद थे, हालाँकि दस रुपए की भला वहाँ क्या वैल्यू? पर स्मृति तो स्मृति है। एक लेखक की यादगार भेंट थी यह। फिर पता नहीं कब ऐसा लेखकीय दल वहाँ पहुँचे-न-पहुँचे। चलने से पहले निदेशक शशि भाई ने 'द यूनाइटेड पाटीदार सोसाइटी' की दीवाली मैगजीन पढ़ने को दी, जिसमें गुजराती समाज के संगठनों के कार्यकलाप दर्ज थे।

जब तक अन्य लेखकगण जलपान तथा फोटो खिंचाने में संलग्न थे, अशोकजी और मैंने निर्णय लिया कि हम हिंदी अध्यापिका के साथ हिंदी पढ़ते हुए बच्चों से मिलें। वहाँ कुछ बच्चे मिले। प्रतिभाजी गुजराती पढ़ाती हैं और हेमलताजी

हिंदी पढ़ाती हैं। हम ब्लैकबोर्ड पर हिंदी वर्णमाला देखकर गद्गद हो उठे। गिनती भी लिखी हुई थी। यह आज का पाठ था, जिसे शायद बच्चे पढ़ चुके थे और किन्हीं अन्य कक्षाओं में थे। हमने और चक्रधरजी ने विभिन्न भंगिमाओं में बच्चों व ब्लैकबोर्ड के चित्र खींचे। अशोकजी ने अध्यापिकाओं को आश्वासन दिया कि इन बच्चों के लिए पाठ्यक्रम निर्माण की कोई योजना बनाई जाए तो वे भरसक सहायता देंगे। उन्होंने कहा कि बच्चों को विजुअल माध्यमों से हिंदी सिखाई जानी चाहिए तथा उनके पाठ्यक्रमों में कुछ पाठ सांगीतिक रूप से रचे जाने चाहिए, जिससे वे गाते-गुनगुनाते हुए पढ़ सकें।

कविता की जगह कहाँ है ?

कविगण चाहे जहाँ चले जाएँ, आजू-बाजू कविताएँ ही चाहते हैं; बल्कि कहना चाहिए कि हर जगह वे कवियाये ही रहते हैं। हाल की दक्षिण अफ्रीका यात्रा में सभी लेखकों-कवियों ने अपनी-अपनी तरह से यायावरी की। एक दिन 'गांधी के देश में', 'गांधी के वेश में' डॉ. श्रीभगवान् सिंह ने जोहान्सबर्ग में गांधी के 'सत्याग्रह संग्रहालय' की ओर रुख किया तो अशोक चक्रधर, प्रेम जनमेजय, रेवती रमण, नरेश सक्सेना और मैंने एक मॉल की ओर। नरेशजी की इच्छा थी कि यदि अफ्रीका के कवियों में से किसी से भेंट हो सके तो यह यात्रा सार्थक हो जाए। दक्षिण अफ्रीका 1994 तक रंगभेद की लड़ाई लड़ता रहा है। अफ्रीकन नेशनल कांग्रेस का यादगार संघर्ष विस्मृत नहीं किया जा सकता। उस दौर के जुझारू कवियों में रैफेल आरमेटो, क्वेसी ब्रेव, बर्नाद बी दादेय, लेनरी पीटर्स, वोल सोयिंका, डान मातेरा, डेनिस ब्रूटस आदि अनेक कवियों की कविताओं ने एक जमाने में रंगभेद और औपनिवेशिक सत्ता के विरुद्ध क्रांतिकारी कविताओं की एक समृद्ध परंपरा निर्मित की। मुझे याद है लखनऊ की अमीरुद्दौला लाइब्रेरी से लेकर पढ़ी 'अ बुक ऑफ अफ्रीकन वर्स' मेरी प्रिय पुस्तकों में रही है और उसकी सैकड़ों कविताओं का अनुवाद करते हुए अत्यंत आनंद का अनुभव किया है। वे अनुवाद किताबों के कबाड़ में कहीं पांडुलिपि रूप में दबे होंगे। पर एक हफ्ते की इस यात्रा में हम लेखकों-कवियों को ऐसा अवसर न मिला कि हम किसी अफ्रीकी लेखक या कवि से मिल पाते।

लिहाजा नरेश सक्सेनाजी और मेरी राय थी कि किसी बुक स्टोर पर ही चला जाए तो शायद वहाँ दक्षिण अफ्रीका के कवियों के संग्रह मिल जाएँ। हम इसी

अभिलाषा से पास के एक मॉल में गए, जहाँ भव्य नेल्सन मंडेला स्क्वायर भी है, बेहद खूबसूरत और यादगार जगह, जहाँ मंडेला की विशालकाय मूर्ति लगी है तथा उनका एक स्मरणीय वाक्य सूक्ति के रूप में उनकी मूर्ति के सम्मुख अंकित है—It always seems impossible until It's done. यानी 'असंभव तभी तक लगता है, जब तक कार्य संपन्न नहीं हो जाता।' मॉल में घूमते हुए हम एक विशाल एक्सक्लूसिव बुक स्टोर में गए तो पाया कि वहाँ तो केंद्र में मंडेला छाए हैं। सैकड़ों पुस्तकें उनकी शख्सियत पर हैं। उनकी जीवनी, उनके विचार, उनका संघर्ष, उनकी सूक्तियाँ, उनके नोट्स सब करीने से प्रकाशित हैं। पर साहित्य के नाम पर यहाँ भी यूरोपीय लिटरेचर ही ज्यादा द्रष्टव्य है। किताबें हैं भी तो बस वही शेक्सपियर, बर्नार्ड शा, मिल्टन तथा सुपरिचित ब्रिटिश और अमेरिकी लेखकों-कवियों की। आलोचक रेवती रमण ने भी खोजने में मदद करनी चाही पर सफल नहीं हुए। नेरूदा की एंथोलॉजी अवश्य मौजूद दिखी। एकाध अफ्रीकी कविता संग्रह मिला भी तो वह अफ्रीकान्स भाषा में था। अंग्रेजी अनुवाद में कोई नहीं। एक वक्त था, पेंग्विन ने दुनिया की तमाम भाषाओं में कविता संचयन और कविता संग्रह छापे थे, अन्य कुछ प्रकाशकों ने भी। किंतु आज ऐसे संग्रह नदारद हैं। जोहान्सबर्ग के बड़े बुक स्टोर पर जब यह हालत थी तो अन्य जगहों पर क्या स्थिति होगी, इसका सहज ही अनुमान किया जा सकता है। हमने तमाम रैक्स छान मारे, इस आशा में कि शायद कोई कविता संग्रह या संचयन हाथ लग जाए, पर ऐसा नहीं हुआ। एयरपोर्ट के बुक स्टाल पर भी यही स्थिति थी।

हमारी चिंता का विषय अब यह नहीं था कि वहाँ ऐसी कोई किताब क्यों नहीं मिली? बल्कि यह चिंता हुई कि क्या सारी दुनिया में कविता की यही हालत है कि उन देशों की कविताओं की पुस्तकें अंग्रेजी अनुवादों में सुलभ नहीं हैं? कविता की हालत यों तो हमारे देश में भी पतली है। लोकप्रिय कवियों के भी 300 से 500 तक के संस्करण छपते हैं। बेशक, कवियों की तादाद शायद अन्य सभी विधाओं के लेखकों से ज्यादा होगी। हम अफ्रीका में होकर भी वहाँ के मौजूदा कवियों की कविताओं से नावाकिफ थे। हम जानना चाहते थे आजादी के बाद दक्षिण अफ्रीकी कविता में क्या परिवर्तन आया है? पर अंग्रेजी में तो छोड़िए, अफ्रीकान्स में भी कोई पुस्तक न थी। जब फेसबुक, ब्लॉग्स वेबसाइट्स आदि पर कविताओं की सबसे ज्यादा बाढ़ आई हुई है, मुद्रित शक्ल में विदेशी कविताओं की पुस्तकों की ऐसी अनुपस्थिति चिंतनीय है। ग्लोबल विलेज बनी दुनिया में क्या कविताओं की जगह

कम पड़ती जा रही है या उसके गुण ग्राहकों का टोटा पड़ता जा रहा है? हमने जोहान्सबर्ग एयरपोर्ट पर भी एक किताबों की दुकान खँगाली पर वहाँ भी दक्षिण अफ्रीका की आजादी के नायक नेल्सन मंडेला तो छाए हैं, पर दक्षिण अफ्रीका की आजादी के तराने लिखने वाले कवियों की पीढ़ी नेपथ्य में है। राजनीति के कोलाहल में कविता की संवेदना के लिए आखिर जगह कहाँ होगी? काले लोगों को आजादी भले मिल गई हो, पर पूँजी और कॉरपोरेट के चंगुल से जैसे दक्षिण अफ्रीका अब भी आजाद नहीं हुआ है। सफाई, स्वच्छता के मामले में वह नायाब है, बल्कि उसे देख अपने देश के मल-मूत्रमय वातावरण पर शर्म आती है। वहाँ खेत हरे-भरे नहीं हैं, अधिकांश जमीनें बंजर और पठारी हैं, पर सड़क पर एक चम्मच धूल नहीं मिलती। घरों के पिछवाड़े-अगवाड़े सड़ांध पैदा करने वाली नालियाँ नहीं दिखतीं। यह चमचमाती स्वच्छता दक्षिण अफ्रीका को सौगात में मिली है। कुछ निम्न तबके के अफ्रीकी निवासियों के घरों में तनिक मलिनता जरूर दिखती है।

दक्षिण अफ्रीका जाकर भी अफ्रीकी कवियों के संग्रहों का न मिल पाने के पीछे जरूर कोई व्यावसायिक वजह होगी। समाज में कविता की जरूरत या जगह कम तो हुई है, पर इतनी भी नहीं। हमारी पिछड़ी हिंदी में ही हर साल औसतन एक हजार संग्रह छपते हैं। इनमें दशाधिक अच्छे संग्रह जरूर होते हैं, पर हाँ, कोई इनके अंग्रेजी अनुवाद खोजना चाहे तो वे यहाँ भी साहित्य अकादमी को छोड़कर आसानी से उपलब्ध न होंगे। दुनिया की भाषाओं के बीच अंग्रेजी एक पुल की तरह है, जिसके जरिए हम काव्यास्वाद के वैविध्य का आनंद उठा सकते हैं, पर इस पुल को कदाचित् और मजबूत बनाए जाने की जरूरत है।

जोहान्सबर्ग की एक दोपहर रस्टनबर्ग में एक भारतीय उद्यमी के घर

दक्षिण अफ्रीका की बौद्धिक यात्रा के दौरान 30 जुलाई, 2014 को हम लेखक मित्रों का दल एक ऐसे व्यक्ति के यहाँ पहुँचा, जिसका लगभग पूरा परिवार अब वहीं व्यवस्थित है। मेरठ के श्री दयानंद शर्मा लगभग 30 बरस पहले बोत्सवाना में अध्यापन करने आए थे। इंजीनियरिंग ड्राइंग के अध्यापक थे। फिर वे यहीं बस गए। उनके बच्चे श्री गिरीश शर्मा, श्री राहुल शर्मा और श्री अमित शर्मा अब यहीं रम-जम गए हैं और भारतीय उद्यमियों में अपनी एक अलग साख रखते हैं। परिवार के लोग लुब्रीकैंट्स के डिस्ट्रीब्यूशन और अन्य कारोबार में लगे हैं। घर क्या है, जैसे एक कुटीर हो! जीने के सारे साज-सामान के साथ एक पर्णकुटी परिवार के

मुखिया ने अपने लिए भी बनाई है, जहाँ सारे वेद व आर्यसमाज के मान्य ग्रंथ मौजूद हैं। पूजा-पाठ उनकी दिनचर्या में शामिल है। उन्हें यायावरी का शौक है। मन हुआ तो साल-छह महीने मोजांबिक, मॉरीशस और भारत घूम आए। मेरठ में वे एक सत्यकाम इंटरनेशनल स्कूल चलाते हैं, जो अभी आठवीं तक है। उसे इंटर तक करने का इरादा था। शायद अब तक इंटरमीडिएट स्तर की पढ़ाई होने लगी हो।

जब यायावरी करते हुए लेखकों का दल प्रो. अशोक चक्रधरजी की अगुआई और जोहान्सबर्ग निवासी हिंदी प्रेमी व हिंदी शिक्षा संघ के वरिष्ठ पदाधिकारी श्री हीरालाल शिवनाथ के सान्निध्य में उनके यहाँ पहुँचा, वे स्वागत के लिए समुत्सुक थे। लेखकों के सम्मान में यहाँ के आदिम नृत्य के दिग्दर्शन के लिए उन्होंने मडिक्वे से सेत्सो नृत्य के लिए नर्तक-नर्तकियों को लगभग 100 किमी. से बुलवा रखा था। वे आए और नाचे और खूब नाचे। अशोक चक्रधर प्रेम जनमेजय भी नाचे। और मेरे कदम भी कुछ बहके। पर समूचा समाँ ही कुछ और था। धूप थी पर भारतीयों की फरवरी वाली नशीली धूप! फागुनी अहसास दिलाती हुई। उनके परिवार की तीनों बहुएँ उत्तर प्रदेश, गुजरात, पंजाब से ताल्लुक रखती हैं तथा घर में एक अक्षुण्ण भारतीयता सँजोए रखती हैं। बासमती चावल के साथ अरहर की दुर्लभ दाल सहित राजमा, पनीर, खीर, अचार, चटनी आदि तरह-तरह के व्यंजन उन्होंने परोसे तो लगभग एक हफ्ते की यात्रा में पहली बार जिह्वा को भारतीय भोजन का आस्वाद मिला। हमारे साथ गांधीवादी चिंतक डॉ. श्री भगवान् सिंह, प्रो. रेवती रमण, अशोक चक्रधर, प्रेमशंकर शुक्ल, डॉ. शिवनारायण, प्रेम जनमेजय व नरेश सक्सेना ने खूब जीमा तथा आतिथ्य के लिए श्री शर्मा के प्रति कृतज्ञता जाहिर की।

आते हुए शर्माजी ने सबको एक-एक किलो के लगभग अखरोट दिए। कागजी अखरोट। स्लिम लेकिन तोड़ने में थोड़े आसान। पर सबसे ज्यादा ध्यान खींचती रही शर्मा परिवार के सदस्यों, बहुओं, बेटों की सरलता और पूरे माहौल में फैली-पसरी भारतीयता। सुदूर विदेश में एक भारत बसाकर रखने वाले शर्माजी को विस्मृत कर पाना सचमुच असंभव है। दिशादर्शक श्री हीरालाल सिवनाथ जी हाँक लगा रहे थे कि भारतीय कांसुलेट आफिस में कवि सम्मेलन में पहुँचने में देरी होगी, जल्दी करें पर गाड़ी में बैठने तथा वहीं अंत में चाय सर्व करते हुए शर्मा परिवार की आँखें सजल हो आईं। फिर कब आएँगे, वाली मनुहार मुद्रा के साथ! यह हम सारे लेखकों को आत्मीयता से भिगो देने के लिए काफी था।

□

मिलना एक शब्द-सहचर से

हिंदी दिवस-मास आते ही हिंदी के कार्यक्रमों-गोष्ठियों-समारोहों और गतिविधियों का मेला-सा लग जाता है और इन गतिविधियों के खत्म होते ही मेले की धूल भी तिरोहित हो उठती है। बस किया हुआ काम शेष रह जाता है। ऐसे धुनी कोशकारों-संपादकों में अरविंद कुमार शायद अकेले हैं, जिन्होंने हिंदी कोशकारिता को अपना पूरा जीवन समर्पित कर दिया है। हिंदी में शब्दकोशों की दुनिया में फादर कामिल बुल्के के बाद आदर से लिया जाने वाला नाम अरविंद कुमार का ही है। यद्यपि उनकी पहली किताब छियासठवाँ साल पूरा करते-करते छपी। यानी साठ के बाद। लेकिन छपी तो इतिहास बन गई। यह युगांतरकारी किताब थी 'समांतर कोश'। इसके साथ शब्दावली, थिसारस और कोशकारिता की उनकी जो परियोजना 'अरविंद लिंग्विस्टक्स' शुरू हुई, वह आज एक महान् अभियान बन चुकी है।

1930 में जनमे अरविंद कुमार ने 1980 से 85 तक 'सर्वोत्तम रीडर्स डाइजेस्ट' और 1963 से 78 तक 'माधुरी' का संपादन किया। 1945 से ही छापेखाने में बाल श्रमिक के रूप में, फिर प्रूफ रीडर से लेकर लिखने-पढ़ने की दुनिया से आ जुड़े। अरविंद कुमार ने अपने उत्तर जीवन में कोश और थिसारस तैयार करने का जो बीड़ा उठाया, उसकी पहली फलश्रुति थी नेशनल बुक ट्रस्ट द्वारा दो खंडों में प्रकाशित 'समांतर कोश', जिसे उन्होंने 13 दिसंबर, 1996 को राष्ट्रपति शंकर दयाल शर्मा को भेंट किया। 2,90,477 अभिव्यक्तियों वाले इस कोश के बाद उनकी यात्रा थमी नहीं, वह द पेंगुइन इंग्लिश-हिंदी/हिंदी-इंग्लिश थिसारस से होती हुई 'अरविंद वर्ड पावर : इंग्लिश-हिंदी' (670,000 शब्द) से होती हुई 'अरविंद लेक्सिकन, शब्देश्वरी' और 'तुकांत कोश' तक आ पहुँची है। पत्रकारिता, कविता, कथा लेखन, फिल्म समीक्षा के विशद अनुभवों के कोश बन चुके अरविंद कुमार ने अपने अकेले के दम पर जीवन के सर्वोत्तम उनतालीस साल लगाकर जो काम

कर दिखाया है, वह बड़ी-बड़ी संस्थाओं के बूते का नहीं है। हिंदी की चौतरफा हो रही दुंदुभि के बीच भारत में आयोजित किए जा रहे 10वें विश्व हिंदी सम्मेलन के अवसर पर अनन्य शब्द-सहचर अरविंद कुमार से बातचीत करना शब्दों के अरण्य में बिलम रहे एक यायावर से उसका हाल-चाल पूछना था—

ओम निश्चल : अरविंदजी। एक जमाना बीत चुका। लगभग चालीस सालों के परिश्रम से आपने शब्दकोश, थिसारस व लेक्सिकन के विशाल डाटाबेस का यह जो संसार निर्मित किया है, वह किसी मिशन से प्रेरित होकर किया या हिंदी में पेशेवर बनने की धुन भी कहीं मन में थी ?

अरविंद कुमार : शुरुआत में बस एक चाहत थी, हिंदी में भी रोजेट के थिसारस जैसी कोई किताब होनी चाहिए। इससे हिंदी लिखनेवालों की कलम को नई ताकत मिल जाएगी। इससे आगे की कोई बात, कोई मिशन, मन में नहीं था। हिंदी में इस तरह की कोई पुस्तक होनी चाहिए, सन् 1953 में यह बस इच्छा भर ही थी। यह कतई नहीं सोचा था कि वह मैं बनाऊँ। (तब मैं कैरेवान पत्रिका में उप संपादक था। हिंदी से इंग्लिश में अनुवाद करने होते थे और छपनेवाली रचनाओं को सँवारना भी होता था। किसी भाव विशेष के इंग्लिश के उपयुक्त शब्द पाने होते थे। तभी मैंने पहले-पहल इंग्लिश थिसारस देखा और खरीदा था और उसका दीवाना हो गया था।)

ओम निश्चल : जिस वक्त आप कोशकारिता की इस दुनिया में आए, तब हमारे कंप्यूटर पर डाटाबेस तैयार करने का काम कुछ कठिन था। शब्दकोशों के तैयार करने की विधियाँ बहुत पारंपरिक थीं। लिखित डाटाकार्ड के जरिए काम करना होता था। ऐसे हालात में यात्रा किस तरह शुरू की ?

अरविंद कुमार : कोशकारिता की दुनिया में तो मैं 1973 के अंत में ही आ गया था। 'माधुरी' का संपादन करते-करते यह बात दिमाग में कौंधी कि अरे बीस साल बीत गए, हिंदी थिसारस तो अभी तक नहीं बना और फैसला कर लिया कि मैं बनाऊँगा ही। तब कहीं कंप्यूटर थे ही नहीं। हिंदी-इंग्लिश टाइपसैटिंग भी हाथ से या मशीनों से होती थी, चाहे किताब हो, अखबार हो या कोश हो! तो हमने कार्डों पर ही काम शुरू किया, 1976 में। एकमात्र यही रास्ता था तब। कंप्यूटर तो 1993 में आया हमारे पास।

ओम निश्चल : आपसे पहले तमाम कोश थे, हिंदी-हिंदी, हिंदी-अंग्रेजी, अंग्रेजी-हिंदी व केंद्रीय हिंदी निदेशालय, वैज्ञानिक तकनीकी शब्दावली आयोग द्वारा

बनाए गए तमाम तकनीकी-गैर तकनीकी पेशेवर व द्विभाषी कोश। आखिर इनकी क्या सीमाएँ थीं कि आपको लेक्सिकोग्राफी के लिए अपना पूरा जीवन समर्पित करना पड़ा?

अरविंद कुमार : कोशों की तो कमी नहीं थी। काशी नागरी प्रचारिणी सभा का ग्यारह खंडों का 'हिंदी शब्द सागर' था। हिंदी साहित्य सम्मेलन का चार-पाँच खंडोंवाला कोश भी था। ये दोनों अपने बड़े साइज और कई खंडों की वजह से आम पाठक के काम के नहीं थे। ज्ञानमंडल लिमिटेड (वाराणसी) का बृहत् हिंदी कोश सबसे काम का था। हिंदी-हिंदी, हिंदी-अंग्रेजी, अंग्रेजी-हिंदी व केंद्रीय हिंदी निदेशालय, वैज्ञानिक तकनीकी शब्दावली आयोग द्वारा बनाए गए तमाम तकनीकी-गैर तकनीकी पेशेवर व द्विभाषी कोश थे। ये सब शब्दार्थ कोश थे। ये सिर्फ शब्द विशेष का अर्थ जानने के काम आ सकते थे। मेरी जुस्तजू थी, एक ऐसा कोश, जो किसी भाव के लिए कई शब्द देता हो; जो किसी लेखक को, अनुवादक को, अपनी भाषा सँवारने में, किसी एक बात को कहने में विविधता दे सकता हो, कई विकल्प दे सकता हो। एक वाक्य में कहूँ तो उनमें से एक भी थिसारस नहीं था। यही इनकी सीमा थी। मैं इस सीमा रेखा के पार कहीं बहुत दूर तक जाना चाहता था।

आम हिंदीवालों को इस बात की परिकल्पना ही नहीं थी कि कोई थिसारस भी होता है, या उसकी आवश्यकता क्यों है। हाँ कई थे, जो इंग्लिश में काफी आगे थे। वे जानते थे कि थिसारस क्या होता है, उससे कैसे काम लिया जाता है। लेकिन हिंदी में वह नहीं है, तो नहीं है। होना चाहिए, यह भी उनके मस्तिष्क में नहीं आता था। वे यथास्थिति से समझौता किए थे। बस मेरी कोशकारिता का यही आधार मंत्र था। मैं यथास्थिति से निकलना चाहता था।

ओम निश्चल : थिसारस की परंपरा अंग्रेजी में तो रही है, जैसे रोजेट का थिसारस, पर हिंदी में बिल्कुल नई है। या यह कहूँ कि हिंदी में थिसारस के प्रवर्तक आप ही हैं। आपसे पहले शायद ही किसी ने ऐसा काम किया हो। हिंदी में थिसारस का यह सपना आपने कब देखा?

अरविंद कुमार : जैसा कि अभी-अभी मैंने कहा कि 1953 में, तेईस साल की उम्र में यह बात मेरे मन में आई और यह सपना नहीं, मात्र एक इच्छा थी।

ओम निश्चल : अंग्रेजी शब्दकोशों में अपडेशन होते रहते हैं। पर हिंदी में जब कायदे से शब्दकोश ही अगले दो साल में बासी पड़ जाते रहे हों, ऐसे में बिना कंप्यूटरीकृत डाटाबेस के शब्दावलियों या कोशों को संवर्धित करना या उन्हें अद्यतन

करना कितना मुश्किल काम है! इन मुश्किलों का हल आपने कैसे निकाला?

अरविंद कुमार : अंग्रेजी शब्दकोशों में अपडेशन होते रहते हैं। सही है। जब डाटाबेस नहीं होते थे, तब भी उन कोशों के नए संस्करणों में नई शब्दावली जोड़ी जाती थी। तभी परिशिष्टों में। फिर कुछ साल बाद मुख्य ग्रंथ के अपने ढाँचे में। प्रोन्नयन के, अधुनातन करने के रूप में। इसका मतलब होता था—पूरी किताब की नए सिरे से टाइपसैटिंग, चैकिंग, रीचैकिंग, प्रूफ रीडिंग, बेहद महँगी और श्रमसाध्य प्रक्रिया। लेकिन इंग्लिश का बाजार (यानी किताबों के खरीददार) अकेले इंग्लैंड या अमेरिका में ही नहीं होते थे। पूरी दुनिया में उनके ग्राहक होते थे। उन तक पहुँचने की आशा में और अपने सेल्स के ताम-झाम के आधार पर, वह खतरे मोल ले सकता था। उनके ग्राहक भी अधुनातन संस्करण खरीदने को तैयार रहते थे और हैं।

भारत में विशेषकर हिंदी में, किताबों की बिक्री का कोई नियमित विधान/नेटवर्क नहीं है। अंग्रेजी किताबों की दुकानें होती हैं, हिंदी की नहीं। उच्च साहित्य भी नहीं मिलता। सस्ते जासूसी उपन्यास किराए पर देने वाली दुकानें होती हैं, बस। तो ऐसे में हिंदी-हिंदी, हिंदी-इंग्लिश, इंग्लिश-हिंदी कोश की बिक्री का कोई जुगाड़ था तो आसफ अली रोड पर, या नई सड़क पर, या कमला नगर की किरोड़ीमल कॉलेज की तरफ वाली सड़क पर।

ओम निश्चल : आज भी भारतीय घरों में धार्मिक ग्रंथ भले मिल जाएँ, शब्दकोश नहीं मिलते। शायद इसकी जरूरत ही लोग नहीं महसूस करते। ऐसे में बाजार की जरूरतों का आपने किस तरह सामना किया?

अरविंद कुमार : आपने सही कहा। धार्मिक ग्रंथ मिलते हैं, तो वे एक अनुभूत आवश्यकता का अपरिहार्य अंग हैं। आम आदमी धर्मपरायण है। अपनी आत्मा की मुक्ति की बात मानसिकता में गहरी पैठी है। दुनिया भर में कुरान, बाइबिल, गीता, रामायण, पुराण, गुरुग्रंथ साहब—ये सबसे बड़ा बिजनेस है, बिग बिजनेस! कुरान एक्सपोर्ट करने वाले छापेखाने करोड़ों-अरबों कमा रहे हैं। कल्याण प्रेस की किताबों की दुकान आप को पूरे हिंदी क्षेत्र में मिलेगी। उनके चलते-फिरते बिक्रीयान जहाँ-तहाँ दिखते हैं।

किताबों की बिक्री का एक और स्रोत भी है। सरकारी खरीद या स्कूल-कॉलेजों के पुस्तकालयों द्वारा खरीद। हमारे दस या अधिक प्रतिशत ऊपरी कमाई वाले देश में, हमारे पास वहाँ तक पहुँचने में संसाधन नहीं हैं। कभी होंगे, यह भी संदेहास्पद है।

अपनी कंपनी में हम चार जन हैं। मैं प्रकाशनार्थ सामग्री मुहैया कराता हूँ। 1978 से अवैतनिक हूँ। गुजारा ठीक-ठीक चल जाता है। पत्नी कुसुम हैं। उन्होंने डाटाबेस बनाने में योगदान किया। मेरी तरह वे भी उम्र के उत्तरवर्ती हिस्से में हैं। जितना हो सकता है, कागजी कारवाई में मदद करती हैं। बेटा सुमित हमारा प्रोग्रामर है। इंटरनेट पर अरविंद लैक्सिकन का भारी मासिक व्यय वही उठाता है। बेटी मीता है। उसके पति अतुल एक अच्छे पद पर हैं। इसलिए मीता के पास ड्राइवर भी है। वही हमारी कंपनी 'अरविंद लिंग्विस्टिक्स' का संचालन करती है। किताबें छपवाने के लिए छापेखाने से (थॉमसन प्रेस) संपर्क करती है। हिसाब-किताब देखती है। हम सब कंपनी से कुछ लेने की हालत में नहीं हैं। हमारा कोई कर्मचारी नहीं है। कंपनी का कोई ओवरहैड खर्च नहीं है। इसलिए हम अपनी किताबों की कीमतें कम-से-कम रख पाते हैं। पुस्तक वितरक कंपनियाँ मुद्रित मूल्य के पचास से पचपन-साठ प्रतिशत वसूल करती हैं। वे भी हमें अभी मिली हैं। हम पुस्तकों की कीमत कुल इतनी रखते हैं, जितनी में हम पैकिंग पोस्टिंग आदि का खर्च निकालकर दस-पंद्रह प्रतिशत बचा पाएँ। जितनी छापते हैं, अभी तक तो उनमें से कुल दस प्रतिशत ही बिकी हैं। जितना लगाया है, वह सब अपनी जेब से लगाया है। मुनाफा होगा भी या नहीं, यह कहा नहीं जा सकता।

हमारे सामने बस एक रास्ता है। कोशिश करते रहो। कभी तो मिलेगी, कहीं तो मिलेगी मंजिल!

ओम निश्चल : आपने कहीं कहा है कि बीसवीं सदी से लेकर अब तक हिंदी के विकास का इंजन मीडिया रहा है। पर मीडिया तो हिंदी को विकृत भी कर रहा है। इस बात पर आप क्या कहेंगे?

अरविंद कुमार : पिछली सदी में हिंदी के अधुनाकरण और विकास में सबसे बड़ा योगदान हिंदी के दैनिक पत्रों के लाखों सुनाम और अनाम पत्रकारों ने किया है। टेलीप्रिंटरों पर देश-विदेश के समाचार आते थे। आजादी की लड़ाई के दौरान तरह-तरह की शब्दावली आई। यह सब हर सुबह पाठकों तक पहुँचाने के लिए उन्होंने नए हिंदी शब्द बनाए। भारतेंदु से लेकर आज तक जो हिंदी बढ़ी है, उसमें सबसे बड़ा योगदान मीडिया का है, अखबारों का, फिल्मों का, टीवी पर फीचरों और समाचारों का।

अखबार और टीवी हिंदी को बिगाड़ रहे हैं, मैं इस बात से पूरी तरह सहमत नहीं हूँ। वे नए-नए प्रयोग कर रहे हैं। उनकी कोशिश है बड़े शहरों के हिंग्लिश

बोलने वालों तक पहुँचना। उनके द्वारा आयातित इंग्लिश शब्द कितने दूर तक प्रचलित होंगे, कहा नहीं जा सकता। भाषा बन रही है। कबूतरबाजी, मुँहनोचवा जैसे और सूपड़ा साफ होना जैसे प्रयोग भी तो आ रहे हैं।

ओम निश्चल : शब्दकोश, थिसारस और शब्द-जिज्ञासा हिंदी के विकास के आयुध हैं। हम भारतीयों ने इस आयुध को कितना महत्त्व दिया है?

अरविंद कुमार : हमने इस आयुध को महत्त्व देना शुरू किया है। पिछली सदी से ही अनेकों कोश बनते आ रहे हैं। बिकते भी रहे हैं। थिसारस एक नई चीज है। धीरे-धीरे लोग इसे समझ रहे हैं। इस क्षेत्र में एकमात्र काम हमारी टीम का ही है। समझदार वर्ग का हमें पूरा समर्थन मिल रहा है। मुझे जो कुछ सम्मान मिले और हाल ही का परंपरा से मिला 'ऋतुराज विशिष्ट सम्मान' इसकी गवाही दे रहे हैं। यह सही है कि हमारे थिसारस अभी तक मुख्य धारा का अंग नहीं बन पाए हैं, पर मुझे पूरा विश्वास है कि यह होकर रहेगा। उम्मीद पर दुनिया कायम है।

ओम निश्चल : प्रजापति कश्यप, यास्क, अमर सिंह, मोनियर विलियम्स, फादर कामिल बुल्के, रामचंद्र वरम्मा, हरदेव बाहरी और बदरीनाथ कपूर की इस परंपरा के आप आधुनिक उत्तराधिकारी हैं। मौजूदा कंप्यूटर फ्रेंडली पीढ़ी या कि मोबाइल-टैबलेट से जुड़ी पीढ़ी में थिसारस और कोश के प्रति कितनी जागरूकता है?

अरविंद कुमार : जिन ऐतिहासिक और वर्तमान महान् कोशकारों ने काम किया, मैं उनका उत्तराधिकारी जरूर हूँ, और अपने बाद के लिए तैयारी अभी से शुरू कर दी है। कंप्यूटर फ्रेंडली पीढ़ी तक हम तेजी से पहुँच रहे हैं, मोबाइल और टैबलेट तक अभी नहीं पहुँच पाए हैं। वहाँ तक पहुँचाना इन्हें बनाने वाली कंपनियों का काम है, जिन तक हमारा संदेश नहीं पहुँचा है। जब आकाश की बात चल रही थी, तो हमने कोशिश जरूर की कि संबंधित मंत्रालय उस पर हमारा हिंदी-इंग्लिश-हिंदी सॉफ्टवेयर भी शामिल कर ले (नाममात्र की कीमत पर—जैसे पच्चीस पैसे प्रति 'आकाश कंप्यूटर') ताकि छात्रावस्था से ही बच्चे कोश प्रेमी हो जाएँ। लेकिन हमारी बात अनसुनी ही रही।

ओम निश्चल : विश्व हिंदी सम्मेलन इस बार (2015) भारत में संपन्न हो रहा है। ऐसे सम्मेलनों की क्या सार्थकता समझते हैं आप?

अरविंद कुमार : हिंदी सम्मेलनों का असली महत्त्व हर सम्मेलन जितना ही है। यह जन संपर्क का, दुनिया भर में फैले हिंदी-प्रेमियों को उत्साहित करने के

नजरिए से बड़े काम का है। कुछ प्रस्ताव पास करके सरकार से हिंदी के विकास के लिए और फंड जुटाने की रणनीति का अंग भी है।

ओम निश्चल : हिंदी के प्रसार में भारत सरकार लगभग सन् 1976 से लगी हुई है। तकनीक भी हिंदी के पूरे पक्ष में है। इसके बावजूद हिंदी में कामकाज का सम्यक् वातावरण क्यों नहीं बन पाया है?

अरविंद कुमार : हिंदी के प्रसार में अभी समय लगेगा। सरकारी कर्मचारी देश के हर कोने से आते हैं। हिंदी से उनका परिचय कम होता है, इसलिए हिंदी के प्रयोग से घबराते हैं। मैं बस इतना कहूँगा—सहज पके सो मीठा! जल्दबाजी हानिप्रद हो सकती है।

ओम निश्चल : आप अब पचासी के हुए। अपना यह महत उत्तरदायित्व किन मजबूत हाथों में देकर जाना चाहेंगे?

अरविंद कुमार : मैं उत्तराधिकारी तैयार करने में लगा हूँ। किसी को वेतन पर रखना हमारी क्षमता से बाहर है—अभी तक। मेरी बेटी मीता ने कमर कस ली है, यह दायित्व उठाने की। अगले महीने से उसकी ट्रेनिंग शुरू हो जाएगी। हम अपने डाटा में नए-से-नए शब्द डालते रहते हैं। उसमें आपको सैल्फी भी मिलेगा, और भी ढेरों शब्द। हमारे किसी भी कोश के नए संस्करण में ये मिलेंगे।

ओम निश्चल : समांतर कोश, थिसारस निर्माण की यह यात्रा अरविंद जी बेशक आपने अकेले शुरू की थी, पर बाद में पत्नी कुसुम जी, बेटी मीता और बेटा डॉ. सुमित इस महाअभियान में शामिल होते गए। एक तरह से यह एक पारिवारिक संकल्प की प्रतिश्रुति है। इस बारे में क्या कहेंगे?

अरविंद कुमार : यह मेरा सौभाग्य है कि मेरा पूरा परिवार मेरे साथ जुड़ता गया। पहले पत्नी कुसुम, बाद में बेटा सुमित, जिसने कार्डों के कंप्यूटरण का सुझाव दिया, हम साधनहीनों को कंप्यूटर दिलवाया। डॉक्टरी के साथ-साथ किताबें पढ़-पढ़कर कंप्यूटर प्रोग्रामिंग सीखी। डाटाबेस उसके बगैर बन ही नहीं सकता था। वह हमेशा हमारे साथ है। और फिर आई मीता। एक तरह से वह हमारे दिल्ली आने के कुछ साल बाद से ही मदद करने लगी। जब वह इर्विन कॉलेज में प्राध्यापक बनी, या बाद में अन्य नौकरियाँ करती रही, तो हमारे फाइनेंस का वह महत्त्वपूर्ण हिस्सा बन गई। 'समांतर कोश' को द्विभाषी बनाने का आइडिया भी उसी का था। इसके लिए आरंभिक इंग्लिश शब्दावली भी उसी ने दी। अब वही हमारी किताबें छापने और हमारे काम का संदेश हर तरफ पहुँचाने में मुस्तैदी से जुटी है। हमारे भावी काम

में वही नए शब्द जोड़ेगी, सुमित प्रोग्रामिंग करता रहेगा।

'अरविंद तुकांत कोश' का भव्य स्वागत होने के बाद हम दोनों ने योजना बनाई है, भारत को और दुनिया को पूरी तरह प्रमाणिक (तथ्याधारित तथा विश्वसनीय) हिंदी-इंग्लिश और इंग्लिश-हिंदी कोश प्रदान करने की। यही कोश बाद में आधार बनेंगे हिंदी-चीनी, या हिंदी-रूसी, या हिंदी-तमिल कोशों के।

ओम निश्चल : आपके थिसारस, कोश अब ऑनलाइन उपलब्ध हैं। अभी अरविंद तुकांत कोश रचकर आपने काव्य-रचना और विज्ञापन में दक्षता का मार्ग भी प्रशस्त कर दिया है। अब तक की यह यात्रा आपको कैसी लगती है?

अरविंद कुमार : यह यात्रा अभी थमी नहीं है। हिंदी को भाषाई संसाधनों से लैस करने और हिंदी-विदेशी भाषाओं के कोशों के द्विभाषिक कोश तैयार करने की दिशा में अभी बहुत काम करना है। मंजिल पर पहुँचने का संतोष तो होता है, पर मेरी जुस्तजू अभी खत्म नहीं हुई है। जैसा किसी शायर ने कहा है—

मंजिल मिले, मिले न मिले, इसका ग़म नहीं।
मंजिल की जुस्तजू में मेरा कारवाँ तो है।

□

अँधेरे में इक दीया तो बालें

दीवाली आती है तो रोशनियों के चंदोवे से पूरा क्षितिज जैसे तन सा जाता है। महँगाई के बावजूद लोग अपनी-अपनी हैसियत से दीवाली के त्योहार को मनाते हैं। पर ऐसा करते हुए हम जिस अंधकार से मुक्त होने का उपक्रम करते हैं, वह बार-बार पीछा नहीं छोड़ता। हम प्रकाश के वृत्त में रहकर भी अँधेरों में घिरे रहते हैं। गाँवों में घर-आँगन लिपे-पुते नजर आते हैं, किंतु फिर भी वह क्या है, जिसे 'राम की शक्तिपूजा' में निराला कह गए हैं—'है अमानिशा उगलता गगन घन अंधकार'। रजनीश कहा करते थे, 'अंधकार का अपना कोई अस्तित्व नहीं होता। जहाँ कहीं भी रोशनी होगी, अंधकार नहीं होगा।' अंधकार दरअसल प्रकाश की अनुपस्थिति है। पर सबके जीवन में उजाला कहाँ है? जिनके पास धन-दौलत है, वहीं उजाला है। वहीं द्युति की झिलमिलाहट है। बिल्कुल उसी सुभाषित की तरह—यस्यास्ति वित्तं स नरः कुलीनः स पंडितः सः श्रुतवान गुणज्ञः। कुलीनता का जैसे धन-दौलत से गहरा रिश्ता है, उसी तरह से जिनके पास ऊर्जा के संसाधन हैं, उन्हीं के पास रोशनी के अजस्र स्रोत हैं।

अँधेरे और उजाले का संघर्ष सदियों पुराना है। अँधेरे और उजाले का अर्थ वही नहीं है, जो दीखता है। अँधेरा यदि अज्ञान, भ्रष्टाचार और काली करतूतों का आश्रयदाता मान लिया गया है तो उजाला इससे मुक्ति का मार्ग है। हमारे ऋषियों ने 'असदो मा सद गमय। तमसो मा ज्योतिर्गमय' की अभ्यर्थना की थी। अँधेरे से उजाले की ओर हमारी यात्रा अनवरत जारी है। पर अँधेरा इतना सबल है कि वह मिटाए नहीं मिटता। हमारे यहाँ 'अप्प दीपो भव' की कामना की गई है। यानी स्वयं अपना दीपक बनो। स्वयं को प्रकाशित करो। कभी छायावाद की महान् कवयित्री महादेवी वर्मा ने लिखा था, 'मधुर-मधुर मेरे दीपक जल/प्रियतम का पथ आलोकित कर।' बच्चन ने आम आदमी का हौसला बुलंद करते हुए लिखा—'है अँधेरी रात

पर दीपक जलाना कब मना है।' एक अन्य गीत में उन्होंने लिखा था—'दिखलाई देता कुछ कुछ मग/जिस पर शंकित हो चलते पग/दूरी पर जो चीजें, उनमें केवल दीप नजर आता है/अंधकार बढ़ता जाता है।' यानी दीये के आजू-बाजू सब जगह अँधेरा दिखता है। आज उजाले के बावजूद अँधेरे की सत्ता निर्मूल नहीं हुई है। दीवाली के एक दिन के उजाले से क्या होना है ? क्योंकि उसके बाद फिर वही अँधेरा। इसलिए उजाला भी अब हमारे लिए त्योहार की तरह है। रोजाना न सही, एक दिन ही सही।

एक वक्त था, कविता में दीपक, रोशनी के और उजाले के बिंब बहुतायत में मिलते थे। छायावादी और छायावादोत्तर कवियों ने 'दीपक' को बहुधा एक प्रतीक की तरह व्यवहृत किया है। एक-दूसरे के यहाँ दीपाधारित बिंब और अंधकार-कालुष्य को मिटाने के संकल्प आवाजाही करते हैं। आज की कविता का विषय विस्तार तो प्रशस्त हुआ है, पर उसमें खोजने से भी ऐसी कविताएँ कम मिलती हैं, जिनमें दीपावली पर प्रत्यक्ष-अप्रत्यक्ष कुछ लिखा गया हो। पूछने का मन करता है आज के कवियों से कि क्या वे दीवाली नहीं मनाते, रंगों-रोशनियों से उनका वास्ता नहीं रहा ? या त्योहारों का रंग फीका करने पर आमादा महँगाई और आम आदमी की तंगहाली पर कुछ लिखने का मन नहीं करता ? तो फिर वे क्यों नहीं लिखते ? यह अवश्य है कि ज्यादातर कवि दीपावली पर लिखते हुए दीप और बत्ती से आगे नहीं जाते या एक साधारण सा रूपक गढ़कर निश्चिंत हो लेते हैं, जिसकी आवृत्ति बहुधा हुई है। तथापि खँगालने पर रोशनी, उजाले, अँधेरे को लेकर कविताओं में ऐसे अनेक बिंब बिखरे मिलते हैं, जिनका हमारे जीवन की खुशहाली और बदहाली से रिश्ता बनता है। आइए देखें, आज की हिंदी कविता में ये बिंब किन किन अर्थों-रुपकों-प्रतीकों में व्यवहृत हुए हैं। 'अकाल में सारस' में केदारनाथ सिंह की एक कविता 'सूर्यास्त के बाद एक अँधेरी बस्ती से गुजरते हुए' पर केंद्रित है। गोधूलि वेला से शुरू होकर दीये की लौ के जलते—प्रकंपित होते स्वरूप को अवलोकित करती हुई कवि-दृष्टि गाँव में रात के सघन से सघनतर होते बिंबों को दृश्यमान करती है, जहाँ ताकती हुई आँखों का अथाह सन्नाटा पसर चुका है। गाँवों की ज्यादातर रातें आज भी ऐसी ही स्याह नजर आती हैं। गजानन माधव मुक्तिबोध की एक सुप्रसिद्ध कविता है—'अँधेरे में'। हमारे समय के अंधकार को मुक्तिबोध ने लंबी कविता के विशद आशयों में समेटा है। उन्होंने एक कविता 'पथ के दीपक' भी लिखी है, जो जरा सरल सी है : 'मेरे पथ के दीपक पावन मेरा अंतर आलोकित

कर/यदि तू जलता बाहर उन्मन/अधिक प्रखर जल मेरे अंदर।' यह कविता पढ़ते हुए महादेवी वर्मा के गीत की याद हो आती है। एक और रचना में वे सुभाषित की भाषा में बोलते हैं—'इस अंध तम-जाल पर रश्मि की बेल/के स्वर्ण के फूल खिल जाएँ, लहराएँ/मन की तिमिर राशि वन के कुसुम-हास में घुल, वनश्री विभा में बदल जाय।' उन्हीं के नक्शेकदम पर चलते हुए वयोवृद्ध कवि नंद चतुर्वेदी ने 'गा हमारी जिंदगी कुछ गा' में यह शुभाशा व्यक्त की है—

रोशनी की यह नदी बहती रहे, बहती रहे
नील जल सा काँपता मन का रहे आकाश
प्राण प्राणों से बँधे रस-रंग के नवपाश
यह तुम्हारी बाँसुरी की प्रेम-भीगी ताल
फूल, सपनों की कथा कहती रहे, कहती रहे।

अज्ञेय 'देहरी पर दीया' कविता में लिखते हैं—

देहरी पर दीया/बाँट गया प्रकाश
कुछ भीतर कुछ बाहर/
बँट गया हिया—कुछ गेही, कुछ यायावर
हवा का हलका झोंका/कुछ सिमट, कुछ बिखर गया
लौ काँप कर थिर हुई : मैं सिहर गया। (सदानीरा- I/127)

अज्ञेय ने इस प्रसंग को लेकर और भी कई कविताएँ लिखी हैं। 'क्योंकर मुझे भुलाओगे' कविता में वह कहते हैं—'दीप बुझेगा पर दीपन की स्मृति को कहाँ बुझाओगे? 'दीये, बाती और तेल का आधार खुद को बतलाते हुए वे कहते हैं—

मैं मिट्टी का दीपक/मैं ही हूँ उसमें जलने का तेल
मै ही हूँ दीपक की बत्ती/कैसा है यह विधि का खेल?

अज्ञेय इस पदावली में जैसे किसी जीवनदर्शन का संधान करते हैं। यहाँ भी 'अप्प दीपो भव' की भावना ही उजागर हुई है। अंधकार कोई ऐसी चीज नहीं है कि इसे कोई सरकार मिटा दे। वह बेहतर बिजली उपलब्ध करा सकती है, अंधकार नहीं मिटा सकती। इसके लिए तो आदमी को खुद आगे आना होगा। एक कथा कही जाती है। एक वन में अंधकार पसरा था। दूर तक रास्ता नहीं सूझता था। एक यात्री इसी सोच में था कि वह आगे कैसे जाए? इतने में एक संत आए। उन्होंने उसके हाथ पर एक दीया रखकर कहा, इस दीये को लेकर चलते चलो, रास्ता

सूझता जाएगा। पर वह शख्स बोला, रास्ता तो केवल पंद्रह फुट ही दिख रहा है, उसके आगे तो फिर अँधेरा-ही-अँधेरा है। संत ने कहा, लगता है तू आगे नहीं जाना चाहता, इसलिए यह बहाना कर रहा है। उन्होंने कहा, जैसे-जैसे तू चलेगा, वैसे आगे का मार्ग भी प्रशस्त होता चला जाएगा। पर चलना तो तुझे ही होगा। आज भी हर आदमी यही सोचता है, कोई और फकीर या पैगंबर आएगा, वही राह दिखाएगा। उसे कुछ न करना पड़े। दीया भी यहाँ एक प्रतीक है। हमारे ज्ञानग्रंथ करोड़ों जलते हुए दीयों के समान हैं। वे जलती हुई मशाल हैं, जिन्हें थामकर हम आगे बढ़ सकते हैं। कविवर लीलाधर जगूड़ी कहते हैं, 'यों तो प्रकृति और मनुष्य दोनों को अँधेरा और उजाला चाहिए, फिर भी अँधेरे की व्यापक सत्ता के विरुद्ध एक दीप जलाना क्रांति है।' अँधेरा और उजाला कहने के लिए एक-दूसरे के विलोम हैं, पर हैं एक सिक्के के दो पहलू ही। अंधकार से आच्छादित युग को प्रकाशित करने के लिए सदियों से मनुष्य को बड़ी जुगत भिड़ानी पड़ी है। हम उत्तरोत्तर अँधेरे से उजाले की ओर आए हैं। सच कहा जाए तो मनुष्य होने की यात्रा ही अँधेरे से उजाले की यात्रा है। हमने अग्नि के लिए, प्रकाश के लिए मानवीय उद्यम किए हैं, उनकी सतत अभ्यर्थना की। तब जाकर हमें उजाला प्राप्त हुआ है। गाँवों में जब चूल्हे हुआ करते थे तो आग को संरक्षित करते हुए उसे काफी दिनों तक जीवित रखा जाता रहा है। अग्नि का सूक्त है—'ये शुभ्रा घोवर्पषः/सुक्षत्रासोऋषादशः/मरुद्भिरग्निरागहि !' अन्य बहुतेरे प्राकृतिक उपादानों की भाँति मरुत और अग्नि का आवाहन किया है हमारे ऋषियों ने।

इस वैज्ञानिक क्रांति के युग में भी सच पूछिए तो दीपावली की महिमा दीये से ही है, बिजली के लट्टुओं से नहीं। गोपाल सिंह नेपाली ने तो एक गीत में यह कल्पना की है—तन का दीया प्राण की बाती/दीपक जलता रहा रात भर। हमारी देह का दीया प्राण रूपी बत्ती से ही जल रहा है। जीवन के लिए प्राण का अस्तित्व आवश्यक है। पर कभी-कभी ऐसा भी अनुभव होता है कि वह कोई और है, जिसकी वजह से जीवन है। किसी कवि ने कहा है—तुम्हारे बिना जिंदगी का दीया/न जल पा रहा है/न बुझ पा रहा है। नीरज ने लिखा—जलाओ दीये पर रहे ध्यान इतना/अँधेरा धरा पर कहीं रह न जाए। बच्चों के प्रिय कवि द्वारिकाप्रसाद माहेश्वरी ने अनेक गीत दीपावली पर रचे हैं। उनका एक प्रिय गीत है—जलाते चलो तुम दीये स्नेह भर-भर/कभी तो धरा का अँधेरा मिटेगा। एक कविता संग्रह ही उनका 'दीपक' शीर्षक से है।

दुष्यंत कुमार ने हिंदी गजलों को एक नई भाषा और संवेदना दी। यह जानते हुए कि 'ये रोशनी है हकीकत में एक छल लोगो'—उन्होंने पूरी दृढ़ता से आह्वान किया—

इस नदी की धार से ठंडी हवा आती तो है
नाव जर्जर ही सही,लहरों से टकराती तो है
एक चिनगारी कहीं से ढूँढ़ लाओ दोस्तो
इस दीये में तेल से भीगी हुई बाती तो है।

नरेश सक्सेना 'समुद्र पर हो रही है बारिश' में रोशनी पर बात करते हुए उसके आदिम स्रोत तक पहुँचते हैं और चाहते हैं कि रोशनी में चीजों को देखने से पहले जरूरी है कि रोशनी को देखा जाए, क्योंकि कोयला भी उसका एक प्रिय घर है। वे कहते हैं, 'जरूरी है अपने ही शरीर में बसे कोयले की याद।' अशोक वाजपेयी 'दुख चिट्ठीरसा है' में गाढ़े अँधेरे में उजाले की इबारत पढते हुए पाते हैं कि 'हमारे पास न तो आत्मा का प्रकाश है और न ही अंत:करण का कोई आलोक/ यह विचित्र समय है, जो बिना किसी रोशनी की उम्मीद के/हमें गाढ़े अँधेरे में गुम भी कर रहा है और साथ ही उसमें जो हो रहा है/वह दिखा रहा है।' लीलाधर मंडलोई को भी चौतरफ दीखती रोशनी बेहद नकली दिखती है। अनामिका ने 'वर्किंग वुमेन्स हॉस्टल की दीवाली' पर अपने संग्रह 'दूबधान' में एक शब्दचित्र खींचा है : जहाँ मेस बंद है, हॉस्टल खाली है, सिर्फ नेपाली दरबान के कमरे में एक मोमबत्ती जल रही है—दुबली विधवा जैसी लौ की गठरी लेकर कोने में गल रही उदास और एक अन्य कविता 'घूरा' अखबार की इस बासी हेडलाइन पढ़ते हुए खत्म होती है कि 'दीपावली की पूर्व संध्या पर बम फूटा फिर सरे बाजार।' पर इन आशंकाओं के बीच भी युवा कवयित्री वाजदा खान जरा-सी रोशनी को भी व्यर्थ नहीं जाने देतीं—'जहाँ प्रकाशपुंज की सपनीली आभा है/थोड़ा-सा प्रकाश/अपनी अंजुरी में भर कर लौट आती हूँ/अपने नीड़ पर फैला देती हूँ उसे।'

दीपावली के प्रकाश में हमें सब कुछ एकाएक प्रकाशित दीखता है, किंतु उस प्रकाश के पीछे अलक्षित अंधकार नहीं दिखाई देता। दार्शनिक कहते हैं, जीव माया-मोह के अंधकार में पड़े होने के कारण परमात्मा के प्रकाश तक नहीं पहुँच पाता। जहाँ अंधकार का बोलबाला हो, वहाँ उजाले की सत्ता भी नि:सत्व प्रतीत होती है। एकांत श्रीवास्तव एक कविता में आग को अँधेरे से ज्यादा शक्तिशाली पाते हैं—और उनके लेखे यह आग मनुष्य में है। किसी विचारक ने कहा है, 'ईसा

सौ बार पैदा हों, उससे क्या होता है, यदि वह तुम्हारे भीतर पैदा न हो।' अर्थात् मनुष्य में यह आग है तो दिखनी चाहिए। बकौल दुष्यंत 'हो कहीं भी आग लेकिन आग जलनी चाहिए।' आज की उपभोक्तावादी संस्कृति में जब 'ऋणम् कृत्वा घृतम् पिबेत्' का बोलबाला हो, कर्ज की अर्थव्यवस्था से देश की हालत चरमरा रही हो, भ्रष्टाचार, कदाचार, घोटालों, अपकृत्यों का दौर चल रहा हो, प्राकृतिक ऊर्जा और कमाई के प्राकृतिक संसाधनों को निजी कॉरपोरेट घरानों को उपहार में दिया जा रहा हो, आम आदमी की दीवाली बिजली के लट्टुओं से रोशन होने के बावजूद रोशन नहीं हो सकती। एक युवा कवि कर्ज की इस संस्कृति पर प्रहार करते हुए कहता है—'यहाँ जिंदगी अब टूटा हुआ ग्लास है/ जिससे रोशनी के परखच्चे छिटक-छिटककर उड़ रहे हैं/...जो बिक गए उजड़े घरों से कहते हैं/ ईएमआई की किस्तों के पार कहीं रहते हैं सपने।' (तुषार धवल, जूठे सपने) 'हाशिये का गवाह' में कुँवर नारायण कहते हैं कि शेयर सूचकांकों के लुढ़कने पर सरकार को कोई फर्क नहीं पड़ता। वह यही कहती पाई जाती है कि 'पुख्ता है हमारी अर्थव्यवस्था/क्योंकि वह शेयरों पर नहीं/ उन पर निर्भर है, जिनका कोई शेयर ही नहीं/हमारी शेयर-व्यवस्था में।' युवा कवि मोहनकुमार डेहरिया के इस कथन में शायद इसीलिए अफसोस की एक दूसरी बानगी दृष्टिगत होती है—'कभी मेरा भी अपना कद था और थी एक जमीन/नहीं भुरभुरी जिसके नीचे की मिट्टी/ क्या करेगा कोई विश्वास/एक विराट् ज्योति लील गई मेरी नन्हीं लौ।' दूसरों की रोशनी का संसाधन बने मजदूरों की नियति भी अंधकारमय है। सिर पर रोशनी के लैंप पोस्ट धारण करने वाले ऐसे मजदूरों के जीवन में भी रोशनी आखिर कहाँ है, इसे युवा कवि संतोषकुमार चतुर्वेदी ने अपनी एक कविता में खँगाला है। ज्ञानेंद्रपति इस ज्योतिपर्व के नेपथ्य में पटाखा उद्योग में जुते शिवाकाशी के बच्चों के हतभाग्य पर चिंता प्रकट करते हैं, जो जीते-जी माचिस की तीलियों में बदल रहे हैं—

बारूद में मिला हुआ अपनी जिंदगी का बुरादा
शिवाकाशी के वे एक लाख बच्चे
एक लाख तीलियाँ हैं
एक लाख जिंदगियाँ एक लाख तीलियाँ
काश कि माचिस की डिबिया में
बारूद की मुट्ठी में बंद तीलियाँ न होतीं वे
तो हम उन्हें अपने घोंसलों में शामिल कर लेते

चिड़ियों में शामिल कर लेते
यदि होते न मानव-बच्चे वे
पंख देते आकाश में उठा लाते
जब धरती पर उनके जीने की जगह नहीं
मरने की जगह ही बची है (संशयात्मा, पृष्ठ 246)

कुल मिलाकर अँधेरे और उजाले का यह द्वैत मनुष्य जीवन में सदियों से मौजूद है। विज्ञान के तमाम वरदानों के बावजूद आज भी हजारों गाँव रोशनी से कोसों दूर हैं। चौबीस घंटों में बीस-बीस घंटे बिजली नदारद रहती है। कभी गाँवों की कल्पना कितनी सुखद लगती थी। तब अभावों में भी गाँवों में 'हमारे होंठों पे माँगी हुई हँसी तो नहीं' की आभा नजर आती थी। पर जबसे सार्वजनिक वितरण प्रणाली का आविर्भाव हुआ, किसानों के हिस्से आने वाला किरोसिन का तेल बाजारों की भेंट चढ़ता गया। रोशनी के नाम पर गाँवों का विद्युतीकरण अवश्य किया गया, किंतु बिजली उत्पादन के स्रोत धीरे-धीरे कम होते गए। लिहाजा वही ढाक के तीन पात। जब महानगरों व राजधानियों को छोड़कर बड़े शहरों में भी बिजली के हालात बदतर हों, ज्यादातर बत्तियाँ इनवर्टर या जनरेटर की कृपा से ही झिलमिलाती हों तो गाँवों की कौन कहे ? भले ही अभी भी दो-तिहाई आबादी गाँवों में बसती हो, उसके जीवनयापन के संसाधनों में लगातार कटौती हुई है। शहर भी हमने ऐसे बसाए, जहाँ जीवन की तमाम बुनियादी सुविधाएँ आकाश कुसुम जैसी हैं। ऐसे हालात से निबटने के लिए जब बिहार के कुछ विज्ञानप्रेमी नौजवानों ने धान की भूसी की हस्क पावर प्रणाली से गाँवों में ही बिजली बनाने की तरकीब खोजी तो उनकी तरफ मीडिया का ध्यान गया। ये नौजवान बायोमास गैसिफिकेशन तकनीक के इस्तेमाल से गाँव भर की जरूरत की बिजली पैदा करने में सक्षम हैं, जिससे 6 घंटे तक दो सीएफएल बल्ब जलाए जा सकते हैं। पर इन प्रयत्नों को जब तक देशव्यापी नहीं बनाया जाता, समस्या से निजात नहीं मिलने वाली। आज जिस तरह ऊर्जा के स्रोतों का दोहन हो रहा है, धरती के प्राकृतिक स्रोत बहुत ज्यादा दिन नहीं टिकने वाले। लगातार जनरेटर और बैटरीचालित ऊर्जा भी कितने दिन चलेगी ? बेशक ऐसे में कवि लीलाधर मंडलोई का यह कहना बहुत रास न आए कि 'मैं कम उजाले में भी पढ़-लिख लेता हूँ/अपने दीगर काम मजे में निपटा लेता हूँ/सिर्फ इतने जतन से/कल के लिए कुछ रोशनी बचा लेता हूँ।' किंतु हम ऐसे प्रयासों को कमतर क्यों समझें ? बूँद-बूँद से घड़ा भरता है। बूँद-बूँद रोशनी

बचाकर हम जीवन को थोड़ा आसान तो बना ही सकते हैं। अपने ही शब्दों में कहूँ तो—

चलो कि टूटे हुओं को जोड़ें
जमाने से रूठे हुओं को मोड़ें
अँधेरे में इक दीया तो बालें
हम आँधियों का गुरूर तोड़ें
धरा पे लिख दें हवा से कह दें
है महँगी नफरत औ' प्यार सस्ता।

□

कहाँ हैं रोशनी की फाइलें?

दीपावली की सुगबुगाहट होते ही मन में प्रकाश के कई बिंब झिलमिलाने लगते हैं, कई गीतों कविताओं की लड़ियाँ मन में कौंधने लगती हैं। गाँव में था तो दीये-बाती के प्रति एक सहज गँवई लगाव था, शहर आकर जैसे वह लगाव प्रभाहीन हो गया है। इधर कुछ दिनों से गोपाल सिंह नेपाली के गीत का यह मुखड़ा स्मृति के दुकूल में जैसे आकर दुबक गया है—तन का दीया, प्राण की बाती, दीपक जलता रहा रात-भर। ऐसा वैसा दीया नहीं है, जिसे हर कोई जला सके। रोशनी के लिए कितना तप करना होता है, तब जाकर उसकी उजास से जीवन संवलित हो पाता है। तन को दीया बनाकर प्राण की बाती को जलाए रखने में ही जैसे जीवन की अर्थवत्ता है। नेपाली गीतों के राजकुमार थे। वे पढ़ते थे तो बड़े-बड़े दिनकर प्रभाहीन हो उठते थे। असमय ही यह बाती बुझ गई। पर उनके गीतों की टेर आज भी कहीं दूर से आती हुई सुन पड़ती है—बची रही प्रिय की आँखों से/मेरी कुटिया एक किनारे/मिलता रहा स्नेह रस थोड़ा/दीपक जलता रहा रात-भर। थोड़ी-थोड़ी छनकर आती स्नेह की तरलता से ही प्राण की बाती जल रही है। एक साधारण आदमी का जीवन भी क्या एक कवि के जीवन से अलग है? वह भी तो स्नेहरस की तरलता का आकांक्षी है। पर यह रस भी कम होता जा रहा है। यह जो जीवन का छंद कभी-कभी दोलायमान हो उठता है, लगता है नेह का यह रस फीका पड़ता जा रहा है। ऐसी ही निविड़ उदासी में निराला ने कहा होगा—'स्नेह निर्झर बह गया है, रेत सा तन रह गया है।'

भारतीय संस्कृति के रचाव-बसाव में त्योहारों की बड़ी भूमिका है। हम कल्पों, युगों, संवत्सरों, माहों और तिथियों में रहने वाले लोग हैं। हमने काल की सीमाओं को बाँधा है, हमारे हस्ताक्षर समय की शिलाओं पर दर्ज होते हैं। करोड़ों देवी-देवताओं के इस देश में अपने-अपने धार्मिक विश्वासों और मिथकों की परंपरा रही है। एकता में अनेकता का ऐसा उदाहरण शायद ही किसी देश में मिले। यहाँ कोई भी त्योहार हो,

वह किसी अकेले धर्म या संप्रदाय का नहीं होता, वह सबका होता है। धार्मिक स्थलों के आस-पास देख लीजिए। श्रद्धालुओं के लिए चंदन, तिलक, माला, शंख, प्रसाद बेचनेवाले विभिन्न संप्रदाय के लोग होते हैं। दीवाली, होली, दशहरा, ईद, क्रिसमस अब किसी एक धर्म-संप्रदाय के त्योहार या पर्व नहीं रहे, इस उत्सवता में सबकी भागीदारी है। दीवाली ऐसा ही पर्व है, जो कहने को हिंदू पर्व भले हों, पर उजाले से भला किसका बैर है! जब सबके आँगन, छज्जे और मुँड़ेरों पर दीये जलते हों तो इस ज्योतित वेला में भला किसका मन उजास से भर न उठेगा?

भारतीय जन मानस की बुनावट अनूठी है। अभी भी यह कृषिप्रधान देश है। किसान खेतों में सोना न उगाएँ तो शहरों की चमक निष्प्रभ हो जाए। दीवाली केवल शहरों की जगमगाहट से नहीं, वह गाँवों में जलते समृद्धि के दीयों से चरितार्थ होती है। संपन्नता से भरे घरों में रोज ही दीवाली जैसा वातावरण रहता है, जबकि दैन्य और अकिंचनता में जीवन गुजारने वाले व्यक्ति के यहाँ साल में एक ही बार दीवाली आती है। पर इस दैन्य के बावजूद जीवन से पलायन का भाव लोक में नहीं आता। उसके निकट अभी भी दीपावली का वैसा ही पवित्र अर्थ और भाव मौजूद है, जैसा सदियों से लोक परंपरा में व्याप्त है। वह अपनी संस्कृति की इन दीप्त परंपराओं को आज भी निबाहता-बरतता आ रहा है। दीवाली के साथ यह मिथक जुड़ा है कि राम के लंका विजय के बाद अयोध्या लौटने पर अयोध्यावासियों ने दीये जलाकर उत्सव मनाया, जो कालांतर में सभी भारतवासियों के त्योहार में परिणत हो गया। यह मिथक इतिहास से पुष्ट हो, न हो, लोक की अवधारणा को सामान्यतः चुनौती नहीं दी जाती। जो भी हो, हर त्योहार के पीछे कोई-न-कोई कारण होता है। यह जीवन को उत्सवता में जीने का एक तरीका भी है। उत्सव न हों, त्योहार न हों तो जीने का भी भला कोई अर्थ है! भारतीय लोक मानस ने अपनी जीवन शैली में संस्कृति की इन दीप्त परंपराओं को कायम रखते हुए दुनिया को यह जताया है कि किसी पर्व को मनाने के लिए धन की पूँजी नहीं, निष्ठा की पूँजी चाहिए। यह निष्ठा आज भूमंडलीकरण के दौर में भी क्षीण नहीं हुई है। पूँजी के प्रवाह और प्रदर्शन के इस वक्त में भी जनमानस में दीवाली के प्रति यह निष्ठा आज भी निष्कंप दीये की तरह प्रज्वलित है।

दीवाली का संदेश क्या है, दर्शन क्या है, निहितार्थ क्या है, यह तो ठीक से आज भी कहाँ समझ आया या यह कहा जाए कि आज भी इसे पूरा कौन जान सका है? हाँ, बचपन में यह एक कुतूहल-सा ही लगता रहा। हफ्ते भर पहले गाँवों में कुम्हारों का सिर पर दीये-दीयाली, कलशों की टोकरी लिये दरवाजे-दरवाजे घूमना

याद है। पहले से माटी के दीये मँगा लिये जाते। तब मिट्टी की कितनी महिमा थी, वह जैसे दीया बनकर अपना होना चरितार्थ करती हो! इस मृण्मय संसार में आखिर सब कुछ मिट्टी का ही तो है। पर ये बड़ी बातें थीं। हमें आज भी बचपन में दीयों को जलाना, खेतों, खलिहानों, बाग-बगीचों, अनाज के भंडारों तक में दीये जलाकर दीवाली मनाना याद है। हम पाठ याद रख सकें, सरस्वती हम पर कृपालु हों, इसके लिए हम अपनी पुस्तकों के आस-पास आले पर दीया जलाना न भूलते थे। शायद लक्ष्मी की तरह सरस्वती भी ज्योतिर्पथ का ही वरण करती हों तथा वहीं-वहीं जाती हों, जहाँ-जहाँ उन्हें आलोकित पथ दिखता हो। खैर, इतना ही नहीं, इन दीयों को सजाने-सँवारने में पूरा घर लगा होता; रुई की बत्तियाँ बनतीं, उन्हें घी-तेल में डुबोकर सिझाया जाता, ताकि वे बालने पर जल उठें। फिर दीये में घी-तेल डालकर उन्हें पंक्तिबद्ध सजा दिया जाता। बच्चे दूर-दराज के खेतों में दीये और दियासलाई लेकर दौड़ पड़ते, सारे घर पल भर में उजियार हो उठते। फिर घर-घर विधि-विधान से लक्ष्मी और गणेश की पूजा होती। मन में कई बार आता कि आखिर जब राम के अयोध्या लौटने का यह उत्सव है तो फिर उनकी पूजा क्यों नहीं होती? पर बाल बुद्धि में तब यह न आता कि यह तो एक बालक है; हम किसान तो इतने विपन्न हैं कि इसी बहाने एक आशा बँधती है कि लक्ष्मी की कृपा होगी तो फसलें लहलहाएँगी धन-धान्य से घर भर उठेगा! दलिद्दर दूर भागेगा। गाँवों में आज भी दीवाली के दूसरे दिन औरतों द्वारा मुँह अँधेरे सूप पीट-पीट कर दलिद्दर भगाने का जो रिवाज है, वह कितना निस्पृह सा लगता है! भला सूप पीटने से भी दारिद्रय दूर हुआ है! पर लोकमानस की कौन कहे, वह सदियों से इसी विश्वास से सूप पीटता आ रहा है।

बचपन से हम यह मंत्र सुनते आए हैं—असतो मा सद्गमय। तमसो मा ज्योतिर्गमय। असत्य से सत्य के मार्ग पर और अंधकार से प्रकाश की ओर चलने का हमारा कौल आज भी बरकरार है। पर देखता हूँ कि असत्य का बोलबाला बढ़ रहा है, प्रकाश भी वहीं आकर ठहर गया है, जिसके पास धन है, संपन्नता है। कहा गया है—यस्यास्ति वित्तः स नरः कुलीनः। जिसके पास धन-संपदा है, वही कुलीन है। वही पंडित है, वही गुणज्ञ है। तो फिर यह दीवाली किसके लिए है? लोक का विश्वास कब तक अडिग रह सकेगा? क्या लक्ष्मी उन्हीं के पास जाती हैं, जिनके पास रोशनियों के संसाधन हैं, कोठियाँ हैं, बँगले हैं, मोटर-गाड़ियाँ हैं, नौकर-चाकर हैं? वह जो प्रकृति का चाकर है, रघुनाथ का चाकर है, इस मिट्टी को सँवार रहा है, फसलें उगा रहा है, अनाज से देशवासियों का पेट भर रहा है, उससे लक्ष्मी क्यों रूठी

हुई हैं? वह भले ही लड़ियों से घर नहीं सजा सकता, आकाशदीप नहीं खरीद सकता, लक्ष्मी-गणेश के समक्ष सदैव जलने वाले लट्टू नहीं रख सकता, तो क्या लक्ष्मी पर उसका हक नहीं बनता?

दीवाली में अब वह सादगी और सहजता कहाँ रही? पहले घरों में दीये जलते थे, अमीर-गरीब सबके यहाँ। आज बाजार ने मिट्टी के दीयों को पीछे छोड़ दिया है। बत्ती बनाने, घी में सिझाने की फुर्सत ही कहाँ रही! बाजार अब अमीरों के लिए हैं। मोमबत्तियों का बाजार भी फीका पड़ रहा है। अब तो लड़ियों का जमाना है। बाजार में दबदबा कायम करनेवाले चीन की बिजली की लड़ियों और आकाशदीपों का बोलबाला है। लगता है, उदारतावाद और भूमंडलीकरण का सबसे ज्यादा फायदा चीन ने ही उठाया है। अब दीवाली केवल दीया जलाने तक सीमित नहीं रही, यह खरीद-फरोख्त का एक मुख्य पर्व बन चुकी है। धनतेरस पर खरीदारों की भीड़ देखते ही बनती है। पहले लोग दीवाली के दिन कोई-न-कोई नया बरतन खरीदकर दीवाली शुभ कर लिया करते थे, अब यह खरीदारी एक अभियान के रूप में बदल चुकी है। जगह-जगह बंपर सेल के बोर्ड दिखते है। बैंक सोने के सिक्के बेच रहे हैं, कार, फ्रिज, टीवी जैसी उपभोक्ता वस्तुओं और नाना प्रकार के गिफ्ट पैक से बाजार अटा दिखता है। ऐसा लगता है, जो कुछ भी नहीं खरीद पा रहा है, उसकी दीवाली अर्थहीन है।

हम बिजली की झालरों, लड़ियों, आकाशदीपों को जलाकर चाहते हैं कि हमारी दुनिया रोशन हो उठे। पर उजाला केवल दीयों, लड़ियों, झालरों से होता तो मुक्तिबोध ने अपनी कविता 'अँधेरे में' न लिखी होती, न निराला ने 'राम की शक्तिपूजा' में लिखा होता—है अमानिशा उगलता गगन घन अंधकार। नीरज ने एक गीत में लिखा है—मगर दीप की दीप्ति से सिर्फ जग में/नहीं मिट सका है धरा का अँधेरा/उतर क्यों न आएँ नखत सब नयन के/नहीं कर सकेंगे हृदय में उजेरा। अर्थात् केवल दीप की दीप्ति से अँधेरा नहीं मिटता। वह तब मिटेगा, जब हर मनुष्य खुद एक दीपक बन जाए। यानी वही जैसा शास्त्र कहते हैं—अप्प दीपो भव। खुद दीपक बनो। अन्यथा ज्योतिकलश छलकता रहेगा, अँधेरा कायम रहेगा। पर किसे पड़ी है कि वह खुद को एक दीया बना ले? वह तो आतिशबाजी में मगन है, कुछ दीये या लड़ियाँ जलाकर खुश है कि उसने अपने घर में उजाला बिखेर दिया है! वह लक्ष्मी के आने की राह अगोर रहा है। पर लक्ष्मी भी केवल दीये की जगमग से नहीं प्रसन्न होतीं। वे भी उद्योगी और उद्यमी मनुष्य के पास जाती हैं। उद्योगिनं पुरुष सिंहमुपैति लक्ष्मीः।

जो उद्यमी नहीं है, काहिल है, आलसी है, वह लाख दीपक जलाकर हल्दी-दूब और दधि-अच्छत अर्पित कर उपासना का ढोंग रचाए, लक्ष्मी उससे विमुख ही रहेंगी। दीपक की लौ में ही मनुष्य की कामनाओं की लौ भी समाहित है। इसी समाहिति में उजाले की अर्थवत्ता है।

अमावस की दीपावली लक्ष्मीपूजकों की दीपावली है तो एक और दीपावली है, जो बनारस में कार्तिक पूर्णिमा की रात 'देव दीपावली' के रूप में मनाई जाती है। एक लोक की दीवाली है तो दूसरी देवताओं की। त्रिपुरासुर के वध के उपलक्ष्य में मनाई जाने वाली देव दीपावली की रात बनारस के घाट हजारों-लाखों दीयों से जगमग हो उठते हैं। गंगा की जल-सतह तैरते दीयों की पाँत से एक अलौकिक आभा से भर उठती है। यों तो सारे घाट शाम ढलते ही दीपों से सुशोभित हो उठते हैं पर पंचगंगा घाट पर सहस्रमुखदीपाधार की सुषमा का कहना ही क्या! स्त्रियों-पुरुषों द्वारा घाटों तथा जल-सतह पर जलाए गए दीये उनकी कामनाओं के प्रतीक भी हैं। हालाँकि इच्छाओं का कोई अंत नहीं है। जायसी की नायिका ने इच्छा जाहिर की थी—यह तन जारौं छार कै/कहौं कि पवन उड़ाय/मकु तेहि मारग ह्वै परै/कंत धरै जँह पाँव। भले यह तन जलकर राख हो जाए, पर उसे हवा उड़ाकर उस पथ पर बिखेर दे, जिस पथ पर प्रिय के पाँव पड़ने हैं—जीवन ऐसी आकांक्षा में ढल जाए तो कहना ही क्या! यह वही कंत है, वही प्रिय है, जिसके लिए कभी महादेवी वर्मा ने कामना की थी—मधुर-मधुर मेरे दीपक जल/प्रियतम का पथ आलोकित कर। वे आस्था के दीप के सतत जलने की कामना से भर उठी हैं, ताकि परमात्मा का पथ प्रशस्त रहे। वे भी तन को सुकोमल मोम-सा गलाकर अपने अहं का विलय चाहती हैं, जिससे इस भुवन में आलोक की निर्झरिणी प्रवाहित हो। सच्चा उजाला वही है, जो दीये की लौ से नहीं, हृदय में जलती आस्था और समर्पण की लौ से निस्सृत होता है। कवि मलय ने लिखा है—कविता उजेरे की नसेनी है। कविता हृदय के भावों की समुज्ज्वल अभिव्यक्ति है। ऐसे भावों का प्रकाशन हो तो उजाले की सीढ़ियाँ खुद-ब-खुद निर्मित हो उठती हैं। हम भीतर बाहर प्रकाशित आलोकित अनुभव करते हैं।

पर सचमुच का उजाला कौन चाहता है? कौन है जो स्वयं दीप में परिणत होने और लैंपपोस्ट बनने का ख्वाहिशमंद हो? सब अपने-अपने अँधेरे को रोशनी के आवरण से ढँकना चाहते हैं। यह उजाला अँधेरे पर एक वर्क की तरह है। बाहर से यह दुनिया रोशन दिखती है पर यह रोशनी जैसे औरों के हाथों से छीनी हुई-सी लगती है, एक-एक कौर दूसरों के निवालों से छीना हुआ लगता है। याद आती हैं हिंदी के

एक कवि की एक कविता—'जैसे ही कौर उठाता हूँ, कोई आवाज देता है।' हम ऐसी आवाजों को अनसुनी कर जीने के अभ्यस्त हो चुके हैं। कहाँ है उजाला? क्या साधु-संतों के यहाँ, या मठों में, जो वासना के रथ पर आरूढ़ हैं? क्या राजनीति के अलंबरदारों के यहाँ जो भ्रष्टाचार में आपादमस्तक डूबे हैं, या शिक्षा-दीक्षा के केंद्रों में, जिन्होंने तालीम को धन उगाही का संसाधन बना दिया है, क्या पृथ्वी पर छाती जा रही बहुराष्ट्रीय कंपनियों के पास, जो देश के धन का उन्मुक्त दोहन कर रही हैं? रुपए की ताकत दिनोदिन क्षीण हो रही है। रोजमर्रा की चीजें आम आदमी की पहुँच से परे हैं; कहाँ है उजाला? महानगरों की लक-दक सड़कों, गलियों और चौराहों पर रोशनी के चँदोवे महज भ्रम हैं। इन्वर्टर और जनरेटर से जगमगाती रोशनी भ्रम है। बकौल दुष्यंत—ये रोशनी है हकीकत में एक छल लोगो। सच तो यह है कि गरीब किसान और मजदूर की कुटिया आज भी अँधेरे में डूबी है। उसकी रोशनी की फाइलें कहीं गुम हैं। कौन है इसका जवाबदेह? कवि कहता है—जिसपे था दायित्व सूरज को उगाने का/रोशनी की फाइलें उसने दबाई हैं।

हाँ, यह सवाल अब करना लाजिमी है कि कहाँ हैं रोशनी की फाइलें जिनमें गरीबों, किसानों की झोंपड़ियों में उजाले का फैसला लिखा है? जो भी एक बार विदेश चला गया, वह पराई धरती के ही गुण गाता है। वहाँ की ईमानदारी, निष्ठा, तकनीक, रहन-सहन सब आला दरजे का। यहाँ की सारी व्यवस्था सड़ी हुई। हमारे ही बच्चे जब विदेशी धरती का गुण गाते हैं, या कहते हैं सब बेच-बाचकर यहीं चले आओ, तो लगता है जीवन के रहे-सहे उजाले में भी सेंध लग चुकी है। नई पीढ़ी पलायन के लिए तैयार है, यहाँ उसके लायक न काम है, न वातावरण। इस दुनिया के विश्वग्राम बन जाने के बाद भी उसके लिए यह महादेश रहने योग्य नहीं रहा। कहता रहे कोई कवि—मेरे भारत की माटी है चंदन और अबीर। पर यह चंदन और अबीर किस काम का? यहाँ की धूल-धूसरित गलियों और हिचकोले खाती सड़कों से गुजरकर देखिए तो पुनर्जन्म हो जाए। आज दीवट में तेल से भीगी हुई बाती है पर उसे बालने के लिए जिस चिनगारी रूपी संकल्प की दरकार है, वह कहीं गायब है। पूँजी के नकली आलोक में हमारे संकल्प की चिनगारियाँ मंद पड़ चुकी हैं। इस पस्ती और नकली मस्ती की वेला में भी देश के करोड़ों लोगों की आस्था अभी भी उस दीप में है, जो शहरों की झिलमिलाती लड़ियों की तरह दर्पस्फीत भाव और विद्युतीय नियामक से नहीं, आत्मा के नेह-छोह भरे घृत से जलता है।

□

फागुन का रथ कोई रोके!

भारत छह ऋतुओं का देश है। सभी ऋतुएँ अपनी-अपनी तरह से महत्त्वपूर्ण होती हैं, लेकिन कुछ ऋतुएँ ऐसी होती हैं, जिनके आने की आहट ही जीवन की उदासियों में भी बाँसुरी की फूँक भर देती हैं। वसंत ऐसी ही ऋतु है, जिसके आते ही न केवल पूरी वसुंधरा पुलकित हो उठती है, बल्कि मन की वसुंधरा भी उल्लसित हो उठती है। वसंत एक तरह से धरती का श्रृंगार है, यह प्रेम और अनुराग की ऋतु भी है। यदि बाहर के वसंत से भीतर का वसंत भी मिल जाए तो क्या कहना! हमारा काव्य वसंत और अनुराग के इस अहसास से भरा है। यही मौसम है, जब आमों में मंजरियाँ फूटती हैं, यही मौसम है, जब गुनगुनी धूप अच्छी लगने लगती है। इस मौसम के आते ही मन में भी गुनगुनाहट का संगीत गूँजने लगता है, मन में भी मंजरियाँ फूटने लगती हैं। ऐसे ही गुनगुने अहसास से भरकर गिरिजा कुमार माथुर ने लिखा था—मेरे युवा आम में नया बौर आया है/खुशबू बहुत है, क्योंकि तुमने लगाया है। यह ऋतु अनुरागी चित्त के कवियों को विह्वल कर देती है। लेखनी की साँसों में जैसे वसंत उतर आता है। वसंत के दिन गुनगुने होते हैं तो रातें भी कम चंचल और उन्मन नहीं होतीं। वे भी वसंत के प्रभामंडल में सुहावनी हो उठती हैं। 'वंशी और मादल' के गीत में ठाकुर प्रसाद सिंह ने इन रातों की विह्वलता को कुछ यूँ याद किया है—वासंती रात के बेसुध पल आखिरी/विह्वल पल आखिरी/पर्वत के पार से बजाते तुम बाँसुरी/पाँच जोड़ बाँसुरी। बाँसुरी का जिक्र छिड़ा तो शतदल के गीत का स्थायी होंठों पर आ ठिठका है—गंध ने छू लिया प्यार से क्या इन्हें/ये अधर इस जनम तो हुए बाँसुरी। और कहना न होगा कि बाँसों की कोठ से भी वसंत और अनुराग के इस मौसम में बाँसुरी की-सी मीठी, सुरीली सुरसुराहट सुनाई देती है।

पर देखिए न, वसंत की इस ऋतु के अनुरागमयी उत्सव को हम भूल गए हैं। हमें अब संत वैलेंटाइन प्रेम करना सिखाते हैं। बाजार हमें बताता है कि हम अपना

प्रेम कैसे प्रकट करें, किन शब्दों में, किन पदों में, किन छंदों में! शुभकामना कार्डों की तरह बाजार में प्रेम संदेशों के कार्ड भरे पड़े हैं। प्रेम जैसे कि भावनाओं का सहज अहसास न होकर प्रायोजित उद्‌गार में बदल गया है। 'वैलेंटाइन डे' की खुमारी में हम अपना वसंत खो बैठे हैं। कवियों ने वसंत और प्रेम के इतने गीत गाए हैं कि हिंदी कविता का पूरा आँचल ही वासंती हो उठे। ऐसे अनूठे बिंबों का सृजन कवियों ने किया है, जिनसे हिंदी कविता प्राणवान हुई है। गिरिजा कुमार माथुर का ही गीत है—'बन फुलवा फूले/सिंगार के मलिनिया/एक हार गूँथ दे सँवार के मलिनिया!' फूलों से भरे वन-उपवन हों तो किसका मन न होगा कि वह मालिन से अपने लिए हार गूँथ देने का इसरार न करे! पर वसंत और प्रेम की इस उर्वर वसुंधरा में हमें आज बाजार सूचना देता है कि उठो और वैलेंटाइन डे पर अपने प्रिय से प्रेम का इजहार करो! लोग भूल गए हैं कि फागुन आने के एक-डेढ़ महीने पहले से ही तन-मन फागुन-फागुन हो उठता है। शरद की शीतल हवा से वसंत की उष्ण साँसें टकराती हैं तो मौसम पर भी फागुन का उन्माद चढ़ने लगता है।

यह वसंत का ही ठाठ है कि बालमुकुंद गुप्त लिखते हैं—पेड़ बुलाते हैं तुझको टहनियाँ हिला के/बड़े प्रेम से टेर रहे हैं हाथ उठा के। वसंत की अगवानी में निरालाजी की लेखनी भी उल्लसित हो उठी थी—सखि, वसंत आया/भरा हर्ष वन के मन, नवोत्कर्ष छाया। उनके अवलोकन इतने अचूक और सौंदर्यग्राही हैं कि वे 'किसलय वसना, नव वय लतिका और प्रिय उर तरु पतिका' के बीच वृंदगान करते मधुप और नभ को गुंजार कर देने वाली कोयलों के स्वर की मादकता में खो जाते हैं। प्रकृति के सुकुमार कवि पंत ने अपनी कविताओं में खेतों में दूर तलक फैली मखमल की कोमल हरियाली चित्रित की है तो गीतों की पिकबैनी कवयित्री सुमित्रा कुमारी सिन्हा अपने गीत 'वासंती ऋतु' में कितनी सुंदर कल्पना करती हैं—

फिर वासंती ऋतु आई
फिर नई उमंगें लहकीं, फिर मीठी चाहें चहकीं
फिर मन की राहें महकीं, फिर भोली साधें बहकीं,
फिर सरिता के सूखे तट को चूमने लहर उठ धायी।

प्रकृति के बीच ही रमनेवाले और बेतवा नदी के कछारों से कविता की प्रेरणा लेने वाले केदारनाथ अग्रवाल ने तो जैसे मानवीकरण के माध्यम से बसंती हवा की चपलता, उत्सवता, सौष्ठवता, निडरता, सजीवता और अल्हड़ता का इतिवृत्त लिख दिया है। आज भी उनका नाम आते ही स्मृति में टँका उनका गीत 'हवा हूँ, हवा हूँ,

बसंती हवा हूँ', तिर उठता है। नागार्जुन को तो ऐसा लगता है, मानो बाँसुरी मुखर हो गई हो, उँगलियाँ थिरकने लगी हों और पिचके गालों तक पर कुमकुम न्योछावर दिखता हो। उन्हें चिंता होती है सहजन की, कि तुनुकमिजाज टहनियाँ मधुमक्खी के छत्तों से मुरक न जाएँ! वसंत के ठीक बाद आने वाले फागुन की आभा प्रभाकर माचवे के गीत 'वसंतागम' में रच-बस गई है। तभी वे इस आह्वान से आसमान को गुँजा देना चाहते हैं कि 'गा रे गा हरवाहे, दिल चाहे वही तान—खेतों में पका धान/मंजरियों में फैला आमों का गंध-ध्यान/आज बने हैं, कल के ज्यों निशान/फूलों में फलने के हैं प्रमाण''गा रे गा हरवाहे, छेड़ मनचाहे राग-/खेतों में मचा फाग।' गिरिजा कुमार माथुर का मालवी मन फागुन में पीली कली-सा खिल उठता है। जो माथुर के संग्रहों 'धूप के धान', 'मंजीर', 'भीतरी नदी की यात्रा' और 'छाया मत छूना मन' से गुजरे हैं, उन्हें वह गीत 'आज हैं केसर रंग रंगे वन' बखूबी याद होगा, जिसका आखिरी पद कितना रससिक्त है—

> जीवन में फिर लौटी मिठास है गीत की आखिरी मीठी लकीर सी प्यार भी डूबेगा गोरी सी बाँहों में होंठों में, आँखों में फूलों में डूबे ज्यों फूल की रेशमी-रेशमी छाहें।

एक जमाने में बनारस में सूर्य प्रताप सिंह एक अच्छे कवि हुआ करते थे। केदारनाथ सिंह के लगभग समवयस। महज 26 साल की अवस्था में ही वे इस दुनिया से चले गए, लेकिन उन्होंने अपने इस अल्प जीवन में भी कुछ बहुत अच्छे गीत लिखे हैं। फागुन की दोपहरी पर एक बड़ा ही मनोहारी चित्र उन्होंने एक कविता में खींचा है—

> फागुन की वय: संधि,
> उतर गए पातों के पीले पर्दे
> नंगी शीशम डालों पर घिर आया कुछ खोयापन—
> अलसाई खेतों में दोपहरी, रेतीली वायु उड़ी, दरवाजे का पल्ला धड़क उठा,
> इन सूनी घड़ियों के मन की बनकर धड़कन।

कविता मन के सूनेपन का उपचार भी है और इसमें मौसम की-भी थोड़ी अपनी भूमिका हो तो चित्त को एक अपूर्व सुख मिलता है। जैसे मन की, वैसे मौसम की भी एक अपनी धड़कन होती है, जिसे कोई कवि हृदय ही सुन सकता है। ऐसे ही फगुनाए दिनों में कभी केदारनाथ सिंह ने 'गीतों से भरे दिन फागुन के ये' लिखा होगा और केदारनाथ अग्रवाल ने बेतवा के किनारे यह गाया होगा—माझी न बजाओ

वंशी, मेरा मन डोलता है/जैसे जल डोलता। ऐसे में गिरिजा कुमार माथुर का एक वह गीत भी याद आता है, जो वसंत और फागुन की आभा से मंडित है। कितने मीठे बोल हैं इस गीत के—'पिया आया वसंत/फूल रस के भरे/देह कुसुमित मृणाल/जैसे गेहूँ की बाल/जैसे उचकौंहे बौरों से—रोमिल रसाल/किशमिशी चंद्र लट/कसमसे उर प्रियाल/आई फागुन की रात/हाथ हल्दी रचे/चाँद की छाप खामोश अधरों धरे/फूल रस के भरे।'

हिंदी गीतों की दुनिया जहाँ प्रकृति के सौंदर्य से भरी है, वसंत और फागुनी अहसास के गीत भी प्रभूत संख्या में लिखे गए हैं। निरालाजी ने लिखा था—'अट नहीं रही है/आभा फागुन की तन-सट नहीं रही है।' वसंत का मौसम शुष्क हृदय में भी अनुराग की छुवन भर देता है। जिस तरह ग़ज़ल को स्त्री के सौंदर्य के बखान की विधा माना जाता रहा है, गीत अपनी प्रकृति में ही रोमेंटिक होते हैं। गीत लिखने का एक अपना रोमांच होता है। एक रोमांच मौसम का भी। दोनों अगर एक साथ हो जाएँ तो अनूठे गीत की सृष्टि होती है। बच्चन से लेकर यश मालवीय तक गीतकारों ने वसंत की मादक अनुभूतियों के साथ-साथ प्रेम और अनुरागमयी गीतों की रचना की है, जिनका पद-लालित्य देखते ही बनता है। यों तो गीतों का स्वर्णयुग बीत गया। अब उनकी यादें ही शेष हैं। पर क्या बात थी कि पुरवैया जरा जोर से बहती तो मन का आकाश उड़ने लगता था! ये शंभूनाथ सिंह थे, जिनके गीत कभी कवि-सम्मेलनों की शोभा हुआ करते थे। गीत से होकर नवगीत तक के सफर के सहभागी रहे। नई कविता के सहयात्री होकर भी उन्होंने गीतों का पथ प्रशस्त किया और 'नवगीत दशक' से लेकर 'नवगीत अर्धशती' तक बेहतरीन संचयन तैयार किए। 'पाँच जोड़ बाँसुरी' के बाद वह पहला बड़ा प्रयास था, गीतों के संचयन की दिशा में। बाद में कन्हैयालाल नंदन ने भी साहित्य अकादमी के लिए एक गीत चयन तैयार किया, पर उनकी सुचिंतित भूमिका के बावजूद गीत का वह मानक चयन न बन सका।

नई कविता के पाठकों को याद होगी केदारनाथ सिंह की वह कविता—'उसका हाथ मैंने अपने हाथों में लेते हुए सोचा/दुनिया को उसकी हथेलियों की तरह गरम और सुंदर होना चाहिए।' बात इशारों में कही गई है पर दूर तक हथेलियों की गरमाई और उसकी छुवन के अहसास को जिंदा रखती है। बाबा नागार्जुन ने भी अपने युवा काल में लिखा था—झुकी पीठ को मिला/किसी हथेली का स्पर्श/तन गई रीढ़। पूरा-का-पूरा गीत नई बंदिश में चित्त में एक रोमानी सिहरन भर देता है। शिवमंगल

सिंह 'सुमन' ने एक जमाने में तमाम अच्छे गीत लिखे। हालाँकि उन्हें लोग 'मैं नहीं आया तुम्हारे द्वार, पथ ही मुड़ गया था'—गीत से ज्यादा पहचानते हैं। पर उनके गीतों से जैसे आवेगमयी गंगा झर-झर बहती हो। तभी तो उन्हें फागुन में सावन की झनकार सुनाई देती है। इसी संदर्भ का एक गीत है उनका, जिसमें क्या चित्र आँका है उन्होंने—'हरियाली का स्वप्न थिरकने लगा उँगलियों में/अलियों का उन्माद कि शोखी आई कलियों में।' उँगलियों में हरियाली के स्वप्न का थिरकना नए अर्थ का उद्‌भावक है। देवेंद्र कुमार बाद में भले ही नई कविता के पाले में चले गए हों, पर उनकी बुनियादी पहचान गीतों से ही बनी। गीतों में अत्यंत आधुनिक बोध के साथ वे प्रकृति का ऐसा मनोहारी चित्र खींचते थे कि चित्त उनमें बिलम-सा जाता था। एक ऐसा ही गीत उनका बेहद लोकप्रिय हुआ—'एक पेड़ चाँदनी लगाया है आँगने/फूले तो आ जाना एक फूल माँगने!' चाँदनी का पेड़ लगाने की यह कल्पना कितनी अनूठी है, यह किसी से छिपा नहीं है। एक दौर में अकसर उनके गीत 'धर्मयुग' जैसी पत्रिकाओं में छपते थे। इसी दौर का लिखा उनका एक गीत है—'फागुन का रथ कोई रोके। टूटी शाखें पतियानी लगीं/घेर-घेर कर बतियानी लगीं/ऐसे में कौन इन्हें टोके।' भला फागुन का रथ भी कोई रोक सका है? वसंत से लेकर फागुन का रसभीना मौसम कवियों के लिए कितना उर्वर रहा है। उधर पेड़-पल्लव सब शरद की ठिठुरन से मुक्ति पाकर जैसे ही धूप की चढ़ती गुनगुनाहट में पतियानी लगते, कवियों के भीतर भी जैसे कविता की वसुंधरा उर्वर हो उठती। मुझे लगता है यों तो प्रेम हर मौसम में सदाबहार होता है, पर वसंत और फागुन की जुगलबंदी में प्रेम कविताएँ कुछ ज्यादा लिखी जाती हैं; प्रेमपत्र भी। तभी तो शलभश्रीराम सिंह ने एक गीत में लिखा—'खत लिखना फागुनी बतास जब खुले। हाँ, लिखना, दूध में गुलाल जब घुले। लिखना जी, फूले जब हरसिंगार।' प्रवासी कवयित्री शैल अग्रवाल कहती हैं—हवाओं का यह महकता अहसास जाते शिशिर की तसल्ली है/कुछ चीजें नम अँधेरों से ही तो उग पाती हैं। एक अन्य कविता में वे कहती हैं—'अब बेचैनी नहीं, एक संतुष्ट मुसकान थी, शिथिल पड़ते होंठों पर क्योंकि पता है उसे भी, जैसे कि पता है उस उदास तने को—इन्हीं जड़ों में तो सिमट जाएगी, उसकी मिट्टी भी एक दिन और तब फिर से खिलखिलाएगा वह इन्हीं शाखों पर अगले बसंत में…' अइहैं फेरि वसंत ऋतु इन डारिन वे फूल। तब रेशमी अहसासों से भरा-पूरा जीवन जैसे हर वक्त किसी अगले वसंत के इंतजार में ही रहता है।

कम लिखना और कविता को पूरे आवेग व मस्ती से जीना नरेश सक्सेना की

विशेषता रही है। उन्होंने गीत लिखे तो हाथो-हाथ लिये गए। एक जमाने में 'फूले फूल बबूल कौन सुख अनफूले कचनार', 'तनिक देर को छत पर हो आओ/ चाँद तुम्हारे घर के पिछवारे निकला है।' तथा 'सूनी संझा, झाँके चाँद/मुँड़ेर पकड़कर आँगना/ हमें, कसम से नहीं सुहाता—रात-रात भर जागना' जैसी नेह-पगी पदावलियों के कवि नरेश सक्सेना का संग्रह 'समुद्र पर हो रही है बारिश' उस वक्त आया, जब कविता में शब्दों की स्फीति सिर चढ़कर बोल रही थी। उनके गीतों का आधुनिकता-बोध बताता था कि यह कवि औरों से अलग है। वह गीत को कविता से अविच्छिन्न नहीं मानता। गीत में समाई न रही तो नरेश सक्सेना भी कविता की ओर मुड़े तथा बरसों तक वे अपनी मस्ती से लिखते रहे और छपने से छिपाते रहे। पर कविता और प्रेम की सुगंध भला कहाँ छिपने वाली है! वह सार्वजनिक हुई और नरेशजी की कविताओं ने मन मोह लिया। उनके कविता-संग्रह 'सुनो चारुशीला' की इसी शीर्षक की आखिरी पंक्तियाँ हैं—'क्या कोई बता सकता है/कि तुम्हारे बिन मेरी एक वसंत ऋतु/कितने फूलों से बन सकती है/और अगर तुम हो तो क्या मैं बना नहीं सकता/ एक तारे से अपना आकाश?'—ऐसी सघन सांद्र संवेदनावाले नरेश से आज विजय जी भले ही ओझल हों, उनकी कविताओं के रेशे-रेशे में उनका प्यार-दुलार बोलता है। एक शिशु-सी सरलता और जल की तरह मित्रों में घुल-मिल जाने वाली तरलता लिये नरेश जी की कविताओं से एक ऐसी अनिंद्य अनुगूँज आती सुनाई पड़ती है, जो मिट्टी में खिलौनों, खिलौनों में बच्चों और बच्चों में सपनों की ख्वाहिशों से भरी है।

केदारनाथ सिंह ने गीत के बारे में लिखा है कि गीत कविता का सबसे मुश्किल माध्यम है। सब कुछ कह लेने के बाद कवि के मन में जो एक भाषातीत गूँज बच जाती है, गीत की शुरुआत ठीक वहीं से होती है, और उसकी सफलता इसी में है कि उस भाषातीत गूँज को भाषा के संपर्क से कम-से-कम, विकृत या दूषित किया जाए। कोई गीत पढ़ने के बाद देर तक उसकी अनुगूँज में हम खोए रहते हैं, गीत की यही सफलता है। कभी-कभी औचक यह गूँज हमारी स्मृतियों में दस्तक देती है। इस तरह गीत हमारे मन के किसी कोने में अपनी एक स्थायी जगह बना लेते हैं, जो अवसर पाकर हौले से कानों में जैसे गूँजने लगते हैं। प्रेम क्या है? क्या वह केवल स्थूल इकाइयों का मिलन-भर है, क्या प्रेम उस गंध में नहीं है, जिसकी उम्र बहुत लंबी होती है? क्या वही गंध, वही आँच नहीं है, जिसकी ओर गिरिजा कुमार माथुर ने भी इशारा किया है—'इतना मत दूर रहो गंध कहीं खो जाए/आने दो आँच रोशनी न मंद हो जाए।' जैसे प्रेम में यह गंध खोनी नहीं चाहिए। गंध जितनी

दूर और देर तक स्थायी रह सके, प्रेम की उम्र उतनी ही लंबी होती है। जैसे किसी गीत की भाषातीत गूँज जितनी दूर और देर तक हमारा पीछा करती है, गीत की उम्र उतनी ही लंबी होती है।

कविता और कलाओं पर यथार्थ का दबाव होता है। तब भी जीवन के साँचे में प्रेम की अपनी जगह है। वह यथार्थ और समय के दबावों के बावजूद होंठों पर आ धमकता है। चाहतें प्रेम के रूपकों में ढल जाती हैं। एक वृहत्तर अर्थ में तो हर कविता प्रेम की कविता है; क्योंकि वह मनुष्य के हित में संभव होती है। हर कविता मनुष्य के अस्तित्व से जुड़ी है। तब भी प्रेम कविता का ताना-बाना कुछ अलग ही होता है। वह दुर्वह समय में भी जीवन को जीने-योग्य बनाता है। 'अकेली खुशी' में कुँवर नारायण की पंक्तियाँ हैं—

> जी चाहता है तुम मेरे पास होतीं,
> मेरे सिरहाने एक सह-अनुभूति-एक पहचानी हुई आवाज
> और हम स्वीकारते अनुगृहीत
> इस प्रसन्न वनश्री का खुला हुआ आमंत्रण।

प्रेम सिरहाने एक सह-अनुभूति की तरह उपस्थित हो, यह कितना सांकेतिक, कितना संवेदी है और सामने वनश्री का सौंदर्य मुखरित हो आमंत्रण देता हुआ हो, तो फिर कहना ही क्या! कुँवरजी ने ऐसी और भी कितनी ही कविताएँ लिखी हैं, जिनमें समाहित संवेदना की सांद्रता इतनी घनीभूत है कि वह कविता के सौंदर्य को एक नई ऊँचाई देती है। रात के मौन की भी अपनी भाषा होती है। तभी तो कवि कहता है—रात मीठी चाँदनी है/मौन की चादर तनी है। इस गीत का आखिरी अंश है—एक मुझमें रागिनी है/जो कि तुमसे जागनी है। आलंबन और उद्दीपन का अन्योन्याश्रित रिश्ता। ऐसी ही एक कविता उन्होंने 'परिवेश : हम तुम' में नीली आँखों के वैभव पर लिखी है—दो नीली आँखें।

> दो खुश नीली आँखों में
> एक अजीब चहल-पहल उत्सव—
> जैसे सबेरे-सबेरे नीलाकाश में
> झुंड की झुंड चिड़ियों का कलरव¨
> बस, इसी तरह याद है
> दो नीली आँखों का अथाह वैभव।

राजेश जोशी ने 'मिट्टी का चेहरा' में एक बहुत ही सुंदर कविता लिखी है।

यों वे सामान्यत: प्रेम के कवि नहीं हैं, पर 'उसके स्वप्न में जाने का यात्रा वृत्तांत' शीर्षक यह कविता एक फँतासी की तरह घटित होती है। वसंत एक प्रतीक्षा का नाम भी हैं। सर्वेश्वर दयाल सक्सेना 'वसंत-स्मृति' कविता में एक पीली तितली को अपने कमरे में आया देख एक नायाब-सी कल्पना करते हैं। मानो तितली का आना बसंत का आना हो! वे कहते हैं—'पहली बार मुझे लग रहा है/कि दीवारें भी हिल सकती हैं/और वसंत मेरे कमरे में भी आ सकता है।' पर तितली और वसंत की प्रतीक्षा तो बहाना है। असल बात उस मधुर स्मृति की है, जो इस अहसास से ही कहीं अधिक घनीभूत होकर उभर आई है—

कितनी मधुर है तुम्हारी स्मृति!
लेकिन कितना करुण है उसका
इन दीवारों में भटकना!
फिर भी कितना साहस है मुझमें, कि मैं बैठा
बसंत की प्रतीक्षा कर रहा हूँ।

वसंत विजयदेव नारायण साही के यहाँ भी जैसे प्राण को सींचने के निमित्त आता है। कुहराए शीत और उष्णवायु आतप के बीचोबीच कसे इस गुलाबी मौसम के बारे में उनकी यह कामना कितने औदात्य से भरी है—'बीच का बसंत यह/वैभव है अद्वितीय/डूब-डूब जीना इसे/मन में सँजोना/यहीं लौट-लौट आना, बह जाना, सींच देना प्राण/ इतना कि रग-रग में ममता-सा बस जाय!' यह वसंत वैभव कहाँ नहीं है। मुझे अकसर लगता है, यदि इस प्रकृति के वैभव को, प्रेम के वैभव को हिंदी कविता से निकाल दिया जाय तो वह विपन्न हो जाएगी। यह प्रेम ही है, लालित्य ही है, जो 'शुष्कं वृक्षं तिष्ठत्यग्रे' को 'नीरसतरुरिह विलसति पुरत:' कहलवाता है और तब लगता है, भीतर जब प्रेम भरा होता है तो जीवन छंदमय हो उठता है। वह किसी ठूँठ को भी एक हरियल प्रभामंडल में बदल देता है। तभी देखिए एक प्रेम कविता में हिंदी के सुपरिचित कवि मंगलेश डबराल क्या कहते हैं—

तुम्हारे लिए आता हूँ मैं इस रास्ते
मेरे रास्ते में हैं तुम्हारे खेत
मेरे खेत में उगी है तुम्हारी हरियाली
मेरी हरियाली पर उगे हैं तुम्हारे फूल
मेरे फूलों पर मँडराती है तुम्हारी आँखें
मेरी आँखों में ठहरी हुई तुम!

'नख शिख' अज्ञेय की सुपरिचित कविता है। वैसे तो उन्होंने प्रेम की सैकड़ों कविताएँ लिखी हैं। पर इसकी आभा ही अलग है। यह इस अर्थ में अनूठी है कि अज्ञेय केवल प्रयोगवादी कवि ही नहीं हैं, बल्कि उनकी प्रेम कविताओं का स्वरूप भी आधुनिक है। परंपरागत प्रतिमानों, उपमान और उपमेय को नए ढंग से बरतने का; और अज्ञेय यह काम सलीके से करते हैं—'तुम्हारी देह मुझको कनक-चंपे की कली है/दूर से ही स्मरण में भी गंध देती है/(रूप स्पर्शातीत वह जिसकी लुनाई कुहासे-सी चेतना को मोह ले)' और इसे ही अज्ञेय की उत्तरवर्ती पीढ़ी के कवि विनय दुबे यों कहते है—मैंने तुम्हें छुआ/तुम्हें क्या/एक पत्ती को छुआ/थरथराने लगा नीम/धरती और आकाश के बीच। (जैसे मैं कहूँ वैसे कहे नीम) और हाथों में हाथ हो तो प्रयाग शुक्ल की कल्पना भी ऊँची उड़ान भरती है—बहुत दूर था चंद्रमा/उसकी आभा थी पास/एक हाथ था मेरे हाथ में/धमनियों में बह रही थी पृथ्वी। (यह जो हरा है) 'कागज, कलम और स्याही' में कुँवर नारायण ने एक अनूठी कामना की थी कि फिर कभी कागज हुआ तो चेष्टा करूँगा कि जिंदगी किसी ऐसे खत का इंतजार हो, जिसे कोई प्यार से लिखे, सँभालकर लिफाफे में रखे और होंठों से चिपकाकर देर तक सोचे कि उसे भेजे या न भेजे। ऐसी ही एक कामना अरुण कमल की है जब वे 'नए इलाके में' की 'अभिसार' कविता के अंत में कहते हैं—

चाहता हूँ कि एक शाम जब साँकल पीटूँ
तो बहुत फुलके कोई कुंडी खोले
और देखूँ सामने वृंत पर वही
जिसकी इतने दिन से गंध लग रही थी।

उदासियों के बीच भी प्रेम पनपता है। कम-से-कम नंदकिशोर आचार्य की कविताएँ तो यही बताती हैं। 'उदास कविताएँ' की पंक्तियाँ देखें—" 'इतनी उदास क्यों हैं कविताएँ तुम्हारी'/पूछा उसने देखते हुए मेरी ओर/और देखकर मुसकान फीकी/देखने लगी दूसरी ओर—/लरजती उँगलियों से सहलाती कविता संग्रह मेरा।" एक दूसरी कविता में वे एक साँवली खामोशी से बतियाते हैं—'एक साँवली खामोशी में/डूबा है जंगल/मुझको अब कहाँ जाना है/जब लय हो गए हैं उसमें सब/रंगीन मेरे सुर।'

हिंदी कवियों की वरिष्ठ पीढ़ी में शुमार किए जाने वाले ज्ञानेंद्रपति का अभी हाल ही प्रेम कविताओं का ही संकलन आया है—'मनु को बनाती मनई'। कभी उनकी लिखी कविता—'ट्राम में एक याद' को प्रेम कविता का सिग्नेचर ट्यून

माना गया था, उसके लंबे अरसे बाद ज्ञानेंद्रपति अपनी कोमल चित्त की कविताओं के साथ फिर उपस्थित हुए हैं। प्रेम कविताओं के संदर्भ में हमारे समक्ष जो दो बड़े उदाहरण मौजूद हैं, वे अज्ञेय और शमशेर की प्रेम कविताओं के हैं। अज्ञेय में व्यक्तिवाद प्रबल है तो शमशेर की कविताओं की ऐंद्रिय शक्ति लाजवाब है। कविता में देह का वर्चस्व दिखते ही लोग नाक-भौं सिकोड़ने लगते हैं, पर यह दैहिकता अज्ञेय में थोड़ी क्षीण है, पर है, शमशेर में भी है बेधक—कहीं-कहीं उद्दाम आवेग की वल्गाएँ जैसे भुजपाश में न समाती हों और अशोक वाजपेयी में तो खैर कूट-कूटकर भरी है। केदारनाथ अग्रवाल की प्रेम कविताओं की उच्छल जलधि तरंग दांपत्य के रस से सिक्त है। इस कसौटी पर ज्ञानेंद्रपति के यहाँ अनुराग और प्रीति व्यक्त करने का सलीका जरा शालीन है। गोकि प्रेम हो और दैहिकता न हो, ऐसा कम हो पाता है। ज्ञानेंद्रपति की कविताओं में भी देह है, अनुराग और प्रीतिकर क्षणों में भीगता-भिगोता हुआ मन भी। पर चालित वे अपने ही विवेक से होते हैं। सौंदर्य के अवगाहन अवलोकन एवं भोग के क्षणों में भी उनका समाजोन्मुख कवि जागता रहता है। वह प्रेमिका के सौंदर्य से प्रतिकृत होता है और भावविभोर होते हुए यह कहने में संकोच नहीं करता कि 'तुम्हीं हो आदिम प्रकृति-पुरुषप्रिया/तुम्हारे उदर पर सिर रखकर जब-जब मैंने मरना चाहा है/मेरी धमनियों में जीवन की गति तेज हो गई है।' वह जाँघों के बीच बहती अछोर सदानीरा का जिक्र करता है, जो सदा अपने पर झुके कंठ को तृप्त करती आई है। वह निस्संकोच कहता है—'बड़ा प्यार उमड़ता है तुम्हारे चश्मे पर।' वह कहता है—'मेरे-तुम्हारे बीच एक किताब खुली है/हाइफन-सी साइफन-सी/ बाँटती नहीं, जोड़ती/ पुलिनों को पुल-सा पाटती।' इस कवि का काव्यानुशासन बताता है कि वह न तो सौंदर्य का बखान करने से चूकना चाहता है, न काव्य-सौंदर्य को श्रीहत करने का जोखिम मोल लेना चाहता है। वह स्त्री सौंदर्य के बखान में उसकी शील-रक्षा के साथ अपनी कविता की शील-रक्षा भी करना जानता है। लिहाजा वह गोलाइयों, अमृत कुंभ और अधरामृत, शुभ्र सुडौल रसगर देह की थाह लेता हुआ भी अंततः आवाज और खुशबुओं की खनक से ही प्रेम के महाभाव से भर उठता है। पेड़ और एक गिलहरी के प्राकृतिक रोमांच को जीता हुआ वह उस पल की कल्पना करता है, जब गिलहरी के जड़ों से फुनगी तक की दौड़ उसके वल्कल को रेशमी आभा में बदल देगी। हाल ही के अपने संग्रह 'जितने लोग उतने प्रेम' में लीलाधर जगूड़ी ने प्रेम की स्थानीयता, प्रेम, प्रेम और समय प्रबंधन, ओ मेरी वृद्ध प्रिय, प्रेम को प्रेम तक, प्रेम में निवेश, प्रेम

का दखल, प प्रेम में, प्रेम के फेरे, 'प्रेम किया मैंने' और 'जितने लोग उतने प्रेम' जैसी कई कविताएँ लिखी हैं। केवल युवा प्रेम पर ही नहीं, उत्तर जीवन के प्रेम को भी कवि ने अपने ध्यान में रखा है। एक जगह वह कहता है—'उधड़ी सीवनों का जिक्र न करो/आज भी धागे जैसा पड़ा हुआ हूँ तुम्हारी सुई में।' यह वही जगूड़ी हैं, जिन्होंने कभी कहा था, प्यार में प्रत्येक प्रश्न अनिवार्य हैं।

स्त्री की सजल और मार्मिक छवियों ने चंद्रकांत देवताले के भीतर स्त्री संसार का एक विपुल कोना रच रखा है, जिसकी तहें उलटते हुए लगा कि उनकी तमाम कविताएँ प्रेम के उद्दीप्त आलोक में रची गई हैं। एक कवि के भीतर जैसे समूची मानवता का वास होता है, वैसी ही उसकी संवेदना की मखमली उपत्यका में स्त्रियों का वास होता है। उनकी कविताओं में आई स्त्रियों से उनके कई तरह के रिश्ते हैं, कहीं उनमें बेटियों की आभा है, कहीं पत्नी की, कहीं अंतश्चेतना को प्रेम की उद्दीप्त आँच से पिघलाती हुई प्रेमिका की, यानी कवि ने सब कुछ उसी भाव से रचा है, जैसे बच्चन कह गए हैं—मैं छुपाना जानता तो जग मुझे साधु समझता…।

युवा कवियों का अपना वसंत होता है। प्रेम की अपनी दुनिया होती है। उसके कहने का सलीका भी अलग ही। इस वक्त लिख रहे युवा कवियों में गीत चतुर्वेदी, अरुण देव, प्रेमरंजन अनिमेष, एकांत श्रीवास्तव, यतींद्र मिश्र, जितेंद्र श्रीवास्तव, पुष्पिता अवस्थी, सविता भार्गव, भावना शेखर, नीलेश रघुवंशी, प्रज्ञा रावत, रंजना श्रीवास्तव, रंजना जायसवाल, ज्योति चावला, बाबुशा कोहली के यहाँ प्रेम की पुलकित व्यंजनाएँ मौजूद हैं। 'आलाप में गिरह' में गीत चतुर्वेदी ने अनेक जगह अपनी रागात्मक चेतना के प्रमाण दिए हैं। उसके बाद भी उनकी कई कविताओं, यथा चंपा के फूल, समकोण, तुम्हारा शुक्रवार, शुक्रवार, मनमाना, चोरी, पर्णवृंत आदि में प्रेम के अनेक रंग खिलते हुए दिखते हैं। हालाँकि वे बेशक कहें कि 'बचना प्रेम कथाओं का किरदार बनने से/वरना सब तुम्हारे प्रेम पर तरस खाएँगे'। किंतु कवि तो ऐसी आचार संहिताएँ तोड़ने के लिए ही पैदा होता है। वह अगली ही कविता में कहता है—'तुम आओ और मेरे पैरों में पहिया बन जाओ/जाओ/इस मंथरता से थक चुका हूँ मैं/थकने के लिए मुझे अब गति चाहिए।'(मंथरता से थकान) 'चंपा के फूल' में वे लिखते हैं—'स्वप्न में हुए एक सुंदर प्रणय को/उचक कर छू लेना चाहता हूँ/लेकिन मेरी चंपा उचक से परे खिलती है/मैं उसकी छाँव में बैठा उसके झरने की प्रतीक्षा करता हूँ।' गीत

चतुर्वेदी की कविताओं में प्रेम की अनन्यता दृष्टिगत होती है। जैसे उनकी कविता 'असंबद्ध' जो छोटी होते हुए भी एक संक्रामक प्रभाव डालती है, जब वे कहते हैं—'किसी का माथा चूमना उसकी आत्मा को चूमने जैसा है।'

अरुण देव 'कोई तो जगह हो' की चाहत रखने वाले कवि हैं। जीवन का राग उनके यहाँ निःशेष ही नहीं, बल्कि वह प्रभूत मात्रा में पसरा है। उनके यहाँ प्रेम की सारी अभिव्यक्तियाँ, कल्पना और यथार्थ के रसायन में स्वाभाविक सी जान पड़ती हैं। कहना न होगा कि इस युवा उम्र में अकसर ऐसी ही प्रेम कविताएँ लिखी जाती हैं; बल्कि कहूँ तो उनका संग्रह 'कोई तो जगह हो' प्रीति और अनुराग से भीगा है। एकांत श्रीवास्तव लोक और प्रकृति की सत्ता को बखानने वाले कवि रहे हैं। लोक का रोमान और यथार्थ दोनों उनकी कविताओं की अस्थि-मज्जा में अनुस्यूत है। पर बीच-बीच में उनके यहाँ भी प्रेम की भावभिनी व्यंजनाएँ कौंध जाती हैं। जितेंद्र श्रीवास्तव के आए लगभग सभी संग्रहों का अंतःसंसार प्रेम की अनुभूतियों से ही बना-बुना है। पर अपने पहले ही संग्रह से जिस तरह नीलेश रघुवंशी ने अपनी छाप छोड़ी थी, जिस तरह अपने पहले ही संग्रह से ज्योति चावला और सविता भार्गव ने कविताओं में अपने अनुरागी चित्त की काव्यमयता का प्रदर्शन किया है, वह कम युवा कवियों में देखा जाता है। ज्योति चावला मातृत्व को जीवन में तमाम रंगों का आगम मानती हुई कहती हैं—'इन दिनों रंगों का संगमन है मेरे आँगन में/…हर चीज मुझे सुंदर दिखती है इन दिनों।'

कुछ कवयित्रियों ने कविता में वसंत और प्रेम के फूल-ही-फूल खिलाए हैं, 'अक्षत', 'तुम हो मुझमें', 'शैल प्रतिमाओं से' तथा 'शब्दों में रहती है वह' से होता हुआ पुष्पिता अवस्थी का कविता संसार इसकी जीवंत गवाही देता है। वे प्रिय की आँखों के खलिहान से सपनों के अनाज चुनती हैं। 'पीतांबरी शगुन' में वे लिखती हैं—

अपनी गंगा में/जीती हूँ तुम्हारी यमुना जैसे/अपने कृष्ण में//तुम मेरी राधा तुम्हारे शब्दों में/छूती हूँ मैं/तुम्हारे ग्लेशियर खंड तुम्हारे शब्द-प्यास में/बुझाती हूँ अपनी मन-प्यास और सौंपती हूँ अक्षय तृष्णा तुम्हारे शब्दों की नाव से/मैं पहुँचती हूँ/तुम्हारे मन की यमुनोत्री तक सेमल के फूल के रंग में/छिप होते हैं रेशमी फाहे और फूली हुई सरसों का/पीतांबरी शगुन/वसंत ऋतु से पहले/वसंत के लिए।

—प्रेम के लिए ऐसा उछाह मन में हो तो वह तर्कातीत होता है। कवयित्री का यह कहना कि प्रेम मेरा घर है/बचा रहेगा मेरे बाद भी मेरे नाम का संग्रहालय बनकर—प्रेम की चिरंतनता का ही प्रमाण है।

सविता भार्गव की कविताओं में एक स्त्री की सहज प्रेमानुभूति का बखान दिखता है। शायद कविता ही वह कोना होता है, जहाँ कवि अपने दिल की हर बात खुलकर कहता है। सविता अपनी प्रेमानुभूति को परचम की तरह आकाश में लहराती है। उनके अनुभव के आकाश का अपना चाँद है, उसे चाहने और 'मुझे चाँद चाहिए' कहने का अपना सलीका भी। कहीं-कहीं बेलगाम आवेग इतना कि प्रणयी वल्गाओं को कौन थामे! तभी टेसुओं में देह की आग दहकती है और नीले वसन से बादलों के टुकड़े झाँकते हैं। इसी उन्माद के वशीभूत हो कवयित्री कह उठती है—'प्यार तराशो मुझे/जैसे कोई हुनरमंद कारीगार तराशता है हीरे को।' उसकी उनींदी आँखों में उतरती हुई धूप की तरह प्रिय के पदचाप की आहट सुनाई देती है और होंठों से यह धीमी बुदबुदाहट—'डूब रही है मेरी नींद तुम्हारे भीतर/धीरे से।' मोहन कुमार डहेरिया ने 'न लौटै फिर कोई इस तरह' संग्रह को पूरी तरह प्रेम की ही भावभूमि पर रचा है। प्रेम में होने का ही परिचय देते हुए वे कहते हैं—'इन दिनों लग रहा है/हर ऋतु के होते हैं अपने अपने वाद्ययंत्र/नदी, पेड़ तथा पहाड़ भी बदलते हैं दिन में कई बार अपने वस्त्र/सूर्य चंद्रमा और नक्षत्र भी जीते हैं/एक लयबद्ध ढंग से अपना-अपना जीवन।' ये दिन भला और कौन से हो सकते हैं? वसंत के सिवाय? बल्कि कहा जा सकता है कि प्रेम की हर ऋतु वसंत और फागुन की ही ऋतु होती है। केवल मौसम से ही नहीं, प्रेम की भी अपनी ऋतु होती है। प्रेम हर ऋतु को वासंती आभा में बदल देता है।

वसंत और फागुन की जुगलबंदी हो तो रससिक्त कविताएँ ही मन में फूटती हैं। यथार्थ की पथरीली धरती भी ऐसे मौसम में नम हो उठती है। कवियों का चित्त चंचल हो उठता है। उन्हें तो जैसे यह मौसम कविता करने के लिए न्योतता-सा प्रतीत होता है और यह कहता हुआ भी कि—खेतों की हरियाली बँट गई/फसलें सोना होकर कट गईं/घर ले जाऊँ किस पर ढो के/फागुन का रथ कोई रोके। पर फागुन का रथ भी कोई रोक सका है क्या! हाँ, हम उन क्षणों को शब्दों में, प्रीतिकर अहसासों में सँजोकर रख सकते हैं। कवियों ने यही किया है। उनके कोठार में हर मौसम और मिजाज की कविताएँ होंगी, पर उनमें भी वसंत, फागुन और प्रेम की कविताएँ अलग से ही दिखती होंगी, हमारी नींदों में स्वप्न की तरह खनकती हुई।

□

मेरे युवा आम में नया बौर आया है

इस धरती पर मानव सभ्यता जितनी पुरानी है, उतना ही पुराना प्रेम। प्रेम मनुष्य की उन जीवनदायी शक्तियों में एक है, जिसके उन्मेष और परिपाक के बिना जीवन का कोई अर्थ नहीं है। नीरज का एक लोकप्रिय गीत है—प्यार अगर थामता न पथ में/उँगली इस बीमार उमर की/हर पीड़ा वेश्या बन जाती/हर आँसू आवारा होता। कहना न होगा कि प्यार मनुष्यता के लिए औषध है। जहाँ भी हिंसा हो रही है, जाति-नस्ल-मजहब की दीवारें खिंची हैं, उसके पीछे प्यार का अभाव है। प्यार एक ऐसा उर्वरक है, जिसके बिना जीवन की फसल नहीं लहलहाती; बल्कि कहें कि जीवन का अस्तित्व ही प्रेम के कारण है तो अत्युक्ति नहीं। स्त्री-पुरुष के लाखों वर्षों के साहचर्य के बावजूद आज भी अगर कहीं अपने-अपने अजनबी जैसा जीवन जिया जा रहा है तो जाहिर है कि ऐसे लोग प्रेम के रस से सराबोर नहीं हुए हैं। इन्होंने प्रेम का स्वाद नहीं चखा है। उसकी केमिस्ट्री से अनजान है, अभी कामदेव के बाणों ने उन्हें बींधा नहीं है।

सदियों पुरानी कहानी है, जब आदम ने पहली बार ईडेन गार्डेन में एक पेड़ पर बैठे दो पक्षियों को कूकते देख ईश्वर से यह जानना चाहा था कि पेड़ पर बैठे ये पक्षी क्या कर रहे हैं ? तो ईश्वर ने कहा, वे एक-दूसरे से प्रेम कर रहे हैं। कुछ समय बाद आदम को फिर एक खेत में गाय और साँड़ आपस में अभिसाररत दिखे तो फिर उसने ईश्वर से पूछा—प्रभु,यह क्या है ? ईश्वर ने फिर कहा, आदम, वे आपस में प्यार कर रहे हैं। तब आदम ने मलिन मुख होकर कहा, प्रभु, मेरे पास तो कोई भी ऐसा नहीं है, फिर मैं किससे प्रेम करूँ ? ईश्वर ने कहा, आदम, कल तुम एक नई दुनिया देखोगे। आदम को जैतून के पेड़ के नीचे गहरी नींद आ गई और जब वह जगा तो पाया कि उसके निकट एक अनिंद्य सुंदर युवती बैठी है। आदम ने उसका हाथ पकड़ा और वे दोनों एकांत की ओर चल दिए। प्रेम का वर्जित फल चखने का

ही परिणाम यह सृष्टि है—सारी समस्याओं की रणभूमि। किंतु सृष्टि के आकार लेते ही हमने प्रेम की जड़ों पर ही आघात करना शुरू कर दिया। हमने प्रेम के आख्यान लिखे, गीत लिखे, मंदिरों के स्थापत्य को प्रेम के उत्कीर्णनों से भर दिया, पर जीवन में प्रेम छीजता रहा। प्रेम का जैसा स्वीकार और बखान हमारे साहित्य में है, वैसा समाज में नहीं है। यह आज भी एक गोपनीय काररवाई की तरह है। किसी शायर की सलाह है—लफ्ज मत घोलना इबादत में/इश्क को इश्तहार मत करना। और हमने यही तो किया है—इश्क को इश्तहार बनाया है। जहाँ भी हमें अवसर मिला, पत्थरों, दीवारों पर, यहाँ तक कि सार्वजनिक शौचालयों की भीत तक पर 'आई लव यू' की अश्लील और भद्दी उद्घोषणाएँ लिखीं। प्रेम की विफलता पर हमने तेजाब उड़ेले। सगोत्रीय प्रेम में हमने प्रेमियों को फाँसी पर लटकाया, ताकि जनता के सामने यह नजीर रहे—कह दो कोई न करे यहाँ प्यार/इसमें खुशियाँ हैं कम, बेशुमार हैं गम/ इक हँसी और आँसू हजार!

इतिहास गवाह है कि नकार और तिरस्कार के बावजूद प्रेम खत्म नहीं होता, परवान चढ़ता है; क्योंकि सृष्टि के उद्गम में ही प्रेम है। यह वर्जनाएँ नहीं मानता, नैतिक विचलनों से इसे भय नहीं। यह हर प्यक्ति के भीतर एक नई अनुभूति के साथ उदित होता है। दो युवा जब प्रेम करते हैं तो प्रेम की दुखांत कहानियाँ और उसके अंजाम उनकी स्मृति में नहीं होते। वे अपने प्रेम को सर्वथा नए और मौलिक तरीके से जी रहे होते हैं। उनका प्रेम किसी का अनुकरण नहीं होता, वे किसी से प्रेरित नहीं होते। वे प्रेम का वर्जित फल चखना चाहते हैं। इसका अंजाम भले ही यह हो—नहीं एक ऐसे तुम्हीं यहाँ जिसे प्यार मिल न सका कभी/कई लोग पहले भी आए थे यही चोट खा के चले गए। फिर भी उनमें प्रेम के नए कल्ले फूटते हैं। वे प्रेम का अपना एक अलग जनपद बसाते हैं। प्यार के खेल में शिकस्त बेशक मिले, उसकी कशिश कभी खत्म नहीं होती, प्यार की आँच मंद भी पड़ जाए तो भी उसकी गरमाई बची रहती है और दिल में उम्र भर मोमिन की यह गजल गूँजती रहती है—कभी हममें तुममें भी चाह थी, कभी हममें तुममें भी राह थी/ कभी हम भी तुम भी थे आशना, तुम्हें याद हो कि न याद हो।

प्रणय की अनिंद्य तहरीरें

हमारा अतीत प्रेम की कहानियों से भरा है। लेकिन उस प्रेम के कोई मानी नहीं, जिसमें जद्दोजेहद न हो, प्रतिदान न हो। इसीलिए प्रेम की चर्चा चलने पर वही

कहानियाँ हमारे जेहन में जगह बनाती हैं, उच्चादर्श कायम करती हैं, जो अकसर दुखांत की कहानियाँ हैं। सुरक्षित दुर्ग में बैठकर किया गया प्रेम प्रणय नहीं, सुविधा का उपभोग है। जिस प्रेम मे प्रतीक्षाएँ न हों, जिसमें आँसू न निकलें, जिसमें बंदिशें न हों, विद्रोह और बंदिशों, वर्जनाओं से पार जाने का दुस्साहस न हो, ऐसे प्रेम की परिणति मन में संवेग नहीं जगाती। इसीलिए प्राय: सर्वोत्तम प्रेम की कहानियाँ वही हैं, जो दुखांत हैं, जिसके किरदार विद्रोही रहे हैं।

प्रेम के कई रूप हैं। अशरीरी प्रेम, आत्मिक या रुहानी प्रेम और शरीरी प्रेम। प्रेम का यह विस्तार पारिवारिक और रिश्ते-नातों के दायरे से लेकर मैत्रीपूर्ण संबंधों तक फैला है। हमारी स्मृतियों में चंद्रधर शर्मा 'गुलेरी' की कहानी 'उसने कहा था', आज भी जीवित है। प्लैटानिक यानी अशरीरी प्रेम की यह कहानी अपनी बुनावट में, अपनी सूक्ष्म अनुभूतियों में अद्वितीय है। एक लड़की से किशोर वय में हुई मुलाकात और उससे उपजे एकांतिक प्रेम की परिणति जिस तरह हुई, वह अनूठा है। जमादार लहना सिंह को जब कालांतर में पता चलता है कि अपनी ही पलटन में सूबेदार हजारा सिंह की पत्नी बन चुकी उस लड़की से ही कभी वह प्रेम कर बैठा था, और उससे जब एक संयोगवश मुलाकात होती है तो उसके कहे के अनुसार वह लड़ाई के मैदान में उसके पति सूबेदार और बेटे की रक्षा में अंतत: अपने प्राण गँवाकर प्रेमिका को दिए वचन की रक्षा करता है। उसकी कर्तव्यपरायणता ने लहना सिंह को प्रणय के किरदार के रूप में अमर बना दिया है। आत्मिक और रुहानी प्रेम का दूसरा उदाहरण राजा दशरथ का है। यों तो ऐसा प्रेम घटित होना आसान नहीं है और यदि ऐसा प्रेम घटित हो गया तो फिर उससे बिछोह असह्य है। दशरथ को राम बहुत प्रिय थे। किंतु अपने वचन की रक्षा में कैकेयी की बात मानकर उन्हें राम को वनवास की राजाज्ञा देनी पड़ी। राम से उनका केवल जैविक नाता ही नहीं, आत्मिक प्रेम इतना अटूट था कि उनके वनवास की ओर रुख करते ही उन्होंने अपने प्राण त्याग दिए। आत्मिक प्रेम का एक दूसरा उदाहरण अमीर खुसरो का है। खुसरो निजामुद्दीन औलिया को अपना महबूब मानते थे। वे कहीं बाहर गए थे। रास्ते में खबर मिली कि महबूब नहीं रहे तो तुरंत दिल्ली की ओर रवाना हो गए। दिल्ली आकर जैसे ही उनका जनाजा देखा, खुसरो अपने को सँभाल नहीं पाए। बोले—गोरी बैठी सेज पर डाले मुख पर केस/चल खुसरो घर आपने रैन भई चहुँ देस—और तभी अपने प्राण त्याग दिए।

प्रसिद्ध कथाकार ओ. हेनरी की एक मशहूर कहानी है—'द गिफ्ट'। इस

कहानी में पति-पत्नी एक-दूसरे को उत्कट प्रेम करते हैं, पर उनकी माली हालत अच्छी नहीं है। पत्नी के केश बड़े सुंदर और मुलायम होते हैं, जिन पर पति मरता है। एक बार वैवाहिक वर्षगाँठ पर पत्नी पति के लिए गिफ्ट लेने बाजार जाती है। वह पति की सोने की घड़ी के लिए सोने की चेन खरीदना चाहती है, पर उतने रुपए उसके पास नहीं होते कि वह उसे खरीद सके। तब वह एक ब्यूटी पार्लर जाती है। पार्लर का मालिक कहता है, आपके बाल बहुत खूबसूरत हैं। इन्हें बेच दें तो हम आपको रुपए दे सकते हैं। वह अपने बाल पार्लर में कटवा देती है तथा उनसे मिले रुपयों से वह सोने की चेन खरीदकर घर लौटती है और चाहती है कि पति को जल्दी से उसे भेंट करे, ताकि वे कलाई पर घड़ी बाँध सकें। पर उसे देखते ही पति पूछता है—ये बाल कैसे कटवा दिए? उसने मामला समझाया तो उसका चेहरा उतर गया। उसने कहा कि तुम्हारे बाल इतने लंबे थे कि उन्हें सुलझाने में कठिनाई होती थी। इसीलिए मैं अपनी घड़ी बेचकर तुम्हारे लिए सोने की कंघी लाया था। पर त्रासदी देखें कि न पत्नी के बाल बचे हैं, जिसके लिए पति सोने की कंघी लाया है, न पति की घड़ी बची है, जिसके लिए पत्नी अपने खूबसूरत केश बेचकर सोने की चेन लाई है। प्रेम की अभिव्यक्ति की कितनी मार्मिक कहानी है यह! प्रेम का एक ऐसा रूप भी हम देखते हैं, जहाँ एक-दूसरे के लिए लोग मरने-जीने की हद तक गुजर जाते हैं। प्रेम को लेकर, उसके सूक्ष्म अहसासात को लेकर तालस्ताय, मोपासाँ, चेखव, मार्केस, मिलान कुंदेरा तथा हिंदी व भारतीय भाषाओं में तमाम कहानियाँ हैं, जो अपनी किस्सागोई में सुगठित और चित्ताकर्षक हैं। रेणु की 'तीसरी कसम' उर्फ 'मारे गए गुलफाम' में प्रेम की धमक का अपना ही रूप-रंग है, जिसे सेल्यूलाइड पर राज कपूर ने अमर बना दिया।

प्रेम का हो-हल्ला आज जितना है, उतना प्रेम समाज में दिखता नहीं। पति-पत्नी, प्रेमी-प्रेमिका, भाई-बहन, पिता-पुत्र तथा अन्य तमाम रिश्तों को आज स्वार्थपरता ने निष्प्रभ बना दिया है। लेन-देन, भौतिकता और बाजारवाद के चलते रिश्तों को उपयोगितावाद की कसौटी पर तौला जाता है। आज प्रेम नहीं, प्रेम का प्रदर्शन ज्यादा है। लिहाजा इसके लिए हमने एक दिन मुकर्रर कर रखा है—वैलेंटाइन डे। संत वैलेंटाइन को प्रेम का प्रतीक मानकर हमने इस दिन को अपने प्रणय के इजहार का दिन बना दिया। इस दिन की विशिष्ट मुलाकातों और उपहारों कार्डों के आदान-प्रदान को हमने उत्सव का नाम दिया। हमारी स्मृति में संसार के अनेक प्रेमियों की दुखांत प्रेम कहानियाँ तैरती हैं। हीर-रांझा, लैला-मजनूँ, शीरी-

फरहाद, ढोला-मारु, सोहिनी-महिवाल, रोमियो-जूलियट, क्लियोपेट्रा-मार्क एंटोनी, पिरामिस एवं थिसबे, सलीम-अनारकली, शाहजहाँ-मुमताज, मैरी-पियेरे क्यूटी आदि। ये कहानियाँ भले ही इस बात की ताकीद करती हों कि प्रेम की परिणति या तो बिछोह है या मृत्यु, किंतु जैसे सृष्टि अनवरत चलती है, प्रेम भी अक्षुण्ण है, उसकी अनुभूति अनछुई है, उसकी तहरीरें अनिंद्य और अमिट हैं।

छाया मत छूना मन

रोमियो-जूलियट प्रसिद्ध प्रेमी जोड़े कहे जाते हैं। इन्हें प्रेम का पर्याय माना जाता है। शेक्सपियर के इस दुखांत नाटक में दो परस्पर शत्रु परिवारों के युवक-युवती प्रेम करते हैं, किंतु अंततः दोनों असामयिक मृत्यु का शिकार होते हैं। यह कहानी बहुत ही भावप्रवण और विचलित करनेवाली है। क्लियोपेट्रा और मार्क एंटोनी की प्रेम कहानी भी स्मरणीय और विचलित करनेवाली है। इन ऐतिहासिक किरदारों की कहानी को शेक्सपियर ने एक मार्मिक नाट्य रूप दिया है। दोनों के आपसी रिश्तों से मिस्र एक शक्तिशाली स्थिति में आ गया था, किंतु इनके प्रेम ने रोमवासियों को नाराज कर दिया। तमाम जोखिम के बावजूद दोनों ने विवाह किया। कहा जाता है कि रोमनों के खिलाफ लड़ते हुए एंटोनी को क्लियोपेट्रा की मौत की झूठी खबर मिली, जिससे विषण्ण होकर वह अपनी ही तलवार पर गिर पड़ा। उधर जब क्लियोपेट्रा को एंटोनी की मौत का पता चला, उसने भी अपनी जान दे दी। महान् प्रेम बलिदान माँगते हैं। पाओलो और फ्रेन्सेस्का के प्रेम को दाँते की क्लासिक डिवाइन कॉमेडी ने अमर बना दिया है। फ्रेन्सेस्का गियान्सिओट्टो से ब्याही है, जो एक उजबक किस्म का आदमी है। वह धीरे-धीरे उसके भाई पाओलो से प्रेम करने लगती है। एक साथ एक किताब पढ़ते हुए उनका प्रेम परवान चढ़ता है। बाद में ईर्ष्यादग्ध गियान्सिओट्टो उन दोनों को मौत के घाट उतार देता है। ईरान के जाने-माने कवि निजामी अपनी रोमैंटिक कविता—'लैला-मजनूँ' के लिए जाने जाते हैं। यह अप्राप्य प्रेम की दुखांत कहानी है। सदियों से इसकी कहानी कही और सुनी जाती रही है। लैला और कैस स्कूल में ही एक-दूसरे के प्रेम में पड़ जाते हैं। जानकारी होने पर उनकी मुलाकातों पर बंदिश लगा दी जाती है। निराश कैस रेगिस्तान की ओर चला जाता है और खाना-पीना छोड़ पागल-सा बन जाता है। लैला का पिता उसकी शादी मजनूँ से न कर किसी और से कर देता है। उसके पति की मृत्यु के बाद वे निकट आते हैं पर अपने जीवन के बिखराव को वे दोनों समेट

नहीं पाते। मौत के बाद उनकी कब्रें आस-पास बनाई गईं। पिरामिस और थिसबे की कहानी भी कुछ-कुछ एंटोनी और क्लियोपेट्रा जैसी है। यह एक ऐसे निस्स्वार्थ भाव से किए गए प्रेम की कहानी है, जो यह बताती है कि मृत्यु के बाद भी उन्हें कोई जुदा नहीं कर सकता। परिवारों की खिलाफत के बावजूद दोनों ने प्रेम किया। वे घर से भागे। एक मालबरी के वृक्ष के नीचे मुलाकात तय हुई, किंतु जैसे ही पिरामिस वहाँ पहुँचा शेर के पंजे में उसका बुरका दबा मिला और उसे लगा कि थिसबे मर चुकी है। उसने तत्काल अपनी ही तलवार से अपनी हत्या कर ली। बाद में शेर के डर से दुबकी हुई थिसबे ने जैसे ही उसे मृत देखा, उसने अपने प्रेमी की तलवार से अपने को मार डाला। जेन आस्टिन ने डार्सी और एलिजाबेथ की दिलचस्प प्रेमकथा लिखी है। मध्यकालीन इतिहास में झाँकें तो सलीम और अनारकली की प्रेम कहानी सुनकर कौन विचलित नहीं होगा! महान् मुगल शासक अकबर का बेटा सलीम दरबार की मामूली नर्तकी से प्रेम कर बैठता है। पर अकबर को यह सहन नहीं हुआ कि उनका बेटा मामूली सी नर्तकी से प्रेम करे। उसने हरचंद कोशिश की कि सलीम का दिल उस पर से हट जाए पर ऐसा नहीं हुआ। सलीम ने अपने पिता अकबर के विरुद्ध युद्ध छेड़ दिया। पर अकबर की फौज ने सलीम को हराकर उसे मौत का फरमान सुना दिया। अनारकली ने हस्तक्षेप करने की चेष्टा की तो सलीम के सामने ही उसे दीवारों में चुनवा दिया गया।

प्रेम की खातिर जान देने और जान लेने की ये दास्तानें रूला देती हैं। जिस प्रेम का ढिंढोरा हमारे कवि और संत महापुरुष सदियों से पीटते आए हैं, उसकी परिणति प्रेम के गौरवपूर्ण क्षणों में इस तरह हुई है कि सारी मनुष्यता शर्मशार हो उठे। इसके बावजूद प्रेम है। प्रेम के लिए दिलों में अभी भी जगह है। प्रतीक्षाएँ हैं, आकुलता है, अधीरता है। प्रेम के लिए मरने-मिटने की कसमें हैं। एरिक फ्रॉम ने प्रेम के तमाम पहलुओं पर एक किताब लिखी है—द आर्ट ऑफ लविंग। उनकी नजर में प्रेम केवल स्त्री और पुरुष के बीच का मामला नहीं है। इसमें ईश्वरीय और आत्मप्रेम सहित नाना प्रकार के प्रेम रूपों पर चर्चा की गई है। वे कहते हैं—प्रेम की जरूरत हमारे सामूहिक अस्तित्व से जुड़ी है। उनका मानना है कि किसी के प्रेम में इतना डूब जाना कि सारी दुनिया को भूल जाना पड़े, यह प्रेम की गहराई की नहीं, बल्कि अकेलेपन की निशानी है। पश्चिमी समाज में घटते जा रहे प्रेम को देखते हुए ही एरिक फ्रॉम ने प्रेम करने की कलात्मक क्षमता के विकास की जरूरत बताई है और इसका एक रास्ता उन्हें मेडिटेशन में दिखाई देता है। किंतु उनकी चिंता है

कि आज किसी के पास अपने लिए ही कुछ क्षण बिताने का वक्त नहीं है, तब वह मेडिटेशन को भला कितना वक्त दे पाएगा? यों तो आज लव गुरुओं की भरमार है। इंटरनेट का गवाक्ष खुलते ही प्रेम का न्योता देनेवाली तमाम साइटें नजर आती हैं। प्रेम कैसे करें, किससे करें, क्या करें, क्या न करें, रूठे हुओं को कैसे मनाएँ, मनुहार के अनेक टिप्स बटन दबाते ही हाजिर! जैसे उन्हें आपकी ही तलाश है, या आपको उनकी! एक-दूजे के लिए यहाँ एक-से-एक दिलचस्प आकर्षण मौजूद हैं।

प्रेम क्या है?

प्रेम की अनेक परिभाषाएँ की गई हैं। कवियों, शायरों, चिंतकों ने प्रेम को अनेक तरीके से परिभाषित किया है। गांधी कहते हैं—प्रेम कभी दावा नहीं करता, हमेशा देता है। प्रेम हमेशा सहन करता है, कभी बुरा नहीं मानता, कभी प्रतिफल नहीं लेता। किसी विचारक का कहना है—प्रेम साधारण कुटिया को भी महल बना देता है। लेकिन इंटरनेट पर खँगालने पर कुछ अलग-सी परिभाषाएँ मिलीं। कुछ परिभाषाएँ यों हैं—प्रेम वह है, जब मेरी माँ मेरे पिता के लिए कॉफी बनाती हैं और उन्हें परोसने के पहले एक सिप लेकर आश्वस्त हो जाना चाहती हैं कि स्वाद अच्छा है।··· यदि तुम बेहतर तरीके से प्रेम करना चाहते हो तो उस शख्स से मिलो, जिससे तुम नफरत करते हो।··· प्रेम उसे कहते हैं, जब कोई लड़की एक लड़के से कहे कि उसकी शर्ट बहुत अच्छी है और वह उसे रोजाना पहनना शुरू कर दे। ···मैंने प्यार करना अपने दुश्मनों से सीखा है। जे. कृष्णमूर्ति कहते हैं—जहाँ निर्भरता व आसक्ति हो, वहाँ प्रेम नहीं रह सकता। हमारा भारतीय साहित्य प्रेम-प्रसंगों के वर्णन से भरा हुआ है। प्रेम ने कवियों को इतना उद्वेलित किया है कि इस प्रसंग पर अनेक काव्य-महाकाव्य लिखे गए हैं। जयदेव ने 'गीत गोविंद' लिखा तो उर्वशी और पुरुरवा पर दिनकरजी ने 'उर्वशी'। 'कनुप्रिया' लिखकर धर्मवीर भारती ने अपूर्व ख्याति पाई। 'गुनाहों का देवता' भी किशोर प्रेमियों ने खूब पढ़ा। पुष्पा भारती के नाम लिखी भारती की चिट्ठियों को पढ़कर रोमांच हो उठता है। 'अचला : एक मनःस्थिति' में प्रेम के भोग और आत्मिक प्रेम दोनों पहलू उजागर होते हैं। जहाँ तक स्वकीया-परकीया का सवाल है, हिंदी साहित्य को खँगाला जाए तो प्रायः प्रेम की सभी सर्वोत्तम अभिव्यक्तियाँ परकीया प्रेम को लेकर की गई हैं। प्रेम के यूटोपिया और यथार्थ में भारी अंतर है। लीलाधर जगूड़ी लिखते हैं, प्यार में प्रत्येक प्रश्न अनिवार्य है। भारती ने गुनाहों का गीत में माना है कि न हो यह वासना तो जिंदगी की माप

कैसे हो? कवयित्री कात्यायनी कहती हैं, सभी वासनाएँ दुष्ट नहीं होतीं। कविवर घनानंद ने प्रेम की अनूठी परिभाषा बताई है—अति सूधो सनेह को मारग है/जहँ नैकु सयानप बाँक नहीं/तहँ साँचे चलैं तजि आपनपौ/झिझकैं कपटी जे निसांक नहीं। प्रेम का मार्ग सीधा-सच्चा है। इस मार्ग पर वही चल सकता है, जो अपने अहं का विसर्जन कर दे। छली-कपटी के लिए प्रेम में कोई जगह नहीं है। कबीर ने लिखा था—शीश उतारै भुइं धरै। प्रेम व्यक्तित्व का विलोपन है। एक ऐसा रसायन है कि आदमी को तन्हा नहीं रहने देता। बशीर बद्र कहते हैं, 'मुहब्बत एक खुशबू है हमेशा साथ चलती है/कोई इनसान तन्हाई में भी तन्हा नहीं रहता।'

प्रेम की आँच में वह गुलाबी गरमाहट होती है, जो समूचे जीवन को अनुराग के धूप-दीप-नैवेद्य से सुगंधित रखती है। इसकी रंगतें अलग-अलग हैं। नाते-रिश्तों का परिसर भले ही बहुत बड़ा होता हो, किंतु सभी रिश्तों को प्यार का रिश्ता नहीं कहा जा सकता। माँ, पिता, बहन, भाई और इसके साथ बने अन्य रिश्तों में संबंधों की खुशबू अलग होती है। प्यार एक नियति भी है। सगे-संबंधी कितने ही निकट के हों, अगर उनके भीतर प्रेम की धारा नहीं बहती तो वे असह्य हो उठते हैं। सारे संबंध बेमानी लगने लगते हैं। पारिवारिक रिश्तों में माँ-पिता के प्रेम को कदाचित् सबसे ज्यादा अहमियत दी गई है। इनमें भी माँ का प्रेम अनूठा है, निस्स्वार्थ और सच्चा प्रेम, जिसका कोई प्रतिदान वह बच्चे से नहीं चाहती। एक कहावत है—माई देखै ठठरी, मेहर देखै गठरी। माँ की मोहब्बत से लोगों ने बड़ी-से-बड़ी ऊँचाइयाँ हासिल की हैं। मुनव्वर राना कहते हैं—कौन समझाए ये तकदीर के शहजादों को/ माँ पे हम शेर न कहते तो यह शोहरत होती? मोहब्बत का जज्बा हो तो बिना रिश्तों की डोर में बँधे हुए भी लोग दिल को सच्चा सुकून देते हैं।

ये इश्क नहीं आसाँ : इजहार-ए-इश्क

प्यार के अहसास-भर से जिस तरह का रोमांच होता है, उसके इजहार में उतनी ही कठिनाई होती रही है। गालिब लिखते हैं, 'ये इश्क नहीं आसाँ, बस इतना समझ लीजै/इक आग का दरिया है और डूब के जाना है।' आज दुनिया इश्क में डूबी है। कहीं कोई आग का दरिया नहीं है। मोबाइल पर हर तीसरा एसएमएस प्यार का लिखा जा रहा है और हर चैटिंग की भाषा रूमानी है। एक दौर था, प्रेम का इजहार करने में उम्र बीत जाती थी। न टेलीफोन थे, न मोबाइल। न इंटरनेट का जमाना हुआ करता था, न संचार सेवाएँ इतनी द्रुत थीं। महीनों इंतजार के बाद

जब चिट्ठीरसा कोई ऐसा खत लाकर देता था तो प्रेमियों की बाँछें खिल जाती थीं। लड़कियाँ ऐसे खत सँभालकर रखतीं और फुरसत के क्षणों में निकालकर बार-बार पढ़तीं। ऐसी चिट्ठियों में रस होने के चलते ही कदाचित् पोस्टमैन का नाम चिट्ठीरसा पड़ा होगा। हस्तीमल हस्ती की एक गजल है, प्यार का पहला खत लिखने में वक्त तो लगता है। ऐसी चिट्ठियाँ बड़ा सुकून देती हैं। कई बार चिट्ठी लिखकर हम उसे भेजने या न भेजने के असमंजस से घिरे रहते हैं। कुँवर नारायण की पंक्तियाँ हैं—"फिर कभी कागज हुआ/तो चेष्टा करूँगा जिंदगी किसी ऐसे खत का इंतजार हो/जिसे कोई प्यार से लिखे/सँभाल कर लिफाफे में रखे और होंठों से चिपकाकर देर तक सोचे कि उसे भेजे या न भेजे।" केदारनाथ सिंह की एक कविता में चार-चार पत्रों के मिलने का कोई रोमांच कवि को नहीं है, क्योंकि उसे तो उस पाँचवीं चिट्ठी का इंतजार है, जो अभी तक नहीं आई। ऐसे पत्र का मजमून जाहिर है, रोमांटिक ही होगा। किंतु तब प्रेम में संजीदगी थी। एक गहरा पैशन था। सूर की गोपिकाएँ सीधी-सच्ची थीं, मिडिल पास लड़कियों की तरह। वे उद्धव के झाँसे में आ गईं। निशि दिन बरसत नैन हमारे—के दिन थे वे। प्यार हुआ भी तो आँसू ही उसकी परिणति हुआ करते थे। रत्नाकर की गोपियाँ थोड़ी आधुनिक थीं, उद्धव की एक न चली। कृष्ण के प्रेम में पगी गोपियों ने 'चुप रहो उद्धव, सूधौ पथ मथुरा को गहो' कहकर उद्धव को खदेड़ दिया था। प्रेम की आतुरता उनमें इतनी उत्कट थी कि उद्धव के आते ही एड़ियों के बल खड़ी हो वे फौरन यह जान लेना चाहती थीं—हमको लिख्यौ है कहा? हमको लिख्यौ है कहा? मीरा ने कृष्ण के प्रेम में जहर का प्याला पी लिया। 'केहि विधि मिलना होय' की जुगत में ही जीवन बीत गया। श्रीकांत वर्मा की एक कहानी है—शवयात्रा। एक वेश्या, जिसका प्रेमी मैलागाड़ी ढोनेवाला बंसीलाल है, उसकी यह दिली तमन्ना होती है कि वह कभी उससे मिले, प्यार करे। पर ऐसा संभव नहीं होता। कालांतर में जब उसे कहीं से वेश्या इमरतीबाई के निधन की खबर मिलती है तो वह अपनी ठेलागाड़ी पर लादकर उसे श्मशान घाट लाता है। रजिस्ट्रेशन खिड़की पर बाबू के नाम, उम्र पूछते ही वह सारा ब्योरा देने के बाद जब पति का नाम पूछा जाता है तो तपाक से वह शख्स अपना नाम बोल देता है—बंशीलाल वाल्मीकि और अपने तुच्छ-से प्रेम को आदर्श बनाते हुए आगे बढ़कर रजिस्टर पर दस्तखत कर देता है। इससे उसे कितनी आश्वस्ति मिलती है, इसका सहज ही अनुमान लगाया जा सकता है। इसलिए प्रेम के अनेक शेड्स हैं। जटिल है इसे कह पाना। और भी जटिल है समझ पाना। कभी मीर ने लिखा

था—इश्क इक मीर भारी पत्थर है/कौन तुझ नातवाँ से उठता है। जबकि आज प्रेम का इजहार कितना सरल हो गया है। मैंने एक लड़के से पूछा, एक लड़की जिसे तुम चाहते हो, कितनी देर में उससे अपने प्यार का इजहार कर सकते हो? लड़का बोला, महज तीन सेकेंड में। फिर उसने एक एसएमएस मुझे किया। लिखा था, मैं तुमसे प्यार करता हूँ, कहने में महज तीन सेकेंड चाहिए, तीन मिनट इसे स्वीकार करने में, दो घंटे इसके प्रदर्शन में और तीन दिन इसे समझने में। लेकिन इसे सिद्ध करने के लिए पूरा जीवन चाहिए। एसएमएस के जमाने में प्यार का इजहार कितना सरल हो गया है! टच स्क्रीन छूते ही आपका संकोच उड़नछू जाता है। अब अगले का काम है कि वह इसे किस तरह लेता है! फेसबुक, व्हाट्सएप, इंस्टाग्राम सभी प्यार जाहिर करने के मंच बन गए हैं। चट मँगनी पट ब्याह की तर्ज पर इ-मेल और चैटिंग से दिल का हाल बयाँ किया जा रहा है। आपका चेहरा एक क्लिक भर से महबूबा के दिल के मॉनीटर में कैद हो उठता है।

इसके बावजूद, तमाम कविताएँ और शायरी दरअसल प्रेम का ही तो इजहार हैं। गिरिजा कुमार माथुर के गीत में नायिका यह कहकर ही अपने प्रेम का इजहार करती है—'मेरे युवा आम में नया बौर आया है/खुशबू बहुत है क्योंकि तुमने लगाया है।' जिस प्रेम के इजहार में जीवन बीत जाया करता था, उससे मिलन की प्रतीक्षा में भारतभूषण ने सौ-सौ जन्मों की बात कही है—सौ-सौ जनम प्रतीक्षा कर लूँ, प्रिय! मिलने का वचन भरो तो। पर किशन सरोज ऐसा नहीं मानते। कहते हैं—बीत यह जीवन चला अब/प्रिय न दो विश्वास अभिनव/मिल सको तो अब मिलो अगले जनम की बात छोड़ो। आज मिलने की अधीरता इतनी है कि टेलीफोन पर बतकहियाँ नहीं सुहातीं। अनु जसरोठिया कहती हैं, "किसी दिन सामने आओ हमारे रू-ब-रू बैठो/ ये टेलीफोन पर बातें हमें अच्छी नहीं लगतीं।" प्रेम में नजदीकियाँ जरूरी हैं। ऑफ द साइट-ऑफ द माइंड। इसीलिए कवि कहता है—इतना मत दूर रहो गंध कहीं खो जाए/आने दो आँच, रोशनी न मंद हो जाए। बकौल लक्ष्मीशंकर वाजपेयी—आज का प्रेमी जानता है—'जरा सी परवरिश भी चाहिए हर एक रिश्ते को, जो सींचा ही नहीं जाए वह पौधा सूख जाता है।' इसलिए प्यार में नमी बनी रहे, इ-मेल, एसएमएस और चैटिंग इसे कायम रखने में मददगार साबित हुए हैं।

छोड़ दे कुछ नहीं है रंजिश में

हमारा साहित्य प्रणय की अनुभूतियों में रचा-बसा है। प्रेम की उदात्तता को

व्यंजित करने के लिए कितने ही उपन्यास और काव्य लिखे गए हैं। बाजारवाद के चलते सभी चीजें आज उपयोगितावादी नजरिए से देखी जा रही हैं। प्रेम और नैतिकता को लेकर बहसें चलती रही हैं। किंतु उच्च वर्ग और निम्न वर्ग में प्रेम की वर्जनाएँ टूटी हैं। और अब तो मध्य वर्ग की नैतिकता की सीवनें भी उधड़ रही हैं। चैनल रात-दिन प्रेम और सेक्स परोस रहे हैं। अनेक धारावाहिकों को देखकर लगता है, औरतें और पुरुष अपने-अपने वैवाहिक जीवन से संतुष्ट नहीं हैं। वे वैवाहिक दायरे से बाहर सुख तलाश रहे हैं। इश्क में आज रोना-धोना नहीं चलता। आँसू नहीं बहाए जाते। प्रेम के विकल्पों की आज कमी नहीं। बुद्धिनाथ मिश्र की कविता तो यही कहती है—एक बार और जाल फेंक रे मछेरे/जाने किस मछली में बंधन की चाह हो। और अगर प्रेम में बेवफाई की जा रही है तो उसके लिए मुनव्वर राना का एक शेर है—तू बेवफा है तो ले इक बुरी खबर सुन ले/कि मेरा इंतजार कोई दूसरा भी करता है। आज चारों तरफ भौतिकता का बोलबाला है। भावुकता के दिन लद चुके हैं। प्रेम के रास्ते पर पहला कदम रखते ही कुछ लोग सेक्स की मंजिल तक पहुँच जाना चाहते हैं। उनके लिए स्त्री महज एक ऑब्जेक्ट है। वे नहीं जानते कि स्त्री की आँखें उस राडार की तरह हैं, जो पुरुष के मनोभावों को दूर से ही पढ़ लेती हैं। प्रेम में छल है, कपट है, विरह है, व्यथा की अकथ कथा है। फिर भी समाज में प्रेम की आज सर्वाधिक जरूरत है। मोहब्बत करने वाले खूबसूरत लोग होते हैं। इसलिए हो सके तो अपने जीवन में एक प्रेम का खाता जरूर खोलिए। क्रिएट ए लव एकाउंट! 'वैलेंटाइन डे' के बहाने ही सही, मोहब्बत के हक में हम एक शायर के शब्दों में यही कहना चाहेंगे—

छोड़ दे कुछ नहीं है रंजिश में
आ! मेरे साथ खेल बारिश में!

□

तीन लोक से न्यारी काशी

बनारस के बारे में कभी केदारनाथ सिंह ने लिखा था—'यह आधा जल में है, आधा मंत्र में, आधा फूल में है, आधा शव में, आधा नींद में है, आधा शंख में है, अगर ध्यान से देखो तो यह आधा है और आधा नहीं है'''/किसी अलक्षित सूर्य को देता हुआ अर्ध्य शताब्दियों से इसी तरह गंगा के जल में अपनी एक टाँग पर खड़ा है यह शहर/अपनी दूसरी टाँग से बिल्कुल बेखबर।' यह बेखबरी, बेफिक्री और मस्ती बनारस की आबोहवा में धुली है। इतिहास, मिथक, लोक विश्वास और किंवदंतियों में सदियों से एक पुरातन नगरी के रूप में विख्यात काशी अथवा वाराणसी में आखिर यह कैसा खिंचाव है कि इसकी प्राचीनता का गौरव अमिट है! जब सारा का सारा शहरी वैभव प्रदेशों की राजधानियों तक सिमटता जा रहा हो, अपनी ऐतिहासिक, पौराणिक, आध्यात्मिक और सांस्कृतिक पहचान के साथ जीवित शहरों में बनारस ने अभी भी अपनी गरिमा नहीं खोई है। यह लोक स्मृति में वैसी ही परम पावन और मोक्षदायिनी नगरी के रुप में बसी है, जैसी यह लोक विश्वास के सदियों के लंबे सफर में रहती आई है।

बनारस का नाम लेते ही प्रतीक, प्रत्यय, पहचान और वैशिष्ट्य के जो आधार हमारी स्मृति में निर्मित होते हैं, उनमें इसकी पौराणिकता के अलावा यहाँ का संगीत, यहाँ की गलियाँ, यहाँ की सुबह, धनुषाकार गंगा, गंगातट, सीढ़ियाँ, सीढ़ियों को आचमन करती सुबह और संध्या की सूर्यरश्मियाँ, दशाश्वमेध की पवित्र हलचल, नौकायन, बनारसी साड़ियाँ, लोक नाट्य परंपरा, बतकहियाँ, लंतरानियाँ, भाँग, ठंडई, पान और सबसे बढ़कर मस्ती की सारी हदें तोड़ती जीवन-शैली हमारे भीतर एक हलचल सी पैदा करती है। नदियों का वितान यों तो समूचे देश में फैला है, किंतु बनारस की गंगा और उसके जैसी सीढ़ियाँ अस्सी से लेकर राजघाट तक जैसा सोपान-पथ बनाती हैं, वैसा अन्यत्र देखने को नहीं मिलता। यहाँ के रईस, पंडे, भाँड़

और गुंडे विख्यात रहे हैं, तो काल भैरव की हैसियत यहाँ के शहर कोतवाल की-सी है। बिना उनके दर्शन के योग-क्षेम का कोई भी आवाहन पूरा नहीं होता।

बचपन में अकसर स्नान-ध्यान के वक्त बाबा को यह श्लोक—अयोध्या माया मथुरा काशी कांची अवंतिका। पुरी द्वारावती ज्ञेयाः सप्तेतताः मोक्षदायिकाः—गुनगुनाते सुनता तो इन सप्तपुरियों के प्रति एक रोमांचक भाव-सा पैदा होने लगता था। तब इन सप्तपुरियों की महिमा से मन बिल्कुल अनजाना था। बाद में जब बनारस रहने का सुयोग मिला तो लगा इस शहर पर वाकई अभी आधुनिकता की छाया नहीं पड़ी है। इसकी मस्ती में अभी सेंध नहीं लगी। ठेठ बनारसी अंदाज, और कहो गुरु! वाली ठसक। बात-बात पर गालियाँ, फिर भी एक-दूसरे पर जान छिड़कने की अदा निराली है। इस शहर के अलावा कदाचित् ही कोई ऐसा शहर हो, जहाँ गंगा की लहरों पर आरुढ़ बजरे पर होली का ऐसा विरल कवि-सम्मेलन होता हो, जिसमें गालियों से हुरिहारों और कवियों को इस तरह नवाजा जाता हो। कार्तिक पूर्णिमा को गंगातट पर मनाई जानेवाली देव दीपावली ऐसी कि असली दीपावली की रंगत फीकी पड़ जाए। घुटने तक धोती और साड़ी सिकोड़े जल में अर्घ्य देते स्त्री-पुरुष अपने रोग, क्षोभ और पराजय के फूल यहीं सिराने आते हैं। यहीं वे गंगा की जल-सतह पर कामनाओं के दीये प्रवाहित करते हैं। अपने प्रियजनों के शव को लादकर सदियों से मणिकर्णिका और हरिश्चंद्र घाट लाते और इसकी अबुझ चिता को समर्पित कर मोक्ष की कामना से भरकर लौट जाते रहे हैं।

श्रद्धालुओं और आस्थावानों के लिए बाबा विश्वनाथ मित्र सरीखे हैं। बाहर से रणभूमि से बने विश्वनाथ मंदिर-परिसर के चप्पे-चप्पे पर तैनात पुलिस के सुरक्षा घेरे से गुजरते घंटों कतारबद्ध दर्शनार्थियों की आस्था को जैसे और कोई ठौर नहीं भाता। उनकी सुबह यहीं से शुरू होती है, घंट-घड़ियाल बजाते, गंगा में डुबकियाँ लगाते, गलियों में कचौड़ी, जलेबी खाते और नुक्कड़ों पर पान के ठीहे से खइके पान बनारसवाला अंदाज में घर लौटते इन लोगों की चेतना में काशी इस तरह रच-बस गई है कि उनके लिए बनारस के बदले स्वर्ग में रिहाइश का प्रस्ताव भी व्यर्थ है। काशी की रामलीला में लोक का मन रमता है। अस्सी की नाग नथैया और नाटी इमली का भरत-मिलाप लोकप्रसिद्ध है।

मुड़-मुड़कर देखना बनारस को इतिहास के दर्पण में

वाराणसी की अनेक व्युत्पत्तियाँ हैं। 'अथर्ववेद' में वरणावती नदी का उल्लेख

मिलता है तथा 'अग्निपुराण' में असी नदी को नासी कहा गया है। हो न हो, वरणावती और नासी के संयोग से 'वाराणसी' का नाम पड़ा हो! यों वरुणा और असी की संधि करते हुए भी लोग वाराणसी की व्युत्पत्ति को औचित्यपूर्ण ठहराते हैं। जातकों और पुराणों में काशी का अनेकविध वर्णन मिलता है। प्राचीन काल से ही यह शैव धर्म का केंद्र रहा है। शिव ने ही इसे अविमुक्त क्षेत्र माना। बौद्ध ग्रंथों में काशी को 'नित्योत्सवा' कहा गया है। बहुत दिनों तक यह मगध का अंग रहा, फिर कौसांबी राज्य के अधीन। गुप्तकाल के बाद हर्षवर्धन के समय ख्यात चीनी यात्री युवानच्वांग काशी आया था, जिसने यहाँ के मंदिरों, स्तूपों और विहारों की चर्चा की है। फिर यह गाहड़वालों की राजधानी बना, जिन्होंने इसे मुस्लिम आक्रमणों से बचाते हुए प्राचीन संस्कृति और धर्म को पुनरुज्जीवित किया। काशी पर आक्रमणों का भी एक लंबा सिलसिला है। बाबर, अकबर, जहाँगीर, शाहजहाँ, दाराशिकोह, औरंगजेब के हाथों होता हुआ काशी बलवंत सिंह के अधीन हुआ। तत्पश्चात् उनके पुत्र चेतसिंह ने विरासत सँभाली, पर अंततः उसे वॉरेन हेस्टिंग्स के हाथों अपमानित होना पड़ा और काशी का आधिपत्य महीपनारायण सिंह के हाथ आया। इस तरह अनेक आक्रमणकारी ताकतों से मुठभेड़ करती काशी की सत्ता लगभग अक्षुण्ण बनी रही। इसके चेहरे पर लूटपाट की खरोंचे जरूर दिखती हैं, पर अब तो सबकुछ इतिहास और किंवदंतियों के मलबे में दब-सा गया है।

बनारस इतना पुराना है, जितना हमारा इतिहास। बुद्ध के पहले काशी का अपना स्वतंत्र अस्तित्व था। बुद्ध ने सर्वप्रथम धर्मचक्र प्रवर्तन सारनाथ में किया, जो बौद्ध मतावलंबियों का प्रमुख तीर्थ बन चुका है और बनारस से थोड़ी ही दूरी पर है। शंकराचार्य की पीठ काशी में ही अवस्थित है, कबीर यहीं लहरतारा में जनमे, तुलसी ने 'रामचरितमानस' यहीं लिखी। कहते हैं चारों वेदों के रचयिता वेदव्यास तथा पुराणों और महाभारत के रचयिता यहीं छह हजार वर्ष पूर्व हुए थे। मुनिवर अगस्त्य की तपश्चर्या का केंद्र भी काशी ही रहा है। छप्पनो विनायक यहीं के अस्सी घाट पर विराजते हैं। लोलार्क कुंड सूर्योपासना के लिए जाना जाता है। यह तांत्रिकों की नगरी रही है तो अघोर पीठ की परंपरा के पोषक मत्स्येंद्रनाथ और कीनाराम बाबा रहे हैं। जैन तीर्थंकर पार्श्वनाथ का जन्म भी यहीं हुआ। पतंजलि ने यहीं बैठकर महाभाष्य, योगदर्शन तथा चरकसंहिता आदि ग्रंथों का प्रणयन किया। 'सिद्धांत कौमुदी' के रचयिता भट्टोजि दीक्षित और तांत्रिक विद्या के अधिकारी विद्वान पं. गोपीनाथ कविराज भी यहीं के थे। बचपन में यज्ञोपवीत के दौरान ब्राह्मण

वटुक को ज्ञानार्जन के लिए काशी जाने का आदेश दिया जाता था और अगले ही क्षण उसके सगे संबंधी उसे वापस लौटा लाते तो लगता भले ही परंपरा की लकीर पीटी जा रही है, पर यह काशी आखिर कैसी होती होगी, यह ख्याल कल्पना में तैर उठता। संस्कृत अध्ययन के विश्वविश्रुत केंद्र इस नगर में आज भी काशी हिंदू विश्वविद्यालय, संपूर्णानंद संस्कृत विश्वविद्यालय और महात्मा गांधी काशी विद्यापीठ जैसे उच्च शिक्षा के केंद्र स्थापित हैं। काशी हिंदू विश्वविद्यालय का प्रशस्त परिसर तो पं. मदनमोहन मालवीय के संकल्पों का साकार परिचय है। किंतु कई वर्षों तक यहाँ छात्रसंघ सक्रिय नहीं रहा, जिससे विद्यार्थियों का प्रजातांत्रिक स्पेस जैसे छिन गया हो। इसका ही नतीजा है कि एक बार शिक्षक दिवस के दिन जब छात्रों व अध्यापकों ने मिलकर शिक्षा-व्यवस्था पर क्रिटिकल रुख के साथ लिखे 'एक और द्रोणाचार्य' नाटक का मंचन करना चाहा तो अनजाने भय से अंतिम क्षणों में कुलपति द्वारा इसका मंचन रुकवा दिया गया।

सुबहे बनारस

अवध की सरजमीं लखनऊ को जब मुगलों के शासनकाल में 'शामे अवध' कहकर याद करने का सिलसिला शुरू हुआ तो बनारस को 'सुबहे बनारस' कहकर। सुबह-सुबह गंगा की जल-सतह व बनारस के घाटों पर जब बाल सूर्य की किरणें पड़ती हैं तो लगता है घाटों पर रश्मियों का चंदोवा सा तन गया हो! नौका विहार के लिए मनुहार करते केवट, पूजा-अर्चना में तल्लीन पंडे-पुजारियों से घिरे स्त्री-पुरुष, गंगा में डुबकियाँ लगाकर रातभर की थकान उतारते लोग सुबह का मनोरम दृश्य उपस्थित करते हैं। पुन: सूरज की ढलान के साथ सिंदूरी सांध्य वेला में दशाश्वमेध की सीढ़ियाँ श्रद्धालुओं से भर उठती हैं। यह आरती की वेला है। 'गंगा आरती' आज एक प्रायोजित कर्मकांड का रूप ले चुकी है, जिसके परिदर्शन के लिए प्रायोजक विदेशियों की बाट जोहते देखे जा सकते हैं। गंगा की जलधारा धीरे-धीरे सिकुड़ रही है। नदी की धार कटेगी तो नदी रोएगी—कहकर कभी कविवर वीरेंद्र मिश्र ने नदियों पर मँडराते संकट पर एक शोकगीत लिखा था। गंगा की इन दिनों हालत कुछ ऐसी ही है। यह गंगोत्री की पवित्र कोख से भले ही निर्मल उज्ज्वल परिधान पहनकर मैदानों में उतरती हो, हरिद्वार से आगे बढ़कर नगरीय सभ्यता के कचरे का निष्पादन केंद्र हो उठती हो। कानपुर की गंगा का चेहरा मलिन बस्तियों से गुजरती नालियों का एक विराट रूप जैसा लगता है तो यज्ञ और यजन के नगर प्रयाग यानी इलाहाबाद

पहुँचकर गंगा-यमुना और सरस्वती की त्रिवेणी में, दोनों दृश्यमान नदियाँ विकल नजर आती हैं। दैनिक निपटान से लेकर औद्योगिक कचरे को अपने आँचल में समेटे बनारस तक पहुँचकर गंगा म्लानमुख नजर आती हैं। कभी नदी के सूर्यखचित लावण्य को देख विजय किशोर मानव ने कल्पना का एक चित्र आँका था—'धूप तिरछी सुबह नदी छूती, हिलती लहरों में ऐसे दिखती है/जैसे कोई शकुंतला लेटी अपने दुष्यंत को खत लिखती है।' आज की मलिन नदियों को देख क्या ऐसी कल्पना की जा सकती है? शायद नहीं...क्योंकि जल संकट और मानव सभ्यता के कचरे ने जीवनवाहिनी नदियों का अस्तित्व ही खतरे में डाल दिया है।

संगीत की अलग दुनिया

हिंदुस्तानी संगीत में बनारस घराने की अपनी जगह है। पं. रविशंकर, पं. उदयशंकर, उस्ताद बिस्मिल्लाह खाँ, किशन महराज और गिरिजा देवी ने संगीत के क्षेत्र में समूची दुनिया में बनारस का नाम रोशन किया है। शहनाई का दम विवाह मंडप में ही घुटकर रह गया होता, यदि बिस्मिल्लाह खाँ इसे संगीत के क्रददानों के बीच प्रतिष्ठित न करते। कहते हैं, एक बार एक पुलिस अधिकारी के निर्देश पर छब्बीस जनवरी के आसपास उस्ताद बिस्मिल्लाह खाँ को किसी थाने में शहनाई वादन के लिए तलब किया गया। तब तक वे शहनाई के क्षेत्र में चर्चित हो चुके थे। सिपाही दुबारा घर आकर ताकीद करने आए तो खाँ साहब ने अर्ज किया कि गरीबपरवर, इसी दिन दिल्ली दरबार से भी शहनाई बजाने का बुलावा आया है। वैसे जैसा हुकुम सरकार का। यह बात जब सिपाही ने पुलिस अधिकारी को बताई, तब उसने खाँ साहब को इस जहमत से बरी किया और माफी माँगी। टप्पा गायक उस्ताद अकबर अली खाँ काशी आए तो यहीं के होकर रह गए। कबीरचौरा की गलियों से गुजरें तो तबले की थाप, सारंगी, सितार और हारमोनियम की गूँज और गायन की लयकारी के साथ कत्थक के घुँघरुओं के बोल देर रात तक सुनाई देते हैं। काशी की गायिकाओं में यदि सरस्वती, मैना, छोटी मोती और बड़ी मोती का नाम आज भी सम्मान से लिया जाता है तो लाखों दिलों पर राज करनेवाली ठुमरी गायिकाओं—रसूलन बाई, सिद्धेश्वरी देवी और गिरिजा देवी को कैसे भूला जा सकता है? पं. राजन, साजन मिश्र और अमरनाथ-पशुपतिनाथ की युगल जोड़ी को कौन नहीं जानता? बनारसी ठुमरी में महारत बहुतों को हासिल है, पर ठुमरी की बादशाहत जगदीपजी को ही मिली। बनारस के तबलावादकों में पं. कंठे महराज

के क्या कहने! गुदई महराज ने तबला वादन को शिखर पर पहुँचाया तो सारंगी को रामबख्शजी, रामनारायण मिश्र और श्यामधरजी ने एक नया स्वरूप दिया। सितार में पं. रविशंकर तथा विचित्र वीणावादन में डॉ. लालमणि मिश्र और संगीत के परम ज्ञाता ठाकुर जयदेव सिंह व विदुषी प्रो. प्रेमलता शर्मा ने अपनी सारी उम्र संगीत साधना में ही खपा दी।

बनारस में संगीत का एक केंद्र बीएचयू का संगीत संकाय रहा है, जहाँ एक वक्त पं. ओंकारनाथ ठाकुर, पं. लालमणि मिश्र, प्रो. गौतम तथा प्रो. प्रेमलता शर्मा जैसे दिग्गज शिक्षक रहे हैं तो वायलिन में देश-विदेश में नाम कमानेवाली श्रीमती एन. राजन भी यहीं थीं। दूसरा केंद्र कबीर चौरा है, जहाँ पं. किशन महराज, पं. गुदई महराज, पं. महादेवप्रसाद मिश्र, पं. गणेश प्रसाद मिश्र, गिरिजादेवी, छन्नूलाल मिश्र तथा पं. राजन-साजन मिश्र रहते आए हैं और तीसरा केंद्र संकटमोचन है, जहाँ प्रो. वीरभद्र मिश्र की अगुवाई में हर वर्ष होने वाले संगीत समारोह में देश की ऐसी कौन सी शख्सियत है, जिसने शिरकत न की हो? पर काशी में रंगकर्म के नाम पर सन्नाटा दिखता है। कभी-कभी नागरी नाटक मंडली प्रेक्षागृह में नाटक खेले जाते हैं, किंतु नाट्य, कला और संगीत का मर्म बूझने वाले भानुशंकर मेहता और नई पीढ़ी में गौतम चटर्जी जैसे लोग यहाँ कम होते जा रहे हैं।

बनारस का जिक्र हो और पान का न हो, ऐसा नहीं हो सकता। यों तो महोबे का पान विख्यात है, पर मगही पान के पत्ते की अपनी खुशूसियत है। मेहमान नवाजी पान के बिना अधूरी मानी जाती है और बनारस से पान का रिश्ता तो ऐसे ही है, जैसे स्वयंवर का सिंदूर से। बेढब बनारसी ने पान की शान में क्या खूब कहा है—बनारस की नहीं कुछ शान रह जाएगी दुनिया में/ न हम गलियों में जिस दिन पान की दुकान देखेंगे।

बनारस का बौद्धिक क्षितिज और साहित्यिक ठीहा

बनारस की एक समृद्ध साहित्यिक दुनिया रही है। कबीर, तुलसी और भारतेंदु हरिश्चंद्र के बाद यहाँ कला मर्मज्ञ पं. रायकृष्ण दास, मोतीचंद्र, वासुदेवशरण अग्रवाल, पं. रामचंद्र शुक्ल, हजारीप्रसाद द्विवेदी, प्रसाद, प्रेमचंद, श्यामसुंदर दास, नजीर बनारसी, उग्र और पराड़कर के अलावा शिवप्रसाद सिंह तथा बच्चन सिंह जैसे दिग्गज लेखक रहे हैं, तो धूमिल, त्रिलोचन, केदारनाथ सिंह, विजयमोहन सिंह, ठाकुरप्रसाद सिंह, शंभुनाथ सिंह, रामदरश मिश्र, विद्यानिवास मिश्र तथा नामवर सिंह

का भी कभी यही ठीहा रहा है। पर धीरे-धीरे बहुतों का यह ठीहा छूटा और लोग अलग-अलग दिशाओं में जा बसे। प्रतिभाओं का तो यह शहर प्राय: निंदक ही रहा है। तुलसी और कबीर को आजीवन विरोधों का सामना करना पड़ा, तो भारतेंदु ने 'प्रेमजोगिनी' नाटक में 'देखी तुम्हरी कासी' कहकर बनारसियों के चरित्र की बखिया ही उधेड़ी है। नामवरजी न चाहते हुए भी अंतत: दिल्ली के हुए तो आचार्य हजारीप्रसाद द्विवेदी को भी काफी वक्त बाहर ही गुजारना पड़ा। शुकदेव सिंह जब तक रहे, उनकी टिप्पणियाँ लोगों को लहूलुहान करती रहीं। बाद में काशीनाथ सिंह ने काशी की नब्ज पकड़ी। 'काशी का अस्सी' बनारसी बोली बानी का पहला ऐसा कथा रिपोर्ताज है, जिसमें कोलाज की शक्ल में काशीनाथजी ने भाषा में भदेस होने की हदों को तोड़कर काशी के जन-जीवन को चित्रित किया है। कुछ बरस पहले कोलकाता की रंगकर्मी उषा गांगुली ने इस कृति के एक खंड पांड़े 'कौन कुमति तोहें लागी' को आधार बनाकर 'काशीनामा' नाटक का मंचन किया था, बाद में 'चाणक्य' धारावाहिक के निर्माता फिल्मकार चंद्रप्रकाश द्विवेदी ने पूरे उपन्यास पर आधारित एक फिल्म बनाई है, जिसका प्रदर्शन लंबे अरसे बाद हुआ। यों रुद्र काशिकेय की 'बहती गंगा' और शिवप्रसाद सिंह की उपन्यासत्रयी—'गली आगे मुड़ती है', 'नीला चाँद' और 'वैश्वानर' को पढ़ें तो बनारस के अतीत, वर्तमान और भविष्य का एक सुविस्तृत खाका सा खिंच जाता है। झारखंड से बनारस आ बसे ज्ञानेंद्रपति ने तो अपने संग्रह 'गंगातट' में बनारस और गांगेय संस्कृति को ही केंद्र में रखा है। और अब तो उन्होंने 'गंगा-बीती'—गंगू तेली की जबानी लिखकर आज के हालात में गंगा दुर्दशा का चित्रण किया है। श्रीकांत वर्मा ने काशी पर कुछ अत्यंत मार्मिक कविताएँ लिखी हैं। काशी में शव, काशी का न्याय, मणिकर्णिका का डोम, काशी के पंडित, रोहिताश्व व मणिकर्णिका के नीचे मणिकर्णिका मिलेगी, जैसी कविताओं को पढ़कर भीतर एक अबूझ सन्नाटा सा छा जाता है। ये कविताएँ उनके 'मगध' संग्रह में हैं। बनारस अनेक विरोधों का समुच्चय है। यहाँ धीर-गंभीर अध्येता और साहित्यक मिलेंगे तो हास्य-व्यंग्य कवियों की बिरादरी भी। बेढब बनारसी, बेधड़क बनारसी और चकाचक बनारसी के इस नगर में बनारसी नामधारी कवियों का बाहुल्य है। किसी और शहर में हास्य-व्यंग्य के इतने कवि न होंगे। हाँ, गीत-नवगीत के अगुआ कवियों मे शंभुनाथ सिंह और ठाकुर प्रसाद सिंह जैसी कीर्ति अर्जित करने वाले गीतकार यहाँ नगण्य हैं।

काशी और बनारस मोटे तौर पर एक-दूसरे के पर्याय भले लगें, काशी कभी

एक जनपद हुआ करता था तो बनारस एक शहर। यों यहाँ लोगों की अपनी-अपनी काशी है, अपना-अपना बनारस। जिस ठीहे पर रम गए, वही काशी। जैसे काशीनाथ सिंह की काशी अस्सी में ही बिराजती है। काशीनाथजी ने लिखा है—अस्सी अष्टाध्यायी है और बनारस उसका भाष्य। 'गुरु' यहाँ की नागरिकता का सरनेम है। कभी यह साहित्यिक जमावड़े का केंद्र हुआ करता था, आज भी है, पर माहौल वही काशी का अस्सी वाला, जहाँ डॉ. गया सिंह, तन्नी गुरु, कौशिक रवींद्र उपाध्याय, दीनबंधु तिवारी, सरोज यादव तथा रामजी राय जैसे जीवंत, फक्कड़ और बहसतलब किरदारों से भरे इस कथा रिपोर्ताज से न केवल अस्सी की, बल्कि समूचे बनारस की झाँकी मिल जाती है। अस्सी की पप्पू की चाय दुकान साहित्यिक अड्डेबाजी के लिए मशहूर रहा है, जहाँ गोधूलि होते ही बहस के लिए व्याकुल साहित्यिक जन यहाँ जरूर नजर आएँगे। हाँ, अब इनमें वाचस्पति, ज्ञानेंद्रपति, वशिष्ठमुनि ओझा, अनिल मिश्र तथा बीएचयू की नई पीढ़ी के अनेक लेखकों—रामाज्ञा रायशशिधर, कृष्ण मोहन, श्रीप्रकाश शुक्ल, विनोद तिवारी और व्योमेश शुक्ल जैसे अनेक लेखकों, कवियों के नाम जुड़ गए हैं। यों पप्पू के चायघर में जब से राजनीतिकों का जमावड़ा ज्यादा बढ़ा है, लेखक-कवियों ने जयप्रकाश पोई के चायघर की ओर अपना रुख कर लिया है। जब-तब बाहर से पधारनेवाले लेखक भी यहाँ आ धमकते हैं और आनन-फानन में कवि गोष्ठियाँ तक निपटा ली जाती हैं। एक बार की यात्रा में कुछ कवियों के बीच सलीम शिवालवी ने गजल सुनाकर तथा कौशिक रवींद्र उपाध्याय ने अपना गीत—कोशिशें जितनी कीं भूलने की तुम्हें/तुम थे कि और भी याद आते रहे/हम भटकते रहे जंगलों-जंगलों/कुछ पहाड़ी सुमन मुसकराते रहे—सुनाकर मन मोह लिया। अब वे नहीं हैं। ऐसा गीत सुने बरसों हो गए, अब तो ऐसे गीत लिखे जाने बंद हो गए हैं। हाल में सूर्यभानु गुप्त के गीत—'शाम के वक्त कभी घर में अकेले न रहो' के बाद कौशिकजी का यह गीत स्मृति में टँका रह गया है। इधर बनारस की साहित्यिक आबोहवा बदली है। साखी (सं. सदानंद शाही), परिचय (सं. श्रीप्रकाश शुक्ल), सोच-विचार (सं. जितेंद्रनाथ मिश्र) तथा संवेद वाराणसी (सं. अनिल मिश्र) और जनपक्ष (सं. अशोक पाठक) जैसी पत्रिकाओं ने एक रचनात्मक वातावरण बुनने में मदद की है। किंतु एक जमाने में हिंदी का हित साधने वाली बड़ी संस्था नागरी प्रचारिणी सभा अपने मूल उद्देश्य से विपथ दिखती है।

गंगा : रेत ज्यों तन रह गया है

बनारस का आकर्षण यों तो गोदौलिया ही है, पर लहुराबीर, कबीरचौरा, कमच्छा, मैदागिन, दुर्गाकुंड, अस्सी और महमूरगंज जैसे पुराने इलाके भी भीड़भाड़ से गुलजार रहते हैं। लहरतारा से लेकर पांडेयपुर तक विस्तार ले चुके इस शहर के स्थापत्य में ज्यादा तब्दीली नहीं आई है। सारा ध्यान सूबे की राजधानी लखनऊ पर ही केंद्रित होने से बनारस जैसे शहरों में वह चाकचिक्य कहाँ है! न नई कालोनियाँ हैं, न नवनिर्माण नजर आते हैं, जल निकासी का इंतजाम भी भगवान् भरोसे ही है। एक तरफ गंगा-शुद्धीकरण का अभियान, दूसरी तरफ शहर के गंदे नालों का गंगा में विसर्जन, ऐसे में एक कवि का कहा याद आता है—पाप धुलें गंगा में कैसे जो आए वो हाथ घँघोले। लिहाजा पालीथिन और पूजा के फूलों से लेकर विसर्जित अस्थियों और घरेलू कचरे से भरती जा रही कृशकाय गंगा बाढ़ के दिनों में अपने तेवर भले दिखाती हों, बाकी दिनों उसका हाल वही होता है, जैसा महाकवि निराला कह गए हैं—स्नेह निर्झर बह गया है। रेत ज्यों तन रह गया है।

काशी में काशी करवट की भी एक परंपरा रही है। यहाँ एक ऐसा कुआँ हुआ करता था, जिसमें नीचे तीखी आरियाँ लगी होती थीं। बनारस में मोक्ष पाने के लोभ में धर्मांध यात्री इसमें कूदकर प्राण दे देते थे या बड़े बूढ़ों से ऊबे लोग उन्हें इस कुएँ तक लाकर मोक्ष के निमित्त प्राण देने को उकसाते थे। अब तो यह परंपरा नहीं है, किंतु मोक्षकामी वृद्धजनों का काशी प्रवास सुविदित है। इस परंपरा को केवल कबीर ने यह कहकर चुनौती दी थी कि 'जौ कबिरा कासी मरहि रामहि कौन निहोर।'

काशी का विरुद बखानना लगभग असंभव है। शताब्दियों की हलचल समेटे काशी में फिल्मकार सत्यजित राय ने कभी 'अपराजिता' की शूटिंग की थी। 'वाटर' फिल्म की गंगा किनारे शूटिंग का लोगों का विरोध सुविदित है। हुसेन, रामकुमार, प्रणाम सिंह, मनु पारेख, गोपीनाथ महान्ति व मदनलाल व रीना सिंह जैसे कलाकर्मियों ने बनारस के साथ सहयात्रा की है। पत्थरों पर शिल्प उकेरने में निष्णात मदनलाल बताते हैं कि एक बार वे अपने स्टुडियो के बाहर पुष्प समूहन लैंड स्केप को फैलाकर उसकी फोटोग्राफ करवा रहे थे। बाद में बारिश में ये प्रस्तर शिल्प काफी दिनों पड़े रहे। एक दिन रास्ते से गुजरते बच्चों की आवाजें सुनाई दीं—अरे, देखो-देखो यहाँ तो ढेर सारे फूल खिल आए हैं। एक बच्चे की आवाज आई, यार, ये रात भर में कैसे हो गया? बच्चे गेट खोलकर फूलों को छूने चले तो उन्हें यह रहस्य समझ आया कि ये तो पत्थर हैं, फूल नहीं। मदनलाल पत्थरों में वसंत

खिलानेवाले कलाकार हैं। गंगा नदी का आकर्षण उनके चित्त को भी बराबर खींचता है तभी वे कई वर्षों से नदी पर मूर्ति शिल्प की एक श्रृंखला रचने में लगे हैं। पत्थरों पर गंगावतरण की दुस्साध्य साधना में संलग्न मदनलाल कला जगत् के पुरोधा हैं। यों भारत कला भवन में सँजोई गई कला संपदा का अवलोकन करना विस्मय सुख और अतिरंजित आह्लाद के मिले-जुले भावों से होकर गुजरना है, जहाँ पहुँचकर माथा अदृश्य कलाकारों की स्मृति में विनत हो उठता है। बनारस सदियों से पर्यटकों को लुभाता-खींचता रहा है। गलियों, घाटों, चौराहों, नुक्कड़ों पर घूमते देश विदेश के पर्यटक इसका साक्ष्य हैं। कोई ध्यान की खोज में यहाँ रम रहा है, कोई ज्ञान की खोज में। कोई शांति की तलाश में यहाँ आ बसा है। इटली की लेखिका मरियाला ऑफ्फ्रेदी यहाँ प्राय: आती रही हैं। कबीर अध्येता लिंडा हेस का भी पसंदीदा शहर बनारस ही है। हिंदी व भोजपुरी दोनों में उन्हें महारत हासिल है।

बनारसी साड़ी पर संकट

बाजार बनारस को बदल रहा है। कभी बनारसी साड़ी के लिए विख्यात इस शहर के बुनकरों की माली हालत जर्जर होती जा रही है। यहाँ बनने वाली साड़ियों को चुनौती देने वाली सूरत की साड़ियों से बाजार पटा है। बुनकरों की नई पीढ़ी भी इस कारोबार से दूर भागती है। नतीजतन यह कला आज मरने के कगार पर है। साड़ियों का कारोबार 50 प्रतिशत तक घट गया है। एक वक्त बनारस व आस-पास के लगभग 5 लाख लोग साड़ियों के कारोबार से जुड़े थे, जिनमें से ज्यादातर ने अब दूसरे उद्योग-धंधों की ओर रुख कर लिया है। सूरत और मऊ की सिंथेटिक व पालियस्टर साड़ियों ने बनारसी साड़ियों का रंग फीका कर दिया है। ऊपर से बिचौलिए महाजनों और गद्‌दीदारों से मँहगे सूत, सिल्क और धागों तथा बुनकरों की घटती दिहाड़ी और बिजली की आँखमिचौनी ने उनकी कमर तोड़ दी है। बुनकरों के पास अपने शोरुम नहीं हैं, लिहाजा बड़े दुकानदारों को औने-पौने पर माल बेचकर भी महीनों भुगतान की प्रतीक्षा में उनके घरों में चूल्हों के बुझने तक की नौबत आ जाती है। 'जोधा-अकबर' फिल्म में ऐश्वर्या राय बच्चन ने बनारसी साड़ी पहनकर उसे अहमियत दी, तो अभिषेक बच्चन से विवाह के दौरान भी उन्होंने बनारसी साड़ियों की खरीदारी की थी। इससे बनारसी साड़ी कुछ दिन सुर्खियों में भले रही हो, उस पर पसरे संकट के बादल छँटे नहीं हैं।

काशी के घाट : खोती हुई आभा

काशी के घाट विश्वविश्रुत हैं। अस्सी से लेकर तुलसी, भदैनी, चेत सिंह, हरिश्चंद्र, केदार, गंगा महल, राणा महल, दरभंगा, अहिल्याबाई, दशाश्वमेध आदि केशव घाट, मणिकर्णिका, सिंधिया, पंचगंगा, शीतला, प्रहलाद, राजघाट जैसे चर्चित घाटों के अलावा यहाँ अस्सी से ज्यादा घाट हैं, जहाँ सीढ़ियों से होकर शहर के एक सिरे से दूसरे सिरे तक पहुँचा जा सकता है। राजघाट पर कृष्णमूर्ति फाउंडेशन की एक शाखा है। इस प्रशस्त परिसर में आकर अतीव शांति मिलती है। जे. कृष्णमूर्ति के प्रकाशनों का एक केंद्र भी यहाँ है। ज्यादातर घाटों का निर्माण भारत के प्रतिष्ठित राजघरानों, रियासतों ने कराया है, किंतु धीरे-धीरे ये घाट अपनी आभा खो रहे हैं। घाटों के किनारे गंगाजल के साथ तंबाकू और सिगरेट की दुकानें खुल गई हैं। पिछले एक दशक में घाट पर बने मकानों, धर्मशालाओं में तमाम एनजीओ खुल गए हैं, जो आरती के प्रायोजन से लेकर गंगा प्रदूषण मुक्ति, घाटों के सुंदरीकरण तथा अन्य सामाजिक-सांस्कृतिक-धार्मिक कृत्यों के नाम पर देश-विदेश से धन उगाही कर रहे हैं। घाट के ऐतिहासिक भवनों का पुराना स्थापत्य कुछ दिनों में इतिहास के अँधेरे में खो जाने वाला है। गंगा सेवा निधि तथा ऐसे ही मिलते-जुलते नामों वाले एनजीओ के बोर्ड यत्र-तत्र देखे जा सकते हैं। कहना न होगा कि गंगा प्रदूषण मुक्ति के नाम पर करोड़ों का धन पानी में बह चुका है, किंतु गंगा वैसी ही मटमैली और दुखियारी दिखती है।

बनारस के घाटों पर अभी शांति और प्रार्थना का जो मिला-जुला भाव दिखता है, वह धीरे-धीरे घाट किनारे के भवनों के होटल और लॉजों में बदल जाने से और धार्मिक उगाही में लगे एनजीओ के हवाले हो जाने से घटेगा। गंगा की सेवा के नाम पर स्थापित संस्थाएँ गंगा के बहाने अपना पेट भरने में लगी हैं। यहाँ दिखती छतरियाँ भले ही घाटों की प्राचीनता का अहसास दिलाती हों, यद्यपि इन्हें बनाने वाले कारीगर अब लगभग नहीं रहे। कॉरपोरेट घरानों के महँगे उत्पाद, पाउच, यहाँ तक कि शराब तक भी खोजने पर उपलब्ध हैं। दिनोदिन इसका चैन छिन रहा है। बनारस में माफियागिरी बढ़ रही है। 'कौन ठगवा नगरिया लूटल हो'—कबीर की यह साखी जैसे बनारस के उजड़ते सुहाग पर एक विलाप हो! ऐसे हालात में भी दशाश्वमेध के किनारे एक साड़ीघर में प्रवेश करने पर एक ऐसे शख्स से भेंट होती है, जिसके निजी संग्रह में बनारस के साहित्य, कला, संगीत और राजनीति की विभूतियों की चित्रावलियाँ सहेजी गई हैं। कई घंटों के उसके सान्निध्य ने प्रवास करने के दौरान

उसने एक बार भी न तो साड़ियाँ खरीदने के लिए उकसाया, प्रेरित किया, न उस ठौर से उठने को कहा; बल्कि संगीत की चर्चा छिड़ते ही उस शख्स में अपनी लंबी बाँसुरी हाथ में उठाई और लगभग एक घंटे तक विविध राग-रागिनियों में बाँसुरी सुनाकर मुग्ध कर दिया।

बनारस का अर्थशास्त्र

बनारस धर्म-कर्म की नगरी जरूर है, पर महज इससे रोजी-रोटी तो नहीं मिलती। पंडे-पुरोहित अलग जनता को ठगने-लूटने में सन्नद्ध रहते हैं। तब बनारस की अर्थव्यवस्था क्या है? कैसे होती है यहाँ लोगों की गुजर-बसर? नदियाँ मानव सभ्यता की जननी हैं तो जीने-खाने का जरिया भी नदियों ने दिया है। फिर गंगा तो माँ हैं। नजीर बनारसी ने भी माँ के दिल की तरह बेकरार गंगा को अपनी नज्मों-गजलों में उतारा है। घाटों पर पंडे-पुरोहित, नाई, धोबी, मल्लाह, मछुआरे, माली, डोम, मेहतर, साधु, संत, भिखमंगे, गाइड सभी के लिए रोजगार है। यहीं घाटों पर नवसिखिए कलाकार कूची ब्रश लिये मिल जाएँगे और आनन-फानन में फोटो खींचकर श्रद्धालुओं को खुश करने वाले छायाकार भी। ज्ञानेंद्रपति जैसे कवि को भी यहाँ यदा-कदा घाट पर बैठे दृश्यावलोकन करते निहारा जा सकता है। बेलपत्र, रोली-चंदन, जनेऊ और पूजन सामग्री बेचनेवाले भी पेट भरने का जुगाड़ कर ही लेते हैं। बाकी तो बड़े पैमाने पर रेत-बालू खँखोरने वाले लोग हैं ही। बौद्ध परिपथ पर स्थित होने तथा धार्मिक महत्त्व का केंद्र होने के चलते यहाँ देश-विदेश से पर्यटक आते हैं। दिल्ली, मुंबई, काठमांडू आदि के लिए उड़ानें भी हैं। एक-से-एक उम्दा होटल यहाँ मौजूद हैं। माल और अपार्टमेंट्स भी इधर बन रहे हैं। पर अक्तूबर से फरवरी तक के अनुकूल मौसम के अलावा बाकी दिनों बनारस को धूप और उमस हलकान किए रहती है। गंगातट के अलावा सारनाथ ही एक ऐसी जगह है जहाँ ऐसे दिनों में भी सायं-सुबह सुकून मिलता है, पर छुट्टियों के दिनों में सारनाथ की शांति भी भंग हो जाती है और यह एक सैरगाह और पिकनिक स्पॉट में बदल जाता है। लिहाजा यहाँ के ऐतिहासिक मृगदाव में हिरन-हिरनियाँ, जो कभी निर्भय विचरण किया करते थे, बच्चों की छेड़छाड़ से भयभीत रहते हैं और अब तो यह मृगदाव भी उजाड़ पर हैं। पक्षियों और खरगोशों के बाड़े भी विकल नजर आते हैं।

आपके कालीन देखेंगे किसी दिन!

कालीन का नाम आते ही भदोही का नाम जेहन में उभर उठता है। बनारस से थोड़ी ही दूर बसा भदोही कालीन निर्माण और निर्यात का एक बड़ा केंद्र है और अब यह कारोबार खमरिया, मिर्जापुर, गोपीगंज तक विस्तार लेता जा रहा है। कालीन के लिए ऊन बीकानेर, राजस्थान, पानीपत, पंजाब, स्विट्जरलैंड और बेल्जियम जैसे देशों से आता है, परंतु कालीन की बुनकरी में दक्षता और हस्तकला तो भदोही के बुनकरों को ही हासिल है। एक दौर था जब भदोही के कालीन के निर्यात से देश को भारी मात्रा में विदेशी मुद्रा मिलती थी, परंतु धीरे-धीरे 'बचपन बचाओ आंदोलन' के सक्रिय होने से तथा इस धंधे से बाल मजदूरों के जुड़ने से विदेशों में भदोही के कालीनों की स्वीकार्यता घटी। अब तो वह स्थिति नहीं है। अब बाकायदा कालीनों पर इस आशय का रगमार्क होता है कि इसके निर्माण में बाल मजदूर संलग्न नहीं रहे हैं। किंतु इधर अमेरिका में छाई मंदी का असर कालीन निर्यात पर भी पड़ा है। ईरान से सस्ते कालीन की आमद भी भदोही के कालीन उद्योग को चुनौती दे रही है। कालीन की स्थानीय खरीदारी भी नाम मात्र की ही है। बैंकों से मिले एक आँकड़े के मुताबिक यहाँ के कालीन उद्योग के निर्माण और निर्यात को बढ़ावा देने के लिए दिए गए कर्ज का 30 फीसदी डूबा है। बैंकों के पास प्रतिभूति के रूप में रखी परिसंपत्तियों का मूल्यांकन बाजार दर से इतना ज्यादा है कि ऐसी परिसंपत्तियों के खरीदार प्रायः नहीं मिल पाते, लिहाजा प्रदत्त ऋणों के समायोजन में भी दिक्कतें पेश आ रही हैं।

जहाँ तक कालीन कला का सवाल है, भदोही के बुनकरों के हाथों में कमाल का हुनर है। यहाँ के कालीनों की खपत देश-विदेश सभी जगह है, राज्य सरकार के इंपोरियम से लेकर निजी कंपनियाँ तक भदोही के कालीनों का विपणन करती हैं, किंतु कालीन निर्माताओं को मुनाफा तो दूर, कालीन की लागत तक नहीं निकल पाती। लिहाजा बुनकरों की हालत तो खस्ता है ही, कालीन निर्माता भी भारी कर्ज में डूबे हैं। पहले अमेरिकी देशों को यहाँ से काफी कालीन निर्यात किए जाते थे, पर अब मंदी की वजह से माँग काफी घट गई है। वे खुद मंदी के दलदल में इस कदर डूबे हैं, जहाँ से उबरने के हालात फिलहाल नहीं दिखते। जैसे वे दुष्यंत कुमार के शब्दों में कह रहे हों—'आपके कालीन देखेंगे किसी दिन/इस समय तो पाँव कीचड़ में सने हैं।'

चिरई गाँव : अचार-मुरब्बे का कुटीर उद्योग

कभी महात्मा गांधी ने स्वरोजगार के जरिए आर्थिक स्वावलंबन की बात कही थी। बनारस औद्योगिक नक्शे पर भले ही पिछड़ा नजर आता हो, लोगों ने रोजी-रोटी के लिए अपने-अपने उद्योग-धंधे ईजाद कर रखे हैं। खाने का स्वाद चटपटा बनाने के लिए जिस अचार-चटनी, मुरब्बे-जेली जैसी चीजों के लिए हम बड़े ब्रांडों के दीवाने बने फिरते हैं, जरा चिरई गाँव चलकर देखें और वहाँ बने अचार-मुरब्बे का स्वाद चखें तो हम उसके मुरीद हो जाएँ। चिरई, देसी जबान में इसका अर्थ पक्षी होता है, पर इस गाँव का नाम जेहन में आते ही बनारसियों के मुँह में पानी भर आता है।

बनारस से महज 15 किमी. दूरी पर बसे चिरई गाँव के हर घर में अचार-मुरब्बे का कुटीर उद्योग स्थापित है। घर के लगभग सभी प्राणी इस कला में निष्णात हैं। कुटीर उद्योग तकरीबन चार-पाँच हजार लोगों को रोजी-रोटी मुहैया करा रहा है। यह और बात है कि इस क्षेत्र में बड़ी पूँजी लगाकर बैठी कंपनियों का अपना देशव्यापी विपणन नेटवर्क है, जबकि चिरई गाँव का अचार-मुरब्बा बनारस और आस-पास के इलाकों तक ही पहुँच पाता है। इन्हें बैंक से कर्ज भी आसानी से उपलब्ध नहीं हो पाता।

बनारस दिनोदिन बदल रहा है। इसे क्यूटो बनाने की बात भी होती रही है, पर इसकी प्राचीनता का वैभव इतना अटूट है कि उस पर आधुनिकता का रंग-रोगन अभी बहुत कम चढ़ पाया है। लिहाजा आप आज भी बनारस जाएँ तो कोई ज्यादा परिवर्तन न पाएँगे—वही गलियों से गले मिलती गलियाँ, जिसके लिए एक शायर शकील आज़मी ने क्या खूब लिखा है—

'तू बन जा गली बनारस की,
मैं शाम तलक भटकूँ तुझमें।'

काशीनाथजी ने अपनी एक कथा रिपोर्ताज में कल्पना की है कि एक बूढ़ा शिवाला घाट पर बैठकर देख रहा है कि चेतसिंह का किला किसी ताज या ओबेराय ग्रुप का होटल हो चुका है, गंगा स्वीमिंग पुल में बदल चुकी हैं और घाट की सीढ़ियों पर लेटे नंगे-अधनंगे विदेशी पर्यटक धूप सेवन कर रहे हैं। उसे दीखता है कि यह गंगा की ही कोई धारा है या गंगा ही सिकुड़कर वरुणा हो गई है! फिर उसे कहीं दूर से आती हुई धुनें सुन पड़ती हैं। लेखक कहता है कि प्रार्थना कीजिए कि उसका यह भ्रम बना रहे कि ये धुनें चेतसिंह घाट के होटल के डायनिंग हाल से नहीं आ रही

हैं। जिस तरह से औद्योगिकीकरण बढ़ रहा है, सेज-विस्तार चल रहा है, बड़े घरानों की नजर हमारे प्राकृतिक संसाधनों और ऐतिहासिक विरासत पर टिकी हो, अचरज नहीं कि यह भ्रम कल वास्तविकता में न बदल जाए! तब बनारस की जो तसवीर हमारे सम्मुख, सदियों से हमारे चित्त में बसी है, क्या वैसी तसवीर बनी रह सकेगी? हम बनारस की इस तसवीर को कदापि विस्मृत न कर सकेंगे, बल्कि युवा गीतकार अशोक सिंह के शब्दों में यह इसरार करते रहेंगे—'एक तसवीर ऐसी बने तो बना, जो बनारस बनारस बनारस बने।'

□□□